KAY HOOPER

Jagd im Schatten

KAY HOOPER

Jagd im Schatten

Deutsch von Susanne Aeckerle

Weltbild

Weltbild

Originaltitel: *Hiding in the Shadows*
Originalverlag: Bantam Books, New York

Besuchen Sie uns im Internet:
www.weltbild.de

Deutsche Erstausgabe 2009
Weltbild Buchverlag –Originalausgaben–

Projektleitung: Almut Seikel
Übersetzung: Susanne Aeckerle
Redaktion: Christine Schlitt
Umschlaggestaltung: zeichenpool, München
Umschlagabbildung: © Shutterstock (Vling / Alexander Potapov / Yellowj)
Satz: Andrea Hartkop
Gesetzt aus der Adobe Garamond
Druck und Bindung: GGP Media GmbH, Pößneck

Gedruckt auf chlorfrei gebleichtem Papier

Printed in the EU

ISBN 978-3-86800-227-0

Für meine Familie

Dinah

Kane MacGregor blickte von der Zeitung auf, als Dinah Leighton in die Küche kam, und sann nicht zum ersten Mal darüber nach, dass er außer ihr nie eine Frau gekannt hatte, die es schaffte, den Anschein unglaublicher Betriebsamkeit zu entwickeln, ohne sich übermäßig schnell zu bewegen. Er hielt das für einen besonders liebenswerten Wesenszug.

»Ich bin viel zu spät dran«, sagte sie zur Begrüßung, ließ ihren Aktenkoffer auf den Stuhl ihm gegenüber fallen, ging um die Kochinsel herum und schenkte sich eine Tasse Kaffee ein. Morgens machte er immer den Kaffee und bevorzugte dafür eine besonders aromatische Mischung, was Dinah gutmütig hinnahm, obwohl sie Kaffee einfach nur als wirksames Mittel betrachtete, so rasch wie möglich ihren Koffeinbedarf zu decken. »Du hast wieder den Wecker ausgemacht.« Sie klang nicht ärgerlich, nur sachlich.

»Nach deinen langen Arbeitstagen in letzter Zeit dachte ich, du könntest ein bisschen zusätzlichen Schlaf brauchen. Außerdem ist es gar nicht so spät. Erst kurz nach neun. Hast du heute Morgen einen Termin? Davon hast du gestern Abend nichts erwähnt.«

»Nein, keinen Termin.« Sie löffelte genug Zucker in den

Kaffee, um ihn zusammenzucken zu lassen, und goss dann so viel Milch hinein, dass er sich fragte, warum sie sich überhaupt mit Kaffee abgab. »Ich will bloß … Besuche sind nur zweimal täglich erlaubt, und abends bin ich immer zu spät dran.«

Heute war Donnerstag. Das hatte er vergessen.

»Tut mir leid, Dinah. Wenn du mich daran erinnert hättest …«

Sie schenkte ihm ein rasches, flüchtiges Lächeln. »Mach dir deswegen keine Sorgen. Mir bleibt noch genug Zeit, glaube ich.« Sie steckte zwei Brotscheiben in den Toaster und lehnte sich an die Arbeitsplatte.

Kane betrachtete sie und überlegte wie so oft in den letzten Wochen, ob er sich nur einbildete, dass Dinah ein wenig zerstreut wirkte. Er hatte gedacht, es läge an dem Unfall, war sich da jetzt aber nicht mehr so sicher. Sie neigte dazu, sich in der Arbeit zu vergraben, wobei sie manchmal alles andere vergaß. War es das? Nur eine weitere Geschichte, die ihr Interesse geweckt hatte und ihren lebhaften Geist beschäftigte?

Er wollte sie in die Arme nehmen, ließ es aber sein. Er war erfahren genug, sowohl an ihrem Verhalten als auch an ihrer Körpersprache die Warnung zu erkennen. Sie hatte ihn nicht berührt, war ihm noch nicht mal nahe gekommen. Sie stand auf der anderen Seite des Raums, mit der Kochinsel *und* dem Tisch zwischen ihnen, und kehrte ihm beinahe den Rücken zu.

Genauso gut hätte sie ein »Berühren verboten«-Schild tragen können. In Leuchtschrift.

Das irritierte ihn.

»Gehst du auf dem Weg zur Arbeit dort vorbei?«, fragte er, um das Gespräch aufrechtzuhalten, und überlegte gleichzeitig, ob es an der Zeit war, etwas gegen diese Irritation zu unternehmen.

Dinah sah auf ihre Armbanduhr mit dem breiten Lederband und nickte abwesend. »Für ein paar Minuten.«

»Du brauchst das nicht zwei Mal in der Woche zu tun.«

»Doch«, erwiderte sie. »Ich muss.«

»Es war nicht deine Schuld, Dinah.«

»Das weiß ich.« Aber in ihrer Stimme lag keine Gewissheit. Sie schien es zu merken, denn sie räusperte sich und wechselte rasch das Thema, während sie Butter auf ihren Toast strich. »Jedenfalls fahren wir heute Morgen nicht in dieselbe Richtung. Ist vielleicht auch ganz gut so. Steve lässt mich diesem Bauinspektor wegen eines Interviews nachjagen, und der verdammte Kerl ist nie in seinem Büro, daher brauche ich meinen Jeep.«

Steve Hardy war Chefredakteur der kleinen, aber namhaften Zeitschrift, für die sie arbeitete, und neigte dazu, sie fast so sehr unter Druck zu setzen, wie sie es selbst tat.

»Noch eine Enthüllungsgeschichte?«, fragte Kane leichthin. »Bestechung und Schmiergelder bei der Stadt?«

Sie lachte. »Das wär was. Nein, da geht's nur um eine Serie über unsere städtischen Beamten. Du weißt schon – ›Ein Tag im Leben von…‹, und wie deine Steuergelder verwendet werden.«

»Leichtes Zeug für dich.«

Dinah zuckte die Schultern. »Denke schon.«

Kane sah zu, wie sie Traubengelee auf ihren Toast häufte und einen herzhaften Bissen nahm. Er sah ihr gern zu, egal, was sie tat. Sie war nicht schön, aber sehr attraktiv. Gleichmäßige, nicht unbedingt zarte Gesichtszüge, die gut zusammenpassten, das Beste davon die wachen blauen Augen, die manchmal mehr sahen, als man annehmen würde. Ihr goldblondes Haar war in kurzen, zerzausten Stufen geschnitten – »pflegeleicht« nannte sie das –, und ihren hochgewachsenen, wohlgeformten Körper kleideten ein schlichter Pullover und Jeans. Dinah war anzusehen, dass sie sich nicht viel aus Kleidung machte. Aber es spielte auch kaum eine Rolle, was sie trug, da es der verführerische Körper darunter war, der ins Auge fiel. Zumindest in das männliche Auge.

In sein Auge jedenfalls, vor mehr als sechs Monaten.

Sie hatten nicht lange gebraucht, um sich körperlich nahe zu kommen, aber einander kennenzulernen war zu einem langwierigen und viel komplexeren Prozess geworden. Und einem vorsichtigen. Beide waren äußerst unabhängig, hatten fordernde Berufe, ein ausgefülltes Leben und schwierige vorherige Beziehungen, die Narben hinterlassen hatten. Und keiner von ihnen hatte es eilig gehabt, unter eine oberflächliche Leidenschaft hinabzutauchen.

Das hatte genügt, für eine Weile.

Aber selbst vorsichtige Beziehungen entwickeln sich – oder gehen auseinander und scheitern. Und ihre entwickelte sich. Fast gegen ihren Willen hatten sie sich zueinander hingezogen gefühlt, um mehr als nur das Bett zu teilen, hatten behutsam Ansichten und Meinungen ausgetauscht, ihren jeweiligen Geschmack und grundlegende Werte verglichen. Was sie dabei gegenseitig entdeckten, gefiel ihnen.

Zumindest glaubte Kane das.

Sie lebten nicht richtig zusammen, aber nach fast vier Monaten des »Zu mir oder zu dir?« hatte Kane überlegt, ob er nicht den Vorschlag machen sollte, dieses allabendliche Hin- und Herfahren zu beenden.

Dann war vor etwas über einem Monat der Unfall passiert, und Dinah hatte begonnen, sich von ihm zurückzuziehen. Er hatte angenommen, es läge an Dinahs Sorge um ihre Freundin und dem lächerlichen Schuldgefühl, das sie empfand. Nun fragte er sich jedoch zum ersten Mal, ob das wirklich der Fall war.

»Bei mir wird es heute Abend vermutlich spät«, sagte Dinah, die bei ihrem zweiten Toast angelangt war.

»Noch mehr Recherchen?« Das war neuerdings oft ihre Ausrede. War es an der Zeit, einen Streit zu beginnen und die Dinge endlich anzusprechen?

»Nur etwas, das ich noch überprüfen muss. Danach bin ich wahrscheinlich näher bei meiner Wohnung als bei deiner, also …«

»Ich könnte mich doch dort mit dir treffen«, unterbrach er sie, wollte nichts über eine weitere Nacht hören, die sie nicht zusammen verbringen würden. Davon hatte es unlängst mehrere gegeben. Zu oft. »Um acht? Neun?«

Sie zögerte nur kurz. »Acht. Bis dahin müsste ich fertig sein.«

»Ich bringe was vom Chinesen mit«, sagte er. »Oder hättest du lieber was anderes?«

»Nein. Chinesisch ist okay. Sesamhühnchen.«

»Und Frühlingsrollen. Ich hab's nicht vergessen.«

Dinah schenkte ihm ein weiteres kurzes Lächeln, war aber im Geiste erkennbar woanders.

Kane trank seinen Kaffee und beobachtete sie. Er konnte es hinnehmen, dass ihre Arbeit ihr wichtig war, schließlich ging es ihm mit seiner genauso. Daher wäre es nicht fair von ihm, sich über ihre Zerstreutheit zu beschweren und ihre gesamte Zeit und Aufmerksamkeit für sich zu beanspruchen. Aber lag es wirklich daran?

Eine einfache Geschichte über die Beamten von Atlanta war etwas, das sie aus dem Ärmel schüttelte. Aber sie hatte mehr als einmal zwei Artikel gleichzeitig in der Mache gehabt, wobei nicht mal ihr Chefredakteur von dem zweiten wusste. Das war ihre Art, die Routinearbeit einer Zeitschriftenredakteurin mit den mutigeren und dringenderen Instinkten einer investigativen Journalistin zu verbinden.

»Dinah?«

Sie schaute von ihrem Toast auf und hob fragend die Brauen.

»Was hältst du davon, wenn wir dieses Wochenende wegfahren? Vielleicht an die Küste?« Er besaß ein Strandhaus, einen friedvollen Rückzugsort, den sie beide als willkommene Abwechslung zum hektischen Tempo der Stadt betrachteten.

Ihr Zögern war kaum bemerkbar. »Ich wünschte, ich könnte. Aber ich habe am Samstag einen Termin.«

»Kannst du den nicht verschieben?«

»Nein, leider nicht.« Sie lächelte bedauernd. »Ich muss mit einer Staatsanwältin reden, die einen großen Fall vor sich hat und daher einen vollen Terminplan. Es geht nur Samstag.«

Kane glaubte, sie log ihn an. »Tja, war nur so ein Gedanke. Vielleicht nächstes Wochenende.« Er war sich des verärgerten Tons seiner Stimme bewusst.

Ihre Augen blitzten auf, doch ihre Stimme blieb ruhig. »Beziehungen sind die Hölle, nicht wahr?«

»Manchmal.«

»Ich nehme an, du fühlst dich vernachlässigt?«

»Dinah, dräng mich nicht in die Rolle des typisch selbstsüchtigen Mannes.«

»An dir ist nichts Typisches«, murmelte sie.

Er verkniff sich die Frage, ob das als Kompliment gemeint war. »Hör zu, ich weiß, dass die Arbeit von Zeit zu Zeit uns beiden alles abverlangt, und so sollte es auch sein.«

»Aber?«

»Aber es gibt mehr im Leben als Arbeit.«

Um ihre Lippen spielte ein seltsam flüchtiges Lächeln. »Ich weiß.«

»Dann *rede* mit mir, verdammt noch mal.«

»Ich rede nicht über meine Artikel, Kane, das weißt du.«

»Ich bitte dich ja nicht, einen Vertrauensbruch zu begehen und etwas Geheimes auszuplaudern. Ich möchte nur wissen, was so wichtig sein könnte, dass du dieser Tage kaum mehr Zeit zum Essen oder Schlafen hast. Und komm mir nicht mit diesem Mist von einem Artikel über städtische Beamte. Deswegen wirst du dich kaum nachts im Bett herumwerfen.«

»Tu ich das?«, fragte sie betroffen.

»Ja. Seit dem Unfall.«

»Tja, dann liegt es daran«, sagte sie, erleichtert angesichts dieser bequemen Erklärung. »Der Unfall. Ich mache mir halt Sorgen um sie, und …«

»Es geht nicht um den Unfall. Oder nur um den Unfall. Daher muss es ein Artikel sein. Oder es geht um uns.«

»Ich weiß nicht, wie du darauf kommst, dass …«

»Dinah. Ich weiß, wenn etwas in deinem Leben aus dem Lot geraten ist. Und was dich berührt, geht auch mich etwas an. Sag mir, was los ist. Ich kann es nicht in Ordnung bringen, solange ich nicht weiß, was es ist.«

Sie blickte ihn quer durch den Raum an, und etwas veränderte sich in ihrem Gesicht. Sie trat hinter seinen Stuhl und legte die Arme um ihn. Ihre warme, weiche Wange schmiegte sich an seine.

»Ich widme mich dir wirklich nicht genügend, oder?« Ihre Stimme klang zittrig.

Er hob die Hand zu ihrem Kopf und ließ seine Finger in ihr seidiges Haar gleiten. Er fühlte es so gern, und sie schien nie etwas dagegen zu haben. »Nein«, erwiderte er etwas trocken. »Ich bin ein Prinz.«

Sie kicherte. »Das bist du tatsächlich. Und ich habe dich vernachlässigt, das ist mir schon klar. Es tut mir leid.«

Er blickte zu ihren feinknochigen Händen auf seiner Brust, der Kraft in ihnen, den rot lackierten Nägeln, ihrer einzigen Eitelkeit. »Also, was ist los? Ist es nur die Arbeit, oder hast du einen besseren Prinzen gefunden?«

Sie zögerte, ging dann um ihn herum, lehnte sich mit der Hüfte gegen den Tisch und lächelte zu Kane hinab. »Sagen wir einfach, ich bin über eine vielversprechende Geschichte gestolpert. Eine Geschichte, mit der ich mir einen Namen machen könnte.«

Er runzelte die Stirn. »Du hast doch bereits einen guten Ruf als Journalistin.«

»Auf lokaler Ebene, ja. Auch auf regionaler. Aber mit dieser hier … damit könnte ich landesweit bekannt werden.«

Kane verspürte leichtes Unbehagen. »Was ist das für eine Geschichte?«

»Du weißt doch, dass ich darauf nicht antworten kann.«

»Ich frage ja nicht nach Einzelheiten, Dinah. Nur ganz generell. Geht es um Verbrechen? Politik? Wirtschaft?«

»Um Verbrechen und Wirtschaft. Verschiebt sich vielleicht auch noch in die politische Arena, obwohl ich mir da noch nicht sicher bin«, erwiderte sie immer noch lächelnd.

»Großer Gott. Dinah …«

»Mach dir keine Sorgen, ich weiß, was ich tue.« Sie streckte die Hand aus und strich mit ihren Fingerrücken in einer vertrauten Liebkosung an seiner Wange entlang.

Er ließ sich nicht ablenken. »Sag bloß nicht, dass du diese Sache auf eigene Faust machst. Wenn Steve nicht Bescheid weiß …«

Ihr Lächeln verschwand. »Er ist mein Chefredakteur, Kane, nicht mein Kindermädchen.«

»Das habe ich nicht gemeint, und das weißt du. Wenn diese Story etwas mit Verbrechen zu tun hat, können die Dinge sehr schnell hässlich werden.«

»Das weiß ich.« Ihre Stimme blieb geduldig. »Ich mache das schon seit einigen Jahren, falls du das vergessen hast.« Sie griff nach ihrem Aktenkoffer. Die Anspannung ihrer Schultern war sichtbar, und das allein sagte ihm, dass er eine Grenze überschritten hatte.

Sie war bereits auf dem Weg zur Tür. Es war zu spät, sich zu entschuldigen, zu erklären, dass er nur besorgt war, weil sie ihm am Herzen lag, und nicht weil er ihre Instinkte oder Fähigkeiten bezweifelte.

»Sei einfach vorsichtig«, rief er ihr nach.

»Bin ich doch immer«, warf sie leichthin zurück. Und dann war sie fort.

Die Stille in der Wohnung senkte sich über ihn. Mit einer neuen Besorgnis im Kopf wirkte der Morgen dunkler und weniger friedvoll als noch ein paar Minuten zuvor.

Im Gegensatz zu Dinah musste sich Kane kaum mit dem Innenstadtverkehr abquälen, der in Atlanta wirklich grauenhaft sein konnte. Seine Firma lag außerhalb der Stadt, ein außerordentlich schönes fünfstöckiges Gebäude aus Stein und Glas, das auf einem zwei Hektar großen, fast ebenso schönen Gelände stand. Bei der Firma handelte es sich um ein Bauingenieur- und Architekturbüro, das von seinem Vater und dem Bruder seiner Mutter unter dem Namen MacGregor und Payne gegründet worden war. Kane hatte keine Veranlassung gesehen, den Namen zu ändern, obwohl sein Onkel Jonah Payne als Junggeselle gestorben war und seinen Geschäftsanteil seinem Neffen hinterlassen hatte.

Kane hatte die Firma übernommen, als sein Vater John MacGregor vor mehr als zehn Jahren in den Vorruhestand gegangen war. John hatte sich damals mit seiner zweiten Frau aufgemacht, die Welt zu sehen, und sich schließlich in Kalifornien niedergelassen, als er vom Reisen genug hatte.

Kane genoss die Arbeit, wenn er sich auch in letzter Zeit mehr auf die administrativen Dinge konzentrieren musste als auf das eigentliche Planen und Entwerfen, obwohl er genau das liebte.

Was vermutlich der Grund war, warum er sich, als Dinah gegangen war, spontan dazu entschloss, die Baustelle zu besuchen, auf der MacGregor und Payne neue Büros für das Bürgermeisteramt und andere Bereiche der städtischen Verwaltung errichtete.

»Kane? Was machen Sie denn hier?« Max Sanders, der Chef der Mayfair Construction Company, näherte sich Kanes Auto mit raschen Schritten. Er trug einen Schutzhelm und hatte eine Rolle Blaupausen unter dem Arm, was beides nicht von seinem erstklassig geschnittenen dunklen Anzug ablenkte – obwohl sich eine beträchtliche Staubschicht darauf gelegt hatte. Hinter ihm ragte das Stahlskelett auf, das zu einem beeindruckenden Gebäude werden würde und auf dem heute eine große Anzahl von Bauarbeitern herumkletterte. Riesige Schaufelbagger warfen gewaltige Staubwolken auf.

»Das könnte ich Sie auch fragen«, erwiderte Kane beim Aussteigen. »Seit wann macht sich der Boss den hübschen Anzug dreckig, wenn er es nicht muss?«

»Er muss«, gab Max mit einer Grimasse zurück. »Jemand hat Ihre Pläne missverstanden und mit mindestens drei Tragebalken Mist gebaut. Jed Norris, unser Polier, hatte gestern was erwähnt, das mich stutzig machte, also kam ich heute Morgen her. Zum Glück.«

»Kann es ausgebessert werden?«

Max nickte. »Sollte nicht mehr als ein oder zwei Tage dauern. Und ich habe Jed gewarnt, von jetzt an sorgfältiger zu sein.«

»Wie kommt er dazu, die Pläne misszuverstehen? Er ist lange genug in der Branche und sollte sich auskennen.«

»Tja, das könnte ein Teil des Problems sein. Er glaubt, er wüsste, wie die Dinge zu sein *haben*, und zieht daher nicht immer die Meinung anderer in Betracht.«

»Blaupausen sind Meinungen?«

Max verzog erneut das Gesicht. »Was soll ich dazu sagen? Ich habe ihn mir vorgeknöpft, Kane. Er steht zu kurz vor der Rente, um sich seinen Lebensabend zu vermasseln, daher hoffe ich, dass ich ihn damit zur Räson gebracht habe. Aber ich werde die Sache im Auge behalten, machen Sie sich keine Sorgen.«

Kane war besorgt. Der Bau hier war ein Prestigeobjekt, und wenn irgendwas schiefging, stand der gute Ruf aller auf dem Spiel. Aber er dachte nicht daran, einem anderen vorzuschreiben, wie er seine Arbeit zu tun hatte. Sobald die Bauarbeiten begonnen hatten, lag seine Aufgabe nur noch darin, zu beraten und zu erklären.

»Dann überlasse ich es also Ihnen«, sagte er. »Falls Sie irgendwelche Fehler in den Blaupausen finden, rufen Sie mich an. Ansonsten sieht es ja so aus, als hätten Sie alles im Griff. Daher will ich Ihnen lieber nicht im Weg stehen.«

»Sie wollen ja nur *Ihren* hübschen Anzug nicht schmutzig machen«, gab Max zurück, wobei sein leicht besorgter Ausdruck verschwand.

Er salutierte mit der Rolle Blaupausen und ging zurück zur Baustelle.

Kane hatte gerade die Autotür geöffnet, als Max zurückkam. »Übrigens, hat Dinah Sie gestern gefunden?«

Kane runzelte die Stirn. »Gestern?«

»Ja. Gegen, ich weiß nicht genau, zwei Uhr nachmittags vielleicht? Ich war kurz zum Nachschauen hier, und sie kam etwa eine Viertelstunde später. Sagte, sie hätte gedacht, Sie wären vielleicht hier statt im Büro. Ich hab sie herumgeführt, weil sie neugierig zu sein schien. Aber sie blieb nicht lange. Haben Sie sich dann später getroffen?«

Kane nickte. »Ja, danke, haben wir.«

»Na gut, prima. Bis dann, Kane.«

»Wiedersehen.«

Kane wusste nicht, warum Dinah hierhergekommen war, obwohl es nicht das erste Mal war, dass sie auf einer Baustelle nach ihm gesucht und ihn auch ein- oder zweimal gefunden hatte. Aber sie hatte es gestern Abend nicht erwähnt.

Andererseits hatte er auch nicht erwähnt, dass er letzte Woche in ihr Büro gekommen war, in der Hoffnung, sie dort zu finden.

Der Umweg zur Baustelle kostete Kane nur eine halbe Stunde. Kurz nach halb elf erreichte er sein Büro. Wie gewöhnlich empfing ihn seine Sekretärin Sharon Ross mit einem halben Dutzend Nachrichten, was bedeutete, dass er den restlichen Vormittag am Telefon verbringen musste.

»Mist«, sagte er verdrießlich.

Sharon grinste. »Ich kann ja sagen, dass Sie heute nicht ins Büro kommen.«

Das klang verlockend, doch da Kane es nur genoss, die Arbeit zu schwänzen, wenn sich eine angenehme Alternative bot – was heute nicht der Fall war –, schien es den Aufwand nicht wert. »Nein, ich bin heute offiziell hier, Sharon.«

Sie nickte. »Ich hab's nicht extra notiert, aber Dinah hat vor zwei Minuten angerufen.«

Mist, sagte Kane erneut, diesmal jedoch unhörbar. Er hätte gern die Gelegenheit gehabt, seine Diskussion mit Dinah zu beenden. Uneins mit ihr zu sein verdarb ihm den ganzen Tag. »Hat sie eine Nachricht hinterlassen?«

»Ja. Sie bat mich, Ihnen zu sagen, sie hätte gerade gemerkt, dass der Akku ihres Handys leer sei, und Sie sollten sich bitte keine Sorgen machen, wenn Sie erst heute Abend wieder mit ihr sprechen könnten. Sie wird den größten Teil des Tages unterwegs und nicht in der Redaktion sein.«

»Okay. Danke, Sharon.«

In seinem Büro verdrängte Kane die Gedanken an Dinah und konzentrierte sich auf die Arbeit. Zwei Stunden später, als er stirnrunzelnd auf den technischen Plan eines der Schwerkraft trotzenden Entwurfs blickte, öffnete sich die Tür, und Sydney Wilkes kam herein. Sie sah gelassen und frisch aus wie immer, was nicht ungewöhnlich war für einen kühlen Oktobernachmittag, ihr aber stets erstaunte Blicke in der Sommerhitze von Atlanta eintrug.

Ihr Kostüm war makellos geschnitten, seine senfgelbe Farbe schmeichelte ihrer Bräune und dem hellblonden Haar, und Sydney bewegte sich mit dem Selbstvertrauen einer Frau, die schön ist und es weiß.

Kane drehte seinen Stuhl vom Zeichentisch weg und betrachtete sie mit erhobenen Brauen. »Langweilst du dich, Syd?«

»Ist das der einzige Grund, warum ich meinen Lieblingsbruder besuche? Weil ich mich langweile?« Ihre Stimme war volltönend und lässig.

»Ich bin dein einziger Bruder – und ja, für gewöhnlich.« Aber er lächelte, um seinen Worten die Schärfe zu nehmen.

Sie lächelte zurück mit amüsierter Nachgiebigkeit in ihren grauen, den seinen so ähnlichen Augen. »Na gut, da heute im Wohnungsbaubereich von MacGregor und Payne nicht viel los ist, dachte ich, du würdest dich gern von jemandem zum Lunch einladen lassen. Ich hab Dinah gestern getroffen, und sie sagte, sie wäre heute den ganzen Tag beschäftigt, daher …«

Sydney war ebenfalls Architektin. Sie hatte sich auf den Privatwohnungsbau spezialisiert, wohingegen Kane den gewerblichen Bau vorzog. Es war eine angenehme und gewinnbringende Partnerschaft. Zwischen ihnen lagen nur drei Jahre, Sydney war mit ihren zweiunddreißig die Jüngere.

Während ihrer Ehe hatte sie, bis zum Unfalltod ihres Mannes vor zwei Jahren, nur halbtags arbeiten können. Inzwischen war sie voll in den Familienbetrieb eingestiegen. Was ihr Privatleben betraf, war sie bisher nicht bereit gewesen, sich wieder auf jemanden einzulassen, obwohl fast jeder Mann, dem sie begegnete, Interesse zeigte.

»Nun ja«, sagte Kane, »wenn du mich einlädst …«

Der Lunch war angenehm und der Rest des Nachmittags hektisch. Kane konnte das Büro sogar erst nach halb acht verlassen. Entschlossen, nicht zu spät zu kommen, holte er unterwegs rasch etwas beim Chinesen und raste zu Dinahs Wohnung, aber es war dann doch weit nach acht, bis er dort ankam.

Dinahs Jeep stand nicht auf seinem Parkplatz.

Erleichtert, aber auch irritiert parkte Kane sein Auto und ging ins Haus. Der Portier kannte ihn mittlerweile gut genug und winkte ihm zur Begrüßung nur zu.

Kane schloss Dinahs Wohnung im zweiten Stock mit seinem Schlüssel auf, tastete nach dem Flurlicht und brachte das Essen in die Küche. Wie gewöhnlich war die Wohnung sehr aufgeräumt. Dinah war nicht nur von Natur aus ordentlich, sondern es kam auch einmal die Woche ein Reinigungsdienst – und dem frischen Zitrusgeruch nach war die Wohnung heute gesäubert worden.

Vielleicht kam sie ihm deswegen so … leer vor. Kane knipste die Lampen im Wohnzimmer an und schaltete den Fernseher ein. Er zog seinen Anzug aus, schlüpfte in Jeans und Sweatshirt und wartete.

Um neun Uhr war er hungrig und verärgert.

Um zehn Uhr war er besorgt.

Er konnte sich nicht erinnern, dass sich Dinah schon mal so sehr verspätet hatte, ohne ihn anzurufen.

Und selbst wenn der Akku ihres Handys leer war, gab es immer noch Münztelefone, nicht wahr? Überall in der Stadt gab es die.

Kane rief in ihrem Büro an und erreichte nur ihre Voicemail. Er hinterließ eine kurze Nachricht mit der Bitte, ihn anzurufen, falls sie noch in die Redaktion kam oder die Voicemail abhörte, bevor sie nach Hause fuhr. Sie hatte nie einen Pager dabei, daher waren seine Möglichkeiten begrenzt.

Er konnte nur warten.

Ab elf trat er immer wieder ans Fenster und schaute suchend auf die viel befahrene Straße hinaus. Um Mitternacht lief er unruhig auf und ab.

Er war kurz davor, ihren Chef anzurufen. Doch er redete sich ein, dass Dinah eine erwachsene Frau war, keine Närrin, und durchaus in der Lage, auf sich aufzupassen. Sie wäre bestimmt verärgert über ihn, wenn er panisch reagierte, wo sie doch nur beschäftigt war und vergessen hatte anzurufen.

Das sagte er sich mehrere Male.

Die Straßen draußen wurden ruhiger und schimmerten im Laternenlicht, weil es zu regnen begonnen hatte.

Es wurde später.

Und später.

Und Dinah kam nicht.

Faith

Sie öffnete abrupt die Augen, als erwachte sie aus einem Albtraum, spürte, wie ihr Herz hämmerte, und hörte ihr rasches, flaches Atmen in dem ansonsten stillen Raum. Sie konnte sich nicht an den Traum erinnern, aber ihr zitternder Körper und ihr rasender Puls verrieten ihr, dass es ein schlimmer gewesen war. Sie schloss die Augen und konzentrierte sich mehrere Minuten darauf, wieder ruhig zu werden.

Allmählich schlug ihr Herz langsamer, und ihr Atem wurde gleichmäßig. Okay. Okay. Das war besser. Viel besser.

Sie mochte es nicht, Angst zu haben.

Sie öffnete die Augen und schaute zur Decke. Allmählich schlich es sich in ihr Bewusstsein ein, dass etwas anders war, und sie drehte langsam den Kopf auf dem Kissen, damit sie sich im Zimmer umschauen konnte.

Es war nicht ihr Zimmer.

Jetzt erwachten auch ihre anderen Sinne. Sie hörte gedämpfte Geräusche, die aus der Ferne durch die geschlossene Tür drangen. Sie roch Krankheit und Medikamente, nahm die verschiedenen Gerüche von Menschen, Apparaten und Stärkemittel wahr. Sie bemerkte die spartanische Einrichtung des Zimmers, in dem sie sich befand, das Krankenhausbett, in dem sie lag – und den Tropf an ihrem Arm. All das sagte ihr, dass sie im Krankenhaus war.

Warum?

Es kostete sie erstaunliche Mühe, den Kopf zu heben und an sich hinunterzuschauen. Ihr Nacken fühlte sich steif an, und aufsteigende Übelkeit ließ sie schwer schlucken. Aber sie zwang sich dazu, hinzusehen, um sich zu vergewissern, dass alles von ihr vorhanden war.

Beide Arme. Beide Beine. Nichts in Gips. Ihre Füße bewegten sich, als sie ihnen gedanklich den Befehl gab. Also keine Lähmung. Gut.

Mit Mühe hob sie den Arm, der nicht am Tropf hing, bis sie ihre Hand sehen konnte. Sie wirkte furchtbar klein, nicht kindlich, aber ... zerbrechlich. Die kurzen Nägel waren schartig und wirkten abgekaut, und die Haut war milchig weiß. Langsam drehte sie die Hand und betrachtete die Handfläche, ihre Fingerkuppen. Keine Hornhaut, aber eine gewisse Rauheit, die ihr sagte, dass sie an Arbeit gewöhnt war.

Ängstlich betastete sie ihr Gesicht mit vorsichtig forschenden Fingern. Die Knochen schienen hervorzustehen, aber die Haut fühlte sich weich und glatt an. Kein Anzeichen einer Verletzung, bis sie ihre rechte Schläfe erreichte. Dort verrieten ihr ein quadratisches Pflaster und eine empfindliche Stelle darunter, dass sie wohl eine Art Schnittverletzung erlitten hatte.

Aber keine schlimme, dachte sie, und sicherlich keine große. Dazu war das Pflaster zu klein.

Ihr Haar über dem Pflaster fühlte sich schlaff und fettig an, was ihr sagte, dass es in letzter Zeit nicht gewaschen worden war. Sie zog an einer Strähne und wunderte sich, dass sie sie bis vor ihre Augen ziehen konnte. So lang? Das Haar war größtenteils glatt, wies nur einen Anflug von Locken auf. Und es war rot. Ein dunkles, mattes Rot.

Warum überraschte sie das?

Zum ersten Mal ließ sie das, was in ihrem Unterbewusstsein herumgekrochen war, an die Oberfläche steigen – eine kalte und wachsende Furcht, die sie nicht zu benennen wagte. Sie merkte, dass sie jetzt vollkommen still lag, die Arme an den Seiten, die Hände zu Fäusten geballt, den Blick zur Decke gerichtet, als könnte sie dort die Antworten finden.

Sie war nur leicht verletzt, warum war sie dann hier? Weil sie krank war? Was fehlte ihr?

Warum fühlte sich ihr Körper so schrecklich schwach an?

Und viel, viel schlimmer, warum konnte sie sich nicht erinnern …

»Oh mein Gott.«

Die Schwester an der Tür trat ein paar Schritte ins Zimmer, bewegte sich langsam, die Augen geweitet vor Überraschung. Dann fand sie zurück zu ihrer professionellen Haltung, schluckte und sagte strahlend, wenn auch etwas unsicher: »Sie … Sie sind wach. Wir haben uns … allmählich Sorgen um Sie gemacht, Fai- … Miss Parker.«

Parker.

»Ich hole den Arzt.«

Sie lag wartend da, wagte nicht darüber nachzudenken, dass sie ihren eigenen Namen nicht gewusst hatte und ihn, von diesem unbekannten Nachnamen abgesehen, immer noch nicht wusste. Es schien eine Ewigkeit zu dauern, in der kalte und unnennbare Ängste an ihr zerrten, bis ein Arzt erschien. Er war hochgewachsen und recht dünn, hatte einen empfindsamen Mund und sehr strahlende und dunkle Augen.

»Sie sind also endlich aufgewacht.« Seine Stimme war tief und warm, sein Lächeln freundlich. Behutsam griff er nach ihrem Handgelenk und maß diskret den Puls. »Können Sie mir Ihren Namen nennen?«

Sie befeuchtete ihre Lippen und sagte heiser: »Parker.« Ihre Stimme klang eingerostet und unbenutzt, und ihre Kehle fühlte sich kratzig an.

Er zeigte kein Erstaunen. Wahrscheinlich hatte die Schwester gestanden, dass sie diese Information weitergegeben hatte. »Wie ist es mit Ihrem Vornamen?«

Sie zwang sich, nicht vor Furcht aufzuschreien. »Nein. Nein, ich … ich erinnere mich nicht daran.«

»Können Sie sich daran erinnern, was mit Ihnen passiert ist?«

»Nein.«

»Können Sie mir sagen, welches Jahr wir haben?«

Sie konzentrierte sich, kämpfte gegen diese eisige, kriechende Panik an. In ihrem Kopf war nichts als Leere, ein dunkles Nichts, das sie mehr ängstigte, als sie hätte sagen können. Kein Bewusstsein der eigenen Identität, kein Wissen. Nichts.

Nichts.

»Ich weiß es nicht.«

»Machen Sie sich darum keine Sorgen«, besänftigte er sie. »Ein traumatisches Ereignis führt häufig zu Gedächtnisverlust, der aber selten von Dauer ist. Vermutlich werden Ihnen die Dinge allmählich wieder einfallen, nachdem Sie nun wach sind.«

»Wer sind Sie?«, fragte sie, weil das die unverfänglichste Frage war, die ihr in den Sinn kam.

»Mein Name ist Dr. Burnett, Nick Burnett. Ich bin Ihr behandelnder Arzt, seit Sie eingeliefert wurden. *Ihr* Name ist Faith Parker.«

Faith Parker. Das weckte nicht das geringste Gefühl von Vertrautheit in ihr. »Ach … ach ja?«

Er lächelte freundlich. »Ja. Sie sind achtundzwanzig Jahre alt, alleinstehend und körperlich in ziemlich guter Verfassung, obwohl Sie ein paar Kilo mehr vertragen könnten.« Er hielt inne und fuhr dann in ruhigem und neutralem Ton fort. »Sie hatten einen Autounfall. Die Polizei sieht die Ursache dafür darin, dass Sie zusätzlich zu einem verschreibungspflichtigen Muskelentspannungsmittel ein paar Drinks zu sich genommen hatten. Diese Mischung hat Sie Ihr Auto gegen eine Böschung fahren lassen.«

Die Beschreibung hätte ebenso gut eine andere Person betreffen können, sie setzte keinerlei Erinnerung in ihr frei.

»Diese Mischung erwies sich ebenfalls als hochgiftig für Ihren Körper«, fuhr der Arzt fort. »Sie scheinen ungewöhnlich stark auf Alkohol zu reagieren, was Sie, zusammen mit dem Medikament, in ein Koma versetzte. Abgesehen von der Schnittverletzung an Ihrem Kopf, die wir verbunden lassen, um die Narbenbildung zu vermindern, und ein paar angeknacksten Rippen, die bereits verheilt sind, geht es Ihnen jedoch gut.«

In ihrem Kopf schwirrten so viele Fragen, dass sie nur

aufs Geratewohl eine herausgreifen konnte. »Wurde … wurde bei dem Unfall sonst noch jemand verletzt?«

»Nein. Sie waren allein im Auto, bloß die Böschung hat was abgekriegt.«

Etwas, das er vor einer Minute gesagt hatte, nagte an ihr. »Sie sagten … meine Rippen wären bereits verheilt. Wie lange bin ich schon hier?«

»Seit sechs Wochen.«

Das erschreckte sie. »So lange? Aber …« Sie wusste nicht genau, was sie fragen wollte, doch ihre Furcht wuchs mit jeder neuen Tatsache.

»Versuchen wir es doch mal mit dem Sitzen, ja?« Ohne ihre Antwort abzuwarten, griff er nach der Fernbedienung, mit der sich das Kopfteil des Bettes heben ließ. Als sie die Augen schloss, ließ er den Knopf los. »Das Schwindelgefühl sollte gleich aufhören.«

Sie öffnete langsam die Augen und merkte, dass er recht hatte. Aber das verschaffte ihr nur wenig Befriedigung, da die Fragen und Sorgen sie überwältigten. Und die Panik. Eine tiefe, beängstigende Panik. »Dr. Burnett, ich kann mich an nichts erinnern. Weder, wo ich wohne, noch, wo ich arbeite. Ich weiß nicht, ob ich krankenversichert bin, und wenn nicht, weiß ich nicht, wie ich für sechs Wochen im Krankenhaus bezahlen soll. Ich weiß nicht mal, welche Adresse ich dem Taxifahrer geben sollte, wenn ich nach … nach Hause fahre.«

»Hören Sie mir zu, Faith.« Seine Stimme war sanft. »Es gibt keinen Grund zur Besorgnis, vor allem nicht wegen des Geldes. Die Krankenversicherung, die Sie bei Ihrem Arbeitgeber haben, hatte noch nicht gegriffen, aber es wurden bereits Vorkehrungen getroffen, Ihre Krankenhausrechung voll zu bezahlen. Und soviel ich weiß, wurde ein Treuhandfonds für Sie eingerichtet, für die Zeit nach Ihrer Entlassung. Geld sollte genug da sein, sicherlich genug für mehrere Monate, während Sie Ihr Leben wieder in Ordnung bringen.«

Diese erstaunliche Mitteilung ließ ihre Panik etwas abebben, aber sie war verwirrt. »Ein Treuhandfonds? Für mich eingerichtet? Aber wer würde so etwas tun?«

»Eine Freundin von Ihnen. Eine gute Freundin. Sie hat Sie zweimal die Woche besucht, bis …« Irgendetwas Undefinierbares huschte über sein Gesicht, dann fuhr er rasch fort: »Sie wollte, dass Sie die beste Versorgung bekommen und sich keine Sorgen machen müssen, wenn Sie entlassen werden.«

»Aber warum? Der Unfall war offensichtlich nicht ihre Schuld, da ich allein war …« Es sei denn, diese Freundin hatte sie zum Trinken ermutigt oder ihr nicht die Autoschlüssel abgenommen, als sie betrunken war.

»Das kann ich Ihnen nicht sagen, Faith. Nur, dass sie offensichtlich besorgt um Sie war.«

Schmerz überkam Faith, weil sie sich nicht an eine so gute Freundin erinnern konnte. »Wie heißt sie?«

»Dinah Leighton.«

Der Name sagte Faith nicht mehr als ihr eigener.

Dr. Burnett beobachtete sie sorgfältig. »Wir haben die Adresse Ihrer Wohnung, die, soviel ich weiß, auf Ihre Rückkehr wartet. Miss Leighton schien sich weniger sicher zu sein, ob Sie in Ihren alten Job zurückkehren möchten, was, wie ich glaube, einer der Gründe ist, warum sie es Ihnen ermöglicht hat, sich Zeit zu nehmen und sich umzusehen, vielleicht sogar wieder zu studieren oder etwas zu tun, was Sie schon immer machen wollten.«

Sie spürte, dass ihr Tränen in den Augen brannten. »Etwas, das ich schon immer tun wollte. Nur kann ich mich nicht daran erinnern, was ich schon immer machen wollte. Oder was ich bereits getan habe. Oder wie ich überhaupt aussehe …«

Er griff nach ihrer Hand und drückte sie fest. »Alles wird Ihnen wieder einfallen, Faith. Mag sein, dass Sie sich nie wieder an die Stunden direkt vor und nach dem Unfall erinnern werden, aber sonst wird der größte Teil mit der Zeit wiederkehren. Das Koma stellt seltsame Dinge mit dem Körper und dem Geist an.«

Sie schniefte und versuchte, sich zu konzentrieren, sich an die Fakten zu halten und nicht an die fehlenden Erinnerungen zu denken. »Was für Dinge?«

Immer noch ihre Hand haltend, zog er einen Besucherstuhl zum Bett und setzte sich. »Mit dem Körper das, was man nach einem traumatischen Unfall und wochenlangem Stillliegen erwarten kann. Muskelschwäche. Schwankender Blutdruck. Schwindelgefühle und Verdauungsstörungen durch den Mangel an Bewegung und fester Nahrung. Aber all diese Schwierigkeiten sollten verschwinden, sobald Sie ein paar Tage lang aus dem Bett sind, normal essen und sich viel bewegen.«

»Was ist mit … dem Verstand? Welche anderen Probleme kann ein Koma verursachen?« Die in ihrem Vorstellungsvermögen lauernden Möglichkeiten waren erschreckend. Was, wenn sie ihr Gedächtnis nie zurückbekäme?

Was, wenn sie unfähig wäre, alltägliche Dinge zu tun, einfache Dinge wie eine Bluse zuknöpfen oder ein Buch lesen? Was, wenn sämtliche Fähigkeiten und Kenntnisse, die sie für ihre Arbeit brauchte, für immer verschwunden wären und sie keine Möglichkeit hätte, ihren Lebensunterhalt zu verdienen?

»Manchmal verursacht ein Koma Dinge, die wir nicht vollkommen verstehen«, gestand der Arzt. »Persönlichkeitsveränderungen sind oft der Fall. Angewohnheiten und Eigenheiten werden manchmal anders. Es kann zu Gefühlsschwankungen kommen oder auch zu einer Gefühlsleere. Sie könnten gelegentlich verwirrt sein, selbst nachdem Ihre Erinnerungen zurückkehren, und Sie müssen höchstwahrscheinlich mit Panikattacken rechnen.«

Sie schluckte. »Na toll.«

Dr. Burnett lächelte. »Andererseits könnten Sie auch gar keine Nachwirkungen spüren. Sie sind vollkommen klar, und wir haben unser Bestes getan, Muskelschwund und andere mögliche Probleme gering zu halten. Physiotherapie werden Sie kaum brauchen, würde ich sagen. Sobald Ihre Erinnerung zurückkehrt, sind Sie wahrscheinlich vollständig wieder auf dem Damm.«

Er klang so überzeugend, dass Faith ihm glauben wollte. Die Alternative wäre unerträglich.

Sie schob den Gedanken daran beiseite und fragte: »Was ist mit Familie? Habe ich Angehörige?«

»Miss Leighton sagte uns, Sie hätten keine Angehörigen in Atlanta. Es gab eine Schwester, soviel ich mitbekommen habe, aber ich glaube, sowohl sie wie auch Ihre Eltern sind vor einigen Jahren umgekommen.«

Faith wünschte, sie würde irgendwas dabei empfinden. »Und ich bin alleinstehend. Habe ich … ist da …«

»Ich bin sicher, dass Sie Verabredungen hatten«, sagte er freundlich, »aber anscheinend gab es niemand Besonderen, zumindest nicht in den letzten paar Monaten. Sie hatten keine männlichen Besucher, es kamen keine Karten oder Briefe, und nur Miss Leighton hat Blumen geschickt, soviel ich weiß.«

Also war sie allein, bis auf diese bemerkenswert gute Freundin.

Sie fühlte sich allein und stark verängstigt.

Er sah es. »Im Moment erscheint alles überwältigend, ich weiß. Es ist zu viel, um es zu verdauen, zu viel, um damit fertigzuwerden. Aber Sie haben Zeit, Faith. Sie brauchen sich nicht unter Druck zu setzen, und es gibt keinen Grund zur Besorgnis. Machen Sie einen Schritt nach dem anderen.«

Sie holte Luft. »In Ordnung. Was wäre der erste Schritt?«

»Wir stellen Sie auf die Füße, und Sie fangen an, sich zu bewegen.« Er lächelte und erhob sich von dem Stuhl. »Aber nicht zu schnell. Heute richten wir Sie allmählich im Bett auf, versuchen es vielleicht mit dem Stehen und sehen, wie Sie damit zurechtkommen. Wir schauen, wie Ihr Magen auf feste Nahrung reagiert. Wie wäre das als Anfang?«

Sie brachte ein Lächeln zustande. »Okay.«

»Gut.« Er drückte ihre Hand, ließ sie los und zögerte dann.

Nach einem Blick in sein Gesicht fragte sie misstrauisch: »Was ist?«

»Na ja, da Sie vielleicht die Zeitung lesen oder fernsehen

wollen, um sich auf den neuesten Stand zu bringen, glaube ich, dass ich Sie vor etwas warnen sollte.«

»Wovor?«

»Ihre Freundin Miss Leighton. Sie wird seit etwa zwei Wochen vermisst.«

»Vermisst? Sie meinen, Sie … sie hat aufgehört, mich zu besuchen?«

In seinen dunklen Augen lag Mitgefühl. »Ich meine, sie ist verschwunden. Sie wurde als vermisst gemeldet, und obwohl ihr Auto später abgestellt gefunden wurde, hat sie seither niemand mehr gesehen.«

Faith war überrascht von den Gefühlen, die über sie hinwegschwemmten. Verwirrung. Schock. Enttäuschung. Bedauern. Und, schließlich, ein schrecklicher Schmerz bei der Gewissheit, dass sie nun vollkommen allein war.

Dr. Burnett tätschelte ihre Hand, schien aber zu merken, dass sie sich durch tröstende Worte nicht besser fühlen würde. Daher schwieg er und ging nur leise davon.

Sie starrte hinauf an die weiße, leere Zimmerdecke, die so leer war wie ihr Kopf.

Er lachte sie aus und schien sich dabei sehr zu amüsieren.

»Tja, woher sollte ich wissen, dass du nicht mal Wasser kochen kannst, ohne dass der Topf durchbrennt?«

»Ich hab's einfach vergessen«, verteidigte sie sich hitzig. »Ich hatte an Wichtigeres zu denken.«

Er schüttelte den Kopf, sein helles Haar glänzte wie gesponnenes Gold, und sein gut aussehendes Gesicht zeigte einen spöttischen Ausdruck. »Um ehrlich zu sein, ich bin froh, dass es ein paar Dinge gibt, die du nicht gut kannst. Wenn du perfekt wärst, wüsste ich nicht, wie ich damit umgehen sollte.«

Sie streckte die Hand aus und berührte sein Gesicht, strich rasch und zärtlich mit den Fingerrücken darüber. Ihre Hände waren kräftig, wohlgestaltet und gut gepflegt, die säuberlich gefeilten Nägel in leuchtendem Rot lackiert. Sie fühlte die kurzen Stoppeln seines Bartes, ein Kratzen, das vertraut und angenehm war, sogar erotisch. Die Worte blieben ihr fast im Hals stecken, und ihre Stimme klang heiserer, als sie erwartet hatte. »Ich mag zwar nicht perfekt sein, aber ich habe einen Bärenhunger. Und da ich das Abendessen ruiniert habe, dachte ich, wir könnten vielleicht essen gehen.«

»Nur, wenn du mich einlädst«, erwiderte er, immer noch amüsiert, obwohl seine Augen sich verdunkelten, als er diesen Ton in ihrer Stimme vernahm. »Ich weigere mich, eine Frau zum Essen einzuladen, die bereits drei Töpfe zerstört und meine Küche total verräuchert hat.«

»Du brauchtest sowieso neue Töpfe«, sagte sie und wich lachend aus, als er nach ihr griff.

Aber sie bemühte sich nicht besonders, ihm zu entkommen, und als seine Hände sie packten, kräftig und bestimmt und erregend, sank sie bereitwillig gegen ihn. Ihre Körper passten zusammen, als seien sie füreinander geschaffen, seinen Mund auf ihrem zu spüren erschütterte sie immer noch mit wilder und überwältigend verführerischer Lust. Doch wie stets riet ihr die warnende Stimme in ihrem Kopf, sich ihm nicht ganz hinzugeben, sondern etwas von sich zurückzubehalten, da sie wusste, wie es enden würde, sie wusste *es. Und wie immer achtete sie nicht auf die Warnung und griff begierig nach dem, was er ihr bot.*

Eine Hitzewelle durchraste sie, ihr Herz begann zu hämmern, als seine Hände über ihren Rücken glitten, und noch weiter hinunter, und sie noch fester an sich drückten …

Mit einem Ruck wachte Faith auf, zittrig, zugleich aber auch triumphierend.

Es gab einen Mann in ihrem Leben. Oder hatte ihn gegeben.

Sie schloss die Augen, versuchte sich sein Gesicht vorzustellen und war erfreut, wie lebhaft es ihr im Gedächtnis war. Dieses schimmernde, goldgesponnene Haar, ein bisschen länger, als es momentan modisch war, sogar ein wenig zottelig – und eindeutig sexy. Graue Augen, die beim Lachen silbrig wurden, ein intelligenter und selbstsicherer Blick. Fester, humorvoller Mund, entschlossenes Kinn. Tiefe, kräftige Stimme.

Und wie er sie angesehen hatte …

Ein Schauder überlief sie. Sie öffnete die Augen und merkte, dass ihre Wangen brannten und sie hilflos lächelte. Und dass das Zittern in ihr von etwas anderem ausgelöst wurde als von Furcht und Panik. Sie hätte schwören können, sein Aftershave zu riechen, diesen angenehmen Duft, vermischt mit dem schärferen, reineren Geruch von Seife.

Dann verflog diese sinnliche Erinnerung, und nur sein Gesicht stand ihr deutlich vor Augen. Sie klammerte sich daran fest.

In ihrem Zimmer war es still, bis auf das Murmeln aus dem Fernseher, in dem die Nachrichten auf CNN liefen. Sie saß fast aufrecht, hatte das Kopfteil des Bettes hochgestellt, weil sie sich Zeitschriften angeschaut hatte, bevor sie plötzlich eingeschlafen war. Das passierte ihr immer noch von Zeit zu Zeit, obwohl sie bereits seit fast einer Woche aus dem Koma aufgewacht war. Es waren Tage eines schmerzhaften Übergangs von einer Patientin, die bettlägerig und vollkommen auf die Pflegekräfte angewiesen war, zu einer, die langsam und vorsichtig ihre Unabhängigkeit wiedergewann.

Kleinste Bewegungen hatten ihr am Anfang große Mühe gemacht, und das Laufen noch viel mehr. Ihre Muskeln waren schwach und wollten ihr nicht gehorchen, was sich aber durch tägliche Physiotherapie allmählich besserte. Ihr Blutdruck hatte sich stabilisiert, doch ihr Magen hatte immer noch Schwierigkeiten mit fester Nahrung.

Das Entfernen der Magensonde war erstaunlich schmerzfrei verlaufen. An der Stelle, wo sie die Bauchdecke durchdrungen hatte, würde nur eine kleine Narbe zurückbleiben. Aber das Herausziehen des Katheters war unangenehm gewesen.

Vor drei Tagen hatte sie es zum ersten Mal allein ins Bad geschafft und lange Minuten damit verbracht, im Spiegel ein Gesicht anzustarren, das sie nicht kannte. Ein dünnes, bleiches Gesicht, umrahmt von fast glattem, stumpfem rotem Haar, das ihr bis über die Schultern fiel. Ihre grünen Augen waren sehr klar und eindringlich, aber der Rest ihrer Züge kam ihr wenig bemerkenswert vor. Gerade Nase, voller Mund, entschiedenes Kinn.

Manche hätten sie vielleicht hübsch genannt.

Sie hatte entdeckt, dass sie nur knapp über eins fünfundfünfzig groß war, sehr schlank und feinknochig. Sie hatte kleine Brüste und so gut wie keine Hüften – bestenfalls minimale Kurven. Sie fand, dass ihre Beine ganz in Ordnung waren, oder es sein würden, sobald sie sie mehr als ein paar Minuten aufrecht halten konnten.

Gestern Morgen hatte sie genüsslich ein langes Bad genommen, und obwohl die Schwester ihr hinterher hatte helfen müssen, ihr Haar zu trocknen, weil sie alle Kraft verbraucht hatte, fand Faith, dass es sich gelohnt hatte. Sie fühlte sich viel besser. Das stumpfe Rot ihres Haars hatte sich in ein üppiges Kastanienrot verwandelt, das ihr bleiches Gesicht zum Leuchten brachte.

Es war ein Gesicht, dachte sie jetzt, das einen gut aussehenden Mann mit schimmerndem blondem Haar anziehen könnte. Ein Mann mit intelligenten grauen Augen und einem festen Blick, der darauf hindeutete, dass er daran gewöhnt war, das zu bekommen, was er wollte.

Wie hieß er? Und wenn sie sich so nahegestanden hatten, dass körperliche Intimität einen wichtigen Teil der Beziehung bildete, warum hatte er sie dann nie besucht?

Das beunruhigte sie. Sehr.

Doch die Blumen von Dinah Leighton kamen nach wie vor einmal die Woche, auch nachdem Dinah selbst verschwunden war. Faith hatte sich ein Herz genommen und in dem Blumengeschäft angerufen, wo man ihr gesagt hatte, der Auftrag sei noch für eine weitere Woche bezahlt.

Offensichtlich gab es niemanden sonst, der ihren Krankenhausaufenthalt zur Kenntnis nahm – oder sie in dem Leben, das sie vor dem Unfall geführt hatte, vermisste.

Wo war dieser blonde Mann?

Wie konnte er ihr so lebhaft im Gedächtnis sein – ihre

einzige wirkliche Erinnerung –, wenn er nicht noch vor Kurzem ein Teil ihres Lebens gewesen war?

Eine Schwester kam mit einem Stapel Zeitschriften herein. »Ich habe Ihnen noch ein paar mehr gebracht, Schätzchen.« Sie war eine mütterliche Frau mit einer warmen Stimme und sanften Händen. Während der letzten paar Tage war sie für Faith die hilfreichste der Schwestern gewesen, weil sie ihr oft Mut machte.

»Danke, Kathy.« Faith betrachtete die kurzen, sauberen und unlackierten Nägel der Schwester und dann ihre eigenen, die immer noch schartig waren. »Kathy, haben Sie zufällig eine Nagelfeile?«

»Ich hole Ihnen eine.« Kathy legte die Zeitschriften aufs Bett und lächelte Faith mit aufrichtiger Freude an. »Sie sehen heute viel besser aus, Schätzchen. Und Sie fühlen sich offensichtlich auch besser.«

Faith erwiderte das Lächeln. »Stimmt, vielen Dank.«

»Dr. Burnett wird erfreut sein. Sie sind einer seiner Lieblinge, wissen Sie.«

Faith musste lachen. »Weil er diese Abhandlung über mich schreiben will, das wissen wir beide. Nicht viele Langzeit-Koma-Patienten wachen auf.«

»Das ist wahr«, sagte Kathy nüchtern. »Und wenn sie es tun, sind sie meist in sehr viel schlechterer Verfassung als Sie, Schätzchen. Bei Ihnen ist es beinahe so, als hätten Sie nur geschlafen.«

Faith hatte nicht das Gefühl, nur geschlafen zu haben, sagte aber bloß: »Ich weiß, wie glücklich ich mich schätzen kann, glauben Sie mir. Und Sie und die anderen Schwestern waren einfach wunderbar. Das spielt eine große Rolle.«

Kathy tätschelte Faith' Schulter. »Ich hole Ihnen die Nagelfeile«, sagte sie und verließ das Zimmer.

Die richtigen Worte zu sagen fiel ihr nicht schwer. Faith tat das jetzt schon seit Tagen. Sie war positiv und optimistisch gewesen. Sie hatte sich an den Rat der Krankenhauspsychologin gehalten, die Dinge eins nach dem anderen anzugehen. Sie hatte den aufmunternden Voraussagen der Schwestern zugestimmt, dass sie bald wieder ihr altes Leben würde führen können. Sie hatte Zeitungen und Zeitschriften gelesen und ferngesehen, um sich auf den neuesten Stand zu bringen. Sie hatte Dr. Burnett angelächelt, wenn er zur Visite kam, und die verheerende Panik nicht erwähnt, die sie ständig erfüllte, und auch nichts davon gesagt, wie oft sie nachts aufwachte und entsetzt war über die Leere in ihr.

Sie wusste jetzt einige Dinge, aber fast alle Informationen betrafen die Zeit, nachdem sie im Krankenhaus die Augen geöffnet hatte. Die Gesichter der Schwestern waren vertraut, wie auch die der Ärzte. Ebenso die Aufteilung ihres Stockwerks und die Physiotherapieräume zwei Etagen darüber.

Diese Dinge wusste sie.

Und dann war da – erst abrufbar, wenn ihr eine direkte Frage gestellt wurde – die Art von Wissen, die mit einer normalen Schulbildung einherging. Sie hatte mehrere Kreuzworträtsel gelöst, und eine Quizsendung im Fernsehen hatte ihr gezeigt, dass sie gewisse Kenntnisse über Geschichte und Naturwissenschaften besaß. Fakten. Daten. Ereignisse.

Zum größten Teil ziemlich nutzloses Zeug.

Aber als tatsächlich eigene Erinnerung, die aus dem ansonsten leeren Teil ihres Lebens stammte, konnte sie nur die Träume von dem blonden Mann, den sie geliebt zu haben glaubte, für sich beanspruchen.

Vor dem heutigen hatte es schon zwei andere Träume gegeben, beide kurz und sehr ähnlich, nur Szenen aus einer Beziehung, zwanglos und intim. Jedes Mal war viel gelacht worden, und die Szene hatte im Bett geendet.

Aber sie konnte sich immer noch nicht an seinen Namen erinnern.

Faith hatte über diese Träume mit niemandem gesprochen. Sie waren etwas, das nur ihr gehörte, ein Teil ihrer selbst, den ihr niemand anderer gegeben hatte, und sie klammerte sich daran fest wie an einen Anker.

»Hier hab ich sie, Faith.« Kathy kam mit einer Nagelfeile ins Zimmer zurück. »Bevor Sie mit dem Feilen anfangen, sollten wir aber noch einen Gang durch den Flur machen. Auf Anweisung des Arztes.«

Faith war nur allzu bereit dazu. So schmerzhaft es war, erlaubte es ihr doch zumindest, sich auf Muskeln und Knochen und Gleichgewicht zu konzentrieren, statt grübeln und nachdenken zu müssen.

»Gern«, sagte sie und warf die Bettdecke zurück.

Am vierzehnten November, drei Wochen nachdem sie aus dem Koma aufgewacht war und neun Wochen nach dem Unfall, wurde Faith nach Hause entlassen.

Sie war noch nicht vollkommen wiederhergestellt. Sie wurde immer noch schnell müde, ihr Schlaf war unruhig und von Träumen unterbrochen, an die sie sich erinnerte, und Albträumen, die sie vergaß, und ihr Gefühlszustand war, gelinde gesagt, labil.

Dr. Burnett fuhr sie zu ihrer Wohnung. Er behauptete, sie läge auf seinem Heimweg, was ihm jedoch niemand abnahm. Er hatte sich mehrfach übermäßig fürsorglich gegenüber Faith gezeigt.

Faith war nur zu gern bereit, seine Begleitung anzunehmen. Nervös und überängstlich, befürchtete sie, dass ihre Wohnung Erinnerungen in ihr auslösen würde. Doch noch mehr fürchtete sie sich davor, dass dies nicht der Fall sein könnte.

Sie trug ihre eigene Kleidung. Dinah Leighton hatte vorsorglich eine Tasche gepackt und sie ihr eine Woche nach dem Unfall ins Krankenhaus gebracht. Doch obwohl die Hose und der Pullover recht gut passten, fühlte sie sich unwohl darin. Vielleicht lag es daran, dass sie so lange Zeit in einem Nachthemd verbracht hatte.

Ihre Wohnung lag im fünften Stock eines netten, aber gewöhnlichen Gebäudes in einem Vorort von Atlanta. Kein Portier oder Wachmann begrüßte sie, aber alles sah sauber und in gutem Zustand aus, und der Fahrstuhl funktionierte einwandfrei.

Dr. Burnett kam mit ihr herein und stellte ihre kleine Reisetasche neben die Tür. »Schauen wir uns doch mal um«, schlug er vor und beobachtete sie. »Ich möchte Sie nicht allein lassen, bevor Sie sich hier wohlfühlen.«

Faith ging auf den Vorschlag ein, weil sie nicht allein sein wollte.

Die Wohnung war … nett. Gewöhnlich. Im Schlafzimmer war über das große Bett eine Tagesdecke mit Blumenmuster gebreitet, auf der am Kopfende viele Kissen lagen. Die Vorhänge am Fenster passten zur Tagesdecke. Es gab einen Nachttisch und einen Stuhl, beide aus weißem Korb, und eine weiß lackierte Frisierkommode mit einem ovalen, von Korbgeflecht umrahmten Spiegel darüber. Alles war in Weiß und Rosa gehalten. Faith fand das eine seltsame Wahl für eine Rothaarige und ziemlich mädchenhaft.

Das Bad war klein und mit weißen Fliesen und schlichten Armaturen standardmäßig ausgestattet. Die Läufer, Handtücher und Vorhänge am Fenster hatten ebenfalls Blumenmuster, diesmal in Rosa und Lila.

Die Küche sah mit den weißen Schränken und der neutralen Arbeitsplatte, die perfekt zu dem PVC-Boden passten, ebenfalls standardmäßig aus. Es gab einen kleinen Frühstückstisch, wieder aus weißem Korb und Glas, darunter lag ein billiger Läufer. Wenig Mühe war darauf verwendet worden, der Küche eine persönliche Note zu geben, soweit Faith sehen konnte. Auf dem Tisch lagen keine Sets, und bis auf eine Kaffeemaschine stand nichts auf den Arbeitsplatten.

Das Wohnzimmer kam ihr vor, als sei es erst vor Kurzem eingerichtet worden, und sie hatte das Gefühl – sicherlich keine Erinnerung –, dass ein Bild aus einer Zeitschrift als Inspiration verwendet worden war. Der angestrebte Stil hätte als »schäbig-schick« bezeichnet werden können, mit auf Alt gemachtem Holz, Strukturstoffen und antik aussehendem Zubehör.

Es funktionierte nicht so ganz, auch wenn Faith nicht hätte erklären können, wieso.

»Nette Wohnung«, sagte Burnett.

Sie nickte, während sie sich fragte, warum ihr die kleine Wohnung so erdrückend vorkam. Lag es daran, dass die Tür mit mehreren Schlössern gesichert war? Ein Hinweis auf jemanden, der die Welt ausgeschlossen hatte – oder sich selber einschloss. Faith wusste es nicht, aber es verstörte sie.

Sie zog die Jacke aus, hängte sie über einen Stuhl, kehrte in die Küche zurück und sah in den Schränken und im Kühlschrank nach. »Sloan hat Wort gehalten«, bemerkte sie, als sie die Vorräte erblickte.

Der Anwalt war vor einigen Tagen zu ihr gekommen, nachdem Dr. Burnett ihm mitgeteilt hatte, dass Faith Besuch empfangen konnte. Er hatte ihr die finanzielle Situation erklärt und bestätigte auch, dass Dinah Leighton einen Treuhandfonds zu Faith' Verfügung eingerichtet und Vorkehrungen getroffen hatte, die Krankenhausrechnung zu bezahlen. Dinahs Verschwinden, hatte er ohne Emotion erklärt, ändere daran nichts.

Zusätzlich waren Faith' monatliche Ausgaben bezahlt worden, einschließlich vor Kurzem angefallener Schulden. Sie brauche sich keine Sorgen zu machen, es wäre für alles gesorgt worden.

Dann hatte er versprochen, ihre Wohnung reinigen und Vorräte besorgen zu lassen, die bei ihrer Rückkehr bereitständen. Alles auf Dinahs sorgfältige Veranlassung.

Er hatte Faith eine großzügige Summe Bargeld übergeben und ihr mitgeteilt, dass ihrem Konto weiteres Geld gutgeschrieben worden sei. Außerdem sei ihre Miete für die nächsten sechs Monate bezahlt.

Für Faith war es zu überwältigend gewesen, um darüber

nachzudenken, und nun verspürte sie ein leises Unbehagen. All das von einer Freundin? *Warum?*

»Mein Rat lautet, dass Sie sich etwas Einfaches zum Abendessen machen oder eine Pizza bestellen und früh zu Bett gehen. Sich hier eingewöhnen«, sagte Burnett fröhlich und lächelte ihr aufmerksam zu. »Hören Sie auf, so viel nachzudenken, Faith. Lassen Sie sich Zeit.«

Sie wusste, dass er recht hatte. Und es gelang ihr sogar, sich ruhig von ihm zu verabschieden und zu versprechen, zum vereinbarten Termin in ein paar Tagen zur Nachuntersuchung und einer weiteren Behandlung bei der Physiotherapeutin ins Krankenhaus zu kommen.

Dann war sie allein.

Sie verschloss die Tür, schaltete im Wohnzimmer den Fernseher ein, um sich nicht so einsam zu fühlen, und wanderte erneut durch die Wohnung. Diesmal sah sie genauer hin.

Ihre anfängliche Verwirrung wurde zu frostiger Unbehaglichkeit.

Hier gab es keine Geschichte. Keine Fotos, weder auf einer Kommode aufgestellt noch in Schubladen verstaut. Und sehr wenig, was auf ihre Interessen deutete. Ein paar Bücher, neuere Bestseller verschiedener Genres, und viele davon offensichtlich nicht gelesen.

Sie fand eine reiche Auswahl an Kleidung in Schubladen und Schränken, und im Badezimmer die üblichen Vorräte an Seife und Shampoo, Feuchtigkeitscremes, Badezusätzen und Einmalrasierern, und einen kleinen Kulturbeutel mit Make-up. Alles neu oder fast neu. Ein Fön und ein Lockenstab waren im Schränkchen unter dem Waschbecken verstaut.

Was es nicht gab, war der Beweis, dass eine Frau hier mehr als ein paar Wochen oder Monate gewohnt hatte. Keine alten Lippenstifte oder eingetrocknete Wimperntusche in den Schubladen. Keine benutzten Kompaktpuder, deren Farbton sich nach einiger Zeit als falsch herausgestellt hatte. Kein Nagellack oder Nagellackentferner. Keine Proben, wie sie praktisch von allen Kosmetikabteilungen der Welt ausgegeben wurden.

Entweder war Faith Parker die ordentlichste Frau auf Erden … oder sie hatte hier sehr wenig Zeit verbracht.

Sie ging ins Wohnzimmer und setzte sich an den kleinen Schreibtisch in der Ecke. In der einzigen Schublade befanden sich nur ein paar Dinge. Ein kleines Adressbuch mit wenigen Einträgen – Namen, Adressen und Telefonnummern, die ihr nichts sagten. Ihr Scheckbuch und eine Kopie ihres Mietvertrags, die beide darauf hindeuteten, dass sie hier vor dem Unfall seit fast achtzehn Monaten gewohnt hatte. Es gab regelmäßige Einzahlungen an Freitagen, offenbar ihr Gehalt, das ausreichte, um davon zu leben, wenn auch nicht übermäßig gut; an manchen Monatsenden schien es knapp geworden zu sein. Schecks waren auf die üblichen Empfänger ausgestellt worden, die zum Teil mit den Einträgen im Adressbuch übereinstimmten. Lebensmittelläden, Kaufhäuser, Friseursalons, Zahnarzt, zwei Restaurants, eine Apotheke, eine Frauenklinik, ein Computergeschäft.

Ein Computergeschäft.

Faith blickte sich mit gerunzelten Brauen langsam im Zimmer um. Laut Scheckheft hatte sie nur ein paar Wochen vor dem Unfall einen Laptop auf Raten gekauft. Er sollte hier sein.

War er aber nicht. Sie hatte nur eine Handtasche dabeigehabt, als sie mit ihrem Auto gegen die Böschung prallte, hatte man ihr gesagt. Warum war der Computer dann nicht hier?

Kaum hatte sie sich diese Frage gestellt, klingelte plötzlich das Telefon auf ihrem Schreibtisch. Faith erschrak und musste tief Luft holen, um ihre Atmung zur Ruhe zu bringen, bevor sie abnehmen konnte.

»Miss Parker, hier ist Edward Sloan.« Die Stimme des Anwalts war forsch. »Verzeihen Sie, dass ich Sie an Ihrem ersten Tag zu Hause störe, aber da ist etwas, das Sie meiner Meinung nach wissen sollten.«

»Und was ist das, Mr Sloan?«

»Die Firma, die ich beauftragt hatte, diese Woche Ihre Wohnung zu putzen, fand sie in … ungewöhnlicher Unordnung vor.«

»Wollen Sie damit sagen, ich sei schlampig?«, fragte sie, obwohl sie die Antwort schon ahnte.

»Nein, Miss Parker, das glaube ich nicht. Viele Schubladen waren auf dem Boden ausgeleert worden, Kissen und andere Sachen lagen verstreut herum. Alles sah sehr nach einem Einbruch aus, der möglicherweise aus irgendeinem Grund unterbrochen worden war, da nichts zu fehlen schien. Das war vor drei Tagen. Da ich wusste, dass Sie noch im Krankenhaus waren, habe ich mir die Freiheit genommen, an Ihrer Stelle zu handeln. Ich habe die Sache bei der Polizei gemeldet und mich dann mit den Beamten in Ihrer Wohnung getroffen. Sie haben den Bericht aufgenommen, haben Fotos der Wohnung gemacht und mit anderen Bewohnern des Hauses gesprochen. Aber da niemand etwas

Ungewöhnliches gesehen oder gehört hatte und da Ihr Fernseher und die Stereoanlage noch da waren und nichts beschädigt war, soweit wir das feststellen konnten, wurde nichts weiter unternommen.«

»Verstehe«, murmelte sie.

»Der Reinigungsfirma wurde gestattet, ihren Auftrag sofort danach auszuführen. Die Reinigungskräfte wurden angewiesen, alles so ordentlich wie möglich aufzuräumen und selbst zu beurteilen, wo alles hingehörte. Haben Sie darüber irgendwelche Beschwerden, Miss Parker?«

»Nein.«

»Haben Sie feststellen können, ob etwas fehlt?«

Er wusste von ihrer Amnesie, aber es schien eine automatische, anwaltstypische Frage zu sein.

»Nein«, wiederholte Faith, wobei sie auf den Scheckhefteintrag über den Computer blickte. Sie wollte ihn nicht erwähnen, obwohl sie nicht erklären konnte, wieso, nicht mal sich selbst. »Nichts.«

»Falls Sie noch etwas entdecken, lassen Sie es mich doch wissen, ja?«

»Selbstverständlich, Mr Sloan.« Sie zögerte. »Da ist noch eine Sache. Sie sagten, dass all meine in letzter Zeit gemachten Schulden bezahlt worden seien?«

»Ja.«

»Woher wussten Sie davon, Mr Sloan?«

»Miss Leighton informierte mich darüber, Miss Parker. Ich glaube, sie hat sich die Freiheit genommen, Ihren Schreibtisch durchzuschauen, um die genaue Summe zu ermitteln. Abgesehen von Ihren regelmäßigen monatlichen Zahlungen für Nebenkosten, Miete, einer geringfügigen

Kreditkartenabrechnung und so weiter gab es zwei vor Kurzem eingegangene Ratenzahlungsverpflichtungen. Die eine für einen Laptop, von dem Miss Leighton mir sagte, er befinde sich seit dem Unfall in ihrem Besitz, und eine andere für neue Wohnzimmermöbel. Beide Raten wurden vollständig bezahlt.«

»Verstehe.« Sie schluckte. »Vielen Dank, Mr Sloan.«

»Es war mir ein Vergnügen, Miss Parker.« Er legte auf.

Also hatte Dinah Leighton den Laptop, den Faith nur Wochen vor dem Unfall gekauft hatte. Warum? Und wo war er jetzt?

Ihre Gedanken wirbelten ihr im Kopf herum. Alles war so verwirrend. Und als ob nicht alles schon schlimm genug wäre, fiel ihr Blick plötzlich auf einen Bericht im Fernsehen. Sie griff nach der Fernbedienung und stellte den Ton lauter.

» ... Kane MacGregor, der der vermissten Frau am nächsten stand, drückte sein Vertrauen in die Bemühungen der Polizei aus, sie zu finden«, verkündete die Stimme aus dem Off ernst.

Der blonde Mann vor der Kamera sah müde aus, sein Gesicht abgehärmt und dünn, die grauen Augen verschleiert. Zahllose Mikrofone wurden ihm entgegengestreckt. Eine Frage, die Faith kaum verstehen konnte, wurde gestellt, und er antwortete mit einer tiefen Stimme, bei der sie ein warmer Schauer überlief.

»Nein, ich habe die Hoffnung nicht aufgegeben. Die Polizei unternimmt sämtliche Anstrengungen, sie zu finden, und ich glaube, es wird ihr gelingen. Falls in der Zwischenzeit irgendjemand, der das hier sieht, Informationen besitzt, die zur Auffindung von Dinah« – seine ruhige Stimme zitterte ein wenig, als er den Namen aussprach – »beitragen könnten, sollte er sich schnellstmöglich bei der Polizei melden.«

»Mr MacGregor, haben Sie das FBI hinzugezogen?«, brüllte ein Reporter.

»Nein, die Sache fällt nicht in dessen Zuständigkeitsbereich. Wir haben keinen Beweis dafür, dass Dinah entführt wurde«, antwortete er.

»Haben Sie einen Privatdetektiv beauftragt?«

Kane MacGregor lächelte dünn. »Natürlich habe ich das. Ich tue alles in meiner Macht Stehende, um Dinah zu finden.«

»Und das ist der Grund, warum Sie eine Million Dollar Belohnung aussetzen für Beweise, die dazu führen, dass Miss Leighton lebend und wohlbehalten aufgefunden wird?«

»Genau.« Er holte Luft, und seinem schmalen Gesicht war die Anspannung nun wirklich anzusehen. »Also, wenn es Ihnen nichts ausmacht …«

»Eine letzte Frage, Mr MacGregor. Waren Sie mit Miss Leighton verlobt?«

Einen Augenblick lang sah es so aus, als würde Kane MacGregors Gesicht aufreißen, und all seine unterdrückten Gefühle würden hervorbrechen. Aber das geschah nicht, und nur seine Stimme enthüllte rau vor Schmerz seine Gefühle.

»Ja. Wir waren verlobt.« Dann drängte er sich durch die Reporter, dicht gefolgt von einem hochgewachsenen, dunkelhaarigen Mann mit einem vernarbten Gesicht. Beide verschwanden in einem wartenden Auto.

Faith fand sich auf der Couch wieder, hielt ein Kissen an

ihre Brust gepresst, fühlte sich benommen und hörte nicht mehr, was der Nachrichtensprecher sagte.

Kane MacGregor war der Mann aus ihren Träumen. Und er war Dinahs Verlobter. Sie träumte von Dinahs Verlobtem? Intime Träume?

Schmerz, heiß und kalt wie ein Messer aus Eis, durchschnitt sie. Sie hörte sich in flachen Zügen atmen, spürte ihr Herz hämmern, ihren Körper zittern.

War er zuerst ihr Geliebter gewesen? Hatte die Beziehung schon vor langer Zeit geendet, bevor Dinah auftauchte? Oder verbarg Kane MacGregors vom Schmerz gequältes Gesicht das Wissen, dass er gleichzeitig mit ihr und Dinah eine Beziehung hatte?

Dann wurde Faith noch kälter.

Dinah wurde vermisst. Faith war in einen schweren Unfall verwickelt gewesen.

Bedeutete das etwas?

In ihre Wohnung war nach dem Unfall eingebrochen worden, und obwohl sie nicht mit Sicherheit wusste, ob die Einbrecher etwas entwendet hatten, war es doch außerordentlich unnatürlich, dass persönliche Unterlagen und Fotos komplett fehlten.

Bedeutete das etwas? Irgendetwas?

Warum konnte sie sich nicht erinnern?

»Oh Gott«, flüsterte sie. »Was passiert hier?«

Die Suche

1

»Warst du?«, fragte Bishop.

Kane, der sich aufs Fahren konzentrierte, warf ihm nur einen raschen Blick zu. »War ich was? Mit Dinah verlobt?«

»Ja.«

»Inoffiziell.«

Bishop dachte ein paar Minuten darüber nach. »Bedeutet *inoffiziell verlobt,* dass sich das alles in deinem Kopf abspielte oder in ihrem?«

Kane spürte ein Flackern grimmigen Humors. »Bei dir muss alles immer ganz exakt sein, oder, Noah?«

»Ich versuche nur zu verstehen.«

»Dann muss ich wohl sagen, dass das alles nur in meinem Kopf war. Ich hatte sie noch nicht gefragt.«

»Aber du wolltest?«

Nun war es Kane, der nachdachte, und als er antwortete, geschah es mit einem müden Seufzer. »Zum Teufel, ich weiß es nicht. Ich glaube schon. Ich meine, ich hatte es nicht geplant, aber in meinem Hinterkopf war die Gewissheit, dass es darauf hinauslaufen würde. Zumindest …«

»Bis kurz vor ihrem Verschwinden?«

Kane nickte. »Wie ich dir schon gesagt habe. Alles war in Ordnung. Dann wurde sie geistesabwesend, war mit der Story beschäftigt, an der sie arbeitete, nahm ich an. Dann geschah der Unfall, in den ihre Freundin verwickelt war, und Dinah schien noch distanzierter und zerstreuter zu werden.«

»Und sie hat dir nie erzählt, woran sie arbeitete?«

»Verdammt noch mal, Noah, du kennst Dinah doch. Sie war schon immer verschlossen wie eine Auster, wenn es um ihre Arbeit geht. Bei ihrem erstaunlichen Gedächtnis muss sie sich nie Notizen machen. Und klar, ihre Artikel nehmen sie ganz in Anspruch, lassen sie manchmal alles andere vergessen. Aber diesmal dauerte es so lange, dass es mir etwas ausmachte. Also hab ich an diesem letzten Morgen versucht, mit ihr darüber zu sprechen, wollte, dass sie mir sagte, was sie da recherchierte. Sie verriet mir praktisch nichts und wurde dazu auch noch wütend auf mich.«

»Hör auf, dir Schuldgefühle einzureden«, sagte Bishop. »Du konntest nicht wissen, dass sie an diesem Tag verschwinden würde.«

Da Schuld nur ein kleiner Teil von dem war, was Kane empfand, gelang es ihm, ohne eine Bemerkung die Schultern zu zucken.

Bishop betrachtete ihn nachdenklich. »Und du bist dir sicher, absolut sicher, dass sie nicht freiwillig verschwunden ist?«

»Vollkommen. Selbst wenn ich mich in diesem Punkt irren sollte, wäre sie nie so lange fortgeblieben, ohne mich wissen zu lassen, wo sie ist. Wenn sie an ein Telefon kommen könnte, würde sie mich anrufen.«

Bishop schwieg während der nächsten Meilen und sagte dann: »Wir sind uns einigermaßen sicher, dass nichts aus ihrem Privatleben jemanden dazu gebracht habe könnte, sie zu entführen.«

Das war keine Frage, doch Kane antwortete trotzdem. »Nichts, was ich mir vorstellen kann. Ihr Vater, der vor ein paar Jahren starb, war der Letzte ihrer Familie, das habe ich dir erzählt. Oder zumindest der Letzte, von dem sie wusste. Er hinterließ ihr ein gewaltiges Portfolio an Aktien und anderen Investitionen, aber sie übertrug die gesamte Verwaltung jemand anderem und kümmerte sich kaum um das Geld, soviel ich weiß.«

»Du sagtest, sowohl du als auch die Polizei hättet mit ihrem Finanzberater gesprochen?«

»Klar, gleich zu Anfang. Was für mich ganz einfach war, weil er auch meine Finanzen verwaltet. Er sagte, Dinahs geschäftliche Angelegenheiten wären vollkommen in Ordnung, sie wäre nicht erpresst oder anderweitig unter Druck gesetzt worden, soviel er wüsste. Keine großen oder ungewöhnlichen Einzahlungen und Abhebungen auf ihren Konten. Nichts. Nicht ein einziger verdammter Brotkrumen, dem man folgen konnte.«

»Trotzdem könnte es sinnvoll sein«, sagte Bishop, »noch mal mit ihm zu sprechen. Für gewöhnlich ist Geld auf die eine oder andere Weise die Wurzel allen Übels. Er weiß möglicherweise etwas, das uns sonst niemand sagen kann, vor allem, nachdem er jetzt lange genug Zeit hatte, darüber nachzudenken.«

Kane wollte auf keinen Fall etwas unversucht lassen, auch wenn das bedeutete, bereits Erforschtes ein zweites Mal durchzukämmen. Dinah wurde seit mehr als einem Monat vermisst, und bisher hatten die Ermittlungen zu nichts geführt.

Noah Bishop, Special Agent des FBI, war erst am Tag zuvor in Atlanta eingetroffen und von Kane über den Stand der Dinge informiert worden. Er war außer Landes gewesen, ob im Auftrag seiner Dienststelle oder in einer anderen Angelegenheit, hatte Kane nicht gefragt. Bishop nahm nicht offiziell an den Ermittlungen teil, doch aufgrund seiner Dienstmarke wie auch seines Auftretens erhielt er auf seine Fragen für gewöhnlich Antworten, selbst von Polizisten, die eifersüchtig über ihr Territorium wachten.

Kane und er waren seit dem College gute Freunde. Sie hatten sich ein Zimmer geteilt und waren oft bei Leichtathletikwettkämpfen gegeneinander angetreten. Ihre berufliche Laufbahn hatte sie nach dem Examen in verschiedene Richtungen geführt, aber Noah kam immer wieder gern für ein langes Wochenende nach Atlanta.

Während Kane mit Dinah zusammen war, hatte Bishop die beiden dreimal besucht und Dinah dabei recht gut kennengelernt. Da sie naturgemäß am FBI und Noahs sehr speziellen Fähigkeiten und Kenntnissen interessiert gewesen war und er seinerseits große Achtung hatte vor investigativen Journalisten mit Integrität und strikten Moralvorstellungen, hatten die beiden vieles gefunden, worüber sie sich unterhalten konnten.

Daher war Noah fast so verstört über ihr Verschwinden wie Kane, doch nur das Erbleichen seiner Narbe an der linken Wange zeugte von diesem Gefühl. Ansonsten wirkte er völlig ruhig und beherrscht, seine Stimme behielt ihren gleichmäßigen Klang und war manchmal von trockenem Humor erfüllt, sein kraftvoller Körper war entspannt, sein Blick gelassen, aber seine hellen, wachsamen Augen aufmerksam wie immer.

Kane ließ sich nicht täuschen.

»Na gut«, antwortete er auf Bishops Vorschlag, »wir werden mit Conrad Masterson sprechen. Ich rufe ihn heute Abend an. Aber es muss doch noch etwas anderes geben, was wir tun können.«

»Nach allem, was du, die Polizei und dein Privatdetektiv unternommen habt, würde ich sagen, dass alles Mögliche getan worden ist.« Als hakte er die Fakten an den Fingern ab, zählte Bishop auf: »Ihre Schritte an dem letzten Tag sind so weit wie möglich nachvollzogen und jeder mögliche Hinweis ist verfolgt worden. Alle, mit denen sie nachweislich in der Woche vor ihrem Verschwinden gesprochen hat, sind mindestens einmal befragt worden. Du hast der Polizei ständig Feuer unter dem Hintern gemacht. Dein Privatdetektiv hat jeden Schritt der Ermittlungen genau verfolgt und seine eigenen Kontaktpersonen angesprochen. Du hast dich tagelang in Dinahs Büro durch die Unterlagen von zehn Jahren gewühlt, und du hast Wochen damit verbracht, dir Informationen über alle zu verschaffen, die sie mit ihren Artikeln verärgert haben könnte. Du hast mit ihrem Finanzverwalter gesprochen, ihren Kollegen und ihrem Chef. Du hast mit ihren Nachbarn gesprochen. Du hast Dinahs Wohnung durchsucht – zwei Mal. Du hast eine Belohnung von einer Million Dollar für Informationen ausgesetzt.«

Kane rüstete sich gegen das, was als Nächstes kommen würde.

Leise und widerstrebend sagte Bishop: »Falls nicht etwas Neues ans Licht kommt ... Himmel, Kane, es tut mir wahnsinnig leid – aber die Spur sieht verdammt kalt aus.«

Kane hatte sich das nicht eingestehen wollen. Nicht heute, als Bishop ihn davon abgehalten hatte, sich quer über den Schreibtisch auf den Police Lieutenant zu stürzen und den Mann zu erwürgen. Nicht gestern, als sich herausgestellt hatte, dass der letzte von Dinahs bekannten Feinden das fünfte Jahr einer zehnjährigen Gefängnisstrafe absaß. Nicht vorgestern oder in den Tagen und Wochen zuvor, als sich nutzlose Informationen getürmt hatten, Hinweise zu nichts geschrumpft und die Hoffnung geschwunden war.

»Ich weiß«, sagte er. »Ich weiß.«

Conrad Masterson hatte Kane stets amüsiert. Masterson war in allem durchschnittlich – durchschnittlich groß, durchschnittlich schwer, mit dem durchschnittlich kahlen Fleck auf dem Kopf. Seine Kleidung war ihm gleichgültig, worauf sein schlecht geschnittener Anzug schließen ließ, er hatte keinen Sinn für eine schöne Umgebung, weswegen sein kleines Büro mit betagten Möbeln und abgetretenen Teppichen ausgestattet war und leicht nach nassem Hund roch. Oder nach zweien.

Er besaß keinen Charme, neigte zum Stottern, wenn er aufgeregt war (wobei es stets um eine neue Aktie oder andere Investitionsmöglichkeiten ging), war gelegentlich schon mit zwei verschiedenfarbigen Socken im Büro erschienen und konnte sich meist nicht erinnern, wo er sein Auto geparkt hatte. Aber was ihm an gesundem Menschenverstand und persönlichem Stil fehlte, machte Conrad mit finanziellem Scharfsinn mehr als wett. Unter Börsenmaklern und Finanzberatern war bekannt, dass Conrad für seine Klienten erfolgreich investierte, ihre Angelegenheiten gewissenhaft und redlich abwickelte und absolut verschwiegen war.

Conrad zwinkerte hinter seinen dicken Brillengläsern und sagte kläglich: »Ich möchte ja helfen, Kane. Das wissen Sie. Und wenn ich meinen würde, dass es bei Dinahs Finanzangelegenheiten etwas gäbe, irgendetwas, das dazu beitragen würde, sie zu finden, hätte ich es der Polizei längst gesagt.«

»Aber Sie werden uns ihre Unterlagen nicht zeigen?« Bishop stellte die Frage mit ruhiger Stimme.

»Das kann ich nicht. Solange es keine andersartigen Beweise gibt, muss ich davon ausgehen, dass sie jeden Augenblick zur Tür hereinkommen kann. Und angesichts dessen muss ich ihre Unterlagen vertraulich behandeln. Ich kann Ihnen keine Einzelheiten nennen – ich kann einfach nicht. Und der Richter war mit mir einer Meinung, als die Polizei versucht hat, eine richterliche Anordnung zu bekommen, das wissen Sie, Kane. Falls Sie oder die Polizei mir keine Informationen vorlegen, die darauf hindeuten, dass Dinahs Verschwinden mit ihren finanziellen Angelegenheiten zu tun hat, sind mir die Hände gebunden.«

»Von Rechts wegen gebunden«, bemerkte Kane.

»Ich muss die Privatsphäre meiner Klienten schützen.«

Kane atmete durch und bemühte sich, geduldig zu bleiben, da ihm nur zu bewusst war, dass er seine Angelegenheiten genauso behandelt sehen wollte. »Okay, Conrad. Aber denken Sie nach. Sie können uns doch sicherlich sagen, ob es in den letzten paar Monaten etwas Ungewöhnliches gegeben hat. Sie hatten genug Zeit, darüber nachzudenken.«

»Ja, aber … ungewöhnlich in welcher Weise? Dinah hat mir ihre Investitionen größtenteils überlassen, das wissen Sie, Kane. Gelegentlich verkaufte sie Aktien gegen meinen Rat, um rasch an Bargeld zu kommen, für gewöhnlich, wenn sie jemandem helfen wollte …«

»Was meinen Sie damit?«, unterbrach Bishop.

Conrad dachte über die Frage nach und ob die Beantwortung einem Vertrauensbruch gleichkäme, entschied sich dann jedoch, offen zu sein. »Was ich gesagt habe. Sie schrieb zum Beispiel einen Artikel über eine Einrichtung für misshandelte Frauen und forderte mich auf, ein paar Aktien zu verkaufen, damit sie dem Frauenhaus fünfzigtausend für Renovierungsarbeiten und für einen besseren Anwalt geben konnte. So was in der Art. Oder sie schreibt über eine arme Gemeinde, die kurz davor ist, ihre Kirche aufgeben zu müssen, und spendet Zehntausende für einen Neubau.«

Er lächelte mit wehmütiger Zuneigung. »Ich wusste es immer sofort. Sie hatte dann einen besonderen Klang in der Stimme, wenn sie anrief, so entschlossen, dass man es fast als versessen bezeichnen könnte, und ich wusste, dass sie eine weitere verwundete Seele oder einen Vogel mit gebrochenem Flügel gefunden hatte. Sie hat über die Jahre Millionen verschenkt. Selbst als ihr Vater noch lebte, hat sie den größten Teil ihres Treuhandvermögens dazu benutzt, anderen zu helfen.«

Kane schluckte. »Das … wusste ich nicht. Sie hat nie darüber gesprochen.«

»Nein, das hätte sie nie getan. Über so was redete sie einfach nicht. Sie hat mir mal erzählt, ihr Vater habe ihr eine Lektion erteilt, die sie nie vergessen hätte – dass man Menschen hilft, ohne es an die große Glocke zu hängen, da der Akt des Helfens einen zu einem besseren Menschen macht. Sie glaubte daran und hat immer danach gehandelt.«

Bishop blickte zu Kane und sagte dann kühl zu Conrad: »Glauben Sie nicht, dass sie sich angesichts dessen wünschen würde, dass Sie uns helfen, sie zu finden? Allein schon, damit sie weiteren Menschen helfen kann. Und sie wird bereits seit fünf Wochen vermisst.«

Conrad biss sich auf die Unterlippe. »Ich wünschte, ich könnte helfen, Agent Bishop. Sie können sich nicht vorstellen, wie sehr. Aber …«

»Ist sie vor Kurzem zu Ihnen gekommen und hat Sie gebeten, Aktien zu verkaufen, ohne Ihnen eine Erklärung zu geben oder ohne eine Erklärung, die Ihnen vernünftig vorkam?«

»Nein. Sie hatte immer einen Grund, und es ist schließlich ihr Geld. Sie kann es ausgeben, wie sie will. Für gewöhnlich waren es ihre Artikel, durch die sie erfuhr, dass jemand in Not war, und sich daraufhin veranlasst fühlte zu helfen. Etwas, das ihre Leidenschaft weckte und sie eingreifen ließ.«

Bishop runzelte die Stirn. »Hat sie mit Ihnen über ihre Artikel gesprochen, bevor sie geschrieben wurden, Mr Masterson?«

Diese Frage überraschte Kane, von sich aus wäre er nicht darauf gekommen, das zu fragen. Aber die Antwort des Finanzverwalters überraschte ihn noch mehr.

»Manchmal«, sagte Conrad, ohne sich bewusst zu sein,

dass er etwas Bemerkenswertes äußerte. »Sie kam dann hierher und erzählte, und Tage oder Wochen später las ich in einem ihrer Artikel über das, was sie mir erzählt hatte.«

»Und in letzter Zeit?«

Nun war es Masterson, der die Stirn runzelte. »Lassen Sie mich überlegen. Sie erzählte mir von dem Mord in Buckhead vor etwa sechs Monaten.«

Kane und Bishop nickten beide. Dieser Artikel und seine Folgen waren bereits gründlich überprüft worden.

»Und ein paar Wochen danach erzählte sie mir von diesem politischen Skandal, über den sie berichtet hatte, all diese Vorgänge in der Villa des Vizegouverneurs.«

»Der, wie alle guten Skandale, mit einem kläglichen Winseln endete statt mit einem Knall«, sagte Kane. Als Bishop ihn fragend ansah, erklärte Kane. »Sie haben dem Mädchen einen ordentlichen Batzen bezahlt, und plötzlich erinnerte sie sich, dass jemand anderer mit runtergelassener Hose vor ihr gestanden hatte. Dann beschloss sie, lieber woanders wohnen zu wollen, und zog nach Kalifornien.«

Er blickte wieder zu Conrad. »Aber das war mehr oder weniger Berichterstattung, und alle wussten, was da vorging. Wovon hat sie sonst noch erzählt?«

Conrad spitzte nachdenklich die Lippen, dann schien ihm plötzlich etwas einzufallen.

»Was ist?«, hakte Kane sofort nach.

»Nun ja … lassen Sie mich überlegen, es muss so um den ersten August herum gewesen sein, als sie ziemlich verstört zu mir kam. Sagte, dass sie sich richtig mies fühle und die Hitze es noch schlimmer mache. An dem Tag war es furchtbar heiß, einfach unerträglich. Ich fragte sie, was denn los sei, und sie sagte, sie sei da über etwas gestolpert, das nach einer wirklich großen Story aussehe. Sie sagte …«

Er schloss die Augen, um sich besser konzentrieren zu können. »Sie sagte, Köpfe würden rollen, da gebe es keinen Zweifel, und das Schlimmste daran sei, dass jemand darin verwickelt wäre, der ihr sehr am Herzen liege. Ich fragte, worin verwickelt, und sie schüttelte den Kopf und sagte, es sei eine große Sache, sehr groß. Dann nahm ihr Gesicht einen Ausdruck an, den ich noch nie gesehen hatte, irgendwie sehr besorgt und vorsichtig.« Er öffnete die Augen und blinzelte die beiden Männer an. »Sie war – ist – nicht vorsichtig, wissen Sie. Eher waghalsig, verwegen. Immer bereit, sich ohne nachzudenken in eine Sache reinzustürzen, wenn jemand in Schwierigkeiten ist.«

»Ich weiß«, sagte Kane.

Bishop sah ihn an, dann blickte er zu Masterson. »Klingt, als könnte es mit Politik zu tun haben. Hat sie Ihnen sonst noch was erzählt?«

Conrad grübelte. »Nein, an dem Tag nicht. Und danach habe ich wochenlang nichts von ihr gehört. Etwa einen Monat später rief sie mich an, wirkte sehr … gedrückt. Bat mich darum, eine halbe Million frei zu machen.«

Bishop blinzelte. »Und Sie fanden diese Anweisung nicht ungewöhnlich?«

»Das war nicht die größte Summe, die sie je angefordert hatte, falls es das ist, was Sie meinen. Aber die Summe war so hoch, dass ich Dinah fragte, ob sie das wirklich tun wollte, weil es bedeutete, einiges zu verkaufen, das man besser noch eine Weile behalten hätte. Sie sagte nur, jemand sei durch ihre Schuld verletzt worden, und sie müsse sich darum kümmern.« Er zuckte die Schultern. »Ich kam ihrer Anweisung nach, machte das Geld frei und überwies es an ihre Bank.«

Kane runzelte die Stirn. »Auf ihrem Konto gab es in den letzten sechs Monaten keine Einzahlung in der Höhe.« Dinahs Bank hatte sich kooperativer als Conrad dabei gezeigt, der Polizei Informationen zu geben.

Corad zögerte und sagte dann: »Nun ja, es war nicht ihre Hausbank. Für diese Dinge hatte sie eine andere. Und auch einen anderen Anwalt als sonst, um diese Dinge zu regeln, glaube ich.«

»Können Sie uns sagen, welche Bank, damit wir das nachprüfen können?«, fragte Bishop.

Nach kurzer Überlegung nickte Conrad. »Das kann ich wohl tun.« Er notierte Namen und Adresse der Bank auf einem Stück Papier.

Bishop nahm es an sich.

»Was ist mit diesem anderen Anwalt, Conrad? Wer ist er?«, fragte Kane.

»Das weiß ich leider nicht. Sie hat nur mal erwähnt, dass es manchmal ganz praktisch wäre, zwei Anwälte an der Hand zu haben, einen für die öffentlichen Dinge und einen für die privaten.«

»Und Sie haben keine Ahnung, was sie mit dieser halben Million machen wollte?«

Conrad schüttelte den Kopf. »Ich habe sie nie gefragt, wie sie vorhatte, dieser Freundin zu helfen. Und … das war das letzte Mal, dass ich mit ihr sprach.«

Ein paar Minuten später, auf der Rückfahrt von Conrads Büro, sagte Bishop: »Weißt du, mir scheint eine halbe Million Dollar als Hilfe für eine Freundin doch ein wenig übertrieben. Hast du mir nicht erzählt, dass diese Freundin von Dinah einen Autounfall hatte und seitdem im Koma liegt?«

»Stimmt.« Kane hielt inne, murmelte dann: »Oh, Mist. Ich hätte sie besuchen sollen. Dinah hat das zweimal die Woche getan, ganz regelmäßig.« Sein schlechtes Gewissen war spürbar.

»Liegt die Frau nicht im Koma?«

»Doch. Ich bin in der ersten Woche bei ihr gewesen, als ich mit dem Krankenhauspersonal über Dinahs Besuche gesprochen habe. Sie konnten mir oder der Polizei nichts berichten, was wir nicht bereits wussten, und Faith Parker konnte uns natürlich nicht helfen. Ich hatte den Eindruck, die Ärzte erwarten nicht, dass sie aus dem Koma aufwacht.«

»Dann«, sagte Bishop weniger gleichgültig als vielmehr rein sachlich, »kann sie auch nicht wissen, ob du sie besuchst oder nicht.«

»So was Ähnliches habe ich auch mal zu Dinah gesagt«, gestand Kane. »Und sie hat mir einen sehr merkwürdigen Blick zugeworfen. Gesagt hat sie nichts – das musste sie auch nicht. Danach habe ich mir jede Bemerkung darüber verkniffen.«

Bishop blickte ihn an. »Dinah hat Masterson gesagt, diese Frau wäre durch ihre Schuld verletzt worden. Stimmt das?«

Kane schüttelte den Kopf. »Nur insofern, als sie unterwegs war, um sich mit Dinah zu treffen, als der Unfall geschah. Aber Dinah fühlte sich verantwortlich, und nichts, was ich sagte, konnte sie davon abbringen. Sie behauptete, wenn sie nicht gewesen wäre, dann wäre ihre Freundin an dem Nachmittag nicht gefahren und wäre daher auch nicht mit dem Auto gegen die Böschung geknallt.«

»Hat sie die Kontrolle über das Fahrzeug verloren?«

»So steht es im Polizeibericht. Ich habe mich natürlich danach erkundigt, nachdem Dinah verschwand. Die Polizei konnte da keine Verbindung entdecken, und ich auch nicht. Nur ein gewöhnlicher Verkehrsunfall, verursacht durch Unaufmerksamkeit.«

»Und sie war eine gute Freundin?«

»So klingt es jedenfalls, obwohl ich mich nicht erinnern kann, dass Dinah sie vor dem Unfall jemals erwähnt hat. Wobei es nicht ungewöhnlich ist, dass ich von einigen ihrer alten Freunde nie gehört hatte. Vor allem, wenn sie mit ihrer Arbeit in Zusammenhang standen.«

»Und Faith Parker hatte mit Dinahs Arbeit zu tun?«

»Dinah war so verstört wegen des Unfalls, dass ich nicht allzu viele Fragen gestellt habe. Mit Sicherheit weiß ich nur, dass Faith in keinem von Dinahs Artikeln auftauchte, zumindest nicht unter dem Namen.« Er war weiß Gott vertraut mit Dinahs Artikeln, hatte Stunden damit verbracht, alles, was sie je geschrieben hatte, wieder und wieder zu lesen und nach Hinweisen auf ihr Verschwinden zu suchen.

»Ich mag keine Zufälle«, sagte Bishop grimmig. »Eine Freundin von Dinah, die vermutlich mit Dinahs Arbeit in Zusammenhang steht, kracht mit ihrem Auto in die Böschung und fällt ins Koma, ein Unfall, für den sich Dinah so stark verantwortlich fühlt, dass sie eine halbe Million Dollar lockermacht. Ein paar Wochen später verschwindet Dinah. Zwischen beidem muss natürlich keinerlei Verbindung bestehen, wie die Polizei glaubt. Aber ich finde, wir sollten das lieber überprüfen.«

»Wie denn? Wenn Faith Parker im Koma liegt, wen sollen wir fragen?«

»Wir müssen uns den Polizeibericht über den Unfall genauer vornehmen, uns vielleicht auch das Auto anschauen. Noch mal mit den Ärzten und dem Krankenhauspersonal sprechen.«

»Und was sollen wir sie fragen?« Kane hatte Zweifel. »Nach Aussage des Personals verbrachte Dinah ihre Besuche im Krankenzimmer und sprach zu Faith, sonst mit niemandem. Außerdem scheinen sie nichts über Faith' Herkunft oder Geschichte zu wissen.«

»Wenn wir andere Fragen stellen, bekommen wir möglicherweise andere Antworten«, versicherte ihm Bishop.

Kane schätzte Bishops Intuition genauso wie dessen Ermittlerausbildung – vielleicht sogar noch mehr. Und er war begierig darauf, alles zu versuchen, was sie in eine andere Richtung weisen könnte.

»Einen Versuch ist es wert«, stimmte er zu. »Und Dinahs anderer Anwalt könnte uns eventuell auch noch etwas berichten.«

»Eventuell. Zumindest können wir dadurch verifizieren, dass Dinah ihr Geld für eine gute Sache ausgibt.«

Kane runzelte die Stirn. »Du denkst, es könnte auch für etwas anderes sein?«

»Nein, aber es kann nie schaden, sich Gewissheit zu verschaffen.« Er lächelte leicht, als sein Freund ihm einen Blick zuwarf. »Dinah war – ist – zu klug, Erpressungsgeld zu zahlen, selbst wenn sie etwas getan hat, für das man sie hätte erpressen können, was ich jedoch stark bezweifle. Aber es ist möglich, dass jemand sie ausgenutzt hat und sie es erst später herausfand, nachdem das Geld übergeben worden war.«

Kane nickte langsam. »Dinah wäre wütend gewesen, hätte ihr Geld zurückhaben und denjenigen bestrafen wollen, der sie betrogen hat. Sie hätte keine Scheu gehabt, sich denjenigen vorzuknöpfen und ihn zur Rechenschaft zu ziehen, wenn nicht gar mit Strafverfolgung zu drohen. Aber dann ...« Er brach ab, und Bishop brauchte die Worte nicht zu hören, um zu wissen, wie sein Freund den Satz im Stillen beendete.

In dem Fall würde es nichts nützen, Dinah für einige Zeit aus dem Verkehr zu ziehen. Es sei denn, sie verschwand für immer.

Bishop wusste, dass sich Kane an eine höchstwahrscheinlich unrealistische Hoffnung klammerte. Dass Dinah, falls sie einen unbekannten Feind hatte, von diesem nur für eine Weile aus dem Verkehr gezogen worden war. Dass sie irgendwo als Geisel gehalten wurde, zweifellos wütend und gelangweilt, aber in Sicherheit. Dass sich die Krise irgendwie lösen und Dinah unversehrt wieder auftauchen würde.

Bishop war nicht so hoffnungsvoll. Er wäre es gern gewesen, konnte es aber nicht sein. Innerhalb von Stunden nach seiner Ankunft in Atlanta wusste er aufgrund seiner Ausbildung und seiner Erfahrung, dass es nur eine Frage der Zeit war, bis man Dinahs Leiche fand.

Aber er hatte nicht vor, Kane mit diesem brutalen Wissen zu belasten. Seltsamere Dinge waren schon passiert, und es gab nach wie vor die Chance, wie gering auch immer sie war, dass Kane recht hatte. Das wollte ihm Bishop nicht nehmen.

Für brutale Realität war immer noch Zeit, wenn man sich tatsächlich damit auseinandersetzen musste.

Bis dahin waren neue Ermittlungsansätze eine Möglichkeit, Kane beschäftigt zu halten. Er musste das Gefühl haben, etwas zu tun, das der Frau half, die er liebte.

Und sie mussten herausfinden, was geschehen war, ganz gleich, ob diese Information dazu beitragen konnte, Dinah zu finden.

Wenn sie bereits tot war, hatte jemand sie umgebracht, und dieser Jemand würde dafür bezahlen.

Bevor sich das Schweigen zu lange dehnen und mit lähmenden Gedanken und Befürchtungen füllen konnte, sagte Bishop: »Ich glaube nach wie vor, dass Erpressung unwahrscheinlich ist, aber es ist etwas, das wir überprüfen müssen. Und die Verbindung zwischen Dinah und dieser Freundin ebenfalls. Da die Polizei keine Verbindung sah und sich anderem zugewandt hat, bezweifle ich, dass sie da noch mal nachhaken wird, vor allem jetzt.«

»Wieso vor allem jetzt?«

Bishop zuckte die Schultern. »Ich habe das Gefühl, die werden genug zu tun haben, nachdem du die Belohnung ausgesetzt hast.«

»Du hältst das nach wie vor für keine gute Idee, oder?«

»Ich finde, eine Million Dollar ist ein verdammt großer Batzen Geld. Und ich glaube, es gibt eine Menge Leute, die bereit sind, sich irgendetwas auszudenken, wenn sie auch nur die geringste Hoffnung hegen, an dieses Geld zu kommen. Es könnte von wichtigen Spuren ablenken, Kane.«

»Oder es könnte denjenigen, der Dinah festhält, dazu veranlassen, der Polizei einen Tipp zu geben, wo sie zu finden ist.«

»Ja, das könnte sein. Vor allem, da du es so formuliert hast, dass das Geld nur ausgezahlt wird, wenn Dinah lebend und wohlauf gefunden wird.«

»Um noch mal auf den zweiten Anwalt zurückzukommen«, wechselte Kane das Thema, »glaubst du, er wird sich bereit erklären, mit uns zu sprechen?«

»Das weiß ich nicht. Er ist an die anwaltliche Schweigepflicht gebunden, aber angesichts der Tatsache, dass Dinah verschwunden ist, wird er sich vielleicht in ihrem Interesse darüber hinwegsetzen. Wir werden es erst wissen, wenn wir mit ihm sprechen. Vorausgesetzt, wir können herausfinden, wer er ist.«

»Tja, bis die Banken Montag öffnen, können wir diesem Hinweis sowieso nicht nachgehen. Womit uns nur noch Faith Parker bleibt. Das Krankenhaus liegt auf unserem Weg. Glaubst du …?«

Bishop nickte.

Doch im Krankenhaus erwartete sie eine schlechte Nachricht.

»Sie wurde vor zwei Tagen entlassen.« Dr. Burnett, für sie von einer leicht verblüfften Krankenschwester aufgetrieben, machte einen abgespannten Eindruck. Doch er wurde munterer, als er über Faith sprach, schien eindeutig einen persönlichen Stolz auf seine ehemalige Patientin zu empfinden.

»Entlassen?« Kane starrte den Arzt an. »Als ich vor einem Monat hier war, lag sie im Koma.«

»Ja, das stimmt. Aber sie ist vor mehr als drei Wochen aufgewacht.«

»Ist das nicht … ungewöhnlich?«, fragte Bishop.

»Allerdings, sehr ungewöhnlich. Ich arbeite gerade an einer Abhandlung für eine medizinische Fachzeitschrift. Ungewöhnlich ist ebenfalls, dass sie nur mit minimalen Nachwirkungen aus dem Koma erwachte. Keine Hirnschädigung, gute Reaktion auf die Physiotherapie – innerhalb von Tagen war sie auf den Beinen und konnte laufen, und sie war in besserer emotionaler Verfassung als die meisten. Auch wenn sie ihr Gedächtnis verloren hat …«

»Ihr Gedächtnis?« Kane empfand eine vernichtende Enttäuschung. »Sie kann sich an nichts erinnern?«

»Nein, das arme Ding. Ihr Leben vor dem Unfall könnte genauso gut völlig ausgelöscht sein. Ihre Sprachfähigkeiten sind intakt, sie kann lesen und schreiben, sich an historische Ereignisse und sogar an gegenwärtige Ereignisse bis kurz vor dem Unfall erinnern – aber sie hat keine persönlichen Erinnerungen. Sie kannte ihren Namen nicht mal, wusste nicht, wie sie aussieht.«

»Wird sie ihr Gedächtnis wiedererlangen?«, fragte Bishop.

»Vermutlich. Allerdings kann das Jahre dauern. Sie hat einen Schlag auf den Kopf bekommen, wobei wir uns nicht sicher sind, ob die Amnesie durch ein physisches Trauma oder etwas Psychisches ausgelöst wurde.«

»Was heißen soll, dass der Gedächtnisverlust ein Schutzmechanismus sein könnte, eine Möglichkeit, sich vor Erinnerungen zu schützen, die zu verstörend sind?«

Der Arzt blickte Bishop stirnrunzelnd an. »Vielleicht.«

Nach einem kurzen Blickwechsel mit seinem Freund sagte Kane zu dem Arzt: »Wir haben schon mal miteinander gesprochen, über Dinah Leighton. Erinnern Sie sich?«

»Selbstverständlich. Eine sehr nette Dame, diese Miss Leighton. Wie ich Ihnen damals sagte, haben wir mehrmals miteinander gesprochen – aber nur über Miss Parkers Zustand und Prognosen. Miss Leighton hat sich große Sorgen um sie gemacht.« Sein Gesichtsausdruck änderte sich, die strahlenden Augen wurden schmal, während er Kane anschaute. »Ich nehme an, Sie haben noch nichts von ihr gehört?«

Kane schüttelte den Kopf. »Agent Bishop und ich sammeln auf eigene Faust Informationen und versuchen herauszufinden, was Dinah in den Wochen vor ihrem Verschwinden getan hat.« Inzwischen kam diese Erklärung ganz automatisch.

Burnett runzelte die Stirn. »Ich wusste nicht, dass das FBI hinzugezogen worden war.«

»Wir informieren die Medien nicht immer, Dr. Burnett«, sagte Bishop geschmeidig. »In aller Stille hinter den Kulissen zu arbeiten führt oft rascher zu Ergebnissen.«

»Verstehe. Dann nehme ich an, dass Sie auch noch mal mit dem Pflegepersonal über Miss Leighton sprechen wollen?«

»Wenn Sie das veranlassen könnten, wären wir Ihnen sehr dankbar«, sagte Bishop fast mit einer Verbeugung.

»Selbstverständlich. Wenn Sie hier warten möchten, werde ich mit der Oberschwester sprechen und die Dinge in Gang bringen.«

»Vielen Dank, Dr. Burnett.«

Kane sah dem Arzt nach, als er den Flur hinabging, und blickte dann zu Bishop. »Du warst sehr höflich. Kannst du ihn genauso wenig leiden wie ich?«

»Ja, ich glaube schon. Und ich frag mich, wieso.«

»Du hast ihm die Hand geschüttelt. Irgendwelche schlechten Schwingungen aufgefangen?«

Bishop schaute ihn durchdringend an. »Nichts Erwähnenswertes.«

»Dann«, meinte Kane, »liegt es vermutlich nur an unserer Abneigung gegen menschliche Gottheiten.«

»Das ist ein Widerspruch.«

»Nein, das macht den Arzt aus. Ich kann Krankenhäuser oder Ärzte generell nicht ausstehen«, sagte Kane, »also erklärt das vielleicht meine Reaktion. Ich konnte nicht den geringsten Grund finden, warum er mit Dinahs Verschwinden zu tun haben sollte. Und er scheint Zeugen für alles zu haben, was er an jenem letzten Tag getan hat.«

»Ich hatte ihn auch nicht ernsthaft in Verdacht«, sagte Bishop.

Kane seufzte und beschloss, seinem Freund nichts davon zu erzählen, dass er während dieser letzten Woche fast jeden verdächtigt hatte, dem er begegnet war.

Sie brauchten an die zwei Stunden, um diejenigen Pflegerinnen und Pfleger zu befragen, die Dinah gesehen oder mit ihr gesprochen hatten. Sie hörten von Dinahs Freundlichkeit, ihrem ruhigen Charme, ihrer Sorge um ihre Freundin. Was sie nicht hörten, waren Erklärungen für Dinahs übermäßiges Schuldgefühl wegen Faith Parkers Unfall oder Aussagen, die im Zusammenhang mit einem Artikel standen, an dem Dinah gearbeitet hatte. Niemand erinnerte sich an den Namen des Anwalts, der Faith besucht hatte, und inzwischen hatte Burnett seine Schicht beendet, sodass sie ihn nicht mehr fragen konnten.

Erst am späten Nachmittag fuhren sie zu Kanes Wohnung zurück. »Da wir keinerlei Informationen bekommen haben«, meinte Bishop nachdenklich, »haben wir allen Grund, mit Faith zu sprechen. Gedächtnisverlust hin oder her, sie wird uns jedenfalls sagen können, wer der Anwalt ist.«

»Du scheinst den Gedächtnisverlust zu bezweifeln«, bemerkte Kane.

»Er kommt mir nur recht zweckdienlich vor.«

»Für wen, verdammt? Faith hätte eine Menge Fragen beantworten können, aber jetzt …«

»Warten wir ab, bis wir mit ihr gesprochen haben, bevor wir sie als mögliche hilfreiche Quelle ausschließen.«

»Und wir können am Montag mit dem Rest des Krankenhauspersonals reden«, sagte Kane, »und herausfinden, ob die noch etwas Hilfreiches hinzuzufügen haben. Ich hab nur das dumpfe Gefühl, dass wir mehr von demselben zu hören bekommen werden – freundliche Ansichten über Dinah, die uns kein bisschen weiterbringen.«

»Dieses dumpfe Gefühl liegt vermutlich an einem leeren Magen«, sagte Bishop. »Wir haben seit dem Frühstück nichts mehr gegessen. Und du hast vermutlich nichts zu Hause.«

Kane erkannte den Versuch, ihn von all dem abzulenken, und lächelte. Sie einigten sich darauf, etwas vom Chinesen mitzunehmen. Gegen sieben Uhr waren sie gerade dabei, die Reste aufzuräumen, als es klingelte. Kane nahm an, es sei der Lieferbote vom Lebensmittelladen, wo er eine telefonische Bestellung aufgegeben hatte. Aber als er die Tür öffnete, stand eine Frau davor, die er nicht kannte.

Sie war nur etwas über eins fünfundfünfzig groß und viel zu dünn, sah aber umwerfend aus. Schimmerndes dunkelrotes Haar mit goldenen Strähnchen, durchscheinende blasse Haut, so glatt und makellos wie glasiertes Porzellan, volle Lippen – auf deren Unterlippe im Moment kleine weiße Zähne bissen –, eine gerade Nase und große Augen in der ungewöhnlichsten Grüntönung, die er je gesehen hatte.

Nachdem er schweigend ihre Schönheit in sich aufgenommen hatte, bemerkte er, dass sie verängstigt war, und das ließ ihn sanfter sprechen als gewöhnlich.

»Kann ich etwas für Sie tun?«

Sie starrte ihn an, wobei eine Reihe seltsamer Empfindungen über ihr Gesicht huschten. Enttäuschung, Verwirrung, Schmerz, Mutmaßung, Frustration, Hilflosigkeit. Sie trat einen Schritt zurück.

»Nein. Nein, ich … ich glaube, ich habe mich in der Wohnung geirrt. Tut mir leid, Sie gestört zu haben.«

Bevor sie sich abwenden konnte, griff er nach ihrem Arm, der sich sehr zerbrechlich anfühlte. »Warten Sie. Sind Sie … haben Sie irgendwelche Informationen über Dinah?«

Sie blickte auf seine Hand, dann in sein Gesicht. Ihr Ausdruck war vor Unentschlossenheit erstarrt. »Ich glaube nicht«, flüsterte sie.

Kane ließ sie nicht los. Ihm kam eine plötzliche Erinnerung, die Erinnerung an eine stille, schmale Gestalt in einem Krankenhausbett, die er kurz erblickt hatte, als er an der Tür stand. Ihr dünnes Gesicht war so farblos und starr gewesen, dass es ihm wie eine Maske vorgekommen war, ein lebloses Ding. Unheimlich und gespenstisch, vor allem mit den ganzen Apparaten um sie herum, die hörbar ihre Herzschläge zählten und mit der unabweisbaren Logik einer Maschine darauf bestanden, dass sie tatsächlich ein lebendes Wesen war.

Es war fast unmöglich, jene Komapatientin in dieser Frau zu erkennen, deren widerstreitende Gefühle ein Abbild eines chaotischen Lebens waren. Aber plötzlich war er sich sicher. »Sie sind Faith, nicht wahr? Dinahs Freundin.«

Ihr Blick glitt suchend über sein Gesicht, schien aber offenbar nicht das zu finden, wonach sie suchte. Sie seufzte leicht und sagte: »Ja. Ich bin Faith.«

2

Er kannte sie nicht.

Nicht der Hauch eines Wiedererkennens war in diesen ersten paar Sekunden sichtbar gewesen.

Sie waren kein Liebespaar gewesen.

Und da sie das nicht gewesen waren, konnten ihre Träume keine Erinnerungen an eine Liebesbeziehung gewesen sein.

Als Kane McGregor sie in seine Wohnung führte, wirbelte diese Erkenntnis durch Faith' Kopf, verwirrend, beängstigend. Was sollte das alles bedeuten?

Er kannte sie nicht, doch ihre Reaktion auf ihn war augenblicklich und heftig erfolgt. Sie wusste, dass er ihr Zittern spüren konnte, und befürchtete, ihr Erröten würde sie ebenfalls verraten. Seine Stimme, seine Berührung, sein Gesicht waren ihr zutiefst und schmerzhaft vertraut, ein kleiner Teich strahlender, klarer Gewissheit in dem Ozean der Dunkelheit um sie, und sie hatte Angst, es würde sie umbringen, sich jetzt davon abzuwenden, von ihm, und sich allein in das dunkle Unbekannte stürzen zu müssen.

Aber ihr würde nichts anderes übrig bleiben. Ihr fiel nur eine einzige Erklärung für diese Träume ein, die irgendeinen Sinn ergab. Und wenn das, was sie vermutete, wahr war, dann waren diese Träume, diese Verbindung, die sie so lebhaft zwischen sich und Kane gespürt hatte, nur wieder etwas, das ihr jemand anderer geschenkt hatte. Nichts, was ihr gehörte. Sie hatte kein Gefühl für sich selbst, und das war beängstigend.

Er stellte ihr Noah Bishop als seinen Freund vor, und sie erkannte ihn verschwommen als den Mann, der mit Kane im Fernsehen gewesen war. Die gezackte Narbe auf Bishops linker Wange störte sie nicht, aber seine hellen, wachsamen Augen machten sie beklommen. Sie waren eher silbrig als grau und auf seltsame Weise eindringlich. Sie hatte den beunruhigenden Eindruck, dass er ihr direkt in die Seele schauen konnte.

»Die Sicherheitsvorkehrungen in diesem Haus sind aber auch nicht besonders gut«, sagte Bishop trocken zu Kane.

»Nachts gibt es da nur die elektronische Sicherheitsschleuse an der Haustür«, erwiderte Kane. »Ziemlich leicht, ins Gebäude zu kommen, wenn einer der Nachbarn auf den Summer drückt.«

»Genau so bin ich reingekommen«, gestand Faith, ohne erklären zu müssen, wie unsicher sie sich gewesen war, ob sie willkommen sei.

Bishop seufzte. »Ein bewaffneter Wachmann oder zwei könnten vermutlich nicht schaden.«

»Ich werde mich darum kümmern«, sagte Kane. »Nehmen Sie doch Platz, Faith.«

Sie setzte sich an das eine Ende der Couch, froh darüber, nicht mehr stehen zu müssen. Nach wie vor ermüdete sie rasch, und den Mut zu finden hierherzukommen, hatte sie erschöpft.

Kane blickte stirnrunzelnd auf sie hinunter. »Sie sind ja halb erfroren. Wie trinken Sie Ihren Kaffee?«

Sie hatte keine Ahnung und bemühte sich, das hysterische Lachen zu unterdrücken, das in ihrer Kehle aufstieg. »Ich … ganz egal. Es spielt keine Rolle.« Zumindest hatte er ihr Zittern und ihre geröteten Wangen falsch gedeutet, hatte angenommen, beides sei auf den kühlen Abend zurückzuführen.

»Ich hole ihn«, sagte Bishop und verschwand durch den Flur in die Küche.

Kane setzte sich nur ein Stückchen entfernt von ihr auf die Couch und wandte sich ihr zu, um sie ansehen zu können. »Ich bin froh, dass Sie gekommen sind, Faith.« Fast entschuldigend fügte er hinzu: »Macht es Ihnen etwas aus, wenn ich Sie mit dem Vornamen anspreche? So hat Dinah Sie genannt, und …«

Faith schüttelte den Kopf. »Nein, das macht mir nichts aus.« *Vielleicht wird mir der Name dadurch vertrauter.*

»Gut. Vielen Dank. Mein Name ist Kane. Und mein Freund wird von den meisten Menschen Bishop genannt.«

»Von allen außer dir«, rief Bishop aus der Küche, was darauf schließen ließ, dass er entweder ein gutes Gehör hatte oder die Wände dünn waren.

Kane lächelte schwach und wiederholte dann zu Faith gewandt: »Ich bin froh, dass Sie gekommen sind. Wir wollten mit Ihnen sprechen, obwohl Dr. Burnett gesagt hat, Sie könnten sich an nichts erinnern.« In seiner Bemerkung lag etwas leicht Fragendes.

»An nichts aus meinem Leben«, gestand sie. »Zumindest an nichts … Persönliches. Nicht daran, wer ich bin oder woher ich komme. Ich habe mich immer noch nicht an den Namen gewöhnt, an das Gesicht, das ich im Spiegel sehe. Das ist … verwirrend.«

»Ich kann mir vorstellen, dass es total beängstigend ist«, sagte er unverblümt.

»Das auch.«

Bishop kehrte mit dem Kaffee ins Zimmer zurück und reichte ihr eine Tasse. Ihre Hände berührten sich, als sie die Tasse entgegennahm, und sie war sich plötzlich eines Augenblicks absoluter Stille bewusst. Sein Blick schien sich in ihre Augen zu bohren, und sie spürte die Wärme seiner Finger ganz intensiv. Die Verbindung war so stark, als hielte er sie körperlich mit einem unentrinnbaren Griff fest.

Dann, noch während sie das bemerkte, war der Augenblick vorbei. Seine Finger zogen sich zurück, und er richtete sich auf, sein Blick war wieder ruhig und kühl wie zuvor. Zitternd trank Faith von ihrem Kaffee und bemühte sich, nur daran zu denken. Bishop hatte viel Sahne und Zucker hineingetan, und da das angenehm schmeckte, nahm sie an, dass sie ihren Kaffee tatsächlich so trank. »Vielen Dank.«

Er nickte und entschied sich für einen Sessel gegenüber der Couch.

Faith fühlte, dass Bishop sie beobachtete, als sie sich an Kane wandte. »Offensichtlich war ich Dinahs Freundin«, sagte sie zu ihm. »Sie kannte ich nicht?«

»Wir haben uns nie kennengelernt. Ich … war nach Dinahs Verschwinden im Krankenhaus, um mit dem Personal über ihre Besuche zu sprechen, und habe Sie dort kurz gesehen, aber das war alles.«

Sie befürchtete, ihre Hände würden zittern und ihre

wachsende Erschöpfung und Furcht verraten, daher stellte sie die Tasse auf den Couchtisch und verschränkte ihre Finger im Schoß. »Haben Sie eine Ahnung, wie lange ich Dinah kannte oder wo wir uns kennengelernt haben? Irgendwas in der Art?«

Er schüttelte den Kopf. »Dinah und ich kannten uns erst seit etwa sieben Monaten. Ich weiß viel über sie, aber bestimmt nicht alles. Und falls Sie auf irgendeine Weise mit ihrer Arbeit zu tun hatten, wäre es noch unwahrscheinlicher, dass ich von Ihnen erfahren hätte.«

Bishop fragte leise: »Hatten Sie mit ihrer Arbeit zu tun?«

»Nach allem, was ich aus den Nachrichten erfahren habe, ist sie Journalistin?«

»Genau.«

»Dann wüsste ich nicht, wie. Nach den Gehaltsabrechnungen, die ich in meiner Wohnung fand«, sagte sie gequält, »habe ich bei der Stadt gearbeitet. Ich habe dort angerufen und mit meiner Vorgesetzten gesprochen. Anscheinend war ich ein kleines Rädchen in einem sehr großen Getriebe. Ich habe einfache Büroarbeiten erledigt.«

»In welchem Büro?«, fragte Kane.

»Bei der städtischen Baubehörde.« Sie verzog das Gesicht. »Wovon ich keine Ahnung habe. Oder mich zumindest nicht erinnere. Meine Arbeit bestand aus Tippen und Ablegen.« Sie überlegte kurz. »Ich glaube, ich weiß, wie man tippt.«

In ihrer Stimme war etwas Verlorenes, und Kane reagierte instinktiv. Er streckte die Hand aus und bedeckte damit ihre fest verschränkten Hände. »Der Arzt sagte, Sie würden Ihr Gedächtnis irgendwann wiederfinden, Faith. Daran müssen Sie glauben.«

Ihre Augen weiteten sich, als sie auf seine Hand hinunterblickte. Bishop, der sie beobachtete, erinnerte der Anblick an ein im Scheinwerferlicht eines Autos erstarrtes Reh, das gelähmt ist und unfähig, sich vor dem sicheren Tod zu retten.

Mit erstickter Stimme sagte sie: »Ich habe tatsächlich etwas gefunden, aber ... das sind nicht meine Erinnerungen. Zuerst dachte ich das, doch jetzt begreife ich, dass es überhaupt nicht meine waren.«

Kane ließ ihre Hände los und lehnte sich stirnrunzelnd zurück. »Was meinen Sie damit?«

»Das fing an, als ich noch im Krankenhaus war. Nur Träume, aber vielleicht auch Erinnerungen, dachte ich. Träume wie ... wie kleine Vignetten, kurze Szenen aus einem Leben.«

»Wessen Leben?«, fragte Kane gedehnt.

Sie holte Luft. »Aus Ihrem. Und ... und Dinahs.«

Aus dem Koma erwacht.

Himmel. Nach allem, was er hatte in Erfahrung bringen können, war das Letzte, womit er gerechnet hatte, dass sie aufwachte. Jemals.

Er ging ein paar Minuten auf und ab, trat dann ans Telefon und wählte eine vertraute Nummer. Als abgenommen wurde, sagte er: »Faith Parker wurde aus dem Krankenhaus entlassen.«

»Was?«

»Du hast mich schon verstanden.«

Ein langes Schweigen entstand, und dann: »Dadurch muss sich nichts ändern. Selbst wenn sie sich daran erinnert, was vor dem Unfall passiert ist, hat das Mittel alles durcheinandergebracht oder sie zumindest völlig wirr gemacht – und vermutlich psychotisch.«

»Nach so vielen Wochen?«

»Hör zu, krieg bloß keine Panik, ja?«

»Verdammt, ich hab dir gesagt, wir hätten weitersuchen sollen. Ich hab dir gesagt, wir müssen es finden …«

»Ich sagte doch, krieg keine Panik. Als Erstes müssen wir feststellen, ob sie überhaupt eine Bedrohung ist.«

»Und wenn sie das ist?«

»Dann werden wir uns darum kümmern.«

»Sie haben von uns geträumt?«

Faith zuckte bei dem ungläubigen Ton in Kanes Stimme zusammen. »Oh, ich weiß, dass es absurd klingt. Das habe ich mir selbst dauernd gesagt. Aber die Träume waren zu lebendig, zu echt, um etwas zu sein, was meine eigene Fantasie heraufbeschworen hat. Ich glaube …« Sie schluckte schwer. »Mir fällt dazu nur ein, dass ich irgendwie, auf eine Weise, die ich nicht erklären kann und nicht verstehe, Dinahs Erinnerungen … angezapft habe.«

Kühl und sachlich fragte Bishop: »Wie soll das möglich sein?«

»Ich weiß es nicht. Vielleicht war ich vor dem Unfall übersinnlich.« Ihre Hände hoben und senkten sich in einer kleinen, hilflosen Geste. »Oder bin es durch den Unfall geworden. Gestern war ich in der Bibliothek und habe unter Koma nachgeschlagen. Nach dem, was ich da gelesen habe, sind einige Leute mit ungewöhnlichen Fähigkeiten aus dem Koma erwacht – vor allem, wenn dem eine Kopfverletzung vorausgegangen war.« Sie strich sich das Haar von der Stirn und zeigte ihnen ein kleines Pflaster.

Kane starrte sie nur schweigend an. Bishop war derjenige, der sprach.

»Zu behaupten, Sie hätten etwas ... geträumt, ist ganz einfach. Woher sollen wir wissen, dass es tatsächlich so war?«

Wieder biss sie sich auf die Lippe. »Ich weiß nicht, wie ich Sie überzeugen soll. Das, wovon ich geträumt habe, waren ganz gewöhnliche kleine Szenen. Alltägliche Dinge, wie sie sich zwischen zwei Menschen abspielen und auf die jeder hätte kommen können. Gemeinsames Kochen. Zusammen im Auto zu fahren.« Plötzlich errötete sie und blickte zu Boden. »Zusammen zu duschen.«

»Irgendwelche Muttermale oder besondere Kennzeichen?«, fragte Bishop trocken.

»Er hat an der linken Seite ziemlich weit unten eine kleine Narbe. Sie ... ist wie ein Dreieck geformt«, erwiderte Faith fast unhörbar.

Bishop schaute mit erhobenen Brauen zu Kane. »Stimmt das?«

Kane nickte langsam. »Vor ein paar Jahren hat mich ein Pferd abgeworfen, und ich landete auf einem Haufen rostiger Blechstücke von einer alten Scheune. Hat mir ein ziemliches Stück aus dem Fleisch gerissen.«

Nachdenklich fragte Bishop: »Ich nehme an, dass sonst niemand davon wissen könnte?«

»Mein Arzt. Ein paar Frauen. Dinah.«

Immer noch errötet, sagte Faith zu Kane: »Ich habe von Ihnen beiden in einem Strandhaus geträumt. Es hat eine mit Fliegengitter eingefasste Veranda, auf der ein seltsam geformter Stuhl steht, wie irgendwas aus den Sechzigern. Aus all den Korbmöbeln sticht er ziemlich hervor. Das Haus hat einen Kamin und einen Whirlpool. Viele Bücher auf eingebauten Regalen. Und am Ende des Weges zum Strand steckt eine Flagge mit der Aufschrift ›Bitte nur noch einen Tag länger!‹ Das Haus liegt ziemlich isoliert zwischen den Dünen.«

Wieder blickte Bishop fragend zu Kane.

Kane erwiderte den Blick seines Freundes. »Stimmt alles. Das Haus ist nie fotografiert worden, und wir haben dort nie Gäste gehabt. Es wurde zwei Monate vor Dinahs Verschwinden renoviert, die Veranda mit Fliegengitter eingefasst und der Kamin eingebaut. Sie hatte die Flagge vor unserem letzten Besuch dort machen lassen. Das war ein Witz zwischen uns, weil wir immer nur noch einen Tag länger dort bleiben wollten.«

Faith schaute zwischen den beiden Männern hin und her. »Vielleicht bin ich ja übersinnlich. Ergibt das einen Sinn?«

Den Blick immer noch auf Bishop gerichtet, fragte Kane: »Du kannst es nicht spüren?«

»Nein.«

»Warum nicht?«

Bishop zuckte die Schultern. »Vielleicht wegen des Mangels an Identität. Des fehlenden Ichgefühls. Diese Art Leere errichtet ihre eigenen Barrieren. Und sie ist in Panik wegen des Gedächtnisverlustes. Versucht sich davor zu schützen, noch mehr zu verlieren – das blockiert mich vermutlich ebenfalls. Vollkommen vernünftig von ihrer Warte aus, aber nicht sehr hilfreich.«

»Ich verstehe nicht«, sagte Faith.

»Noah hat eine besondere Gabe«, erklärte Kane. »Er nennt es seinen Blödsinnsdetektor. Ich denke jedoch, dass es mehr als das ist.«

Bevor Faith noch einmal nachhaken konnte, wandte sich Kane wieder an seinen Freund, und sie vergaß alles über Bishops Gabe.

»Es muss Dinah sein«, sagte Kane mit erstickter Stimme.

»Das können wir nicht wissen«, beharrte Bishop. »Es könnte genauso gut Faith sein. Menschen sind tatsächlich mit neuen und unerklärlichen Fähigkeiten aus dem Koma erwacht.«

»Mag sein, aber wir *wissen,* dass Dinah Paragnostin ist.«

»Das wissen wir.« Bishops Stimme blieb geduldig und behutsam, sein Ton verriet, dass er nicht bereit war, irgendetwas anzunehmen oder falsche Hoffnungen zu wecken. »Aber ihre Fähigkeiten funktionierten anders, Kane. Sie war keine Telepathin, war nicht in der Lage, in den Geist eines anderen Menschen einzudringen. Sie war präkognitiv, war in der Lage, sich in zukünftige Ereignisse einzuklinken, ein Blatt beim Kartenspiel oder das Fallen eines Würfels vorherzusehen. Und es war nichts, was sie mit Zuverlässigkeit beherrschen konnte. Vielleicht konnte sie dir sagen, dass das Telefon gleich klingeln würde, sogar, wer der Anrufer sei, aber sie konnte keine Erinnerungen in den Geist eines anderen Menschen projizieren. Selbst dem stärksten Paragnosten wäre das praktisch unmöglich.«

»Wenn sie verzweifelt genug wäre, könnte sie es vielleicht schaffen. Wenn es darauf ankäme, wenn es um Leben … und Tod ginge. Sie würde eine Möglichkeit finden, Noah. Dinah würde eine Möglichkeit finden.«

»So einfach ist das nicht. Übernatürliche Fähigkeiten haben ihre eigenen Regeln, Kane. Und ein Seher wird nicht zum Telepathen. Nicht ein Paragnost von tausend besitzt doppelte Fähigkeiten.«

Faith, die fasziniert zuhörte, verstand allmählich, was es mit Bishops »Blödsinnsdetektor« auf sich hatte.

»Dann sag mir«, verlangte Kane, »wo Faith' Erinnerungen herstammen. Entweder sendet Dinah sie, oder Faith zapft sie irgendwie an. Ganz gleich, wie du es betrachtest, es bedeutet, dass Dinah am Leben ist, Noah. *Am Leben.*« Jubel war in seiner Stimme.

In dem Moment erkannte Faith, dass Kane in seinem tiefsten Inneren geglaubt hatte, Dinah sei tot – und sich dafür hasste, die Hoffnung aufgegeben zu haben.

Eine kurze Stille trat ein, dann sagte Bishop mit spürbarem Widerstreben: »Dinah hat Faith immer wieder im Krankenhaus besucht. Hat an ihrem Bett gesessen, ihr vorgelesen, stundenlang zu ihr gesprochen. Wir können die Möglichkeit nicht ausschließen, dass sie dabei detailliert über ihre Vergangenheit gesprochen und Faith die Bilder auf diese Weise eingepflanzt hat, auch wenn Faith nicht bei Bewusstsein war.«

»Aber …«

»Kane. Es ist *möglich,* dass Dinah irgendwie in der Lage ist, Faith Bilder zu übermitteln. Es ist *möglich,* dass Faith mit paragnostischen Fähigkeiten aus dem Koma erwacht ist und sie das dazu befähigt, Dinah telepathisch zu erreichen. Vor allem, weil die beiden sich auch als Freundinnen nahestehen. Aber die *wahrscheinlichste* Erklärung ist, dass Faith unterbewusst alles festgehalten hat, was Dinah ihr erzählte, in ungewöhnlicher Lebendigkeit und bemerkenswert detailliert.«

Kane schüttelte den Kopf und öffnete den Mund, um zu widersprechen, zu leugnen, abzustreiten – doch Bishop kam ihm zuvor.

»Vergangenheit, Kane«, sagte er sehr sanft. »All diese Szenen stammen aus der Vergangenheit. Wenn Dinah in direkter Kommunikation mit Faith stände, glaubst du nicht, sie würde dann versuchen, uns zu sagen, wo sie ist?«

Kanes Schultern sackten herab, aber er bemühte sich, an der neuen Hoffnung festzuhalten. »Dinah würde ihr nichts von der Narbe erzählt haben, verdammt. Woher konnte sie das wissen?«

»Möglicherweise ist es im Krankenhaus passiert. Als Faith wach zu werden versuchte – und das mit paragnostischen Fähigkeiten, von denen sie vielleicht keine Ahnung gehabt hatte –, könnte sie telepathisch ihre Fühler ausgestreckt und Dinahs Geist berührt haben. Auf diese Weise könnte sie die Einzelheiten und Bilder empfangen haben. Möglich ist es.«

»Möglich«, knurrte Kane wütend. »Alles ist möglich – nur nicht, dass Dinah noch lebt. Ist es das, was du mir sagen willst?«

»Ich will dir ja nur begreiflich machen, dass wir uns nicht an unwahrscheinliche Hoffnungen klammern sollten.« Und dann, noch leiser: »Verdammt noch mal, Kane, glaubst du denn, ich wünschte mir nicht auch, dass sie noch am Leben ist?«

Faith beobachtete sie schweigend und verspürte einen Stich von Einsamkeit und Neid, weil sie erkannte, dass

Dinah Leighton eine bemerkenswerte Frau sein musste, um bei diesen beiden Männern derart starke Emotionen auszulösen. Sie wollte sich in einem so gefühlsbeladenen Moment nur ungern einmischen, hatte aber die quälende Gewissheit, dass es sein musste. »Da ist … noch etwas«, sagte sie so ruhig sie konnte.

Kane drehte langsam den Kopf, als kostete es ihn alle Kraft, die er noch hatte. Sein Gesicht war weiß, seine Augen dunkel. »Was?«

Sie zuckte vor der barschen Frage nicht zurück, doch ihre Stimme zitterte. »Das … was mich veranlasst hat, nach Ihnen zu suchen. Ich bin am späten Nachmittag eingeschlafen, und ich … ich hatte noch einen Traum. Nur kamen Sie dieses Mal nicht darin vor. Aber Dinah. Ich bin mir nicht sicher, doch ich glaube, es war ein Keller … oder vielleicht ein Lagerhaus. Wände aus Zementblöcken, die alt aussahen, feucht. Es war kalt.«

»Was passierte da?«, fragte Bishop.

Faith fröstelte, sie sträubte sich zu sagen, was sie zu sagen hatte. »Dinah saß auf einem Stuhl, irgendwie daran gefesselt, glaube ich. Sie konnte sich kaum bewegen. In dem Raum war mehr als eine Person, das wusste sie. Jemand beobachtete sie, schweigend, aus dem Schatten heraus, jedenfalls konnte sie ihn nicht sehen. Und ein anderer Mann stellte ihr Fragen, immer und immer wieder. Ich habe sein Gesicht nicht gesehen, und ich kann mich nicht erinnern, wie die Fragen lauteten. Ich habe es versucht, aber … aber da war so eine Art Rauschen in meinen Ohren, und ich konnte ihn nicht richtig verstehen. Vielleicht konnte sie das auch nicht, ich weiß es nicht. Ich weiß nur, dass … dass er sie schlug. Immer wieder.« Als hätte sie Kane die Hand aufgelegt, spürte sie, wie er sich verspannte, wie sich seine Muskeln unbewusst und instinktiv zusammenzogen, und ihre Stimme zitterte noch mehr. »Dann wurde alles schwarz … und ich … wachte auf.«

Bishop holte Luft. »Wollen Sie damit sagen, dass sie gefoltert wurde oder noch gefoltert wird?«

»Ich glaube schon. Nein. Ich bin mir sicher. Es war zu real, so entsetzlich plastisch, dass es nur so sein kann. Sie … wollen, dass sie ihnen etwas verrät, und was immer das auch sein mag, sie wird es ihnen nicht sagen.« Faith schluckte schwer. »Es ging schon lange so. Die Fragen. Die … Schläge. Ich spürte, wie erschöpft sie war. Und ihre Schmerzen … sie hat so schreckliche Schmerzen …«

Kane starrte sie mit dem Ausdruck eines Mannes an, der einen tödlichen Schlag bekommen hat, und sie fand es in diesem Moment leichter, Bishops klarerem, wenn auch etwas weniger mitfühlendem Blick zu begegnen.

»Die ganze Szene«, sagte er, »könnte aus einem Film oder einem Buch stammen.«

Faith schüttelte den Kopf. »Unmöglich. Sie verstehen nicht. Ich war kein Beobachter. Ich war *da.* Ich war Dinah, war in ihrem Körper, ihrem Verstand und ihrem Geist. Ich spürte ihren Schmerz und ihre Furcht und … und ihre Entschlossenheit.« Sie hob das Kinn und erwiderte Bishops Blick. »In einem bin ich mir vollkommen sicher. Dinah wird denen nicht sagen, was sie wissen wollen, weil sie jemanden beschützt oder glaubt, ihn zu beschützen. Das ist ihr wichtiger als ihr eigenes Leben.«

»Und das passiert jetzt?«

Ihre Gewissheit wankte. »Ich … ich bin mir nicht sicher. Das ließ sich nicht feststellen.«

»Ein Keller, vielleicht ein Lagerhaus. Aber Sie haben keine Ahnung, wo es sein könnte?«

»Nein, ich habe nur den Raum gesehen. Und falls Dinah wusste, wo sie war, hat sich das in ihren Gedanken oder Gefühlen nicht niedergeschlagen.« Sie hielt inne und sagte dann verzweifelt: »Ich möchte ihr helfen. Das müssen Sie mir glauben. Ich muss versuchen, Dinah zu helfen.«

»Warum?« Bishops Stimme war tonlos.

Faith spürte Tränen in ihren Augen brennen, weigerte sich aber, sie vor diesen Männern zu vergießen. Sie atmete tief durch. »Weil sie meine Freundin ist. Weil sie alles in ihrer Macht Stehende getan hat, dass ich nach dem Aufwachen aus dem Koma mein Leben wieder auf die Reihe bringen kann. Und weil … sie alles ist, was ich habe.«

»Ich nehme an«, sagte Bishop, ohne sie aus den Augen zu lassen, »das ist ein guter Grund, bei der Suche nach ihr helfen zu wollen. Und vielleicht kommt auch noch Dankbarkeit hinzu. Schließlich hat sie eine halbe Million Dollar für Sie lockergemacht.«

Faith schüttelte den Kopf. »Nicht die ganze Summe direkt für mich. Der Treuhandfonds, den sie eingerichtet hat, ist laut Aussage des Anwalts etwas über zweihunderttausend Dollar wert. Und auf mein Konto wurden fünfzigtausend Dollar eingezahlt. Aber sie hat dafür gesorgt, dass meine sämtlichen Schulden und die Krankenhausrechnung bezahlt wurden, und ich habe keine Ahnung, wie viel das insgesamt war.«

»Sie waren nicht versichert?«

»Eine Haftpflichtversicherung für das Auto, laut den Unterlagen, die ich gefunden habe. Aber keine Krankenversicherung. Ich hatte wohl vor Kurzem die Arbeitsstelle gewechselt, und der neue Versicherungsschutz hatte noch nicht gegriffen.«

»Sechs Wochen im Koma«, sinnierte Bishop. »Dann noch drei Wochen stationär und dazu die Physiotherapie. In einem guten Krankenhaus. Ich würde sagen, das könnte sich gut und gern auf eine Viertelmillion belaufen, vielleicht sogar mehr.«

»Eines der Dinge, die ich Dinah fragen möchte«, sagte Faith, »ist, warum. Ich verstehe nicht, warum sie das getan hat.«

Kane bewegte sich. »Weil sie sich schuldig fühlte.« Seine Stimme war belegt.

»Weshalb? Wegen des Unfalls? Man hat mir gesagt, darin wäre nur mein Auto verwickelt gewesen, und es sei allein meine Schuld. Niemand sonst war beteiligt. Warum sollte sie sich also deswegen schuldig fühlen?« Erleichtert stellte Faith fest, dass er wieder ein wenig Farbe bekommen hatte und nicht mehr so betäubt aussah.

»Das haben wir uns auch gefragt«, sagte Kane.

»Was war der Auslöser für den Unfall gewesen?«, fragte Bishop.

»Anscheinend ich selbst.« Sie versuchte ein Lächeln zustande zu bringen, was jedoch misslang. »Der Arzt sagte, es hätte … an ein paar Drinks zusätzlich zu einem verschreibungspflichtigen Muskelrelaxans gelegen. Er sagte, die Kombination sei toxisch, und ich könnte Alkohol nicht gut vertragen.«

»Warum wurde Ihnen ein Muskelrelaxans verschrieben?«, fragte Kane in dem sichtbaren Bemühen, methodisch vorzugehen.

»Daran kann ich mich natürlich nicht erinnern.«

Er runzelte die Stirn. »Haben Sie das Medikament bei sich?«

Ihre Handtasche hatte bei ihren anderen Sachen im Krankenhaus gelegen. Die üblichen Gegenstände waren darin – ein Geldbeutel, ein Scheckheft, ein kleines, unbenutztes Spiralnotizheft, ein paar Stifte, eine Puderdose und ein Lippenstift.

Kein verschreibungspflichtiges Medikament. Und in der Wohnung war auch keins.

»Vielleicht hat die Polizei es als Beweismittel behalten«, sagte sie langsam.

Kanes Stirn war immer noch gerunzelt. »Alkohol. Das kann nicht sein. Dinah sagte, Sie wären unterwegs gewesen, um sich nach der Arbeit auf einen Drink mit ihr zu treffen. Aber Sie wären nicht gekommen. Und Sie hätten direkt von der Arbeit kommen wollen – hat sie zumindest gesagt.«

»Also«, sagte Bishop, »wenn Sie nicht gerade gewohnheitsmäßig an Ihrer Arbeitsstelle eine Flasche in der Schublade haben …«

Sie blinzelte. »Das bezweifle ich. In der Wohnung ist keinerlei Alkohol.«

Kane sah, wie sie krampfhaft schluckte, und als sich ihre Augen auf ihn richteten, waren sie voller Furcht. »Was ist?«, wollte er wissen.

»Jemand ist in meine Wohnung eingebrochen.« Sie

drückte sich jetzt sehr vorsichtig aus. »Das Merkwürdige ist, dass nichts gestohlen wurde. Nicht, dass ich das mit Sicherheit behaupten könnte, aber die Polizei sagte, die bei einem Einbruch üblichen Dinge wurden nicht entwendet. Allerdings wurde die Wohnung völlig auf den Kopf gestellt. Schubladen wurden ausgeleert, Sachen durcheinandergeworfen.«

»Klingt, als hätte jemand etwas gesucht«, sagte Bishop.

»Wann ist es passiert?«, fragte Kane.

»Das weiß ich nicht genau. Ich meine, es wurde Anfang der Woche entdeckt, als der Anwalt einen Reinigungsdienst beauftragte, die Wohnung für meine Rückkehr aus dem Krankenhaus zu säubern.«

»Wann könnte es passiert sein?«, fragte Bishop. »War sonst noch jemand in Ihrer Wohnung in der Zeit nach dem Unfall und bevor der Reinigungsdienst den Einbruch entdeckte?«

Faith dachte nach und rieb sich dabei die Stirn. »Ich glaube nicht. Außer Dinah.«

»Dinah war dort?«

»Ihr Anwalt erwähnte es. Er sagte, sie habe in meinem Schreibtisch zu Hause nach Rechnungen gesucht, damit sie sie bezahlen konnte. Das muss kurz nach dem Unfall gewesen sein.« Sie wollte gerade den fehlenden Laptop erwähnen, aber da sie Schwierigkeiten hatte, sich zu konzentrieren, entglitt ihr der Gedanke, als Kane weitersprach.

»Also haben wir eine Spanne von Wochen.« Kane blickte Bishop an. »Na toll.«

Bishop war mit etwas anderem beschäftigt. »Die Wohnung wurde durchsucht, *nachdem* Dinah in Ihrem Schreibtisch nachgeschaut hatte.« Seine hellen Augen musterten sie durchdringend. »Und nur ein paar Wochen später verschwand Dinah.«

Faith versuchte sich darauf zu konzentrieren, was er meinte. »Wollen Sie damit sagen, dass Dinah verschwunden sein könnte, weil jemand dachte, sie … sie hätte etwas in meiner Wohnung gefunden? Etwas, das sie nicht finden sollte?«

»Mag sein.« Er wandte sich an Kane. »Vielleicht sind wir die ganze Sache aus der falschen Richtung angegangen. Vielleicht gab es keine direkte Bedrohung für Dinah, kein Artikel, den jemand verhindern wollte, bevor sie ihn schreiben konnte. Vielleicht ist es nicht ihre Vergangenheit, die wir durchleuchten sollten.«

»Sondern meine«, ergänzte Faith zittrig.

Kane bemerkte plötzlich, dass sie erschöpft war. Man sah es an ihren Augen, die dunkel waren vor Anspannung, und an den Schatten darunter. Sie bemühte sich, gerade zu sitzen, doch ihre Schultern sackten immer wieder herab, und ihre Haut war aschfahl. Wenn sie ihre Hände nicht fest im Schoß verschränkt hätte, hätten sie sicherlich unkontrollierbar gezittert.

»Sie müssen sich ausruhen«, sagte er.

Entschuldigend erwiderte sie: »Ich bin noch nicht vollständig wiederhergestellt. Es überkommt mich völlig unvermittelt, und … dann muss ich schlafen. Es tut mir leid.«

»Um Gottes willen, Sie müssen sich doch nicht entschuldigen. Sie sind durch die Hölle gegangen, und es ist nur zu verständlich. Außerdem haben Sie uns Dinge erzählt, die wir bisher noch nicht wussten. Und Sie könnten uns möglicherweise dabei helfen, Dinah zu finden.«

Bishop warf ihm einen Blick zu, schwieg aber.

»Das möchte ich«, wiederholte sie und seufzte dann. Ein furchtsamer Ausdruck glitt über ihr Gesicht. »Wenn … wenn Sie mir ein Taxi rufen könnten …«

Kane zögerte nur kurz. »Hören Sie, ich halte es für keine gute Idee, dass Sie in Ihre Wohnung zurückkehren, zumindest heute Abend nicht. Bis wir herausbekommen, was da vorgeht, bis wir uns sicher sind, dass es keinen Zusammenhang zwischen dem gibt, was mit Ihnen, und dem, was mit Dinah passiert ist, wäre es besser, wenn Sie bei uns blieben.«

Farbe kehrte in ihr Gesicht zurück. »Ich kann nicht hierbleiben.«

»Natürlich können Sie das.« Seine Stimme blieb sachlich. »Es gibt zwei Schlafzimmer. Noah übernachtet in dem einen, und Sie nehmen meins. Ich leg mich hier aufs Ohr.« Er verzog das Gesicht. »In letzter Zeit verbringe ich sowieso die meisten Nächte hier. Kann mir genauso gut ein Kissen und eine Decke holen und es zu meinem offiziellen Schlafzimmer erklären.«

Sie biss sich unentschlossen auf die Lippe, und Kane dachte, wie verängstigt sie sein musste, so allein, dass ihr selbst das Gesicht im Spiegel unvertraut war.

»Wir entscheiden das von Tag zu Tag, in Ordnung?«, sagte er freundlich. »Jetzt müssen Sie erst mal schlafen, und ich glaube, Sie werden sich hier sicherer fühlen als in Ihrer Wohnung. Morgen beginnen wir damit, herauszufinden, was da vorgeht.«

Bishop schwieg immer noch. Schließlich nickte Faith. »Vielen Dank.«

Kane zeigte ihr den Weg zu seinem Schlafzimmer und schaute nach, ob noch genügend saubere Handtücher im Bad waren. Er bot ihr an, Dinahs Toilettenartikel zu benutzen, suchte aber eines seiner eigenen Hemden als Schlafhemd für sie aus, statt ihr eines von Dinah zu geben. Eine solche Intimität hätte er für beide Seiten unangebracht gefunden. Als Kane ins Wohnzimmer zurückkehrte, fand er Bishop noch genau dort, wo er saß, als sie den Raum verlassen hatten, den stirnrunzelnden Blick auf die Stelle gerichtet, an der Faith gesessen hatte.

Schweigend machte Kane ihnen beiden einen Drink und nahm dann seinen Platz auf der Couch wieder ein. »Glaubst du ihr?«, fragte er abrupt.

»Ich weiß es nicht. Sie könnte uns das erzählt haben, was wir hören wollten.«

»Ich wollte nichts davon hören, dass Dinah wehgetan wird.« Kanes Stimme blieb ruhig.

»Nein. Aber wir hätten so etwas erwarten können, wenn wir ehrlich sind. Und es sorgte für ziemliche Dramatik, nicht wahr? Praktisch mit der Garantie, eine emotionale Reaktion auszulösen.«

»Die Einzelheiten über das Strandhaus – es gibt keine Möglichkeit, wie sie die erfahren haben könnte. Außer von Dinah.« Kane war noch nicht bereit aufzugeben.

»Oder von dir.«

Kane runzelte die Stirn und begriff dann, was sein Freund meinte. »Du willst damit sagen, sie könnte meinen Geist angezapft haben, während wir hier saßen?«

»Wenn sie Paragnostin ist, vielleicht. Nur weil sie in der Lage war, mich abzublocken, muss es nicht unbedingt heißen, dass sie ihre Fähigkeiten nicht gleichzeitig benutzen kann.«

»Eine weitere paragnostische Regel?«, fragte Kane ironisch.

»So was in der Art.«

»Na gut. Ich muss zugeben, dass das möglich ist. Aber es muss eine Verbindung zwischen Faith und Dinah geben und zwischen dem, was beiden passiert ist. Vielleicht war die Drohung gegen Faith gerichtet – vielleicht hatte sie mit etwas Gefährlichem zu tun, und Dinah ist nur in die Situation hineingestolpert. Aber Dinah hat sich eindeutig für Faith' Unfall verantwortlich gefühlt, Noah. Sie fühlte sich schuldig genug, einen verdammten Haufen Geld auszugeben, um die Dinge für Faith wieder in Ordnung zu bringen.«

Bishop nahm die Rolle des Advocatus Diaboli ein. »Aber Dinah hat ja anscheinend schon in der Vergangenheit Geld an Leute verteilt, die in Schwierigkeiten waren. Wie sollen wir also *wissen,* dass ihr Schuldgefühl überwältigend war? Vielleicht war Faith nur … eine weitere verwundete Seele, der sie zu helfen versuchte.«

»Mag sein. Aber egal, ob Dinahs Artikel zu Faith' Unfall führte oder ob etwas in Faith' Leben für Dinah gefährlich wurde, die Antwort muss dort liegen, zwischen ihnen beiden. Vielleicht wird Faith nicht in der Lage sein, uns viel zu erzählen, doch es gibt Dinge, die wir herausfinden können. Die Fakten über ihren Unfall, zum Beispiel. Was geschah mit dem Medikament, das sie angeblich nahm, und hat es ihr ein Arzt tatsächlich verschrieben? Wieso hatte sie so viel Alkohol im Blut, nur Minuten nachdem sie ihren Arbeitsplatz verlassen und sich auf den Weg zu ihrem Treffen mit Dinah gemacht hatte?«

Kanes Gesicht war hart vor Entschlossenheit. »Die Polizei führte den Unfall offensichtlich auf eine leichtsinnige, betrunkene Fahrerin zurück, also hat sie sich nicht um die Einzelheiten gekümmert. Wir können das tun. Wir können Faith' Hintergrund genauer überprüfen und so viel wie möglich darüber herausfinden, wer sie ist. Wir können herausfinden, ob Faith und Dinah tatsächlich befreundet waren, ob jemand sie zusammen gesehen hat oder von ihrer Freundschaft wusste. Wir können herausfinden, was Faith' Tätigkeit umfasste und ob sie Dinah Informationen lieferte, nach denen sie suchte, für eine Story, die sie beide in Gefahr brachte. Wir können nach *Fakten* suchen, Noah.«

Nach einem Augenblick sagte Bishop: »Du bist also davon überzeugt, dass Faith und Dinah beide aus dem Weg geräumt werden sollten wegen einer Story, an der Dinah arbeitete.«

»Das ist doch möglich, oder?«

»Ja. Das ist möglich.«

»Dann haben wir eine Spur«, sagte Kane, seine Stimme scharf vor gespannter Erwartung.

»Haben wir«, stimmte Bishop zu.

3

Faith wachte früh auf und blickte sich in dem unvertrauten Schlafzimmer um, ohne die geringste Ahnung zu haben, wo sie war. Die panikartige Verwirrung hielt zum Glück nur kurz an, machte sie jedoch zittrig.

Dieses Gefühl war ihr allerdings sehr vertraut.

Sie duschte, und erst als sie sich die Haare mit einem Fön trocknete, fiel ihr auf, dass sie genau gewusst hatte, in welchem Schrank er lag, obwohl Kane es ihr am Abend vorher nicht gezeigt hatte. Dann fühlte sich die Bürste in ihrer rechten Hand auf einmal ungelenk und falsch an, und sie musste sie in die Linke nehmen.

»Linkshändig«, murmelte sie. »Ich bin Linkshänderin.« Seit dem Aufwachen im Krankenhaus hatte sie durchgängig ihre linke Hand gebraucht. Warum hatte sie dann heute Morgen ihre rechte benutzt?

Vermutlich war das einer dieser merkwürdigen kleinen Ausrutscher, die durch das Koma hervorgerufen wurden, und sie verdrängte es. Sie zog sich an, machte das Bett und räumte im Zimmer auf, hinterließ alles so, wie sie es vorgefunden hatte. Schließlich konnte sie den Augenblick nicht mehr länger hinausschieben und verließ das Schlafzimmer.

Kane war auf. Er war frisch rasiert, das Haar feucht und

seine Freizeitkleidung unzerknittert. Ruhelos bewegte er sich durchs Wohnzimmer, und sie bezweifelte, dass er überhaupt geschlafen hatte.

Er blieb neben einem schönen Stutzflügel stehen, als sie das Zimmer betrat, wandte sich augenblicklich zu ihr um und sah sie scharf an. »Guten Morgen.« Die etwas brüske Begrüßung wurde durch ein rasches Lächeln abgemildert. »Der Kaffee ist heiß, und alles andere steht auf der Arbeitsplatte. Obst, Brot, Müsli. Bedienen Sie sich.«

»Danke.« Faith ging in die Küche und machte sich ans Werk. Sie war zu sehr auf ihn konzentriert, um innerlich ruhig zu bleiben, vor allem, als er an die andere Seite der Kochinsel trat und nach seiner Kaffeetasse griff.

»Ich hoffe, Sie haben gut geschlafen«, sagte er förmlich.

Faith zögerte, steckte dann eine Brotscheibe in den Toaster und erwiderte leichthin: »Seit ich aus dem Koma erwacht bin, habe ich viel geschlafen, aber bisher noch nicht richtig gut. Der Arzt sagt, das sei ganz natürlich und nichts, worüber man sich Sorgen machen müsste.«

»Schlechte Träume?«

»Nein, das nicht. Nur … Gefühle. Es fällt mir schwer, loszulassen, dem Schlaf zu vertrauen. Ich habe Angst, nicht mehr aufzuwachen oder dass Wochen oder Monate vergangen sind, wenn ich doch aufwache. Der Arzt hat mir versichert, dass so etwas nicht passieren wird, aber diese Furcht ist natürlich nicht rational, und solche Versicherungen helfen daher wenig. Und da ich befürchte, nicht aufzuwachen, werde ich während der Nacht ständig wach.« Sie verkniff sich die Beschreibung der Panikanfälle, der langen Minuten, die sie brauchte, um ruhig zu werden und wieder einzuschlafen.

»Das muss die Hölle sein«, sagte Kane mitfühlend. »Keine Wunder, dass …«

Als er abbrach, sagte Faith: »… ich zusammenfahre, wenn jemand auch nur buh sagt? Furchtbar aussehe? Denke, ich sei übersinnlich? Oder mich nur einer unkontrollierbaren Paranoia hingebe?«

»Nichts davon wollte ich sagen.« Aber statt zu erklären, wechselte er das Thema. »Noah und ich haben uns unterhalten, und wir glauben, es wäre das Beste für Sie, wenn Sie zumindest für ein paar Tage hierbleiben. Wir brauchen Zeit, um einige Antworten zu finden, und bis uns das gelingt, werden wir nicht wissen, ob Sie möglicherweise ebenso in Gefahr sind wie Dinah. Also werden wir heute mit Ihnen in Ihre Wohnung fahren, damit Sie eine Tasche packen können.«

»Ich kann doch nicht einfach Ihr Schlafzimmer in Beschlag nehmen.« *Ich kann mich nicht in dein Leben drängen. Das kann ich nicht tun. Ich gehöre nicht hierher. Und du gehörst Dinah.* Sie konzentrierte sich darauf, Gelee auf ihren Toast zu streichen und Kane nicht anzuschauen.

»Wie ich schon sagte, ich benutze es sowieso nicht viel. Und ich würde mich besser fühlen, wenn Sie eine Weile hierblieben, Faith.« Er hielt inne und fügte dann hinzu: »Vielleicht war der Einbruch in Ihre Wohnung nur zufällig. Aber vielleicht auch nicht. Möglicherweise hatte er etwas mit Dinah zu tun und damit, weshalb sie vermisst wird. Ich glaube, Sie können mir helfen, sie zu finden.«

Faith' unruhige Nacht hatte nicht dazu beigetragen, ihre Gefühle zu beruhigen oder ihre verwirrten Gedanken zu klären, und man hörte ihrer Stimme die Frustration an.

»Wie denn? Ich kann mir ja nicht mal selber helfen. Ich kann mich weiß Gott nicht an etwas Hilfreiches erinnern.«

»Sie könnten Ihr Gedächtnis wiedererlangen, oder zumindest Teile davon. Ja, vermutlich werden Sie das.«

»Aber wird es rechtzeitig genug sein, um Dinah zu helfen?«, murmelte sie, mehr an sich selbst gewandt als an ihn. Bevor er antworten konnte, fragte sie: »Wo ist Bishop?«

»Er telefoniert.« Kane hielt inne und fügte dann betont hinzu: »Überprüft Ihre Vorgeschichte.«

Das lenkte ihren Blick auf sein Gesicht, und sie merkte, dass er sie durchdringend musterte. »Oh. Ich schätze, das kann er, nicht wahr.« Es war keine Frage.

Kanes Augen verengten sich. »Warum sagen Sie das?«

»Er ist beim FBI, oder?«

Schweigen entstand, dann sagte Kane: »Keiner von uns hat das erwähnt.«

»Tatsächlich nicht?« Faith war verblüfft, begriff aber schnell, wie die Antwort lauten musste. »Hat mir vermutlich Dinah erzählt.« Sie schüttelte den Kopf. »So was passiert ständig – aus heiterem Himmel *weiß* ich plötzlich Sachen, ohne erklären zu können, wieso. Entweder kommen meine Erinnerungen hier und da wieder hoch, oder es sind Dinahs. Und da ich bis zum gestrigen Abend weder Ihnen noch Bishop begegnet bin …« Sie wandte ihre Aufmerksamkeit wieder dem Frühstück zu, wollte weder Ungläubigkeit noch Misstrauen in seinem Gesicht sehen.

Doch Kanes Stimme blieb neutral. »Macht es Ihnen etwas aus, dass er Ihre Vorgeschichte überprüft?«

Faith ließ sich Zeit damit, ihr Toastbrot zu kauen, und schüttelte den Kopf. »Warum sollte es mir was ausmachen?

Vielleicht kann er genug herausfinden, um einige meiner Fragen zu beantworten.«

»Als da wären?«

»Wie zum Beispiel … warum es keine Fotos in meiner Wohnung gibt und so gut wie keine Hinweise auf eine … eine Vergangenheit.«

»Manche Menschen wollen sich mit solchen Dingen nicht belasten. Selbst wenn es um … sichtbare Erinnerungen geht. Vielleicht liegt es nur daran.«

»Wäre das nicht die reinste Ironie?«, fragte sie. »Wenn ich das Einzige aus meinem Leben ferngehalten hätte, das mir dabei helfen könnte, mich an mein Leben zu *erinnern?«*

Sie holte Luft und sah ihn mit festem Blick an. »Ich bin achtundzwanzig Jahre alt, und es sollte Nachweise für dieses Leben geben. Anzeichen, dass ich … dass ich diese Jahre gelebt habe. Fotos. Ein Highschool-Jahrbuch. Einen Pullover, den mir meine Mutter gestrickt hat. Doch nichts davon ist da. Es ist, als wäre ich vor achtzehn Monaten aus dem Nichts gekommen und in diese Wohnung eingezogen.«

»Jeder kommt von irgendwo her, Faith. Aber vielleicht haben Sie beschlossen, sich aus irgendeinem Grund von Ihrer Vergangenheit abzuwenden. Menschen tun so etwas. Suchen sich einen neuen Ort, fangen neu an.«

Sie spielte mit dem Henkel ihrer Kaffeetasse und war sich bewusst, dass sie damit ihre Beklommenheit verriet, konnte aber trotzdem nicht aufhören. »Vielleicht stimmt das. Doch was könnte so schlimm gewesen sein, dass ich meine Vergangenheit auslöschen musste, bevor ich neu anfangen konnte?«

Bishop, der in diesem Moment die Küche betrat, beantwortete ihre Frage. »Ich würde auf Mord tippen.«

»Gedächtnisverlust?«

»Laut ihrer Patientenakte, ja.« Mit einem finsteren Blick verjagte er einen Passanten, der sich daraufhin trollte, ohne auf das Freiwerden des Telefons zu warten. Dann setzte er sein Gespräch fort. »Ich konnte einen Blick auf den Bericht des Seelenklempners werfen. Anscheinend ist ihr ganzes Leben eine leere Seite, nicht nur die Tage oder Wochen, bevor sie ihr Auto in die Böschung gerammt hat.«

»Ist das vorübergehend oder bleibend?«

»Ich hab keine Ahnung. Und die im Krankenhaus offensichtlich auch nicht. Wesentlich ist, dass niemand weiß, ob sie ihr Gedächtnis je wiedererlangt. Es könnte alles zurückkommen, Teile davon – oder gar nichts. Und es lässt sich nicht sagen, wie lange es dauern könnte. Sie könnte morgen aufwachen und sich an jede Einzelheit erinnern.«

»Oder es könnte Jahre dauern.«

»So steht's da.« Er wartete mehrere Minuten des Schweigens ab und sagte dann: »Das gefällt mir nicht.«

»Nein. Mir auch nicht.«

»Also?«

»Also wo ist sie jetzt?«

Er fluchte. »Ich weiß es nicht.«

Eine Pause entstand. Dann: »Ich hab dir doch gesagt, dass du gestern Abend ihre Wohnung überprüfen solltest.«

»Hab ich getan. Sie war nicht da.«

»Und?«

»Und ich war sauer.«

Selbst in ihren wildesten Fantasien hatte Faith nie an Mord gedacht. Ein Frösteln überlief sie und sie bekam eine Gänsehaut. »Wie bitte?« Verzweifelt tastete sie sich durch die Dunkelheit ihres Geistes, aber da war absolut nichts, keine Erinnerung, kein Anhaltspunkt. Nichts als die beängstigende Möglichkeit, dass sie etwas Entsetzliches getan haben könnte.

Bishop sprach weiter, als würde er Posten von einer Liste vorlesen. »Vor etwas über zwei Jahren haben Sie mit Ihrer Mutter und Ihrer jüngeren Schwester in Seattle gelebt. Ihre Schwester war noch in der Highschool, Ihre Mutter Angestellte in der Bibliothek, und Sie arbeiteten tagsüber als Empfangssekretärin bei einem Bauunternehmen und abends als Bedienung.« Er hielt inne. »Ich habe noch nicht alle Einzelheiten und werde sie erst erhalten, wenn ich in Quantico bin und Zugang zu den Unterlagen bekomme. Aber die Fakten sind ganz einfach.«

»Welche Fakten?«, fragte sie unsicher.

Bishops stählerner Blick verlor möglicherweise etwas von seiner Schärfe, aber das war schwer zu sagen. »Es tut mir leid. Ihre Mutter und Ihre Schwester wurden ermordet, und das Haus brannte bis auf die Grundmauern ab.«

Faith verspürte einen Schock, doch er war distanziert, unpersönlich, nicht viel mehr als Bestürzung. Sie konnte nicht mal ein flüchtiges Bild von dieser Mutter oder Schwester hervorrufen, und der Schmerz, den sie trotzdem noch hätte stark empfinden müssen, fehlte völlig.

Kane fragte leise: »Wer war dafür verantwortlich?«

»Der Fall ist nach wie vor nicht aufgeklärt, mehr kann ich dir dazu nicht sagen.« Bishop schaute seinen Freund an.

»Und die Unterlagen sind vertraulich, vielleicht weil das FBI die Ermittlungen noch nicht abgeschlossen hat, so was in der Art.«

»Könnte Faith unter Zeugenschutz stehen?«

»Unwahrscheinlich. In dem Fall wäre mir sofort der Zugang zu Ihren Akten verweigert worden.«

Sie räusperte sich. »Könnte ich ... war ich eine Verdächtige?«

»Laut des Police Departments von Seattle, mit dem ich gesprochen habe, nachdem ich auf diese vertraulichen Akten gestoßen war, hatten Sie ein Alibi. Sie haben in einem voll besetzten Restaurant bedient, in dem Dutzende Menschen Sie gesehen haben, als der Mord begangen wurde und das Haus abbrannte. Aber die Polizei weigerte sich, mir mehr darüber zu sagen. Anscheinend sind deren Akten über den Fall ebenfalls vertraulich.«

Kane blickte zu Faith. »Demnach wurden vor zwei Jahren die Menschen, die Ihnen am nächsten standen, ermordet. Keine Verhaftungen, keine Verurteilungen. Ein paar Monate später kamen Sie nach Atlanta und haben ein neues Leben begonnen.«

Faith versuchte zu denken. »Was den Mangel an persönlichen Dingen in meiner Wohnung erklären würde. Fotos, alte Kleidungsstücke. Wenn das Haus, in dem ich lebte, bis auf die Grundmauern niederbrannte, könnte ich alles verloren haben.«

Kane sah Bishop stirnrunzelnd an. »Mein Vorstellungsvermögen muss wahrscheinlich Überstunden machen, um dahinterzukommen, in welcher Verbindung zwei unaufgeklärte Morde in Seattle mit einem zwei Jahre später hier in

Atlanta geschehenen Verkehrsunfall und dem Verschwinden von Dinah stehen könnten. Aber … hier ist Faith. Unsere ganz reale Verbindung.«

»Bis wir die Einzelheiten erfahren«, erwiderte Bishop, »lässt sich nicht feststellen, ob es andere Verbindungen gibt.«

»Und diese Einzelheiten erfahren wir erst, wenn du wieder in Quantico bist.«

»Wir haben eine *Chance,* sie zu erfahren, wenn ich in Quantico bin. Es könnte sein, dass meine Zugriffsberechtigung nicht hoch genug ist. Das hängt davon ab, aus welchem Grund die Akten vertraulich sind.«

»Musst du morgen nicht sowieso zurück? Wegen deiner neuen Einheit?«

»Leider bleibt mir keine andere Wahl. Und ich weiß nicht, wann ich wieder herkommen kann.« Er hielt kurz inne. »Wenn ich das Gefühl hätte, ich könnte hier etwas tun, das du nicht genauso gut oder sogar besser erledigen könntest …«

»Würdest du nicht fahren. Ich weiß.«

Bishop trat an die Kochinsel, um sich Kaffee einzuschenken, und Faith war froh, dass sich die Aufmerksamkeit der beiden Männer von ihr abgewandt hatte. Sie brauchte Zeit, den Schock zu verarbeiten, dass ihre Familie ermordet worden war.

»Ich bin gar nicht glücklich darüber, gerade jetzt abzureisen«, sagte Bishop. »Da keine greifbaren Beweise auftauchten, lief die Suche nach Dinah in routinemäßigen Bahnen mit wenig Fortschritten und keinen echten Überraschungen.« Er blickte Faith an. »Und dann sind Sie aus dem Koma erwacht und haben das Krankenhaus verlassen.«

Kane runzelte erneut die Stirn. »Was bedeutet?«

»Dass sich das Gleichgewicht verschoben, der Status quo verändert hat. Falls jemand die Sache unter Beobachtung hat, wäre jetzt der Zeitpunkt für ihn, etwas zu unternehmen.«

Faith war verwirrt. »Sie meinen ... diejenigen, die Dinah haben, müssten meinetwegen ihre Pläne ändern?«

»Falls Sie bei dem Ganzen eine Rolle spielen – ja. Denken Sie darüber nach. Wenn Sie diejenige sind, die eine Bedrohung für jemanden darstellt, waren Sie durch das Koma ausgeschaltet und kein Sicherheitsrisiko mehr. Die Tatsache, dass Sie wieder auf den Beinen sind und herumlaufen, muss den Tätern zu denken geben. Selbst wenn sie herausfinden, dass Sie das Gedächtnis verloren haben, werden sie sich eventuell nicht sicher genug fühlen, Sie einfach zu ignorieren. Zumindest nicht auf längere Sicht.«

»Meine Wohnung wurde vermutlich durchsucht«, sagte Faith langsam. »Vielleicht haben sie gefunden, wonach sie gesucht haben.« Dann fiel es ihr plötzlich wieder ein, und sie schaute zu Kane. »Besitzt Dinah einen Laptop?«

»Ja. Ihr Aktenkoffer fehlte allerdings, als ihr Jeep verlassen in der Nähe ihres Büros gefunden wurde, und sie hatte ihren Laptop immer da drin.«

Faith zögerte. »Sie hatte dem Anwalt gesagt, dass sie meinen Laptop hätte. Haben Sie das je gesehen?«

Kane musste nicht lange überlegen. »Nein. Ich meine, ich achte nie genau darauf, wenn sie ihn benutzt, daher könnte es auch Ihrer gewesen sein. Aber ich habe nie zwei

Laptops gesehen. Und wir haben keinen in ihrer Wohnung gefunden, als wir dort nach ihrem Verschwinden nachgesehen haben. Auch keine Disketten.«

»Ich nehme an, Sie haben keine Ahnung, was sich auf Ihrem Laptop befand?«, fragte Bishop.

»Nein. Ich weiß nur, dass ich ihn wohl erst kurz vor dem Unfall gekauft habe.«

»Eine weitere Sackgasse.« Kane seufzte. »Gestern Abend dachte ich, wir hätten eine Spur, aber jetzt sieht alles noch viel undurchsichtiger aus.«

»Ich glaube nicht an Zufälle«, sagte Bishop. »Irgendwo in all dem gibt es einen einzelnen Faden – ein Sachverhalt oder ein Ereignis –, der alles miteinander verknüpft und dem Ganzen einen Sinn gibt.«

»Selbst den Morden an meiner Mutter und meiner Schwester?«, fragte Faith.

»Das könnte der Anfang gewesen sein«, erwiderte er. »Alles, was seither geschah, könnte auf die beiden Menschen zurückgehen, die vor zwei Jahren in Seattle ermordet wurden. Oder sie könnten sich – entschuldigen Sie den Ausdruck – als nebensächlich für alles andere herausstellen, in diesem Fall nur wichtig, weil sie der Katalysator waren, der Sie nach Atlanta gebracht hat.«

Faith bekam Kopfschmerzen. Sie fragte sich, warum ein von allem Nützlichen entleerter Verstand sich so vollgestopft mit Fragen und Fakten anfühlen konnte.

»Eins nach dem anderen«, sagte Kane, der sie beobachtet hatte. »Wir müssen in Ihre Wohnung fahren, damit Sie eine Tasche packen können.«

Bishop öffnete den Mund, um etwas zu sagen, überlegte es sich dann offensichtlich anders und bemerkte stattdessen: »Heute ist Sonntag, also wird nicht viel Verkehr sein.«

Faith dachte darüber nach, was Bishop wohl im Sinn gehabt hatte, eine Übung, die ihre Gedanken während der Fahrt zu ihrer Wohnung wenigstens auf etwas Bestimmtes lenkte. Die Antwort ging ihr erst auf, als sie bei ihrem Haus aus Kanes Auto stiegen und Faith sah, dass sich der Agent und Kane mit mehr als flüchtiger Aufmerksamkeit umschauten.

Jemand könnte das Haus überwachen. Das ist es, was er denkt. Vielleicht war mein Taxi gestern im Samstagsabendverkehr schwer zu verfolgen, und sie wissen daher nicht, wohin ich gefahren bin. Zwischen mir und Kane hat möglicherweise bis heute keine Verbindung bestanden. Habe ich ihn in Gefahr gebracht, weil ich zu ihm gegangen, bei ihm geblieben bin? War ich diejenige, die Dinah in Gefahr gebracht hat?

Sie betraten das Haus und gingen zu Faith' Wohnung hinauf, ohne jemandem zu begegnen. Die Tür war geschlossen, aber Faith fühlte sich plötzlich noch unwohler. Sie spürte es körperlich, als hätte etwas Kaltes ihre Haut gestreift.

»Was ist los?«, fragte Kane, der ihr Unbehagen aus ihrer Körpersprache ablas.

»Ich … nichts. Nichts, was ich erklären kann.« Sie wühlte in ihrer Schultertasche und zog den Türschlüssel heraus.

Kane nahm ihn ihr ab. »Dann sollten wir besser vorsichtig sein. Warten Sie hier draußen.«

Faith trat zur Seite und sah zu, wie die beiden Männer die Tür aufschlossen, sie sehr vorsichtig öffneten und in die Wohnung schlüpften. Sie spürte, wie ihr Herz hämmerte, spürte Übelkeit aufsteigen, die sie als Furcht erkannte, und beschimpfte sich innerlich als Feigling. Es nützte nichts, sich vor Augen zu führen, dass sie jedes Recht hatte, furchtsam zu sein: Sie trieb hilflos in einem Leben, an das sie sich nicht erinnerte und das möglicherweise Gefahren in sich barg.

Stunden schienen vergangen zu sein, bevor Kane wieder an der Tür erschien. »Alles klar«, sagte er. »Aber es war jemand hier.«

Dank der Warnung machte sich Faith auf das Chaos gefasst, das sie in der Wohnung erwartete.

Diesmal war die Durchsuchung viel brutaler und verheerender gewesen. Sofakissen waren aufgeschlitzt, die Füllung quoll halb heraus. Bilder waren von den Wänden und aus den Rahmen gerissen, das Glas zerbrochen. Regale waren verschoben, Tische umgeworfen worden. In der Küche standen die Schranktüren offen, die Arbeitsfläche und die Spüle waren voller Schachteln und Dosen, Kühlschrank und Tiefkühlschrank wurden ebenfalls durchwühlt. Im Schlafzimmer lagen Faith' Kleider zusammen mit dem Bettzeug auf einem Haufen am Boden. Die Matratze war aufgeschlitzt worden.

Faith betrachtete das Durcheinander, spürte ein Kribbeln auf der Haut und fühlte sich zutiefst verletzt.

»Ich sollte die Polizei rufen«, sagte sie.

Kane und Bishop wechselten Blicke, dann sagte Kane: »Ich habe einen Freund im Department. Lassen Sie mich anrufen. Ich glaube, wir sollten besser verschwinden, um dem Medienzirkus aus dem Weg zu gehen.« Als Faith ihn fragend anschaute, fügte er hinzu: »Bisher gibt es keine öffentlich bekannte Verbindung zwischen Ihnen und mir oder selbst zwischen Ihnen und Dinah. Ich würde sagen, wir sollten dafür sorgen, dass es so lange wie möglich dabei bleibt.«

Faith stimmte zu, wobei sie sich fragte, ob sie darauf einging, weil Kane recht hatte oder weil es leichter war, ihn die Entscheidungen treffen zu lassen.

Nicht mal das weiß ich über mich selbst.

Nicht mal das.

Kanes Freund bei der Polizei war Detective Guy Richardson, ein hochgewachsener, vierschrötiger Mann mit dünner werdendem braunem Haar und trügerisch sanften braunen Augen. Er traf mit einem desinteressierten Polizeifotografen ein, der Aufnahmen von der Wohnung machte, sprach kurz und leise mit Kane – setzte ihn vielleicht über den mangelnden Fortschritt bei der Suche nach Dinah ins Bild? – und schaute sich dann gründlich in der Wohnung um, bevor er Faith fragte, ob sie mit Sicherheit wisse, dass etwas verschwunden sei.

Faith hatte bereits darüber nachgedacht und die Antwort parat. »Soweit ich es beurteilen kann, fehlt nichts von dem, was gestern Abend vor meinem Weggehen hier war.« Sie saßen an dem kleinen Küchentisch, und ihre Hände lagen fest im Schoß verschränkt.

»Kane hat mir das mit Ihrem Gedächtnisverlust erklärt. Sie haben also keine Ahnung, warum Ihre Wohnung innerhalb der letzten paar Wochen zweimal durchsucht wurde?«

»Nein.«

»Ich habe mir den Bericht über den vorherigen Einbruch angeschaut. Ihre Nachbarn wurden befragt, aber niemand hat einen Fremden hier herumlungern sehen oder irgendwas Verdächtiges gehört. Es gab keine Spuren für gewaltsames Eindringen, doch man fand ein offenes Fenster.« Er hielt inne. »Diesmal stand kein Fenster offen, und das Schloss wurde geknackt. Was mir verrät, dass es sich um einen Profi handelt, und er hat kaum Spuren hinterlassen. Ich könnte nach Fingerabdrücken suchen lassen, aber ich würde meine Pension darauf verwetten, dass er Handschuhe trug.«

Faith wusste nicht, was sie darauf sagen sollte, daher schwieg sie und ließ ihren Blick von ihren verschränkten Händen zu den Männern um den Tisch huschen.

Kane fragte: »Angenommen, er hat das, wonach er gesucht hat, nicht gefunden, glaubst du, er kommt noch mal wieder?«

»Ich glaube, der Mann nimmt seine Arbeit sehr ernst«, erwiderte Richardson. »Das, was er sucht, ist ihm äußerst wichtig, entweder weil er dazu angeheuert wurde, es zu finden, oder weil er es unbedingt selber haben will. Ich schätze, der wird nicht aufhören zu suchen.«

»Dann ist Faith hier nicht sicher.«

Richardson stimmte zu. »Ich würde ihr raten, woanders unterzukommen, bis wir diese Sache aufgeklärt haben.«

Faith konnte nicht umhin, sich zu fragen, ob Kane seinen Freund gebeten hatte, diesen Rat zu erteilen – und rügte sich dann dafür, so misstrauisch zu sein. Trotzdem musste sie protestieren. »Aber nachdem er zweimal gesucht hat, muss er doch wissen, dass hier nichts zu finden ist.«

Richardson zögerte nicht. »Das weiß er bestimmt. Allerdings weiß er nicht, ob sich das, was er sucht, in Ihrem Besitz befindet oder ob Sie es irgendwo außerhalb dieser Wohnung versteckt haben.«

»Es gibt noch eine andere Möglichkeit«, meldete sich Bishop mit kühler Stimme zu Wort. »Dieser zweite Einbruch könnte weniger eine Suche als eine Einschüchterungstaktik gewesen sein. Sein Ziel könnte sein, Faith so sehr zu verängstigen, dass sie ihn entweder zu dem führt, wonach er sucht, oder zu verängstigt ist, es selber zu benutzen.«

»Aber *wonach* sucht er?«, fragte Faith mit mehr Verzweiflung, als sie zugeben mochte. »Ich weiß es nicht. Ich erinnere mich nicht. Ist es etwas, das ich ihm weggenommen habe? Etwas, das ich gefunden habe? Etwas, das ich für jemanden aufbewahrt habe?«

»Was auch immer es ist«, sagte Kane langsam, »wir haben ja nicht mal eine Ahnung von der Größe. So wie diese Wohnung auf den Kopf gestellt wurde, könnte es alles sein, von Papieren über eine Computerdiskette bis hin zu etwas von der Größe eines Brotkastens.«

»Computerdiskette.« Faith blickte zu Kane. »Wenn Dinah meinen Laptop direkt nach dem Unfall geholt hat, dann war er nicht hier, als die Wohnung zum ersten Mal durchsucht wurde. Könnte das sein?«

»Klar. Aber falls Sie keine Back-ups Ihrer Dateien an einem sicheren Ort aufbewahrten – und solange Sie sich nicht erinnern, wo der ist –, können wir das nicht wissen.«

»Und falls er nach einem Computer suchte, den er hier nicht fand«, fügte Richardson hinzu, »wird er sich denken, dass Sie ihn bei sich oder irgendwo sonst verstaut haben.«

»Daher sind Sie ein potenzielles Ziel«, fasste Kane zusammen.

Faith spürte wieder diese Übelkeit im Magen. Angst. »Bis ich mein Gedächtnis wiederfinde? Und wenn das nun nie geschieht? Der Arzt sagt, es könnte möglich sein, dass ich mich nie wieder an die Tage oder sogar Wochen direkt vor dem Unfall erinnern werde.«

Kane, der offenbar seine unverblümte Feststellung bedauerte, sagte in positiverem Ton: »Es könnte sich um ein Puzzle handeln, und das größte fehlende Teil könnte Ihre Erinnerung sein, aber es gibt auch noch andere Teile, Faith. Wir werden sie finden. Wir werden die Teile zusammensetzen und herausfinden, was da vor sich geht.«

»Wenn ich irgendwie dabei helfen kann«, bot Richardson an, »müsst ihr es mir nur sagen.«

Kane zögerte nicht, ihn beim Wort zu nehmen. »In Ordnung. Der Autounfall, durch den Faith ins Krankenhaus kam – wir müssen uns den ursprünglichen Polizeibericht anschauen.«

»Kein Problem. Ich sorge dafür, dass du bis heute Abend eine Kopie hast.«

»Außerdem könnten wir jede Information brauchen, die du über Faith seit ihrem Umzug finden kannst. Hat sie der Polizei jemals etwas Ungewöhnliches gemeldet? War sie schon vor dem Unfall, durch den sie ins Krankenhaus kam, in einen anderen verwickelt? Gibt es überhaupt irgendwelche Berichte über sie?« Kane hielt inne. »Faith, morgen gehen wir zu Ihrer Bank, finden heraus, ob Sie ein Schließfach gemietet haben. Und wir müssen so viel wie möglich über Ihre Freundschaft mit Dinah herausbekommen.«

Richardson blickte mit hochgezogener Braue zu Bishop, der nur sagte: »Er hätte Polizist werden sollen.«

Der Fotograf teilte Richardson mit, dass er mit seiner Arbeit fertig sei, und der Detective erhob sich. Sein Blick wanderte zwischen Kane und Faith hin und her. »Seid vorsichtig. Ich weiß noch nicht, was hier gespielt wird, aber alle Anzeichen deuten auf jemanden hin, der sehr entschlossen und sehr, sehr gefährlich ist. Passt um Gottes willen auf euch auf. Und achtet darauf, dass euch niemand verfolgt.«

»Machen wir«, versicherte ihm Kane.

Als der Detective und der Fotograf gegangen waren, sagte Kane: »Wir werden morgen einen Reinigungsdienst beauftragen und lassen die zerbrochenen Möbel ersetzen oder reparieren. Jetzt sollten Sie erst mal genug für eine Woche oder so einpacken, damit wir von hier verschwinden können.«

Sie folgte der Aufforderung ohne ein Wort, und als die beiden Männer allein waren, sagte Bishop: »Sie hätte die Wohnung gestern verwüsten können, bevor sie zu dir kam. Möglich ist es.«

»Hätte sie. Glaube ich aber nicht. Und du?«

Bishops Antwort beschränkte sich auf etwas zwischen einem Schulterzucken und einem Kopfschütteln. Er hegte kein offenes Misstrauen gegen Faith, aber auf jeden Fall war er kritisch. »Dir ist doch klar, dass keine öffentlich bekannte Verbindung zwischen Faith und dir bestehen muss, um die falsche Art von Aufmerksamkeit anzuziehen, falls jemand zufällig dieses Haus überwacht.«

»Das ist mir klar. Mir ist auch klar, dass ihr jemand gestern zu meiner Wohnung hätte folgen können, wodurch die Verbindung zwischen uns bereits bekannt sein könnte.« Kane zuckte die Schultern. »Mein Haus ist wesentlich sicherer als dieses hier, selbst mit einem Teilzeitpförtner. Und ich werde da sein. Wie auch immer du es betrachtest, bei mir wird sie sicherer sein.«

»Ich habe nicht nur an sie gedacht. Kane, hast du an die Möglichkeit gedacht, dass Faith – direkt oder indirekt – für Dinahs Verschwinden verantwortlich sein könnte? Dass sie schon seit Seattle in Schwierigkeiten steckt, die sie mit hergebracht haben könnte, Schwierigkeiten, in die Dinah verwickelt wurde?«

»Nachdem ich vom Mord an ihrer Familie erfuhr, habe ich natürlich daran gedacht.« Kane lehnte sich seufzend auf dem Stuhl zurück. »Was sollte ich also anders machen? Sie kann sich nicht erinnern, Noah. Ihre Vergangenheit ist ein leeres Blatt. Hast du ihr Gesicht gesehen, als du ihr von den Morden erzähltest? Schock, ja, aber du hättest ihr genauso gut von zwei Menschen erzählen können, denen sie noch nie zuvor begegnet ist. Sie ist die verlorenste Seele, die mir je begegnet ist, vollkommen hilflos, sich selbst vor den möglichen Schwierigkeiten zu schützen, die ihr hierher gefolgt sind. Ob sie sich nun an etwas erinnert, das mir helfen kann, oder nicht, ich kann sie nicht einfach abweisen.«

»Das habe ich nicht gesagt. Aber Richardson hatte recht, dir zu raten, vorsichtig zu sein.«

»Was ich auch vorhabe.«

»Natürlich hast du das. Falls diese verlorene Seele im Nebenzimmer dich direkt in die Höhle des Löwen führen sollte, wirst du vorsichtig wie der Teufel sein.«

Kane schwieg einen Moment und sagte dann: »Sie kann mir helfen, Dinah zu finden. Ich weiß es. Weiter kann ich noch nicht schauen, Noah.«

»Ich weiß«, sagte Bishop.

Es war dunkel, als sie die Scheinwerfer des Jeeps ausschaltete, stockdunkel und kalt für Anfang Oktober. Dinah fröstelte ein wenig, obwohl sie einen Pullover trug, zögerte beim Aussteigen und blickte zu der Nylon-Windjacke auf dem Rücksitz. Aber dann entschied sie, dass ein Pullover ausreichte. Wenn sie sich schnell bewegen musste, würde es besser sein, nicht zu viel anzuhaben.

Sie stand neben dem Jeep, bis sich ihre Augen auf die Dunkelheit eingestellt hatten, und ging dann vorsichtig los.

Dumm. Die Sache war so dumm.

Das Gebäude ragte vor ihr auf, praktisch unmöglich zu erkennen, und sie verspürte plötzlich Bedenken, während sie sich fragte, ob dies überhaupt der richtige Ort war. Die Anweisungen waren mehr als vage gewesen, und sie könnte sich durchaus getäuscht haben in dem, was sie aus den wenigen vertrauenswürdigen Informationen geschlossen hatte. Möglicherweise war sie nicht mal im richtigen Teil der Stadt …

Was war das? Ein Geräusch … von da drüben. Ein Wimmern?

Mit vor Aufregung hämmerndem Herzen schlich Dinah weiter, nach Kräften bemüht, leise und gleichmäßig zu atmen, um ihre Anwesenheit nicht zu verraten. Sie lauschte angestrengt. Kein anderes Geräusch mehr, falls da überhaupt eins gewesen war.

Ihre überreizte Fantasie möglicherweise.

Sie hatte weiß Gott Gründe, sich Monster einzubilden.

Dinah blieb stehen, bewegte sich nicht, um besser sehen und hören zu können, was um sie herum war. Für gewöhnlich funktionierten ihre Sinne gut, und es gab auch noch diesen kleinen Zusatz, den Bishop »Spinnensinn« nannte.

Er bestand in einer verschärften Wahrnehmung ihrer Umgebung, als würden ihre fünf Sinne durch Gefahr oder eine mögliche Gefährdung irgendwie verstärkt.

Da sich ihre Augen rasch an die Dunkelheit gewöhnt hatten, konnte sie mehr Einzelheiten des Gebäudes erkennen. Die Fenster waren hoch und dunkel und boten keinen Hinweis darauf, was dahinter liegen mochte. Eine Tür schien es nicht zu geben. Irgendwo war ein loser Fensterladen oder ein Stück Blech auf dem Dach, sie hörte es schwach in der Dunkelheit klappern. Und sie roch Holz, Bauholz.

Auch noch etwas anderes.

Dinah blieb vollkommen still stehen und sog mit erhobenem Kinn die Nachtluft ein, die sie mit einem Geruch quälte, den sie hätte erkennen müssen, der sich ihr aber entzog.

Urtümlich. Tierisch.

Ihr stellten sich die Nackenhaare auf.

Sie musste verschwinden.

Sie musste sofort von hier verschwinden.

Als es sie traf, geschah es ohne Vorwarnung. Kein Geräusch. Nur etwas Dunkles, das aus seiner dunklen Umgebung auf sie zustürzte, und dann der Aufprall, der sie umwarf.

Und dann der heiße, reißende Schmerz …

4

Faith erwachte mit einem Ruck und merkte, dass sie aufrecht im Bett saß, die Arme wie zum Schutz vor Kehle und Gesicht erhoben. Ihr Herz hämmerte, ihr Atem ging stoßweise, und ihre Haut war von einem Schweißfilm bedeckt, als wäre sie gerade aus der feuchten, frostigen Nacht hereingerannt.

Sie brauchte mehrere Minuten, um sich zu vergewissern, dass sie nicht draußen in der Dunkelheit war, auf dem kalten Boden lag, während ihr ein Tier brutal Stücke aus dem Fleisch riss. Dass sie drinnen war und in Sicherheit.

Dass sie nicht Dinah war.

Sie befand sich in Kanes Schlafzimmer, das noch immer vom Nachmittagslicht erfüllt war, genau wie nach dem Mittagessen, als ein plötzliches Schlafbedürfnis sie überwältigt hatte. Die Uhr auf dem Nachttisch verriet ihr, dass nicht mehr als eine Stunde vergangen war, aber als sie aus dem Bett glitt, waren ihre Bewegungen langsam, ungelenk und steif, als hätte sie stundenlang tief geschlafen. Sie war entnervt.

Immer noch spürte sie, wie diese Fangzähne an ihr rissen.

So gut sie konnte schüttelte sie die albtraumhafte Erinnerung ab und beschloss, keine Minute länger allein sein zu wollen. Als sie zum Wohnzimmer kam, blieb sie unbemerkt von den beiden Männern im Türrahmen stehen. Kane saß auf der Couch, Bishop auf einem Sessel ihm gegenüber, und beide beugten sich vor, während sie die zwischen ihnen ausgebreiteten Papiere studierten.

»Kein Anzeichen dafür, dass ein anderes Auto beteiligt war«, sagte Bishop. »Es gibt sogar mehrere Zeugen, und alle bestätigen, dass sie Schlangenlinien fuhr, bevor sie die Kontrolle verlor und gegen die Böschung prallte.«

Faith erkannte, dass sie die Polizeiberichte über den Unfall lasen.

»Keine Erwähnung eines verschreibungspflichtigen Medikaments«, sagte Kane stirnrunzelnd. »Und keine Bestätigung, dass ein Arzt ihr ein Muskelrelaxans verschrieben hatte. Nur die Anmerkung, dass die Sanitäter Alkohol in ihrem Atem wahrnahmen, dann der Bericht des Arztes aus der Notaufnahme und die Testergebnisse.« Er hielt inne. »Himmel, ihr Alkoholpegel war dreimal höher als die erlaubte Menge.«

»Wie konnte das sein?« Faith betrat den Raum, setzte sich auf die Couch und blickte auf die Berichte. »Ich kam direkt von der Arbeit. Die Zeit hätte nicht gereicht, so … so viel zu trinken.«

»Wir glauben auch nicht, dass es auf diese Weise passiert ist«, teilte Kane ihr mit und griff nach einem Block voller Notizen. »Ich habe mit Ihrer Vorgesetzten gesprochen. Hören Sie sich das an. Sie berichtet, dass Sie ihr um siebzehn Uhr fünfunddreißig einige Unterlagen gaben, die Sie noch hatten fertig machen wollen. Dann hätten Sie beide sich kurz unterhalten, sagt sie, etwa fünf Minuten lang, wonach Sie Ihre Tasche genommen hätten und gegangen wären. Das Gebäude hat eine Tiefgarage für die Angestellten mit einem Tor, für das eine Schlüsselkarte benötigt wird. Diese Karte wurde um siebzehn Uhr fünfzig registriert.« Wieder hielt er inne. »Um achtzehn Uhr dreißig rammten Sie Ihr Auto in die Böschung – sechs Meilen von Ihrem Bürogebäude entfernt.«

Faith dachte einen Augenblick angestrengt darüber nach. »Vielleicht ist es nicht ungewöhnlich, im Stoßverkehr vierzig Minuten für eine Fahrt von sechs Meilen zu brauchen, aber ...«

»Aber man würde einen guten Teil dieser Zeit dafür brauchen, genug zu trinken, um die Reaktionsfähigkeit total außer Kraft zu setzen und den Alkoholpegel so anzuheben, dass er dreimal höher als der erlaubte ist. Und Sie hätten große Mengen hochprozentigen Scotch runterschütten müssen, direkt aus der Flasche, während Sie fuhren.«

»Wenn das also nicht möglich war ...«

»Möglich, vielleicht«, sagte Bishop. »Wahrscheinlich? Nein. Erstens gab es auf dem Weg, den Sie genommen haben müssen, keine Bar, und wir können davon ausgehen, dass Sie nicht in Ihrem Auto getrunken haben, weil keine Flasche gefunden wurde.«

»Ich hätte sie unterwegs rauswerfen können«, meinte Faith.

»Das hätten Sie, aber da Sie sich mit Dinah auf ein paar Drinks verabredet hatten, warum hätten Sie dann vorher so viel trinken sollen?«

»Und dann ist da dieses berühmte Muskelrelaxans«, warf

Kane ein, »das Ihnen nach allen vorliegenden Beweisen *nicht* verschrieben worden zu sein scheint. Das Medikament wurde weder in Ihrer Wohnung noch in Ihrem Schreibtisch am Arbeitsplatz gefunden, und es war auch nicht in Ihrer Handtasche oder im Auto. Wir haben die Einträge in Ihrem Scheckheft durchgesehen, das Sie aus Ihrer Wohnung mitgebracht haben, und bei der Apotheke angerufen, in die Sie normalerweise gehen. Das einzige Rezept, das dort während der sechs Wochen vor dem Unfall eingereicht wurde, war das für Ihre übliche Antibabypille.«

Antibabypille. Gab es doch einen Mann in meinem Leben? Oder wollte ich nur vorbereitet sein?

»Faith?«

Sie blickte Kane an und zwang sich, ihre Gedanken auf wichtigere Dinge zu lenken. »Ich kann morgen bei meiner Frauenärztin nachfragen, um sicherzugehen, aber es klingt so, als hätte dieses Muskelrelaxans nicht mir gehört. Wie ist es dann in meinen Körper gekommen?«

»Die naheliegendste Antwort ist, dass jemand Ihnen das Medikament eingeflößt hat, ohne dass Sie sich dessen bewusst waren«, sagte Kane.

»Während er mich innerhalb einer halben Stunde betrunken gemacht hat?« Faith schüttelte den Kopf. »Das ist der Teil, den ich nicht begreife. So viel zu trinken kommt mir für mich nicht richtig vor. So viel in so kurzer Zeit zu trinken …«

»Es sei denn, jemand lügt, und Sie haben überhaupt nichts getrunken«, meinte Kane. »Vielleicht war es von Anfang an ein abgekartetes Spiel. Ich wette, dass es Mittel gibt, die eine Kombination aus Alkohol und einem verschreibungspflichtigen Medikament vorspiegeln und die zum Tode führen – oder ins Koma. Vielleicht hat jemand Ihnen das Zeug verabreicht, ein paar Minuten gewartet, bis die Wirkung eintrat, dann ein wenig Alkohol in Ihren Mund und über Ihre Kleider gekippt und Sie dann hinter das Steuer gesetzt. Wobei er verdammt genau wusste, dass Sie keinen Block weit fahren konnten, ohne einen Unfall zu bauen. Im Innenstadtverkehr von Atlanta bestand durchaus die Chance, dass Sie dabei getötet oder schwer verletzt würden. Und als Sie den Zusammenprall überlebten, wie schwer kann es da gewesen sein, in einer hektischen Notaufnahme an die Patientenakten zu kommen und dafür zu sorgen, dass das Richtige drinstand?«

»Reden wir hier von einer einzelnen Person, einem einzelnen Täter?«, fragte Faith. »Jemand, der alles beeinflusste, vom Unfall über meine Patientenakten bis zu Dinahs Verschwinden? Vielleicht sogar das, was in Seattle passiert ist?«

»Mag sein, dass eine Person hinter allem steckt – immer vorausgesetzt, es steht alles miteinander in Verbindung«, antwortete Bishop, »aber es müssen mehr Personen als eine darin verwickelt sein.«

»Bist du nicht derjenige, der mir mal erzählt hat, dass echte Verschwörungen fast so selten sind wie ein weißer Rabe?«, fragte Kane.

»Ja. Aber vergiss nicht, dass ich *fast* sagte. Gelegentlich gibt es sie schon. Und wenn Dinah dir die Wahrheit darüber gesagt hat, dass sie an einer Story über Unternehmen, Politik und kriminelle Machenschaften arbeitete, würde ich sagen, dass wir es hier vermutlich mit einer Verschwörung zu tun haben.«

»Wie könnte so eine Story mit mir in Verbindung stehen?«, fragte Faith.

»Das«, erwiderte Kane und betrachtete sie grübelnd, »ist die Frage. Und wir müssen die Antwort finden.«

Bishop sah auf die Uhr und stand auf. »Es gibt einen Flug kurz nach sechs. Ich fliege heute Abend nach Hause, und wenn sie mich nicht gleich wieder woanders hinschicken, bevor ich auspacken kann, werde ich morgen versuchen, mehr über diese vertraulichen Akten herauszufinden.«

Faith war ein wenig überrascht. »Haben Sie nicht gesagt, dass Sie erst morgen fliegen wollen?«

»Das war der Plan. Aber es hat sich was ergeben.« Er ging nicht genauer darauf ein.

Plötzlich hörte Faith das Flüstern einer nicht ganz unvertrauten Stimme in ihrem Kopf. *Er würde nicht gehen, wenn er glaubte, ich wäre noch am Leben.*

Sie wurde reglos, spürte eine tiefe Kälte, während sie verzweifelt versuchte, auf das zu lauschen, was diese leise Stimme ihr vielleicht noch zu sagen hatte. Aber es kam nichts mehr. Nur Stille.

»Faith?« Das war jetzt Kanes Stimme.

Sie blinzelte und konzentrierte sich auf Bishop. Er sah sie durchdringend an, seine wachsamen Augen verengt, sein Gesichtsausdruck erstarrt. Als wüsste er es, als hätte er es auch gehört.

Faith atmete durch, um sich wieder zu fangen und sich einen Moment zum Nachdenken zu geben. Konnte sie Dinah bewusst erreichen und Informationen erhalten, die sie zu ihr oder zu denjenigen führten, die sie gefangen hielten? Bis Faith sich dessen nicht sicher war, gab es keinen Grund,

Kane von der Stimme in ihrem Kopf zu erzählen, keinen Grund, die anderen zu verblüffen oder zu entnerven, zu versuchen, das Unerklärliche zu erklären.

»Ist irgendwas?«, fragte Kane sie.

»Nichts«, erwiderte sie, so ruhig, dass sie sich beinahe selbst täuschte. »Ich dachte, ich hätte mich an etwas erinnert, aber es war nichts.«

Bishop widersprach ihr nicht, doch sie fragte sich, ob er es hätte tun können.

Faith erwog, Kane von ihrem neuesten »Traum« zu erzählen, entschied sich dann aber dagegen, aus dem einfachen Grund, weil sie darin weder etwas Hilfreiches für seine Suche nach Dinah noch für ihre eigene Suche nach ihrer Vergangenheit sehen konnte. Der Traum hatte praktisch keine detaillierten Informationen enthalten. Das Gelände war zu dunkel und zu unvertraut gewesen, als dass sie es wiedererkannt hätte, also konnte sie nicht mal einen Ort benennen, an dem Dinah möglicherweise verschwunden war.

Immer vorausgesetzt, es war mehr als ein Traum gewesen.

Das beunruhigte sie am meisten an diesen Träumen und Erkenntnisblitzen – dass sie möglicherweise nur ihrer Fantasie entsprangen und durch ein paar Zufallstreffer den Anschein von Wahrheit bekamen. Es kam ihr so unwahrscheinlich vor, dass es eine Art übernatürlicher Verbindung zwischen ihr und einer anderen Frau geben könnte, eine Verbindung, die so stark war, dass Faith tatsächlich die Erlebnisse und Erinnerungen der anderen Frau nacherlebte, deren Gefühle empfand statt ihrer eigenen.

Eine Stimme in ihrem Kopf vernahm, die jemand anderem gehörte.

Wie konnte sie an so etwas glauben?

Und doch tat sie es. Obwohl es sie beunruhigte und eine tiefe Unsicherheit an ihr nagte, glaubte sie, dass diese Verbindung zwischen ihr und Dinah existierte. Sie wusste nicht, wie oder warum die Bindung entstanden war, aber sie glaubte, dass sie echt war. Wenn sie nur wüsste, wie sie sie einsetzen sollte, um Dinah zu finden ...

Aber sie schien genauso unfähig zu sein, das zu beherrschen, wie sie unfähig war, Erinnerungen in der Leere ihres Geistes zu finden. Die Hilflosigkeit war unerträglich. Und tatenlos herumzusitzen brachte sie auch nicht weiter.

Doch sie konnte ihren Verstand benutzen, nicht wahr?

Nachdem Kane Bishop am Taxi, das ihn zum Flugplatz bringen würde, verabschiedet hatte und in die Wohnung zurückgekommen war, saß Faith mit einem Block und dem kleinen Adressbuch, das sie aus ihrer Wohnung mitgebracht hatte, auf der Couch.

Bevor Kane fragen konnte, was sie da machte, griff sie zum Telefon und rief in der Frauenklinik an. Es dauerte mehrere Minuten geduldigen Wartens, in denen sie von einer Nebenstelle zur anderen verbunden wurde und dann mit dem Sekretariat sprach, doch schließlich erreichte sie ihre Ärztin. Sie vereinbarte einen Termin für den nächsten Tag.

Als sie auflegte, fragte Kane: »Sie werden also morgen zu ihr gehen?«

Faith nickte. »Und ich habe sie gebeten, alle Unterlagen parat zu haben, damit sie mir über mein Leben Auskunft geben kann – zumindest in medizinischer Hinsicht. Sie war nicht überrascht, als ich ihr von dem Unfall erzählt habe, hat mir aber nicht gesagt, wie sie davon erfahren hat.«

Kane nickte und sammelte die Notizen und den Polizeibericht ein, den sie vorher durchgesehen hatten. Dann sah er sie ein paar weitere Seiten in dem Adressbuch umblättern und stirnrunzelnd einen Eintrag betrachten. »Was gefunden?«

Sie schüttelte zweifelnd den Kopf. »Ich bin mir nicht sicher. In der Spalte ›im Notfall zu benachrichtigen‹ stehen eine Adresse und eine Telefonnummer, aber nichts, woraus sich schließen lässt, wer oder was das ist.«

»Eine Nummer hier aus der Gegend?«

»Eine Vorwahl ist nicht dabei.« Sie erwiderte seinen Blick, griff dann erneut zum Telefon. »Die beste Möglichkeit, es herauszufinden.«

Es klingelte dreimal, bevor sich eine lebhafte weibliche Stimme am anderen Ende mit »Haven House« meldete.

Der Name sagte ihr nichts, doch da die Nummer in ihrem Adressbuch stand, war Faith sich ziemlich sicher, dass jemand dort ihren Namen erkennen würde. Also sagte sie etwas zögernd: »Hier ist Faith Parker.«

Einen Augenblick blieb es still, dann rief die Frau überrascht aus: »Faith? Wir hatten gehört, du lägest immer noch im Koma.«

Faith ging nicht darauf ein und sagte stattdessen: »Ich bin erst letzte Woche aus dem Krankenhaus entlassen worden.«

»Und es geht dir gut? Ich meine …«

Diesmal zögerte Faith kaum: »Körperlich geht es mir gut,

aber ich scheine einige Gedächtnisprobleme zu haben. Entschuldigen Sie, aber ich kann mich nicht erinnern, wer Sie sind.«

»Hier ist Karen.« Die Antwort kam bereitwillig, aber Misstrauen hatte sich in den lebhaften Ton geschlichen.

Faith notierte sich den Namen auf ihrem Block. »Also kannten … kennen … wir uns?«

»Natürlich. Du hast hier bis vor ein paar Monaten vermutlich mehr Zeit verbracht als in deiner Wohnung. Wir haben immer ein Bett für dich bereitgehalten, falls du hierbleiben wolltest.«

»Ich befürchte, ich verstehe nicht ganz«, sagte Faith verwirrt. Was genau ist Haven House?« Sie dachte, es wäre vielleicht eine Art Frühstückspension. Die Antwort war eine Überraschung.

»Ein Zufluchtsort«, erwiderte Karen, inzwischen noch misstrauischer. »Ein Haus für misshandelte Frauen.«

Automatisch fügte Faith diese Information ihren Notizen hinzu, und erst als sie den Stift über das Papier gleiten sah, merkte sie, dass sie mit der rechten Hand geschrieben hatte. Sie nahm den Stift in die Linke, gleichermaßen verwirrt über diesen Wechsel und darüber, was sie da hörte.

»Ein Zufluchtsort. Habe ich … habe ich dort gearbeitet? Ehrenamtlich?«

»Du hast ausgeholfen, wann und wie du konntest, wie wir anderen auch.« Karens Stimme war etwas härter geworden. »Hören Sie, wenn Sie wirklich Faith sind und das, was Sie mir erzählt haben, die Wahrheit ist, tut es mir leid – aber mehr kann ich dazu am Telefon nicht sagen.

Wir müssen hier vorsichtig sein. Zu viele von uns sind untergetaucht.«

»Ich verstehe.« Faith wünschte, das wäre der Fall. »Dürfte ich … wäre es in Ordnung, wenn ich zu Ihnen käme? Die Adresse habe ich.« Sie las sie vor, um sicherzugehen, dass die in ihrem Buch stimmte.

»Unsere Türen sind für Frauen immer geöffnet«, sagte Karen. »Aber falls Sie die Regeln vergessen haben sollten – keine Männer. Ohne Ausnahme.«

»Ich werde daran denken. Vielen Dank, Karen.«

»Keine Ursache.«

Faith legte langsam den Hörer auf.

»Was für ein Zufluchtsort?«, fragte Kane sofort.

»Für misshandelte Frauen. Und … sie kennen mich dort.« Faith kam es seltsam vor, diese Worte auszusprechen.

»Aber sie wollte Ihnen sonst nichts am Telefon erzählen?«

»Nein. Verständlich, nehme ich an. Ich muss dort hin und mit ihnen reden. Noch heute. Ich weiß nicht, ob es eine Verbindung zu Dinah gibt, aber …«

»Sie hat einen Artikel über ein Frauenhaus geschrieben«, fiel Kane plötzlich ein. »Und Conrad, ihr Finanzverwalter, sagte, sie hätte ihnen Geld gespendet.« Er hielt inne. »Falls sie ihnen auch ihre Zeit geschenkt hat oder überhaupt dort gewesen ist, hat sie es nie erwähnt.«

»Ich kann mir auch nicht vorstellen, dass sie das getan hätte. Nach dem zu urteilen, was Karen mir gesagt hat, wird dort großer Wert auf Verschwiegenheit gelegt.« Sie blickte auf den Eintrag in ihrem Adressbuch. »Ich habe hier nicht mal den Namen notiert.«

Kane nickte und schaute dann auf seine Uhr. »Also, gehen wir. Sie werden mich zwar nicht reinlassen, aber ich kann dafür sorgen, dass Sie sicher hin und zurück kommen.«

Faith protestierte nicht. Doch als sie das Frauenhaus erreichten – das sich als eine große, freundlich wirkende alte Villa in einem ruhigen Vorort herausstellte –, wurde ihr klar, dass ihr Besuch möglicherweise einige Zeit in Anspruch nehmen könnte, und sie zweifelte daran, dass Kane geduldig hier im Auto sitzen und auf sie warten wollte.

»Sie sagten, Sie wollten mit Richardson über den Polizeibericht sprechen«, erinnerte sie ihn. »Das könnten Sie doch tun, während ich hier mit den Leuten rede. Wenn wir uns die Arbeit teilen, stoßen wir vielleicht schneller auf etwas Nützliches.« Sie glaubte zwar, ihm das kaum sagen zu müssen, tat es aber trotzdem, weil sie wusste, dass er zögerte, sie hier allein zu lassen.

Kane schrieb seine Handynummer auf und gab sie ihr. »Falls ich nicht hier draußen auf Sie warte, wenn Sie gehen wollen, rufen Sie mich an.«

Faith nickte. Sie stieg aus, ging zur Tür des Hauses und bemerkte beim Klingeln die Videoüberwachungskamera nahe dem Eingang.

Die Tür wurde von einer hochgewachsenen und sehr dünnen Frau von etwa fünfunddreißig geöffnet, deren dunkles Haar bereits grau wurde. Sie schaute Faith mit einem langen, durchdringenden Blick an, und als sie dann endlich sprach, war es dieselbe lebhafte Stimme, die Faith am Telefon gehört hatte.

»Du bist es also wirklich. Schön, dich zu sehen, Faith.«

Faith trat ein und überlegte, was sie, nachdem sie nun

hier war, diese Frau oder sonst jemanden fragen sollte – außer dem drängenden »Wer bin ich? Wissen Sie es?«.

Das Haus war recht ruhig, selbst für einen Sonntagnachmittag. Sie hörte irgendwo oben Stimmengemurmel und die schwachen Geräusche lachender Kinder, und ganz in der Nähe spielte jemand Klavier.

»Unterhalten wir uns in meinem Büro, bevor du zu den anderen gehst«, schlug Karen vor, offenbar immer noch mit dem Gefühl, das Frauenhaus und seine Bewohnerinnen schützen zu müssen.

Faith stimmte zu und saß Augenblicke später in einem kleinen, vollgestopften Büro ohne Fenster, das vermutlich einst nicht viel mehr als eine Besenkammer gewesen war. Die schöne alte Villa schien kürzlich teilweise renoviert worden zu sein, aber es war ersichtlich, dass das Geld dort verwendet worden war, wo es am meisten Gutes bewirken konnte, wobei die Bequemlichkeit der Leiterin offensichtlich ganz unten auf der Liste stand.

»Ich habe darüber nachgedacht«, sagte Faith, als Karen um den Schreibtisch ging und dahinter Platz nahm, »und wenn du« – inzwischen hatte Faith beschlossen, die Frau ebenfalls zu duzen – »jemanden brauchst, der bestätigen kann, was ich über meinen Gedächtnisverlust behaupte, wird mein Arzt bestimmt bereit sein, alles zu erklären.«

Aus Karens braunen Augen war die Schärfe gewichen. »Das wird nicht nötig sein. Ich glaube dir. Außerdem kenne ich dich seit mehr als einem Jahr, Faith, und ich bin mir ganz sicher, dass du nie etwas tun würdest, um diesem Haus oder den Frauen und Kindern, die hier leben, zu schaden.«

»Wie bin ich … in dieses Haus gekommen?« Faith wusste nicht recht, ob sie die Antwort hören wollte, aber sie musste die Frage stellen.

»Genau wie wir anderen.« Karens Lächeln war schwach und kurz. »In deinem Fall wegen deines Exmannes.«

Faith schluckte und bemerkte ein Frösteln, hatte aber keine Erinnerungen – immer noch keine Erinnerungen. »Kennst du seinen Namen? Was ist vorgefallen?«

Karen schüttelte den Kopf. »Diese Art Fragen stellen wir hier nicht. Und du hast nie angeboten, darüber zu reden. Du hast nur gesagt, dass du von ihm geschieden bist und er irgendwo an der Westküste arbeitet.«

»Bin ich hergekommen, weil ich Angst vor ihm hatte?«

»Ich glaube, du kamst ursprünglich her, weil deine Ärztin dir geraten hatte, einen Ort in Atlanta ausfindig zu machen, an dem du dich sicher fühlen würdest. Das ist bei Missbrauchsopfern üblich, das Bedürfnis nach einem sicheren Ort. Außerdem glaube ich, dass du dort, wo du früher gewohnt hast, in einem Frauenhaus warst, und es hilft, Zeit mit Menschen zu verbringen, die verstehen, was man durchgemacht hat.«

Faith wünschte, sie verstünde es – oder fühlte, was sie fühlen sollte. Aber sie erinnerte sich nicht mehr daran, Angst vor jemandem zu haben oder von ihm geschlagen zu werden, erst recht nicht von einem Ehemann.

Doch das würde mehrere kleine Narben erklären, die sie an ihrem Körper entdeckt hatte.

Um Konzentration bemüht, fragte sie: »Du weißt also nicht viel über meine Vergangenheit?«

»Wir versuchen hier, in der Gegenwart zu leben. Kann sein, dass du mehr mit den anderen geredet hast, aber unser Haus ist als Übergangsstation gedacht, und wir haben eine ziemlich starke Fluktuation. Ich fürchte, es werden nicht mehr viele hier sein, die dich kennen. Andrea und Katie, vielleicht Eve. Sonst fällt mir niemand ein.«

»Du würdest wohl nicht in Betracht ziehen, mir die Namen und Adressen der Frauen zu geben, denen ich mich in den vergangenen Monaten anvertraut haben könnte?«

»Das ist gegen die Regeln. Tut mir leid, Faith.«

»Nein, ich verstehe schon.« Sie seufzte. »Wenn ich mit den Frauen sprechen könnte, die mich hier kannten, wäre ich sehr dankbar. Aber ich wollte dich auch nach Dinah Leighton fragen.«

Karens Gesicht zog sich zusammen. »Gott, es ist einfach furchtbar, dass sie so spurlos verschwunden ist. Als es passierte, haben wir natürlich alle an den Kerl gedacht, mit dem sie zusammen war – aber das ist ja auch kein Wunder, oder? Unparteiisch kann man uns nicht gerade nennen.«

Faith ging zum ersten Mal auf, dass Kane verdächtigt worden sein könnte, etwas mit Dinahs Verschwinden zu tun zu haben. Langsam sagte sie: »Glaubte die Polizei, er hätte ihr … etwas angetan?«

»Die üblichen Spekulationen der Medien, soweit ich mich erinnere, aber ich glaube nicht, dass die Polizei ihn jemals ernsthaft in Verdacht hatte. Den Zeitungsberichten zufolge ließ sich ziemlich genau nachweisen, wo er sich zu der Zeit ihres mutmaßlichen Verschwindens aufgehalten hat, und niemand konnte auch nur den Hauch eines Motivs finden, warum er sie hätte beseitigen wollen. Sie hatte keine Angst vor ihm; ich wusste das, und alle anderen wussten es auch.«

»Woher wusstest du das?« – »Sie hatte nicht diesen Blick in den Augen.« Karens Lächeln war ein wenig traurig. »Diesen Blick, den wir alle im Spiegel sehen und sofort bei einer anderen misshandelten Frau erkennen. Den Blick, den du nicht mehr hast.«

Das verblüffte sie. »Nein?«

»Daran habe ich erkannt, dass du tatsächlich das Gedächtnis verloren hast. Du erinnerst dich nicht mehr daran, geschlagen worden zu sein, Faith. Du erinnerst dich nicht mehr an die Angst, die Erniedrigung, die Scham. Du erinnerst dich nicht daran zu kauern, wie wir uns alle zusammengekauert haben, während ein Mann seine Kraft und seine Wut als Waffe benutzte.«

Faith überkam eine neue Erkenntnis – dass es Dinge aus ihrer Vergangenheit gab, an die sie sich hoffentlich nie mehr erinnern würde. Aber bevor sie das sagen konnte, sprach Karen weiter.

»Dinah hatte diese Erfahrung auch nie gemacht. Und obwohl sie nicht viel über Kane MacGregor sprach, war aus dem, was sie sagte, deutlich zu erkennen, dass er ihr am Herzen lag.«

Faith wäre gern bei dem Thema geblieben, wusste aber nur zu gut, dass es bloß aus persönlicher Neugier geschehen wäre und ihnen nicht helfen würde, Dinah zu finden. Und sie mussten Dinah finden, unbedingt.

Rasch. Bevor es zu spät war.

»Wie gut kennst du Dinah?«, fragte sie und benutzte bewusst das Präsens.

Karen dachte über die Frage nach. »In gewisser Hinsicht kannte – kenne – ich sie recht gut. Gleichzeitig bin ich mir aber nicht so sicher. Sie war intelligent, mitfühlend, ungewöhnlich großzügig. Man konnte sich ihr leicht anvertrauen, und sie behielt die Geheimnisse anderer ebenso für sich wie ihre eigenen. Aber ich könnte dir nichts über ihre Vergangenheit erzählen oder darüber, was sie tat oder wohin sie ging, wenn sie nicht hier war.« Karen hielt inne. »Sie kam vor Monaten her, um einen Artikel über das Frauenhaus zu schreiben, und als er erschienen war, kam sie weiterhin und spendete uns Geld. Ihr habt euch hier kennengelernt.«

Faith versteifte sich. »Ach ja?«

»Ja. Und es war sehr ungewöhnlich, wie ihr euch sofort verstanden habt. Eine augenblickliche Verbindung. Ich weiß noch, wie ihr an dem ersten Tag auf der Vordertreppe gesessen und euch stundenlang unterhalten habt. Ich fragte dich später danach, und du sagtest, dass du zum ersten Mal in deinem Leben an Reinkarnation zu glauben begännest, weil Dinah dir an irgendeinem Punkt deiner Existenz sehr nahe gewesen sein *müsste,* und doch wärt ihr zwei euch vorher nie begegnet. Du sagtest, sie sei der erste Mensch, dem du deiner Erinnerung nach je augenblicklich und vollkommen vertraut hättest.«

Faith dachte einen Moment darüber nach. »War ich … habe ich jemals behauptet, auf irgendeine Weise übersinnlich zu sein?«

Karens Augenbrauen schossen in die Höhe. »Mir gegenüber nie. Du warst immer ein sehr nüchterner Mensch, hast sogar über dich gelacht, weil du in Betracht gezogen hattest, dass Reinkarnation möglich sei.«

»Und Dinah?«

»Von ihr habe ich so etwas auch nie gehört.«

Was nichts bedeuten musste, dachte Faith. Dinah hatte eindeutig die verschiedenen Bereiche ihres Lebens so gut wie möglich getrennt gehalten.

Faith war sich allerdings nach wie vor unsicher, in welchen Bereich von Dinahs Leben sie gehört hatte: in den humanitären Bereich mit dem Haus für misshandelte Frauen, für die Dinah eindeutig Mitgefühl empfand, oder in den beruflichen mit der Story, die sie beide in Gefahr gebracht haben könnte.

»Hat sie direkt vor ihrem Verschwinden viel Zeit hier verbracht?«, fragte sie schließlich.

»Nein, wir hatten sie seit Wochen nicht mehr gesehen. Tatsächlich sahen wir sie erst kurz nach deinem Unfall wieder, als sie herkam und uns erzählte, was passiert war. Wir wollten dir Blumen schicken oder dich besuchen, aber sie riet uns von beidem ab.«

»Ach ja?«

Karen nickte. »Sagte, du lägest im Koma, und der Arzt hätte gemeint, du solltest nicht mehr Besucher empfangen. Sie wollte uns auf dem Laufenden halten. Sie kam ein paarmal vorbei, und dann … sahen wir sie nie wieder. Hier wurde es hektisch, wie es immer wieder vorkommt, und … die Zeit verging.«

Und Faith war vergessen worden. Obwohl es ihr einen Stich versetzte, brachte sie ein Lächeln zustande. »Verstehe.«

»Es tut mir leid, Faith. Wir beide standen uns nicht sehr nahe, aber ich hätte eine bessere Freundin sein sollen.«

»Mach dir darüber keine Gedanken. Ein Gutes hat der Gedächtnisverlust – die ›Pfeile und Schleudern des wütenden Geschicks‹ schmerzen kaum noch. Karen, dürfte ich zu den Frauen, mit denen ich Kontakt gehabt habe?«

»Leider ist heute nur Katie hier. Sie ist diejenige, die auf dem Klavier klimpert. Ihre Mutter Andrea hat den Fehler begangen, vor zwei Tagen ihren Ex zu nahe an sich heranzulassen, und jetzt liegt sie im Krankenhaus. Und was Eve betrifft, sie ist zu Besuch bei Verwandten. Sollte jedoch dieser Tage zurückkommen.«

Faith gewöhnte sich allmählich an Enttäuschungen. Sie lauschte einen Augenblick dem leisen Klavierspiel. »Ich nehme an, Katie ist ein Kind. Wie alt?«

»Sieben, obwohl sie älter wirkt.« Karens trauriges Lächeln kehrte zurück. »In diesem Haus werden sie alle so schnell erwachsen. Aber du kannst mit ihr reden. Sie hat dich immer gemocht, soweit ich mich erinnere.«

»Wie war das mit Dinah? Mochte Katie sie auch?«

»Sehr sogar.«

Das kleine Mädchen war allein in dem offenbar als Musik- und Spielzimmer benutzten Raum. Sie trug eine weiße Hose und ein Barbie-T-Shirt, und ihr langes blondes Haar wurde mit rosa Plastikspangen aus dem Gesicht gehalten. Sie wirkte selber wie ein Püppchen.

Außerdem war sie sehr ernst und nahm ohne mit der Wimper zu zucken Karens Erklärung hin, dass Faith »krank gewesen ist und sich an vieles nicht mehr so gut erinnert, wie sie gern möchte.«

Faith fühlte sich ein wenig im Stich gelassen, als Karen sie mit dem kleinen Mädchen allein ließ, setzte sich dann auf die Klavierbank neben sie und sagte: »Hey, Kleine. Was spielst du denn da?«

Katie runzelte die Stirn und betrachtete Faith lange schweigend aus großen blauen Augen, bevor sie wieder auf die Tasten schaute und zweimal das mittlere C anschlug. »Ich kann nicht viel spielen. ›Chopsticks‹, aber das mag ich nicht. Ein bisschen von ›Beautiful Dreamer‹. Du warst nicht hier, um mir was Neues beizubringen.« Sie vermied sorgfältig einen vorwurfsvollen Ton in ihrer Stimme.

»Das tut mir leid, Katie.« Ohne darüber nachzudenken, legte Faith die Finger auf die Tasten und spielte ein paar Töne. »Würdest du das gern lernen? Es heißt ›Mondscheinsonate‹. Ist das nicht hübsch?« Musik. Wieder etwas, woran sie sich bisher nicht hatte erinnern können. Offenbar konnte sie Klavier spielen.

Katie legte den Kopf schräg und lauschte mit kritischem Blick. »Das klingt traurig.«

Faith hörte zu spielen auf. »Da hast du recht. Das hatte ich anscheinend auch vergessen. Dann müssen wir etwas anderes finden, was ich dir beibringen kann. Beim nächsten Mal bringe ich Noten mit, okay?«

»Das hast du schon mal gesagt.« Wieder blieb die Stimme des kleinen Mädchens neutral, hatte den unverbindlichen Ton eines Menschen, der früh gelernt hatte, dass die falschen Worte und der falsche Tonfall Gewalttätigkeit auslösen können.

Faith fühlte sich unbehaglich, sagte aber nur: »Ich werde es nicht vergessen, Katie.«

Katie schaute sie an. »Wo ist Dinah?«

Faith wusste nicht recht, wie sie darauf antworten sollte. Daher erwiderte sie einfach nur: »Ich weiß es nicht, Katie.«

»Warum fragst du sie nicht?«, meinte Katie besonnen.

»Wenn ich nicht weiß, wo sie ist, kann ich das ja schlecht tun, oder?«

»Schließ einfach deine Augen und frag sie«, sagte das Kind, jetzt mit einer gewissen Ungeduld in der Stimme. »Hast du doch sonst immer getan. Das war ein Spiel von euch beiden. Du hast die Augen geschlossen und gesagt: ›Dinah, ruf mich an‹, und dann hat das Telefon geklingelt.«

»Wirklich?«, fragte Faith wie betäubt.

»Klar. Erinnerst du dich nicht daran?«

»Nein«, sagte Faith. »Daran erinnere ich mich nicht.«

5

»Sie haben noch nicht viel gesagt, seit wir zurück sind«, meinte Kane.

Das stimmte, aber Faith war immer noch nicht bereit, über alles zu reden, was sie in Haven House erfahren hatte. Sie hatte nur das Wesentliche berichtet – dass sie und Dinah sich da kennengelernt und beide dort Zeit verbracht hatten. Emotionslos hatte sie ihm erzählt, sie sei mit einem gewalttätigen Mann verheiratet gewesen, hätte sich von ihm scheiden lassen und könne sich an nichts davon erinnern. Die Unterhaltung mit dem traurigen kleinen Mädchen, die Enthüllung, dass Dinah und sie stärker miteinander verbunden gewesen waren, als sie sich bisher hatte vorstellen können, hatte sie nicht erwähnt.

Sie war sich nicht sicher, ob sie es selbst glaubte.

»Sie haben aber auch nicht viel gesagt.« Ruhelos ging sie im Zimmer auf und ab, landete schließlich beim Flügel in der Nähe der Balkontüren. Draußen war es dunkel, und es war spät. Zu spät, um heute noch etwas zu unternehmen, irgendwo hinzugehen, Fragen zu stellen oder bei der Suche nach Dinah auch nur einen Schritt weiterzukommen. Und wenn Faith deswegen gereizt war, konnte sie sich vage vorstellen, wie Kane sich fühlen musste.

Andererseits machte er das schon seit Wochen durch und musste inzwischen begriffen haben, wie sinnlos es war, sich bis zur völligen Erschöpfung anzutreiben. Schlaf und Essen waren nun einmal notwendig, und die Augenblicke der Untätigkeit musste er ertragen, ganz gleich, wie verzweifelt er draußen nach Dinah suchen wollte.

»Wir haben beide heute Nachmittag nicht viel Glück gehabt«, sagte er. »Guy konnte mir nichts Neues über den Unfall berichten, und Sie konnten im Frauenhaus nichts Brauchbares in Erfahrung bringen.«

Sie setzte sich auf die Klavierbank, klimperte abwesend mit einer Hand eine Melodie und schaute gedankenlos zu, wie sich ihre rot lackierten Nägel über die Tasten bewegten. »Ich hasse das«, murmelte sie. »Nicht fähig zu sein, irgendetwas zu tun.« Beide Hände begannen jetzt zu spielen. Die ruhige Musik hielt sie davon ab, das Ticken der Uhr an der Wand zu hören, dämpfte aber nicht das Ticken in ihrem Inneren. Die Minuten und Stunden glitten so rasch vorbei. So rasch.

Nach einem Augenblick kam Kane zum Flügel und lehnte sich seitlich daran. »Sie spielen gut.«

Auf ihr Spiel aufmerksam gemacht, fühlte sich Faith plötzlich unbeholfen und unsicher. Ihre Finger verhaspelten sich und schlugen die falschen Tasten an. Sie hörte auf zu spielen und verschränkte die Hände im Schoß. »Bis heute wusste ich nicht mal, dass ich spielen kann. Spielt Dinah?«

»Nein.« Er lächelte schwach. »Sie behauptet, kein Gehör für Musik zu haben und dass sie für sie nur Lärm ist. Daher betrachte ich es als bemerkenswert großzügig, dass sie es für gewöhnlich schafft, im selben Raum zu bleiben, wenn ich übe.«

Faith dachte, dass sie an Dinahs Stelle mehr als Lärm auf sich nehmen würde, um mit Kane zusammen zu sein. Aber nicht sie war in ihn verliebt, rief sie sich ins Gedächtnis. Das war Dinah. Dinahs Erinnerungen an Intimitäten, die in Faith' Gedächtnis herumspukten, Dinahs Gefühle, die sie empfand.

Nicht ihre eigenen. Natürlich nicht ihre eigenen.

Bemüht, an etwas anderes zu denken, fiel ihr der lebhafte Traum vom Nachmittag ein. Unvermittelt sagte sie: »Wäre es nicht möglich, dass Dinahs Verschwinden wenig mit ihrer Arbeit oder meiner Vergangenheit zu tun hat, sondern dass sie nur zur falschen Zeit am falschen Ort war und in Schwierigkeiten geriet?«

»Natürlich ist das möglich. Das ist es, was die Polizei glaubt, da sie keinen Beweis für das Gegenteil finden kann. Aber ich glaube das nicht. Und ich denke, Sie auch nicht.«

Faith zögerte. »Ist … wurde Dinah je von einem Hund angefallen?«

»Nie, soviel ich weiß«, erwiderte Kane überrascht. »Im Allgemeinen kommt sie sogar sehr gut mit Tieren zurecht. Warum?«

»Ich … hatte heute einen weiteren Traum. Als ich mich nach dem Mittagessen hingelegt hatte. Was trug sie, als sie verschwand? Trug sie Jeans und einen blauen Pullover?«

»Ja.« Er richtete sich auf, trommelte mit den Fingern unruhig auf dem polierten Deckel des Flügels. »Was passierte in dem Traum, Faith? Was haben Sie gesehen?«

»Nichts Hilfreiches, deswegen habe ich ihn nicht eher

erwähnt. Es war zu dunkel, um zu erkennen, wo sie war. Sie parkte den Jeep in der Nähe eines Gebäudes und … und schlich sich näher heran. Sie war sehr misstrauisch, aufgeregt, beklommen. Vielleicht sogar verängstigt. Und dann kam ein großer Hund aus dem Nichts und fiel sie an.«

»Sind Sie sicher, dass sie angefallen wurde?«

Faith erinnerte sich an den heißen Atem des Tieres, die reißenden Zähne und die Klauen, die ihr die Haut aufkratzten, und sie schluckte schwer. »Ich bin mir sicher.«

Sein Gesichtsausdruck war grimmig. »Gestern waren Sie sich sicher, dass sie gefoltert wurde.«

»Kane, all diese … Erinnerungen, diese Momentaufnahmen aus Dinahs Leben und von ihren Erlebnissen sind aus dem Zusammenhang gerissen. Ich kenne die Reihenfolge nicht, weiß nicht, ob etwas vor Wochen oder Monaten geschah – oder gestern. Aber ich glaube, es war die Nacht, in der sie verschwunden ist, weil ich sicher bin, dass sie tatsächlich angefallen wurde und Sie gewusst hätten, wenn so etwas vor dieser Nacht passiert wäre. Ich glaube, dieser Angriff hat mit ihrem Verschwinden zu tun.«

»Und die Folter?« Er spuckte die Worte aus.

»Ich glaube immer noch, dass sie gefoltert wird – oder wurde. Ich glaube, ihre Entführer wollen Informationen von ihr, die sie ihnen nicht geben will.«

»Wie können Sie das wissen? Woher?«

Sie zuckte nicht unter seinem barschen Ton zusammen, aber sie musste ihre ganze Entschlossenheit zusammennehmen, um seinem gequälten Blick zu begegnen. »Ich weiß nicht, woher, wirklich nicht. Im Frauenhaus hat man mir erzählt, dass Dinah und ich von unserer ersten Begegnung an wie Schwestern waren, uns augenblicklich und vielleicht auf unerklärliche Weise nahestanden. Und ich kann das genauso wenig erklären, wie ich die anderen seltsamen Dinge erklären kann, die ich seit dem Aufwachen aus dem Koma erlebt habe. Aber ich weiß, ich bin absolut überzeugt davon, dass die Dinge, die ich in diesen Momentaufnahmen sehe, echt sind. Irgendwie gibt es eine Verbindung zwischen mir und Dinah, etwas Greifbares, das uns vereint.«

»Warum können Sie mir dann nicht sagen, wo sie ist?«

»Ich … ich weiß es nicht. Es tut mir leid.«

»Haben Sie es versucht?« Kane beugte sich über den Flügel zu ihr, seine Stimme hitzig. »Haben Sie je einen Versuch gemacht, sie direkt zu erreichen?«

Katies unbekümmerte Beteuerung, dass Faith genau das tun konnte, fiel ihr wieder ein, aber sie scheute davor zurück. Wenn sie es nun probierte und versagte? Wenn der Versuch die schwache Verbindung zerstörte, die tatsächlich existierte?

»Faith?«

Sie fühlte sich in die Enge getrieben durch sein Drängen, sein dringendes Bedürfnis, Dinah zu erreichen. »Ich weiß nicht, wie«, flüsterte sie.

»Es muss doch eine Möglichkeit geben. Konzentrieren Sie sich, Faith. Schließen Sie die Augen und denken Sie an Dinah.«

Sie wollte nicht. Mit geschlossenen Augen waren die Leere und die Dunkelheit in ihrem Kopf viel beängstigender, und dort hineinzublicken war etwas, dem sie sich nicht willentlich stellte. Aber Kane bat sie darum, verlangte es von ihr, und sie konnte seine Bitte nicht zurückweisen.

Daher schloss sie die Augen und versuchte sich auf Dinah zu konzentrieren, zwang sich, an nichts anderes zu denken als an die Frage, wo Dinah war. Nichts anderes. Nichts …

»Es gibt keinen Beweis«, sagte Dinah.

»Dann müssen wir uns den Beweis besorgen«, gab Faith zurück. Sie kaute kurz an ihrem Daumennagel. »Aber vorsichtig. Diese Kerle meinen es ernst, Dinah.«

»Das brauchst du mir nicht zu sagen. Wenn unsere Vermutung stimmt, haben sie bereits getötet, um ihr Geheimnis zu bewahren. Sie werden nicht zögern, erneut zu töten.«

»Oh, *die* Vermutung stimmt hundertprozentig. Da bin ich mir ganz sicher. Also brauchen wir eine Art Rückversicherung, etwas, das wir als Druckmittel benutzen können, wenn wir uns in die Enge getrieben fühlen.«

»Faith …« Dinah zögerte, aber nur kurz. »Schau, ich weiß, wie viel du verloren hast. Ich weiß, wie wütend du bist …«

»Nein, weißt du nicht. Das weißt du nicht.« Ihre Stimme klang barsch und abgehackt. »Sie haben mir alles genommen, Dinah. Alles. Und sie sind davongekommen. Die gottverdammten Scheißkerle sind davongekommen.«

»Was umso mehr ein Grund ist, warum wir jetzt vorsichtig sein müssen. Wir müssen uns sicher sein, Faith. Wir müssen an Beweise gelangen, die vor Gericht Bestand haben. Sonst bekommst du nie Gerechtigkeit.«

»Gerechtigkeit?« Faith sah sie mit einem seltsamen schwachen Lächeln an. »Ja, natürlich, Gerechtigkeit.«

»Faith …«

Die Szene verschob sich schwindelerregend, und sie fand sich in dem dunklen, feuchten Raum wieder, die Hände gefesselt und die Arme an den Stuhl gebunden. Ihre Hände waren taub, und als sie aus verschwommenen Augen darauf hinunterblickte, sah sie, dass sich die Drähte fast bis auf die Knochen eingegraben hatten. Blut tropfte stetig auf den Boden. Träge fragte sie sich, wie viel noch übrig war.

»Sag's mir.« Die Stimme des Mannes blieb erstaunlich ruhig, beinahe milde. Sie versuchte, zu ihm hochzublicken, aber das trübe Licht und ihre geschwollenen Augenlider machten es unmöglich, mehr zu erkennen als einen über ihr aufragenden Schatten. »Damit der Schmerz aufhört, musst du mir nur sagen, was ich wissen will, Dinah.«

Stumm und erschöpft schüttelte sie den Kopf.

Die geschlossene Faust schwang auf sie zu, der Schlag so brutal, dass die Kraft fast reichte, ihr das Genick zu brechen. Noch so einer, dachte sie benommen, und er bekommt seine verdammte Antwort nie.

Ein Fluchen aus der Dunkelheit war der Beweis dafür, dass der unsichtbare Beobachter derselben Ansicht war. »Vorsichtig!«, knurrte er. »Sie kann mir nicht sagen, was ich wissen will, wenn sie tot ist.«

Sie wollte ihn darauf hinweisen, dass es nur eine Frage der Zeit war und dass ihr Leben bereits auf den kalten Betonboden tropfte, doch sie konnte sich nicht erlauben zu sprechen, denn wenn sie den Mund öffnete, würde sie schreien. Sie durfte nicht schreien. Würde nicht schreien.

»Beantworte einfach die Frage, Dinah. Sag uns, wo es ist, und wir lassen dich gehen.«

Wenn sie die Energie hätte aufbringen können, hätte sie gelacht. Sie gehen lassen?

Sie würde diesen kalten, feuchten Raum nie verlassen, nicht auf eigenen Füßen. Sie würde die Sonne nie wiedersehen. Kane nie wiedersehen.

War ihnen nicht klar, dass sie das wusste?

Ein weiterer Schlag, möglicherweise weniger brutal, aber sie war momentan nicht in der Lage, solche Abstufungen einzuschätzen. Der Schmerz war ständig da, strahlte in heißen Wellen durch ihren Körper. Was sie ihr bisher angetan hatten, würde sie umbringen, diese sadistischen Schläge brachten die Sache nur zu einem rascheren Ende.

»Das bringt nichts«, sagte der Mann, der die Schläge ausführte, emotionslos zu dem Beobachter. »Hab ich ja gleich gesagt.«

»Dann brich ihr die Finger.«

»Wird sie nicht fühlen. Ihre Hände sind taub.«

»Dann brich ihr was, das sie fühlen wird.«

Der Schatten ragte über ihr auf, griff zu, und Dinah versuchte verzweifelt, an etwas anderes zu denken, irgendetwas …

Kane. Oh Gott, Kane, ich wünschte …

Wieder veränderte sich die Szene, und diesmal eilte sie einen irgendwie vertrauten Flur entlang.

»Faith?« Dinah holte Faith ein, ihre gerunzelte Stirn zeigte eindeutig, dass sie sich Sorgen machte. »Hast du irgendwas gefunden?«

»Nein«, erwiderte Faith. »Nichts. Aber es wird sich eine weitere Chance ergeben nachzusehen, früher oder später.«

Beide Frauen sprachen gedämpft und entspannten sich erst, als sie das Treppenhaus erreichten und hinabeilten.

»Uns läuft die Zeit davon«, sagte Dinah.

»Da ist noch was«, sagte Faith. »Ich glaube, mein Telefon wurde angezapft.«

»Was?«

»Ist nur so ein Gefühl, aber ich glaube schon.«

Dinah schwieg mehrere Stockwerke lang und griff dann, als sie die Tiefgarage erreichten, nach Faith' Arm, um sie aufzuhalten. »Ich habe auch ein Gefühl, und zwar ein ganz schlechtes. Wir sind so weit gegangen, wie wir es allein können, Faith. Wir brauchen Hilfe.«

»Ich traue den Cops nicht, Dinah, das weißt du.«

»Ich weiß. Aber es gibt einen Bundesbeamten, von dem ich *weiß,* dass ich ihm trauen kann.«

»Bundesbeamten traue ich erst recht nicht.«

»Aber du vertraust *mir.* Und ich vertraue *ihm«,* sagte Dinah. Faith biss sich unentschlossen auf die Lippe und schüttelte dann den Kopf. »Noch nicht, bitte. Ich möchte nur noch eine Chance bekommen, den Beweis zu finden, den wir brauchen. Das ist mir wichtig.«

Nun war es Dinah, die zögerte, doch schließlich nickte sie. »Na gut, ein paar Tage mehr …«

»Eine Woche. Ich brauche mindestens eine Woche.«

Widerwillig stimmte Dinah zu. »Dann eben eine Woche. Aber danach ruf ich die Kavallerie. Verstanden?«

»In Ordnung. Verschwinden wir von hier, bevor die falschen Leute uns zusammen sehen.«

Sie trennten sich direkt an der Treppe und gingen rasch und leise zu ihren Fahrzeugen. Faith ließ ihren Wagen an und sah zu, wie Dinahs Jeep aus der Parklücke fuhr. Sie wartete noch ein wenig, um Dinah Zeit zu geben, das Parkhaus zu verlassen. Alles schien voller Schatten zu sein. Faith wurde plötzlich nervös und verriegelte ihre Autotüren.

Sie blickte zu der großen Tasche neben sich auf dem Beifahrersitz und murmelte: »Tut mir wirklich leid, Dinah. Aber du würdest versuchen, mich aufzuhalten. Und ich kann sie diesmal nicht davonkommen lassen. Ich kann einfach nicht ...«

Mit einem Ruck öffnete Faith die Augen und stellte verblüfft fest, dass sie auf der Couch lag. Ihr Kopf wurde von einem Kissen gestützt, eine Decke war über sie gebreitet, und sie hatte das verwirrende Gefühl, dass viel zu viel Zeit vergangen war.

»Faith?« Kane setzte sich mit angespanntem und bleichem Gesicht neben sie auf den Rand der Couch und berührte ihre Wange. »Himmel, tun Sie mir das nie wieder an.«

»Antun? Was ist passiert?«

»Sie waren vollkommen weggetreten«, erwiderte er. »Ich hatte Sie gebeten, sich darauf zu konzentrieren, Dinah zu erreichen, und gleich darauf sind Sie von der Klavierbank gekippt, schlaff wie ein Spültuch und vollkommen unansprechbar. Wenn Ihr Puls nicht so kräftig gewesen wäre und Sie nicht ohne Probleme geatmet hätten, dann hätte ich den Notarzt gerufen.«

»Wie lange war ich bewusstlos?«

»Über eine Stunde. Es ist fast Mitternacht.« Kane holte

Luft, lehnte sich zurück und ließ seine Hände von ihrem Gesicht gleiten. »Noah hat mir Geschichten über solche Zustände erzählt. Einige Paragnosten, denen er begegnet ist, verfallen in einen tranceähnlichen Zustand, in dem sich alle Lebensfunktionen verlangsamen. Als müsse der Körper auf seine Ressourcen zurückgreifen und alle verfügbare Energie anzapfen, um diese Zusatzsinne einsetzen zu können. Genau das schien mit Ihnen zu passieren, daher habe ich nicht eingegriffen. Wie fühlen Sie sich?«

Faith konzentrierte sich auf ihre körperliche Verfassung und merkte, dass sie sich gut fühlte und nur ein wenig müde war. Gefühlsmäßig war ihr jedoch vollkommen anders zumute. In diesen »tranceähnlichen Zustand« zu verfallen war so, als wäre sie in ein tiefes, schwarzes Loch gestürzt, und das Entsetzen, ihren Halt im Hier und Jetzt vollkommen zu verlieren, würde sie nicht freiwillig wiederholen wollen.

»Mir geht's gut«, sagte sie. »Aber bitten Sie mich nie wieder, das zu tun.«

Kane nickte, doch seine Augen blickten sie erwartungsvoll an. »Hat es funktioniert? Haben Sie Dinah erreicht?«

Faith scheute davor zurück, ihm weitere Einzelheiten über Dinahs Folterung zu erzählen. Es gab keinen Grund, ihm das zu sagen. Überhaupt keinen Grund. Stattdessen konzentrierte sie sich auf die anderen beiden Szenen.

»Faith?«

Sie schüttelte den Kopf. »Ich habe Dinah nicht auf die Weise erreicht, die Sie meinen und die Sie sich gewünscht hatten. Da waren nur … weitere Momentaufnahmen, weitere Szenen aus der Vergangenheit. Aber diesmal hilfreichere, glaube ich.«

»Inwiefern hilfreich? Was haben Sie gesehen?« Sie erzählte ihm alles, woran sie sich aus den beiden »Rückblenden«, die zu beweisen schienen, dass Dinah und sie tatsächlich bei einer Art Ermittlung zusammengearbeitet hatten, noch erinnern konnte. Sie versuchte sich an die Einzelheiten zu erinnern, aber so vieles war frustrierend vage. Zudem musste sie zu ihrem Leidwesen feststellen, dass es jetzt sogar noch mehr Fragen gab. Die drängendste davon war, was sie vor Dinah verborgen hatte.

Und wie sie fähig gewesen war, überhaupt etwas zu verbergen, wenn sie und Dinah so einfach hatten kommunizieren können, wie Katie behauptete.

Sie ist nur ein kleines Mädchen, und vermutlich hat sie es nur halb begriffen …

Faith wurde ganz still und überlegte, ob dies ihre eigenen Gedanken waren oder ob sie von jemand anderem stammten. Sie wusste es nicht, konnte es nicht erkennen.

»Also muss es irgendwie mit meiner Vergangenheit zu tun haben, mit dem, was in Seattle passiert ist«, sagte sie schließlich und zwang sich, ihre Gedanken wieder auf ihren Bericht zu lenken. »Das muss der Grund sein, warum ich so entschlossen war, *sie* nicht wieder davonkommen zu lassen. Wir suchten nach Beweisen, und ich hatte etwas gefunden, etwas, das klein genug war, es in einer Tasche zu verstecken – und ich habe Dinah nichts davon erzählt, wenigstens zu dem Zeitpunkt nicht.«

»Und Sie haben keine Ahnung, was das für ein Beweis war?«

Faith schüttelte den Kopf. »Es war … es war fast so, als würde ich mir einen Film anschauen, nur zuschauen und zuhören, während sie … während wir uns unterhielten. Ich weiß nicht, was sie dachte, was ich dachte. Ich weiß nur, dass ich etwas gefunden hatte und aus irgendeinem Grund nicht wollte, dass sie davon erfuhr, zumindest nicht, bis ich …«

»Was?«

Sie tastete in Gedanken nach der schwer greifbaren Antwort und seufzte schließlich niedergeschlagen. »Ich weiß es nicht. Ich weiß es einfach nicht. Es tut mir leid.«

»Denken Sie sorgfältig nach, Faith. War da etwas, das uns helfen könnte, in Erfahrung zu bringen, wo Dinah ist?«

Widerwillig dachte sie an den kalten, feuchten Ort mit dem Betonboden und den im Schatten liegenden Wänden, dachte an die beiden Männer, die Dinah verhörten, und daran, wie der eine ihr gefühllos und effizient Schmerz zufügte und wie der andere hartnäckig Informationen von ihr zu bekommen versuchte, bevor sie starb.

Sie stirbt. Ich weiß es. Wie kann ich ihm das sagen?

Und wie ein schwaches Antwortflüstern in ihrem Kopf kamen die Worte: *Du kannst es ihm nicht sagen.*

»Faith?«

Mit fester Stimme sagte sie: »Ich glaube nicht. An dem Flur des Gebäudes, in dem ich nach Beweisen suchte, kam mir etwas irgendwie bekannt vor, aber ich habe keine Ahnung, wo das ist. Ich habe nicht mal ein echtes Gefühl dafür, wo diese beiden Szenen stattfanden.«

»Glauben Sie, dass Sie die beiden Orte erkennen würden, wenn Sie sie wiedersehen?«

»Den Flur, ja. Das andere … ich weiß nicht. Aber der Flur, das Gebäude schien wichtiger zu sein. Wenn ich dort nach Beweisen gesucht habe – und wenn ich etwas gefunden habe –, sollte uns das helfen, Dinah zu finden. Nicht wahr?«

»Ich wünschte, ich wüsste es.«

»Wir können danach suchen. Mit Orten beginnen, die wahrscheinlich sein könnten – das Gebäude, in dem ich gearbeitet habe, andere in der Gegend. Das ist doch ein Anfang, oder?«

»Ja, natürlich.«

Sie blickte in sein Gesicht und fühlte sich plötzlich sehr einsam. Er war ausschließlich auf Dinah konzentriert, dachte nur an Möglichkeiten, sie zu finden. Faith wurde erneut daran erinnert, dass sie keinerlei Verbindung hatte, zu nichts und niemandem.

»Ich wünschte, ich könnte besser helfen«, sagte sie. »Es tut mir leid.«

Kane blickte sie an. »Sie helfen mir doch, Faith. Sie verschaffen mir mehr Teile des Puzzles, als ich in den Wochen seit Dinahs Verschwinden habe finden können.«

»Aber wir wissen immer noch nicht, wie das Puzzle aussehen soll.«

»Das bekommen wir schon noch heraus«, sagte Kane.

Faith hoffte, dass er recht behalten würde. Aber im Moment konnte sie sich nur unglücklich fragen, ob sie allein schuld daran war, dass Dinah starb.

Und sich fragen, was Kane tun würde, wenn er das herausfand.

»Mehr kann ich Ihnen wirklich nicht erzählen, Miss Parker.« Dr. Murphy schloss die Patientenakte und blickte über den Schreibtisch. »In der Zeit, als Sie meine Patientin waren, ist bei Ihren Besuchen hier nichts Ungewöhnliches vorgefallen, nur die üblichen Kontrolluntersuchungen oder mal geringfügige Beschwerden. Ich habe Ihnen weiterhin dieselbe Antibabypille verschrieben, die Sie schon nahmen, bevor Sie nach Atlanta kamen, ansonsten aber nur einmal ein Antibiotikum, als Sie eine leichte Infektion hatten.«

Faith wusste nicht so recht, wie sie die Frage formulieren sollte, die sie stellen wollte. Schließlich entschloss sie sich, direkt zu sein.

»Ich war also sexuell aktiv?«

Die Brauen der Ärztin hoben sich leicht, und Mitgefühl flackerte in ihren Augen auf. »Nicht mal daran können Sie sich erinnern?«

»Ich erinnere mich an gar nichts, was vor meinem Aufwachen im Krankenhaus war.«

»Das ist … ziemlich ungewöhnlich. Amnesie beschränkt sich meist auf das, was mit dem traumatischen Vorfall zu tun hatte. Der Patient erinnert sich selten an die Ereignisse, die direkt vor dem Einsetzen des Traumas geschehen sind. Aber in praktisch allen Fällen, die mir bekannt sind, handelt es sich bei der fehlenden Zeit nur um Stunden oder Tage.«

»In meinem Fall fehlen Jahre. Genauer gesagt, ein ganzes Leben.« Faith brachte ein Lächeln zustande. »Und ich versuche verzweifelt, die … die Teile meines Lebens einzusammeln und wieder zusammenzusetzen. Daher wäre alles, was Sie mir sagen können, Dr. Murphy …«

Die Ärztin verschränkte die Finger über der Patientenakte auf der Schreibunterlage und blickte Faith durchdringend an. »Verstehe. Mir war nicht klar, dass Ihre Amnesie so tief greifend ist. Das würde jedoch die Veränderungen erklären, die ich an Ihnen wahrnehme.«

»Veränderungen?«

»In Ihrem Verhalten und Auftreten, Ihren Augen. Sie sagten, Sie hätten gestern Haven House besucht. Dort wurde Ihnen gesagt, dass bei Ihnen Missbrauch im Spiel gewesen ist?«

»Ja. Obwohl Karen keine Einzelheiten wusste. Ich nehme an, dass mein Exmann … körperliche Gewalt angewendet hat?«

»Körperliche und psychische. Sie erzählten mir, Sie hätten diesen Mann davor gewarnt, Ihnen noch mal nahe zu kommen, und Sie wären ziemlich zuversichtlich, dass er sich daran halten würde, da Sie medizinische Nachweise früherer Verletzungen hätten, die seine Karriere ruinieren und ihn hinter Gitter bringen könnten.«

»Ist das der Grund, warum ich nach Atlanta kam? Wollte ich dreitausend Meilen von ihm entfernt sein?«

»Das kann ich Ihnen nicht sagen, Miss Parker. Darüber haben Sie nicht mit mir gesprochen. Und ich weiß ehrlich nicht, ob Sie Angst davor hatten, dass er Ihnen folgen könnte. Ich habe Sie an Haven House verwiesen, weil Sie viele Nachwirkungen des Missbrauchs zeigten. Sie hatten Spannungskopfschmerzen, ein schwaches Immunsystem und wenig Appetit. Sie schliefen schlecht und gingen nur zögernd Freundschaften oder andere emotionale Bindungen ein. Ich dachte, es täte Ihnen besser, Zeit mit anderen Frauen zu verbringen, die misshandelt worden waren, vor allem, da Sie das während Ihrer letzten Monate in Seattle auch schon getan hatten.«

»Und hatten Sie den Eindruck, dass Haven House und die Frauen dort mir halfen?« Faith hatte keine Ahnung, woher ihre leidenschaftslose Stimme kam. Sie hatte den Eindruck, sie würden über das Leben einer Fremden reden.

»Ich glaube schon. Ich sah stetige Fortschritte.«

»Und trotzdem sagen Sie, ich sei jetzt anders?«

»Ja. Missbrauchsopfer haben ein bestimmtes Aussehen, eine bestimmte Anspannung in Haltung und Bewegungen. Das war beim letzten Mal, als ich Sie sah, noch sichtbar. Heute nicht. Wenn ich es nicht besser wüsste, wäre ich nie darauf gekommen, dass Sie misshandelt worden sind.«

Fragen über diesen gewalttätigen Exmann stiegen in Faith auf, doch ihr war nur zu bewusst, dass die Ärztin sie nicht beantworten konnte.

»Ich wünschte, ich könnte Ihnen mehr erzählen«, sagte Dr. Murphy mit spürbarem Mitgefühl. »Aber Sie haben selbst mir nur widerstrebend das wenige anvertraut und hätten es vermutlich nicht getan, wenn Ihr Arzt in Seattle Sie nicht gedrängt hätte, mir aus medizinischen Gründen von Ihrer Vorgeschichte zu berichten.«

»Medizinische Gründe?«

»Die Nachwirkungen von Misshandlungen können jahrelang anhalten, Miss Parker, sowohl körperlich als auch psychisch, und es ist in solchen Fällen immer anzuraten, seinen Arzt auf die Vorgeschichte aufmerksam zu machen. Sie hatten keine anhaltenden Probleme durch die körperlichen Verletzungen, aber die Kenntnis Ihrer Vorgeschichte hätte es mir eher ermöglicht, zukünftige Komplikationen zu entdecken.«

Faith beschloss, nicht zu fragen, was das für Komplikationen sein könnten. »Verstehe«, sagte sie stattdessen. »Vielen Dank, Dr. Murphy. Für diese Informationen und dafür, dass Sie sich an einem hektischen Morgen die Zeit genommen haben, mit mir zu reden.«

»Sie sind meine Patientin, Miss Parker.« Zum ersten Mal lächelte die Ärztin. »Ich wünschte nur, ich könnte Ihnen mehr erzählen.«

»Sie haben mir … eine Menge erzählt«, sagte Faith.

»Das hat aber lange gedauert«, sagte Kane, als Faith in seinen Wagen stieg. »Mussten Sie auf die Ärztin warten?«

»Nein, sie hat mich sofort empfangen.«

»Und? Hat sie das Muskelrelaxans verschrieben?«

Faith schüttelte den Kopf. »Nein.«

Kane hatte die Hand am Schalthebel, hielt aber inne, bevor er das Auto anließ, und blickte sie fragend an. »Was hat sie Ihnen sonst noch erzählt?«

Unmöglich, die Informationen für sich zu behalten, ganz gleich, wie sehr sie es auch wollte, denn es war nicht auszuschließen, dass dieser gewalttätige Exmann hinter all den gewaltsamen Dingen stecken könnte, die passiert waren. Also erzählte sie es Kane und starrte dabei durch die Windschutzscheibe, weil sie seinem Blick nicht begegnen wollte.

»Das gibt uns eine weitere Möglichkeit, nehme ich an«, beendete sie ihren Bericht mit ruhiger Stimme. »Zwar scheint es nicht zu dem zu passen, woran ich mich erinnere, aber es wäre denkbar, dass er irgendwie damit zu tun hat. Doch die Ärztin wusste seinen Namen nicht, und ich kann mich nicht daran erinnern. Müsste aber leicht herauszufinden sein, schätze ich.«

»Faith.« Kane legte ihr die Hand auf die Schulter und drehte sie zu sich um. »Es tut mir leid.«

Sie fragte sich, ob die Rückkehr ihrer Erinnerungen bedeuten würde, dass sie die Hand eines Mannes auf ihrer Schulter nicht ertragen könnte. Im Moment kam ihr diese Möglichkeit fremdartig vor. »Es gibt keinen Grund, mich zu bedauern, zumindest nicht deswegen. Ich erinnere mich nicht daran, dass er mich verletzt hat, das sagte ich ja schon. Ich kann mich überhaupt nicht an ihn erinnern.«

Sie fand, dass sie gleichgültig klang, und schaffte sogar ein Lächeln, doch irgendetwas schien zu verraten, wie elend sie sich fühlte, denn Kanes Finger packten ihre Schulter fester.

»Es tut mir leid, dass es so viel Schmerz in Ihrem Leben gegeben hat. Wenn ich irgendetwas tun könnte, damit …«

»Damit ich mich besser fühle?« Diesmal kam ihr Lächeln natürlicher. »Das können Sie nicht. Aber meine Amnesie könnte sich letztlich doch als ein Segen erweisen. Ich kann mich weder an den Schmerz noch an die Qual erinnern. Ehrlich, es kommt mir vor, als wäre das alles jemand anderem passiert. Doch wenigstens kommen allmählich die Fakten zusammen. Mit ein wenig Glück werde ich zumindest vorbereitet sein, wenn ich mein Gedächtnis wiedererlange.«

Kane nickte. »Trotzdem ist es verdammt hart, auf diese Weise etwas über sich und die eigene Vergangenheit zu erfahren.«

»Mir scheint keine andere Wahl zu bleiben.« Sie kämpfte gegen einen plötzlichen und beinahe überwältigenden Drang an, sich in seine Arme zu werfen und mit aller Kraft an ihn zu klammern. »Also fügen wir meinen Ex der Liste der Dinge hinzu, die genauer unter die Lupe genommen werden müssen. Und machen weiter. Wohin jetzt?«

Er antwortete nicht sofort. Sein Blick erforschte ihr Gesicht, als suche er nach etwas, aber am Ende sprach er das, was ihn beunruhigt hatte, nicht aus. Er ließ sie los und ließ das Auto an.

»Die Notaufnahme, in die Sie nach dem Unfall gebracht wurden.«

Das erschien sinnvoll. Er suchte immer noch nach etwas, das ihren Unfall mit dem in Verbindung brachte, was Wochen später mit Dinah passiert war.

»Sie sagten, Dinah hätte mich am Tag ihres Verschwindens besucht?«

»Hat sie. Und da die Polizei ihre Schritte an jenem Tag sehr genau nachvollzogen hat, wissen wir, dass Dinah an dem Morgen nicht viel mehr als eine halbe Stunde mit Ihnen verbracht hat.«

»Und dann?«

»Fuhr sie in die Redaktion und wurde dort bis zum frühen Mittag mehrfach gesehen. Hat Routinearbeiten erledigt, sagte ihr Chefredakteur. Irgendwann zwischen zwölf und ein Uhr mittags verließ sie ihr Büro – und wurde seitdem nicht mehr gesehen. Außer von ihren Entführern, natürlich.«

Faith wollte nicht über Dinahs Entführer und darüber, was in dem Keller passierte, nachdenken. Schmerzlich war sie sich der verstreichenden Minuten bewusst. Dinahs Lebensenergie, die allmählich verebbte.

Es bleibt nur so wenig Zeit übrig …

Ihre Erkenntnis? Oder Dinahs?

Sie zwang sich zum Denken. »Zwischen zwölf und ein Uhr. Aber es war Nacht, als der Hund sie anfiel, da bin ich mir sicher. Wenn also das, was ich gesehen habe, tatsächlich an dem Tag passiert ist, wo war Dinah dann in den Stunden vor der Dunkelheit?«

»Bisher hat sich niemand gemeldet und angegeben, mit ihr zusammen gewesen zu sein. Sie hat das Redaktionsgebäude verlassen und hätte genauso gut von einem schwarzen Loch verschluckt werden können.«

Faith dachte an den Flur in ihrem Traum und an das von Schatten erfüllte, einsame Parkhaus. Befand es sich in Dinahs Redaktionsgebäude? »Können wir später in Dinahs Büro fahren?«

»Natürlich.« Er warf ihr einen kurzen Blick zu. »Aber warum?«

»Flure. Ich suche nach einem, den ich aus meinem Traum wiedererkennen kann. Vermutlich war er nicht in Dinahs Redaktion – warum hätte ich an einem Ort herumschleichen sollen, mit dem sie viel vertrauter war? –, aber wir sollten es trotzdem überprüfen, nur um sicher zu sein.«

»Wir müssen auch in das Gebäude, in dem Sie gearbeitet haben. Mit Ihrer Vorgesetzten, Ihren Kollegen sprechen.«

»Ja.«

Kane tastete nach der Innentasche seiner Jacke, wo er sein Handy verstaut hatte – eine ruhelose Bewegung, die er an diesem Morgen schon mehrfach gemacht hatte. »Mit ein wenig Glück wird Noah später anrufen und uns erzählen, was er in diesen vertraulichen Akten gefunden hat.«

Weitere beängstigende und rätselhafte Fakten über ihre

Vergangenheit? Faith bemühte sich, nicht zu schaudern. Trotz ihrer tapferen Worte Kane gegenüber wusste sie nicht genau, ob sie noch viele solcher Enthüllungen ertragen konnte.

Sehr viele jedenfalls nicht.

Faith hielt sich möglichst im Hintergrund der geschäftigen Notaufnahme, während Kane sich um die Antworten bemühte, die er haben wollte. Er schien ein Händchen dafür zu haben, die Leute zum Reden zu bringen, trotz aller gesetzlichen und sonstigen Vorschriften, und während sie ihn dabei beobachtete, wie er geduldig alle Hürden aus dem Weg räumte, konnte sie nicht anders, als seine Beharrlichkeit und Selbstbeherrschung zu bewundern.

Für ihn musste es die Hölle sein, die winzigen Informationsbröckchen und Erkenntnisse endlos eins nach dem anderen zusammenzusetzen, und doch machte er das jetzt bereits seit Wochen. Die Anspannung und Qual waren seinem Gesicht und vor allem seinen Augen anzusehen, doch trotz der Erschöpfung, die er empfinden musste, zeigte er keinerlei Bereitschaft, das Tempo zu drosseln oder aufzugeben. Er war aufs Äußerste entschlossen, seine Dinah zu finden.

Ich kann es ihm nicht sagen. Ich kann ihm nicht sagen, dass sie stirbt.

Er würde ihr sowieso nicht glauben, redete sie sich ein. Würde diese entsetzliche Wahrheit nur dann glauben, wenn der Beweis unbestreitbar war.

Wenn es eine Leiche gab.

6

Faith zitterte, verschränkte die Arme über der Brust und rieb ihre Hände aneinander. Sie brauchte Wärme und Geborgenheit. Doch von beidem war in der kalten Trostlosigkeit ihrer Gedanken wenig zu finden. Dinah starb, und Faith befürchtete voller Verzweiflung, dass es ihnen nicht gelingen würde, sie rechtzeitig zu finden.

»Entschuldigen Sie – sind Sie Patientin?«

Sie zuckte zusammen, als eine Hand ihren Arm berührte, und blickte dann zu einem gehetzt wirkenden jungen Arzt auf. »Nein. Nein, bin ich nicht.«

Er sah sie stirnrunzelnd an, sanfte blaue Augen blickten durch die Gläser seiner Brille. »Sie kommen mir bekannt vor.«

Faith riss sich zusammen. »Vor ein paar Wochen war ich als Patientin hier. Ich wurde nach einem Autounfall eingeliefert.«

»Das erklärt es wahrscheinlich. Ich vergesse nie ein Gesicht.« Er lächelte sie an. »Jetzt scheint es Ihnen aber wieder gut zu gehen. Gibt es einen Grund, warum Sie …«

»Faith.« Plötzlich war Kane da, und sie war ein wenig erstaunt, als er ihr den Arm um die Schultern legte und sie in einer seltsam beschützenden Geste an sich zog – fort von dem jungen Arzt. »Wie ich sehe, haben Sie Dr. Blake gefunden.«

Faith blinzelte zum Namensschild an dem grünen Anzug des Arztes auf. »Scheint so«, murmelte sie und hatte das merkwürdige Gefühl, neben sich zu stehen.

»Dr. Blake«, sagte Kane, »könnten Sie mir vielleicht ein paar Fragen zu dem Tag beantworten, als Miss Parker hier eingeliefert wurde …«

Geräusche schienen lauter und leiser zu werden. Sie hörte ein paar Worte von dem, was Kane oder Dr. Blake sagte, dann verklangen die Worte, und Faith konnte nur noch ein fernes Rauschen hören, wie … Wasser? Vielleicht. Wie von einem Wasserfall oder als würde Wasser unter großem Druck aus einem Rohr herausschießen …

Ein seltsames Erlebnis, nicht beängstigend, aber beunruhigend. Sie blickte sich um, sah Menschen miteinander sprechen und nahm das Geschehen um sich herum wahr, ohne jedoch etwas zu hören. Mehrere Kästen fielen aus einem Regal, eine Frau beugte sich über den stillen Körper eines verletzten Kindes und weinte verzweifelt – aber keines dieser Geräusche drang zu Faith durch.

Hören konnte sie ausschließlich das rauschende Wasser. Es strömte immer weiter, füllte ihre Ohren, ihre anderen Sinne, ihren Kopf. Sie blickte zu Kane, sah, wie seine Lippen sich bewegten, wie Dr. Blake antwortete, das Gesicht ernst und ein wenig verblüfft.

Sie merkte, dass sie Kanes körperliche Nähe kaum spürte. Sie stand im Schutz seines Armes, fühlte sich aber, als wäre sie woanders, wo Wasser rauschte und sie vom modrigen Geruch kalter Erde umgeben war. Wo sie ein erstickendes Gefühl der Klaustrophobie empfand, die Panik, hilflos eingesperrt zu sein. Sie war allein. Und sie wusste nicht, was schlimmer war, der eklige modrige Geruch und die Kälte oder das verheerende Wissen, dass sie nicht … dass sie niemals …

Faith versuchte, sich gedanklich voranzutasten, um mehr zu erfahren, fand jedoch nur Leere. Sie konnte das Wasser hören, konnte die modrige Erde um sich riechen, aber die Gefühle waren erneut verstummt. Am liebsten hätte sie die Augen geschlossen, um sich zu konzentrieren, doch die Erinnerung an die unmittelbare Bewusstlosigkeit bei dem letzten Versuch dieser Art ließ sie innehalten.

Das war nicht alles, was sie davon abhielt. Sie fürchtete sich. Fürchtete sich vor dem, was sie erblicken könnte, wenn sie die Augen schloss und sich diesen Ort, den sie hören und riechen konnte, tatsächlich ansah. Es war die Furcht vor dem Unbekannten, vor einem Albtraum, vor der Dunkelheit, die direkt hinter dem lag, was ihr Verstand begreifen konnte. Sie wollte nicht hinschauen, wollte nicht dort sein. Wollte diese schrecklichen Gefühle nicht empfinden oder sehen …

»Faith?«

Wie eine Seifenblase platzt, war das Geräusch des strömenden Wassers plötzlich verschwunden, und als sie in Kanes besorgte Augen blickte, hörte sie wieder die Geräusche der geschäftigen Notaufnahme. »Ja?« Ihre Stimme klang selbst für sie abwesend.

»Ist alles in Ordnung?«

»Alles bestens. Mir geht's gut.«

Kane runzelte die Stirn. »Sind Sie sicher?«

Sie fragte sich, wann der Arzt gegangen war. »Ganz sicher. Aber ich fürchte, ich … ich habe nicht zugehört. Konnte Dr. Blake uns etwas Hilfreiches mitteilen?«

Kane blickte sich um und sagte: »Verschwinden wir von hier.«

Er führte sie zum Auto und fuhr ein paar Blocks zu einem Restaurant, das nicht voll besetzt war. Sie setzten sich in eine Nische am Fenster, wo die Kellnerin ihnen rasch Kaffee brachte und sie in Ruhe ließ.

Immer noch abgelenkt, fragte Faith: »Was hat Dr. Blake über den Unfall erzählt?«

»Soweit er sich erinnern kann, erbrachten die ersten Tests mehrdeutige Ergebnisse. Möglicherweise befanden sich Alkohol und ein Muskelrelaxans in Ihrem Blut, möglicherweise aber auch nicht. Mit Sicherheit wusste er nur, dass Ihre Lebenszeichen stark waren und Ihre Verletzungen ziemlich oberflächlich – und dass irgendetwas Sie ins Koma versetzt hatte. Er glaubte nicht, dass es an der Kopfverletzung lag, und vermutete, dass sich in Ihrem Organismus etwas Toxischeres als Alkohol und Medikamente befand, daher ordnete er weitere Tests an. Kurz danach war seine Schicht beendet. Als er am nächsten Tag zur Arbeit kam, erfuhr er, dass Sie auf Station verlegt worden waren. Er nahm an, das sei geschehen, weil Ihr Zustand stabil war, und dass der behandelnde Arzt den Fall übernommen hätte.« Kane hielt inne. »Eines ist allerdings seltsam. Das Krankenblatt, das normalerweise in der Notaufnahme bleibt, scheint zu fehlen.«

»Könnte es mit mir auf die Station geschickt worden sein?«

»Eine Kopie davon, und einige Unterlagen, die zusammen damit sicherlich in Dr. Burnetts Patientenakte landeten. Aber der Aufnahmebericht hätte in der Notaufnahme abgelegt werden müssen. Er ist nicht da.«

»Ich vermute, wir haben kaum eine Chance herauszufinden, was damit geschehen ist?«

»Sie haben gesehen, wie hektisch es da zuging – und das an einem Montagmorgen, wo kaum der meiste Trubel herrschen dürfte. Ich schätze, wir werden nicht in der Lage sein nachzuvollziehen, was mit diesen Papieren von Ihrer Aufnahme bis zu dem Zeitpunkt geschah, als Sie in Dr. Burnetts Obhut kamen. Aber wir können annehmen, dass genügend Leute Zugang dazu hatten und die Testergebnisse verfälschen konnten.«

»Was ist mit dem Labor, das die Tests durchgeführt hat?«

»Das befindet sich in dem Krankenhaus. Das Labor bewahrt normalerweise Kopien aller Ergebnisse bei sich auf. Aber in diesem Fall …«

»Lassen Sie mich raten. Die Papiere fehlen.«

»Leider ja. Und die Blut- und Gewebeproben, die für die Tests verwendet wurden, sind danach vernichtet worden, wie es üblich ist.«

»Bin ich paranoid, oder sind all diese fehlenden und falsch abgelegten Unterlagen mehr als simples menschliches Versagen?«

»Höchstwahrscheinlich. Wenn so viele Pannen in einem normalerweise reibungslos funktionierenden System passieren, heißt das für gewöhnlich, dass da jemand eingegriffen hat.«

Faith trank ihren Kaffee und wurde langsam warm. Seit

dem seltsamen Erlebnis in der Notaufnahme war sie bis auf die Knochen durchgefroren. »Dann können wir darauf wetten, dass wir nie genau erfahren werden, ob ich tatsächlich Alkohol im Blut hatte oder absichtlich betäubt wurde.«

»Vermutlich nicht. Aber ich würde mein Geld darauf wetten, dass man Sie betäubt hat.«

»Es klingt vielleicht seltsam, aber ich hoffe, dass genau das passiert ist. Ich hätte nur ungern erfahren, blöd genug gewesen zu sein, mich mit so viel Alkohol im Blut ans Steuer zu setzen.«

Kane betrachtete sie aufmerksam. »Nein, ich bezweifle, dass Sie so leichtfertig gewesen sind.«

Sie fragte sich, worauf er diesen Zweifel stützte, hakte aber nicht nach. Stattdessen sagte sie: »Wenn ich betäubt worden bin, stellt sich die Frage, wer das getan hat. Ich schätze, das Warum ist offensichtlich – man wollte mich aus dem Verkehr ziehen.«

»Ja. Die haben Sie im Parkhaus geschnappt, nehme ich an. Es war schon nach Büroschluss und vermutlich ziemlich leer, das macht die Sache leicht.«

»Warum habe ich dann kein Telefon gesucht und die Polizei gerufen, nachdem sie mich gehen ließen? Warum bin ich gefahren?«

»Sie könnten durch das Mittel bereits orientierungslos und nicht in der Lage gewesen sein, klar zu denken. Die haben Sie wahrscheinlich lange genug festgehalten, um sicherzugehen. Wir wissen nicht, was in der halben Stunde zwischen dem Moment, als Sie das Parkhaus verlassen haben, bis zu dem nur sechs Meilen entfernten Aufprall passiert ist.«

»Mag sein.« Aber Faith fiel die Momentaufnahme ein, in der sie Dinah daran erinnert hatte, dass sie der Polizei nicht trauen konnten. Hatte sie selbst in ihrem benebelten und panischen Zustand nur daran gedacht, Dinah so schnell wie möglich zu erreichen?

Es hätte alles besser ausgehen können, wenn mir das gelungen wäre. Es hätte alles so anders sein können …

»Also das ist die Antwort«, sagte er eher mit Bitterkeit als Erleichterung in den Hörer des Münzfernsprechers. »Genau, wie wir dachten. Sie ist zu MacGregor gegangen. Im Moment sitzen sie zusammen in einem Restaurant, stecken die Köpfe zusammen und quasseln ununterbrochen.«

»Komm wieder her.«

»Aber sollte ich ihr nicht folgen …«

»Wir haben erfahren, was wir für den Augenblick wissen müssen. Sie ist zu ihm gegangen, und du kannst wetten, er wird sie nicht aus den Augen lassen, weil er hofft, dass sie ihn zu Dinah führt.«

»Und wenn sie das kann? Was ist, wenn sie ihn zu *uns* führt?«

»Dann müssen wir dafür sorgen, dass ihr das nicht gelingt, nicht wahr? Komm jetzt wieder her.«

»In Ordnung.«

»Faith?«

Sie blickte ihn an, schüttelte den Kopf. Wessen Stimme war da in ihrem Kopf? Ganz unbekannt kam sie ihr nicht vor. Es hätte ihr Unterbewusstsein sein können, der geheilte Teil ihres Verstandes, der versuchte, den immer noch unfähigen oder unwilligen Teil anzuschubsen, sich zu erinnern. Oder es hätte Dinah sein können.

»Was ist los?«

»Nichts.« Sie bemühte sich, klar zu denken, war wegen der Stimme in ihrem Kopf immer noch unsicher. »Jemand wollte mich also aus dem Weg räumen und hat den Unfall arrangiert. Ich falle ins Koma, stelle anscheinend keine Bedrohung mehr dar. Doch dann – passierte etwas. Irgendwas muss sich geändert haben. Dinah wurde irgendwie zur Bedrohung für sie. Vielleicht hatten sie Dinah gar nicht mit mir in Verbindung gebracht, bis sie mich im Krankenhaus besuchte. Dann haben sie Dinah vielleicht ... beobachtet? Gesehen, wie sie in meine Wohnung ging und mit dem Laptop wieder herauskam?«

»Mag sein. Möglicherweise kamen sie aber auch nur durch ihren gesunden Menschenverstand darauf, dass sie ihnen früher oder später gefährlich werden könnte. Sie ist Journalistin, und zwar eine gute. Nachdem diese Leute Dinah mit Ihnen in Verbindung gebracht hatten, könnten sie davon überzeugt gewesen sein, dass Sie ihr von der für sie anscheinend bedrohlichen Information erzählt haben.«

»Ich glaube nicht, dass Dinah zur Bedrohung wurde, weil sie feststellten, dass sie mich kannte. Ich glaube, sie wurde zur Bedrohung, als sie feststellten, dass etwas, das ihnen gehörte, fehlte.«

»Diese Beweise, die Sie glauben gefunden zu haben?«

Faith blickte in ihre Tasse, ohne den Inhalt wahrzunehmen, und versuchte in Gedanken die Puzzlestücke zusammenzusetzen. »Die haben sie ständig gefragt, wo *es* ist. Immer wieder. Deswegen haben sie Dinah nicht sofort umgebracht. Und es muss das sein, was ich gefunden habe, verstehen Sie denn nicht? Sie haben Dinahs Wohnung nie durchsucht, aber meine zwei Mal – beide Male erst, nachdem sie verschwunden war.«

»Demnach sind sie überzeugt davon, dass Sie das haben, wonach sie suchen, aber dass Dinah weiß, wo es versteckt ist?«

»Das ist die einzige Möglichkeit, die für mich einen Sinn ergibt.« Sie blickte Kane mit festem Blick an. »Ich habe ihnen etwas entwendet, und sie wussten entweder bis nach dem Unfall nichts davon oder dachten, sie wären in Sicherheit, sobald ich aus dem Weg war. Dann stellten sie fest, dass es eine Verbindung zwischen mir und Dinah gab – einer cleveren Journalistin mit einem Talent dafür, große Storys aufzudecken. Also haben sie sich Dinah geschnappt und versuchen, sie zum Reden zu bringen. Nur redet sie nicht.«

»Sie sagten, Dinah weigert sich zu reden, weil sie jemanden beschützt.« Kanes Stimme war fast ebenso tonlos wie ihre. »Sie?«

Faith schüttelte den Kopf. »Als sie mich zum letzten Mal sah, lag ich im Koma. Ich war … in Sicherheit.«

»Vielleicht haben sie ihr erzählt, dass Sie aus dem Koma aufgewacht sind.«

»Das könnte sein, aber warum sollte sie dann das Gefühl haben, dass ihr Schweigen mich schützt? Wenn ich diejenige wäre, um die sie sich Sorgen macht, würde doch die Nachricht, ich sei aus dem Koma erwacht, sie viel eher dazu bringen, ihnen zu sagen, was sie wissen wollen. Nicht wahr? Damit sie nicht hinter mir her wären.«

Kane nickte langsam. »Wen glaubt sie dann beschützen zu müssen?«

Faith rieb sich gereizt die Stirn. »Ich weiß es nicht. Wie sollen wir das wissen, bevor wir erfahren, was ich da gefunden habe? Und wer dadurch bedroht wird?«

Er griff nach ihrem Handgelenk und zog die Hand von ihrem Gesicht fort. »Vielleicht sollten Sie für ein paar Stunden Pause machen. Ich kann Sie in die Wohnung zurückfahren …«

Wir haben keine paar Stunden. Dinah hat keine paar Stunden.

»Mir geht's gut.« Sorgfältig wich sie jedem Blick auf die Hand aus, die immer noch ihr Handgelenk hielt, und schaffte es zu lächeln. »Aber wir scheinen noch nicht viel erreicht zu haben. Spekulationen, Hypothesen, Vermutungen. Vielleicht haben wir recht, aber selbst wenn das stimmt, hat uns das bei der Suche nach Dinah keinen Schritt weitergebracht.«

Kanes Finger schlossen sich für einen Moment fester um Faith' Handgelenk. Dann fiel sein Blick auf die Verbindung zwischen ihnen, und er runzelte leicht die Stirn. Er lehnte sich zurück, ließ Faith' Handgelenk los. »Wir müssen herausbekommen, wer Dinah gefangen hält, und um das zu tun, müssen wir herausbekommen, was Sie da gefunden hatten.« Seine Stimme war brüsk. »Sie müssen sich erinnern, was Sie gefunden und wo Sie es gefunden haben. Warum fahren wir nicht zu der Behörde, bei der Sie gearbeitet haben, und schauen, ob das Ihre Erinnerung anregt?«

Faith nickte und erhob sich. Neben der Tür hing eine Uhr, und sie hörte sie ticken. Oder bildete es sich vielleicht ein.

Ticken.

»Sie kannten sich mit Ihrer Arbeit aus.« Marianne Camp, Faith' Vorgesetzte in ihrer ehemaligen Abteilung, blieb ganz sachlich. »Sie brachten bereits Erfahrung aus einem Bauunternehmen mit, bei dem Sie vorher gearbeitet hatten, und das verschaffte Ihnen eine solide Basis für den Umgang mit Ihren hiesigen Aufgaben.«

Faith überlegte, ob sie diese Frau auf irgendeine Weise verärgert hatte oder ob sie mit all ihren Untergebenen so frostig umging. Vielleicht betrachtete sie aber auch die Nachwirkungen eines Komas als unzureichenden Grund, nicht wieder zur Arbeit zu kommen.

Kane lächelte sie an. »Und worin bestanden diese Aufgaben, Mrs Camp?«

»Sekretariatsarbeiten, größtenteils.« Die Vorgesetzte zuckte die Schultern, wartete möglicherweise ungeduldig darauf, in die Mittagspause gehen zu können, da es kurz vor zwölf war. »Daten in das System eingeben, Ablage, Koordination der Terminpläne der verschiedenen Bauinspektoren.«

»War ich mit einem meiner früheren Kollegen befreundet?«, fragte Faith.

»Davon ist mir nichts bekannt«, erwiderte sie steif. »Sie blieben meist für sich. Waren sehr ruhig und zuverlässig.«

Kane sagte: »Sie hatten mir erzählt, Mrs Camp, dass Sie am Tag des Unfalls ungefähr fünf Minuten mit Miss Parker gesprochen hatten, bevor sie das Büro verließ.«

»Ja.«

»Erinnern Sie sich, worüber Sie mit ihr gesprochen haben?«

»Nach all der Zeit? Wohl kaum. Ich könnte mir vorstellen, dass es mit den Unterlagen zu tun hatte, derentwegen sie länger dageblieben war. Einige Vorgänge mussten abgeschlossen werden.«

»Verstehe. Bleiben Sie auch immer länger da, wenn jemand noch nach Büroschluss hier arbeitet?«

»Für gewöhnlich, aber nicht immer. Ich hatte selbst noch zu tun.«

Kane blickte zu Faith, die etwas auf ihrem Stuhl herumrutschte, und fragte dann die Vorgesetzte: »Haben Sie beide an demselben Projekt gearbeitet?«

»Nein, Mr MacGregor. Niemand in meiner Abteilung wird auf die Weise, wie Sie es meinen, für ein bestimmtes Projekt eingeteilt. Wir erledigen die Arbeit entsprechend ihrem Eingang, nach dem Rotationsprinzip. Wenn ich mich recht erinnere, übertrug Miss Parker drei verschiedene Außendienstberichte und glich Inspektionsformulare von mindestens einem halben Dutzend Baustellen ab. Das war keinesfalls ein ungewöhnliches Arbeitspensum.«

»Wissen Sie zufällig, um welche Baustellen es sich handelte, Mrs Camp?«

»Nicht im Einzelnen.« Ihre Stimme war gleichgültig.

»Könnten Sie es für uns herausfinden?«

»Ich wüsste nicht, wie, Mr MacGregor. Es besteht kein Grund, in unseren Unterlagen zu verzeichnen, welche Arbeitskraft mit den einzelnen Papieren beschäftigt war.«

Faith mischte sich ein. »Warum habe ich an dem Tag länger gearbeitet, Mrs Camp?«

»Wie bitte?«

»Sie sagten, ich sei zuverlässig gewesen. Warum musste ich dann länger bleiben, um diese Unterlagen zu vervollständigen? Hätte ich das nicht während der regulären Arbeitszeit schaffen können?«

Die Vorgesetzte betrachtete sie stirnrunzelnd. »Sie haben an dem Tag eine lange Mittagspause gemacht. Zwei Stunden.«

»Wissen Sie, warum ich das getan habe?«

»Sie sagten, Sie hätten einen Arzttermin.« Das letzte Wort betonte sie kaum merklich.

»Ich nehme an, ich habe keine Bestätigung vom Arzt vorgelegt«, sagte Faith in leicht trockenem Ton.

»Nein.«

Da ihnen weitere Fragen nicht sehr sinnvoll erschienen, bedankten sich Kane und Faith bei der Vorgesetzten und verließen deren winziges Büro.

»Gute Frage«, sagte Kane, als sie im Flur vor der Büroflucht standen, aus der die städtische Baubehörde bestand. »Mir ist nie in den Sinn gekommen, mich zu fragen, warum Sie an dem Tag Überstunden gemacht haben.«

»Die Antwort bringt uns aber nicht viel weiter.« Faith zuckte die Schultern. »Ich hatte an dem Tag keinen Arzttermin, zumindest nicht bei Dr. Murphy. Es könnte sein, dass ich Mrs Camp wegen der langen Mittagspause belogen habe. Aber wir haben keine Ahnung, was ich getan haben könnte und wo ich war. Und nach so vielen Wochen ist es zweifelhaft, dass wir jemanden finden, der mich vielleicht gesehen hat und sich daran erinnert, selbst wenn wir wüssten, wen wir fragen müssen.«

»Und Sie erkennen diesen Flur nicht wieder?«

Faith schaute sich um. Die Baubehörde lag im vierten Stock eines geschäftigen Bürogebäudes in der Innenstadt, in dem noch weitere Büros der Stadtverwaltung untergebracht waren. Der Flur selbst war typisch für diese Art Gebäude, ohne besondere Merkmale und ohne Charme, und er löste keinerlei Erinnerungen bei Faith aus.

»Das ist nicht der Flur, den ich in dieser Momentaufnahme sah«, teilte sie Kane mit. »Zumindest nicht auf diesem Stockwerk.«

»Ich schätze, die Flure werden praktisch alle gleich aussehen, aber wir können auf dem Weg nach unten die anderen überprüfen.«

Wie Kane vorhergesagt hatte, waren die anderen Flure fast identisch, und als sie die Eingangshalle erreichten, war sich Faith sicher, dass es sich nicht um das Gebäude handelte, in dem Dinah und sie gewesen waren, als sie *es* gefunden hatte … was auch immer dieses *es* war. Ein Morgen voller Fragen und äußerst wenigen Antworten.

»Ich glaube, wir sollten mit Mr Sloan sprechen, Dinahs anderem Anwalt«, sagte Faith. »Vor allem, da Sie bis vor Kurzem nichts von ihm wussten.«

»Ich will auf jeden Fall von ihm erfahren, warum er sich nicht gemeldet hat, als Dinah verschwand«, stimmte Kane grimmig zu.

Sie stiegen ins Auto, und einen Augenblick lang starrte er reglos durch die Windschutzscheibe.

»Kane?«

An seinem Kinn spannte sich ein Muskel. »Ich … ich kann sie nicht mehr *fühlen.*«

Die Trostlosigkeit drang wie ein scharfes Messer in Faith' Herz. Sie machte sich Sorgen um ihn, um Dinah. Und um sich.

»Mit jedem Tag hat sie sich weiter von mir entfernt. Ich denke an ihre Stimme und merke, dass ich mich nicht mehr an ihren Klang erinnern kann. Ich sehe eine blonde Frau an einer Straßenecke, und mein Herz setzt aus, und doch muss ich mich anstrengen, um ihr Gesicht vor mir zu sehen.«

»Kane …«

Er wandte ihr den Kopf zu. »Ich muss sie finden«, sagte er. »Bevor ich sie ganz verliere.«

»Wir werden sie finden, Kane. Wir finden sie«, sagte Faith nur.

Nach einer kurzen Pause nickte er und zwang sich wieder zur Zuversicht. Weil alles andere unerträglich war, dachte sie.

»Ja«, sagte er.

Mit ruhiger Stimme fuhr sie fort: »Ich habe Mr Sloans Visitenkarte mit der Adresse seiner Kanzlei dabei.«

Kane ließ mit automatischen Bewegungen das Auto an. Als ob er sein impulsives, emotionales Geständnis bedauerte, sagte er mit etwas kühlerer Stimme: »Ich wette, der wird uns nichts Nützliches erzählen.«

»Mag sein, aber wir müssen es trotzdem versuchen.«

»Das stimmt schon. Doch ich kenne Anwälte. Er wird nicht reden.«

Kane sollte nur halbwegs recht behalten.

Edward Sloan war Anfang fünfzig, sah aber zehn Jahre jünger aus. Er war fit und athletisch, gut gekleidet, ohne aufdringlich zu wirken, und besaß die geübte, gleichmäßig modulierte Stimme eines Menschen, der gewohnt ist, in der

Öffentlichkeit zu reden. Und trotz der sichtlich unruhigen Mandanten in seinem Vorzimmer war er bereit, Faith und Kane sofort zu empfangen.

»Wie kann ich Ihnen helfen?«, fragte er, nachdem sie vor seinem glänzenden, modernen Schreibtisch Platz genommen hatten. Die Frage hätte an sie beide gestellt sein können, doch sein Blick ruhte auf Faith.

Daher war sie diejenige, die antwortete. »Mr Sloan, haben Sie eine Ahnung, ob Dinah Leighton an einer bestimmten Story arbeitete, als sie verschwand?«

»Nein. Sie hat mit mir nie über ihre Arbeit gesprochen.«

»Sie benutzte Ihre Dienste nur dann, wenn sie wollte, dass ihre Aufträge in aller Stille ausgeführt wurden«, mischte Kane sich ein.

»Ist das eine Frage, Mr MacGregor?« Sloan lächelte schwach. »Ja, ich war ihr Anwalt für vertrauliche Dinge.«

»Hat sie … wendet sie sich nur an sie, um Finanzielles zu regeln?«

»Fast ausschließlich. Miss Leightons Familienanwalt neigte dazu, ihre Menschenfreundlichkeit mit recht großem Unbehagen zu betrachten, nach allem, was sie mir erzählt hat. Ich besaß den Vorteil, ihrer Person und dem, was sie mit ihrem Geld anzufangen beschloss, völlig neutral gegenüberzustehen. Sie sagte mir, was sie erledigt haben wollte, und ich tat es.«

»Wie die finanziellen Regelungen für mich«, sagte Faith.

»Genau so, Miss Parker.«

»Sie haben sie nie gefragt, warum sie das tat?«

»Wie ich schon sagte, mein Wert für Miss Leighton lag in meiner Diskretion und meiner Unvoreingenommenheit.

Es wäre für mich nicht von Vorteil gewesen, Fragen zu stellen.«

Kane versuchte es von einer anderen Richtung. »Na gut, dann sagen Sie uns Folgendes: Ist Ihnen im Verlauf Ihrer Tätigkeit für Miss Leighton irgendetwas Ungewöhnliches aufgefallen? Etwas, das uns eine Ahnung geben könnte, warum sie verschwunden ist?«

»Sie werden verstehen, dass ich keine spezifischen Auskünfte zu Miss Leightons Geschäftsangelegenheiten geben kann«, erwiderte Sloan sofort.

»Ich frage Sie auch nicht nach ihren Geschäftsangelegenheiten«, sagte Kane, sichtlich um einen geduldigen Tonfall bemüht. »Ich frage, ob Sie irgendetwas wissen – ob Sie etwas gesehen oder gehört haben –, das uns dabei helfen könnte, Ihre vermisste Mandantin zu finden.«

Diesmal trat eine Pause ein. Eine bewusst gesetzte, dachte Faith. Ihr Herzschlag beschleunigte sich, während sie dem Anwalt ins Gesicht sah. *Er weiß etwas. Er weiß etwas und hat nur darauf gewartet, dass ihn jemand danach fragt.* Aber niemand hatte gefragt, weil seine Beziehung zu Dinah nicht öffentlich bekannt gewesen war – und Sloan war niemand, der freiwillig Informationen preisgeben würde. Was erklärte, warum er sich nicht gemeldet hatte, als Dinah verschwunden war.

»Bitte, Mr Sloan.« Faith wusste, dass ihre Stimme zitterte. »Bitte helfen Sie uns, wenn Sie können. Ist irgendetwas Ungewöhnliches in den Tagen vor ihrem Verschwinden passiert?«

»Nur eine Sache.« Seine Stimme blieb gelassen. »Zwei Tage bevor sie verschwand, bat mich Miss Leighton, ihr einen guten Privatdetektiv zu empfehlen. Einen, der auf vermisste Personen spezialisiert ist.«

Faith blickte Kane verwirrt an, und er fragte schließlich: »Hat sie gesagt, warum?«

»Das Einzige, was sie mir mitteilte, Mr MacGregor, war eine eher mysteriöse Andeutung, dass sie – sinngemäß – jemanden brauche, um nach einer Leiche zu suchen.«

»Und das ist alles, was er dir erzählt hat?«, fragte Bishop.

»Das ist alles.« Kane klemmte den Hörer zwischen Ohr und Schulter, griff nach einem Block auf dem Couchtisch und schielte auf die Notizen, die er sich nach der Rückkehr aus der Anwaltskanzlei gemacht hatte. »Nur dass Dinah einen auf vermisste Personen spezialisierten Privatdetektiv beauftragen wollte, weil sie jemanden brauchte, um eine Leiche zu finden.«

»Wusste er, ob sie diesen Privatdetektiv tatsächlich beauftragt hat?«

»Er sagte, er hätte nach Dinahs Verschwinden die beiden Leute angerufen, die er ihr empfohlen hatte, und beide hatten nichts von ihr gehört. Ich tendiere dazu, ihm zu glauben. Auch weil die Nachricht über die Belohnung von den Medien kräftig hochgespielt wurde, und ich bezweifle sehr, dass ein professioneller Detektiv die Chance verpassen würde, eine Million Dollar einzustreichen, wenn er irgendwelche Kenntnisse über Dinah besäße.«

»Da magst du recht haben.« Bishop hielt inne. »Wo ist Faith?«

»Ich habe sie beim Haven House abgesetzt. Dort gibt es eine Frau, die anscheinend sowohl mit Faith wie auch mit

Dinah vor Monaten Kontakt gehabt hat. Faith wollte mit ihr sprechen. Verständlicherweise sind Männer dort nicht willkommen, daher habe ich in der Zeit ein paar andere Dinge überprüft. Faith' Bank, aber sie hat kein Schließfach dort. Dinahs andere Bank, deren Direktor sich sehr kooperativ gezeigt hat und jetzt dabei ist, alle Unterlagen an Richardson zu schicken.«

»Hast du einen Blick auf die Unterlagen werfen können?«

»Ja. Und sie bestätigen, was Conrad uns erzählt hat, nämlich, dass Dinah dieses Bankkonto auf dieselbe Art benutzte, wie sie Sloan einsetzte, um jene Legate und Spenden auszuzahlen, über die sie Stillschweigen gewahrt wissen wollte. Guys Mannschaft wird sich das alles ganz genau vornehmen.« Er hielt inne. »Da du immer noch in Quantico bist, nehme ich an, dass du Einblick in diese vertraulichen Akten genommen hast?«

»Ich bin nicht mehr in Quantico«, erwiderte Bishop, fuhr aber gleich fort, bevor Kane ihn nach dem Grund fragen konnte. »Aber, ja, ich habe herausgefunden, warum die Akten über den Mord an Faith' Mutter und Schwester vertraulich sind.«

»Warum?«

»Hat mit dem zu tun, was du mir über ihren früheren Ehemann und die Misshandlungen erzählt hast. Anscheinend stand er – und steht noch – wegen der Verbrechen in Seattle unter Verdacht. Die Ermittler vertreten die Theorie, dass die Misshandlungen in offene Gewalt ausarteten, als Faith es wagte, die Scheidung einzureichen, und dass sie dem Tod nur entgangen ist, weil sie an dem Abend unerwartet arbeiten musste.«

»Das erklärt aber nicht, warum die Informationen über die Ermittlung vertraulich sind«, sagte Kane grimmig.

»Nun, es ergibt einen Sinn, wenn man von einem offensichtlichen Umstand erfährt. Faith' Exmann Tony Ellis ist FBI-Agent.«

Katie war in der Schule, aber Faith legte neue Noten für sie auf das Klavier. Kane hatte keine Fragen gestellt, als sie ihn bat, an der Musikalienhandlung zu halten. Sie hatte ihm erzählt, es sei ein Geschenk für ein Kind, und er hatte eine Reihe von Vorschlägen gemacht, was einer angehenden jungen Pianistin gefallen könnte.

Eve – Nachnamen wurden nicht genannt, was Faith für eine der Regeln von Haven House hielt – war eine nicht sehr große, aber kräftig gebaute Frau von etwa einundzwanzig Jahren, mit misstrauischen braunen Augen, die bereits zu viel gesehen hatten. Sie beaufsichtigte eine Gruppe von Kleinkindern, als Karen mit Faith hinunter in das Kinderzimmer im Keller des Hauses kam, um sie vorzustellen. Die Leiterin hatte ihr erklärt, dass die Mütter der Kinder bei der Arbeit oder auf Jobsuche seien oder bei ihren Anwälten und der Polizei zu tun hätten, um Scheidungen, Verhaftungen oder Anklagen gegen ihre gewalttätigen Männer vorzubereiten. Aber es war schon später Nachmittag, und als Faith Eve vorgestellt wurde, kamen Frauen verschiedensten Alters herein, um ihre Kinder abzuholen.

Karen schlug vor, die Beaufsichtigung der Kinder zu übernehmen, damit Eve in Ruhe mit Faith sprechen konnte, und sie gingen nach oben in den Aufenthaltsraum, nicht weit von Eves Zimmer entfernt.

»Du hast also dein Gedächtnis verloren.« Eves Stimme klang ein wenig brüsk, aber nicht ohne Mitgefühl. Der Grund dafür wurde klar, als sie hinzufügte: »Ist mir auch mal passiert. Wurde gegen eine Wand geschleudert und war vollkommen weg. Als ich zu mir kam, waren mehr als sechs Monate total ausgelöscht.«

Faith zuckte zusammen. »Hast du dich irgendwann wieder erinnert?«

Eve schüttelte den Kopf. »Nicht so ganz. Aber ich habe das meiste zusammensetzen können, nachdem ich mit Leuten geredet habe. Schätze, das tust du jetzt auch?«

»Ich versuche es. Kannst du mir dabei helfen?«

»Wir standen uns nicht sehr nahe«, erwiderte Eve offen heraus. »Zwar freundlich, aber nicht vertraut. Daher weiß ich nicht viel, außer dass du sehr wütend warst.«

»Wütend? Nicht verängstigt?«

»Ich glaube nicht, dass du vor deinem Ex so viel Angst hattest wie viele von uns anderen. Vielleicht weil er so weit weg war oder weil du andere Sachen im Kopf hattest. Ich glaube, Dinah und du hattet etwas vor.«

Faith blinzelte. »Hatten etwas vor?«

»Ja. Ihr wart da an einer Geschichte dran. Ich weiß nicht, worum es ging, aber ich hatte das Gefühl, Dinah versuchte, dich irgendwie zurückzuhalten. Dich davon abzuhalten, etwas zu tun, was du ihrer Meinung nach nicht tun solltest. Ich glaube, sie hat sich Sorgen um dich gemacht.«

Faith fragte sich erneut, ob es ihre Schuld war, dass sich Dinah in solcher Gefahr befand, und bemerkte ein kaltes, Übelkeit erregendes Gefühl in ihrer Magengrube. Aber sie sagte nur: »Hast du Dinah nahegestanden?«

Eves recht unbewegliches Gesicht wurde sanfter. »Sie hat für ihren Artikel viel mit mir geredet. Und später gab sie mir das Geld, das ich brauchte, um studieren zu können. Ich hatte meinen Abschluss auf dem zweiten Bildungsweg gemacht, aber ich hab nichts damit angefangen, bis Dinah mich überzeugte, dass es das Beste für mich wäre. Ich studiere Informatik«, berichtete sie stolz.

Faith lächelte sie an. »Das finde ich toll.«

»Ja, ich auch. Jetzt habe ich eine Zukunft. Dinah sagte nur …« Sie brach ab und biss sich auf die Lippe.

»Was hat sie gesagt, Eve?«

Die jüngere Frau zögerte und sagte dann langsam: »Ich habe ständig darüber nachgedacht, seit sie verschwunden ist, und so verrückt es auch klingen mag, ich glaube, sie wusste schon immer, dass sie … dass sie keine eigene Zukunft haben würde. Sie wirkte beinahe traurig, als wir über meine Pläne sprachen. Einmal sagte sie, ich hätte so viel, auf das ich mich freuen könnte, und dass sie wünschte, sie könnte hier sein, um es zu erleben.«

»Vielleicht plante sie nur … fortzuziehen«, sagte Faith.

»Das glaube ich nicht. Du hast ihr Gesicht nicht gesehen, wie ich es sah, hast ihre Stimme nicht gehört. Ich glaube, sie konnte manchmal in die Zukunft sehen, wusste Dinge, bevor sie passierten. Sie hat das nie zugegeben, aber einmal warnte sie mich, nicht in einen bestimmten Club zu gehen, den ich mochte, und später fand ich heraus, dass mein Ex dort nach mir gesucht hatte. Ich hörte sie zu Andrea sagen, sie solle ihre Mutter besuchen, und nur zwei Wochen später starb die arme Lady an Herzversagen. Und es gab auch noch anderes. So wie sie Katie und die anderen Kinder anschaute. Wie sie sich beeilte, wenn es darum ging, Haven House oder einer von uns Geld zu spenden, als wüsste sie, dass es schnell gehen müsse.« Eve schüttelte den Kopf. »Ich glaube, sie wusste, dass ihr nicht mehr viel Zeit blieb.«

Faith fiel plötzlich ein, was Bishop über Dinah gesagt hatte. *Sie war präkognitiv, war in der Lage, sich in zukünftige Ereignisse einzuklinken, ein Blatt beim Kartenspiel oder das Fallen eines Würfels vorherzusehen.*

Hatte Dinah ihre eigene Zukunft gesehen?

7

Ein Novembergewitter verdunkelte den Himmel. Es war eines dieser Unwetter, die einen Ort zunächst mit rumpelndem Donner und fernen Blitzen vorsichtig einzukreisen scheinen, um dann irgendwann zuzuschlagen.

Kane überlegte, ob es sich um ein Omen handeln könnte, versuchte aber, diesen Gedanken zu vertreiben. Es fiel ihm schwer. Die Nacht und das Gewitter hatten ihn eingeschlossen, ihn abgeschnitten und es ihm unmöglich gemacht, draußen zu sein und etwas zu *tun,* irgendwas, das dabei helfen könnte, Dinah zu finden. Er hasste die Nacht.

Still zu sitzen war unmöglich. Schon vor Wochen hatte er angefangen, sich sich mit alltäglichen Tätigkeiten abzulenken, wenn es ihm unmöglich gemacht wurde, etwas für Dinah zu tun. Das hielt ihn am Boden. Hielt ihn davon ab, verrückt zu werden. Zumindest hoffte er es.

Aus dem Tiefkühlschrank holte er eine der selbst gekochten Mahlzeiten, die er gelegentlich am Wochenende zubereitete und dann einfror. Dinah hatte ihn damit aufgezogen, dass er am Wochenende seinen Kochrausch nur auslebte, um vor ihr zu glänzen, aber in Wahrheit war er praktisch veranlagt und sehr eigenständig. Darüber hinaus hatte er ein Händchen fürs Kochen und wollte in Übung bleiben. Weil man nie wissen konnte, wann man diese Dinge brauchen würde.

Als Faith aus dem Schlafzimmer auftauchte, war es bereits nach sieben, und das Gewitter war näher herangekommen. Sie hatte sich kurz nach ihrer Rückkehr aus dem Frauenhaus zurückgezogen, offensichtlich verstört von dem, was sie dort erfahren hatte, obwohl sie Kane gesagt hatte, es sei »nichts Nützliches« gewesen.

Er vermutete, dass sie weitere Einzelheiten über ihre Vergangenheit und ihre Persönlichkeit erfahren hatte, aber trotzdem beunruhigte es ihn, dass sie nicht darüber sprechen wollte. In den Wochen seit Dinahs Verschwinden war ihm allmählich klar geworden, wie wenig Dinah von sich preisgegeben hatte. Diese Einsicht wie auch sein stärker werdendes Verlustgefühl und die Ahnung, dass ihm Dinah immer weiter entglitt, ließen ihn sich noch krampfhafter an die einzige Verbindung zu Dinah klammern, die ihm geblieben war: Faith.

»Sind Sie sicher, dass ich nicht ins Gästezimmer umziehen soll, nachdem Bishop fort ist?«, fragte sie abrupt, offenbar mehr, um das Schweigen zu brechen, als aus irgendeinem anderen Grund.

»Ich bin sicher.« Er nannte keinen Grund, wollte nicht zugeben, dass beide Betten für ihn sowieso nutzlos waren, da er seine Nächte damit verbrachte, auf und ab zu laufen, bis die Erschöpfung ihn endlich dazu trieb, für ein oder zwei Stunden die Augen zu schließen.

Faith zuckte die Schultern. »Das riecht aber gut.«

»Irish Stew. Meine eigene Version davon.« Ein Donnerschlag unterbrach ihn, und er wartete ab, bevor er hinzufügte: »Genau das Richtige für heute Abend, dachte ich.«

»Ist es nicht ein bisschen spät im Jahr für so ein Gewitter?«, fragte Faith, griff automatisch nach den Tellern und dem Besteck, das er auf der Arbeitsplatte gestapelt hatte, und deckte den Tisch. Sie war genauso ruhelos und nervös wie er. Ihm war das nicht entgangen.

»Vielleicht, aber ungewöhnlich ist es nicht. Laut Wettervorhersage soll es die ganze Nacht gewittern.«

»Na toll.«

Er sah nach dem Brot im Ofen, blickte dann durch den Raum zu ihr. »Machen Gewitter Sie nervös?«

»Nur ein bisschen. Stärker, wenn es dazu auch noch stürmt.«

»Das geht Dinah genauso«, sagte er in neutralem Ton. »Einen katzenhaften Zug nennt sie das. Da ich nie eine Katze hatte, habe ich keine Ahnung, was sie damit meint.«

»Ich schon. Das bedeutet, dass wir Wetterlagen mit niedrigem Luftdruck nicht ausstehen können.« Wieder ein Donnerschlag, und Faith zuckte zusammen. »Verdammt«, murmelte sie ein bisschen kleinlaut.

»Sie sind ganz schön angespannt«, bemerkte Kane.

»Das legt sich, sobald das Gewitter richtig losbricht. Was mir auf die Nerven geht, ist all dieses Rumpeln davor. Der Tisch ist gedeckt. Kann ich sonst noch was tun?«

»Sie können den Wein einschenken. Das Essen ist in ein paar Minuten fertig.«

Erst als sie am Tisch saßen und ihre Teller gefüllt hatten, fragte Faith schließlich mit gespielter Gleichgültigkeit:

»Haben Sie von Bishop wegen der vertraulichen Akten gehört?«

Kane nickte langsam.

»Ich kann Ihrem Gesicht ansehen, dass es mir nicht gefallen wird. Lassen Sie mich raten. Mein gewalttätiger Ex hatte etwas mit dem Mord an meiner Familie zu tun?«

»Ist das geraten?«, fragte er.

»Nicht so ganz. Ich habe mit den Frauen im Frauenhaus gesprochen, wie Sie wissen, und dabei eine Menge über gewalttätige Männer gehört. Daher lag es nahe, auf den gewalttätigen Mann in meiner Vergangenheit zu kommen.« Sie hielt inne und schien für ihre nächste Frage Kraft zu schöpfen. »Hat er meine Mutter und meine Schwester umgebracht?«

»Er stand – und steht – unter Verdacht. Aber die Polizei hat keine Beweise gefunden, Faith, und er hat nicht nur zwei Tests mit dem Lügendetektor bestanden, sondern dieselbe Geschichte auch unter dem Einfluss eines Wahrheitsserums erzählt.«

»Wahrheitsserum?«

»Noah sagte, wir sollten vergessen, dass wir das gehört haben.«

Sie lächelte, aber nur mit Mühe. »Na gut, was hat er denn für eine Geschichte erzählt?«

»Er behauptet, er hätte nichts mehr von Ihnen gehört, nachdem Sie ihn in L.A. – wo Sie beide während der zehn Monate Ihrer Ehe gelebt hatten – verlassen hätten, bis ihm die Scheidungspapiere zugestellt wurden. Daraufhin sei er ganz ruhig in ein Flugzeug nach Seattle gestiegen, in der Absicht, die Situation mit Ihnen durchzusprechen. Dort habe er sich ein Hotel gesucht, bei Ihrer Mutter angerufen und erfahren, dass Sie bei der Arbeit waren. Daher sei er im Hotel geblieben und hätte keine Ahnung gehabt, was passiert war, bis ihn die Polizei am nächsten Morgen aus dem Bett holte.

Die Polizei wiederum glaubt, dass ihn blinde Wut überkam, als ihm die Scheidungspapiere zugestellt wurden. Dass er zwar tatsächlich bei Ihrer Mutter angerufen hat – das hat die Telefongesellschaft bestätigt –, dann jedoch dorthin fuhr, immer noch voller Wut, Ihre Mutter und Schwester umbrachte und dann das Haus abfackelte. Es gab wenig brauchbares Beweismaterial, nichts, was auf einen bestimmten Täter hindeutete, aber Tony Ellis hatte ein Motiv und kein richtiges Alibi, daher …«

»Tony Ellis. Ist das sein Name?«

Kane hörte in ihrer Stimme ein Verlustgefühl, das er kaum nachvollziehen konnte. Wenigstens wusste er, was er verloren hatte. Faith entdeckte täglich – beinahe stündlich – Teile ihres Lebens, gute und schlechte, die aus ihrem Gedächtnis verschwunden waren.

»Ist das sein Name?«, wiederholte sie mit festerer Stimme.

»Ja. Es tut mir leid, Faith.«

Sie schüttelte den Kopf, schaute auf ihren Teller und nahm dann langsam die Gabel von der rechten in die linke Hand. »Ich bin froh, dass ich mich nicht an ihn erinnere«, sagte sie fast abwesend. »Aber ich verstehe immer noch nicht, warum die Akten vertraulich sind.«

»Ellis ist FBI-Agent.«

Sie blickte rasch auf. »Ach so. Jetzt ergibt die Sache mehr Sinn. Sie decken einen aus ihren eigenen Reihen?«

»Das war anscheinend Ihre Ansicht. Aber es sieht wirklich so aus, als hätte es keine Beweise gegeben, die für eine Verhaftung ausreichten. Oder auch nur für eine Entlassung aus dem FBI. Er wurde degradiert und steht in L.A. unter ständiger Überwachung, was ihm offenbar durchaus bewusst ist. Nach allem, was Noah herausfinden konnte, hat sich Ellis in den letzten achtzehn Monaten untadelig verhalten.«

»Ich habe jemandem im Frauenhaus erzählt, dass ich medizinische Nachweise hätte, die seine Karriere zerstören könnten.«

»Ja. In Krankenhausunterlagen sind gebrochene Knochen und starke Prellungen verzeichnet.« Kane sprach mit ruhiger Stimme, doch es kostete ihn Mühe. »Sie haben die Unterlagen der Polizei in Seattle übergeben. Aber als er nicht wegen Mordes anklagt werden konnte, beschlossen Sie anscheinend, statt ihn wegen Gewalttätigkeit anzuzeigen, ihn mit den Beweisen unter Druck zu setzen, damit er die Scheidungspapiere unterschreibt und endgültig aus Ihrem Leben verschwindet.«

Faith schüttelte den Kopf. »Und was dann? Ich bin quer durch das Land gereist, nur um sicherzugehen?«

»Vielleicht.«

Oder vielleicht auch nicht.

Wieder war sich Faith unsicher, ob das ihre Stimme war, ihre Frage – oder die von jemand anderem.

Sie versuchte nachzudenken, sich zu konzentrieren. »Ich war wütend. Ich wollte … Gerechtigkeit. Das war es, was Dinah zu mir sagte – dass wir Beweise bräuchten, die vor Gericht standhalten würden, oder ich bekäme keine Gerechtigkeit. Aber soweit wir feststellen können, passierte alles, was mir zugestoßen ist, mit Ausnahme des Unfalls, bevor ich nach Atlanta kam. Es muss jedoch eine Verbindung geben, es muss einfach. In welcher Angelegenheit Dinah und ich hier auch ermittelten, es muss in Verbindung mit meinem vorherigen Leben stehen.«

»Das ergibt Sinn.«

»Dann ist es meine Schuld, dass Dinah in Schwierigkeiten ist.«

»Dinah ist eine erwachsene Frau mit einem verdammt klugen Verstand«, sagte Kane nach einer Weile. »Ich bezweifle, dass sie sich unfreiwillig in die Sache hat hineinziehen lassen.«

»Und wenn ich ihr nun nicht alles erzählt habe? Wenn ich das genommen habe, was die haben wollen, und Dinah verschwieg, was ich damit getan habe?« Sie verzog plötzlich das Gesicht und stellte ihr Weinglas ab. »Verdammt, es klingt alles so lächerlich, wenn man darüber spricht, ohne zu wissen, worum es sich handelt.«

»Wir könnten es ja einfach den MacGuffin nennen«, schlug Kane ironisch vor.

»Ist das nicht ein Wort, das Hitchcock geprägt hat? Um im Film etwas zu benennen, hinter dem alle her sind?«

Er lächelte schwach. »Sieh an, noch ein Hitchcock-Fan.«

»Scheint so.«

»Na gut, dann nennen wir *es* den MacGuffin, bis wir wissen, was es ist.«

Faith wartete einen langen, rumpelnden Donnerschlag ab. »Ich wünschte mir, wir wüssten es.«

»Wir werden es herausfinden.« *Wir müssen es herausfin-*

den. Die letzten Worte sprach er nicht aus, denn sie wussten es beide.

Er wollte nicht, dass sie ihm beim Abräumen half. Und als er in der Küche fertig war, zündete er ein Feuer im Kamin an. Faith wanderte unbehaglich zuerst zum Flügel und dann zu einem Fenster. Das Gewitter war jetzt in vollem Gange, und es goss in Strömen. Der stürmische Wind drückte den mit Graupel vermischten Regen prasselnd gegen das Fenster. Das alles machte Faith sehr nervös.

Sei vorsichtig.

Wieder diese Stimme, jetzt fast unhörbar.

»Ich befürchte, das wird die ganze Nacht so weitergehen«, sagte Kane, der sie vom Kamin aus beobachtete.

Beweg dich … jetzt …

»Da könnten Sie recht haben.« Verwirrt von dem leisen Flüstern in ihrem Kopf und von ihrer Anspannung, zuckte Faith zusammen, als ein Blitz die Nacht erhellte, und wandte sich vom Fenster ab. »Und ich weiß nicht, warum ich diesen Drang verspüre, hier zu stehen und zuzuschauen, wenn es mich …«

Einen Augenblick lang dachte Kane, der Donner hätte ihr die Worte abgeschnitten, sah dann jedoch, wie Verblüffung und Schock ihre Gesichtszüge verzerrten. Ihre rechte Hand berührte ihren Oberarm kurz unter der Schulter, und Kane sah etwas Rotes unter ihren Fingern hervorquellen.

»Faith …«

»Schauen Sie sich das an.« Sie starrte zum Spiegel auf der gegenüberliegenden Seite des Raumes. Ein Spinnennetz gezackter Risse breitete sich von einem kleinen Loch in der Mitte des Spiegels aus.

Hastig packte Kane sie und zog sie unsanft vom Fenster weg. »Verdammt noch mal, da schießt jemand.«

»Auf mich?« Sie klang beinahe desinteressiert.

Er drückte sie aufs Sofa und riss ihre Finger von ihrem Arm los. »Lassen Sie mich mal sehen.«

In ihrem Sweatshirt sah er zwei saubere, runde Löcher, die eindeutig als Eintritts- und Austrittsstellen der Kugel zu identifizieren waren. Er riss den Ärmel an der Stelle auf, um an die Wunde zu kommen.

»Ist nur ein Kratzer. Das wollte ich immer schon mal sagen.«

Kane hatte den Verdacht, dass es eher der Schock als ihre Tapferkeit war, der Faith' Stimme Festigkeit und ihren Worten die Leichtigkeit verlieh. Aber sie hatte recht damit, dass die Wunde unbedeutend war, eine blutige Schramme von nur ein paar Zentimetern Länge an der Außenseite ihres Arms. Er bezweifelte jedoch nicht, dass sie höllisch schmerzte.

Er faltete sein Taschentuch zusammen, drückte es auf die träge blutende Stelle und blickte in Faith' bleiches, aber ruhiges Gesicht. »Können Sie das festhalten, während ich die Polizei anrufe?«

»Natürlich.« Sie sah ihn mit erstaunlich klaren Augen an. »Aber ich gehe nicht ins Krankenhaus.«

»Faith, das muss untersucht werden.«

»Dr. Burnett kann es sich morgen anschauen. Wir wollten ja ohnehin zu ihm, um mit ihm zu reden«, sagte sie ruhig. »Es reicht, wenn wir heute Abend die Wunde säubern und verbinden.«

»Faith …«

»Sie muss nicht mal genäht werden. Mir geht es gut, Kane, wirklich.« Sie fröstelte plötzlich, als es wieder donnerte. »Ich … ich möchte heute Abend einfach nicht da hinaus.«

»In Ordnung.«

Er holte eine Decke und breitete sie über Faith. Dann rief er Richardson an. Er ging bewusst nicht in die Nähe des Fensters, obwohl er bezweifelte, dass der Schütze noch einmal schießen würde. Er hatte inzwischen bestimmt das Weite gesucht.

Dass der Schuss in einer Nacht wie dieser gefallen war, in der der starke Regen genaues Zielen unmöglich machte, zeigte ihm, dass eher eine Abschreckungstaktik als die Absicht, tatsächlich jemanden zu treffen, dahinterstand. Die Kugel hatte Faith nur durch einen dummen Zufall erwischt. Alles andere ergab keinen Sinn.

Doch das machte die Situation kaum besser.

Kane desinfizierte und verband die Wunde. Faith zuckte nicht und gab auch keinen Laut von sich, sondern saß nur da und beobachtete ihn. Und aus irgendeinem unerklärlichen Grund machte ihn das plötzlich ungeschickt.

»Tut mir leid«, sagte er und klebte das letzte Stück der Mullbinde fest.

»Warum? Sie haben ja nicht auf mich geschossen.«

Ihren Arm noch immer sanft zwischen seinen Händen, blickte er auf und sah ihr schwaches Lächeln. »Ich kann das nicht einfach auf die leichte Schulter nehmen, Faith.«

»Das sehe ich. Mir geht es gut, Kane. Mein Arm tut weh, und ich werde mich für eine Weile nicht an irgendein Fenster stellen, aber ansonsten geht es mir gut.«

»Sie müssen einer dieser Menschen sein, die in einer Krise einen kühlen Kopf bewahren.«

»Sie haben sich aber auch nicht schlecht gehalten.«

Er merkte, dass er zwanghaft das Pflaster glättete, mit dem er den Verband festgeklebt hatte, und überwand sich, Faith' Arm loszulassen und sich zurückzulehnen. »Hm, tja, bei mir kommt der Schock bestimmt noch später. Und wo wir gerade von verzögerter Reaktion sprechen – was hätten Sie lieber, Whiskey oder heißen Tee?«

»Tee, bitte.«

Als Richardson ein paar Minuten danach eintraf, beantwortete Faith die Fragen des Detectives ohne sichtbare Beklommenheit. Allerdings konnte sie ihm auch nicht viel erzählen.

»Ich sah zuerst nur den zersplitterten Spiegel und dachte, wie merkwürdig das ist. Dann brannte plötzlich mein Arm, aber ich spürte das Blut erst, als ich meine Hand darauf legte. Auch da war mir nicht sofort klar, dass auf mich geschossen worden war. Ich habe nichts gehört.«

»Das Gewitter war direkt über uns«, berichtete Kane seinem Freund. »Es war so laut, dass wir den Schuss oder das Splittern des Fensters und des Spiegels nicht hören konnten.«

Richardson trat an den Spiegel. »Der Schuss ist direkt bis in die Wand durchgegangen.« Er nahm den Spiegel ab, zog ein Taschenmesser heraus und bohrte damit in der Rigipsplatte. Kurze Zeit später hielt er eine verformte Kugel in der Hand.

Selbst von der anderen Seite des Raumes konnte Kane Richardsons Gesichtsausdruck interpretieren. »Ich schätze, die Ballistik kann nichts damit anfangen? Keine Möglichkeit, das Geschoss einer bestimmten Waffe zuzuordnen?«

»Ich kann dir nicht mal sagen, welches Kaliber sie hat, und ich bezweifle, dass die Ballistiker das schaffen.« Mit den Augen maß er den Abstand zum Fenster. Als er es untersuchte, sah er genau wie bei dem Spiegel ein kleines Loch und spinnwebartige Risse.

»Zu dunkel, um jetzt viel erkennen zu können«, sagte er. »Ich kann morgen wiederkommen, um die Geschossbahn auszumessen und auszurechnen, wo der Schütze gestanden haben muss. Aber falls er mehr als ein paar Schritte entfernt stand, kann er nicht gehofft haben, sein Ziel zu treffen, nicht bei diesem Wetter.«

»Es gibt keine Feuertreppe«, sagte Kane, »und wir befinden uns im vierten Stock. Wenn er nicht direkt draußen auf dem Balkon stand – was möglich, aber unwahrscheinlich ist –, kann er diesem Gebäude nicht näher gewesen sein als auf der anderen Seite des Innenhofs. Und das Gebäude dort steht gute dreißig Meter entfernt.«

Richardson betrachtete den Abstand vom Loch im Fenster zum Boden und verglich die Entfernung mit dem Abstand zwischen dem Loch in der Wand und dem Boden. »Also, er hat jedenfalls nicht von ganz unten nach oben geschossen und auch nicht von einer höheren Stelle nach unten. Haben die Wohnungen auf der anderen Seite des Innenhofs Balkone?«

»Ja.«

»Dann werden wir uns nach einer zurzeit unvermieteten oder leer stehenden Wohnung umsehen. Ich wette, wir werden eine finden, die zu der Geschossbahn passt. Jemand hat da drüben gesessen und diese Wohnung beobachtet, und als er Miss Parker am Fenster sah …«

»Aber ich habe mindestens ein paar Minuten dort gestanden, bevor ich mich abgewandt habe«, protestierte Faith. »Und erst danach wurde ich getroffen.«

»Dann hat er vermutlich versucht, Ihnen Angst einzujagen, und hat mit dem Schuss nur Glück gehabt.«

»Glück«, murmelte sie.

Richardson lächelte. »Nur so eine Redensart.« Er schaute Kane an. »Habt ihr beide heute irgendwas getan, das Aufmerksamkeit auf euch gelenkt hat?«

»Weiß der Henker. Wir haben mit einigen Leuten geredet.«

»Mit anderen Worten, ihr seid in Atlanta herumgekurvt und habt ein bisschen herumgeschnüffelt.«

»Guy, ich schwöre dir, dass uns niemand gefolgt ist. Und soweit ich feststellen konnte, hat niemand in ungewöhnlicher Weise auf unsere Fragen reagiert.« Er hatte dem Detective von ihren Vermutungen und Schlussfolgerungen berichtet und davon, was Bishop über die Mordermittlungen in Seattle herausgefunden hatte.

Der Detective seufzte. »Tja, irgendjemand fand das offensichtlich gar nicht gut und hat euch einen Schuss vor den Bug verpasst. Vielleicht solltet ihr das ernst nehmen und für eine Weile aus Atlanta verschwinden und mir das Herumschnüffeln überlassen.«

»Du weißt, dass ich das nicht tun kann. Aber ich kann zwei Sicherheitsleute einstellen, die dieses Haus bewachen. Und ich lasse auf jeden Fall morgen sofort Jalousien an diesen Fenstern anbringen.«

»Postiere einen der Wachleute in der Garage, um dein Auto im Auge zu behalten«, schlug Richardson vor. »Und es könnte nicht schaden, jemanden zu haben, der euch folgt, wenn ihr das Haus verlasst – und sicherstellt, dass er der Einzige ist.«

Kane verzog das Gesicht, nickte aber.

»Wann erwartest du Bishop zurück?«

»Erst mal nicht. Er kommt her, sobald er kann, aber der Fall, in dem er gerade ermittelt, ist kurz vor der Auflösung, daher lässt es sich im Moment nicht sagen.«

»Richte ihm aus, er soll mich anrufen und mir alle Informationen liefern, die er ausgraben kann.« Richardson sah seinen Freund durchdringend an. »Das meine ich ernst, Kane. Diese Nummer hier, zusammen mit den Einbrüchen in Miss Parkers Wohnung, sagt mir mit absoluter Sicherheit, dass diese ganze Sache todernst ist. Solltest du dabei draufgehen, wird der Papierkram die Hölle sein.«

»Ich werde es nicht vergessen«, sagte Kane trocken.

Richardson steckte die verformte Kugel in einen durchsichtigen Beweismittelbeutel. »Ich werde einen Bericht über diesen Vorfall zu den Akten nehmen, ohne es an die große Glocke zu hängen. Aber das ist das letzte Mal, Kane. Wenn noch etwas passiert, kann ich es nicht mehr vertuschen.«

»Verstanden.«

Kane brachte den Detective zur Tür, und als er zur Couch zurückkehrte, sagte Faith: »Er scheint ein guter Freund zu sein.«

»Zum Glück habe ich ein paar von dieser Sorte«, stimmte Kane zu und sah sie fragend an. »Ich weiß, dass es eine dumme Frage ist, aber ich stelle sie trotzdem. Geht es Ihnen wirklich gut?« Sie wirkte so klein und still unter der Decke, ihr Haar war stumpf durch das gedämpfte Licht im Zimmer und ihr Gesicht aschfahl.

»Es geht schon.«

Er blickte in ihre großen, umschatteten grünen Augen und entdeckte die Angst und den Schmerz, die sie verleugnen wollte. »Faith …«

»Ich weiß, ich sollte eigentlich ins Bett gehen und schlafen, aber … ich würde lieber noch aufbleiben.« Sie zog die Decke fester um sich und richtete den Blick aufs Feuer. Ihre verkrampfte Haltung verriet ihre Anspannung. »Ich möchte im Moment nicht allein sein.«

Er dachte daran, wie isoliert sie in ihrem gedächtnislosen Schwebezustand war. »Sie sind nicht allein, Faith. Ich werde nirgendwo hingehen.«

»Vielen Dank.«

»Aber meine Überzeugung, dass Sie hier bei mir sicherer wären, war offensichtlich unangebracht. Es tut mir leid. Noah hatte recht: Ich hätte von Anfang an bessere Vorkehrungen treffen sollen.«

»Sie waren … mit anderem beschäftigt.«

»Das ist keine Entschuldigung. Ich habe Ihre Sicherheit zu meiner Verantwortung gemacht und hätte das durchziehen sollen. Aber morgen werde ich die notwendigen Schritte unternehmen. Ich werde dafür sorgen, dass niemand Ihnen nahe kommt oder in die Wohnung hereinsehen kann. Ich werde dafür sorgen, dass wir eine Eskorte haben, wenn wir das Haus verlassen. Sie werden nicht mehr in Gefahr geraten, das verspreche ich.«

Sie nickte. »Wenn ich mich doch nur *erinnern* könnte.

Dann wären wir ihnen voraus. Wir wüssten, was sie wollen und warum sie so erpicht darauf sind, es zu bekommen. Wir wüssten, wer sie sind. Vielleicht wüssten wir sogar, wo Dinah ist.«

»Sie können die Rückkehr Ihrer Erinnerung nicht erzwingen.«

»Ich bin jetzt seit fast einem Monat aus dem Koma erwacht. Ich sollte mich an *irgendwas* erinnern. Diese Träume sind nur Momentaufnahmen – ich *erinnere* mich nicht an sie, nicht so richtig, ich sehe sie nur geschehen. Und was weiß ich von mir selbst? Ich spiele anscheinend Klavier. Gewitter machen mich nervös.« Sie atmete zitternd ein. »Meine Mutter und meine Schwester wurden ermordet, und ich kann mich nicht erinnern, kann dabei überhaupt nichts empfinden. Ich habe einen Mann geheiratet, der mich misshandelt und in Angst und Schrecken versetzt hat, und doch könnte ich ihm morgen auf der Straße begegnen, ohne sein Gesicht zu erkennen.«

»Faith …«

»Was ist meine Lieblingsfarbe? Mein Lieblingsessen? Lese ich gern? Mag ich Tiere? Blumen? Habe ich Tony Ellis geliebt, bevor er mich geschlagen hat?«

Kane zog sie in die Arme und hielt sie an sich gedrückt, während sie weinte. Er drängte sie nicht, damit aufzuhören, und versicherte ihr auch nicht, dass alles gut werden würde. Weinen war anscheinend etwas, dass sie jetzt brauchte. Vorsichtig wegen ihrer Verletzung, schlang er beide Arme um sie, legte seine Wange an ihr weiches Haar und hielt sie einfach fest.

Erst nach langer Zeit beruhigte sie sich schließlich und

sagte mit gedämpfter Stimme an seiner Brust: »Oh Gott, es tut mir leid.«

»Reden Sie keinen Unsinn.«

Sie zog sich ein wenig zurück. »Für gewöhnlich weine ich nicht.« Dann lachte sie zitternd. »Wenigstens glaube ich das.«

»Sie haben jedes Recht dazu.« Da sein Taschentuch benutzt war, nahm er einen Zipfel der Decke und trocknete ihr damit die Wangen. »Und ich wette, Sie fühlen sich jetzt besser, nicht wahr?«

»Stimmt tatsächlich.«

»Dann betrachte ich es als gute Sache.« Er strich ihr eine Haarsträhne aus dem Gesicht und lächelte sie an, als sie seinen Blick schließlich erwiderte. Seine Finger verweilten auf ihrem Gesicht, und er merkte, wie weich und warm ihre Haut war.

Er hatte noch nie Augen in einem solchen Grün gesehen, wie Meerwasser. Es würde so leicht sein, in ihnen zu versinken und sich zu verlieren. So einfach, an nichts als den Schmerz der Einsamkeit und der Sehnsucht zu denken, die er empfand, alles zu vergessen. Alle …

Kane merkte, dass er auf ihren Mund starrte, dass seine Hand sich um ihren Hinterkopf gelegt hatte und sie zu sich heranzog. Und er erstarrte.

Faith blinzelte, als erwache sie aus einer Betäubung, zog sich dann langsam von ihm zurück und stand auf. »Ich glaube, ich gehe jetzt doch ins Bett. Gute Nacht, Kane.«

»Gute Nacht.« Seine Stimme klang ganz normal, dachte er.

Er blieb noch einige Minuten sitzen und starrte ins Feuer. Dann zog er seinen Geldbeutel heraus und öffnete den Teil, in dem er Fotos aufhob.

Sie hasste es, für Fotos zu posieren, und hatte es immer gehasst, daher war die Aufnahme ein Schnappschuss. Er hatte sie am Strand überrascht, sie trug einen knappen, gelben Zweiteiler, der ihren herrlichen Körper vorteilhaft zur Geltung brachte. Das Klicken des Blendenverschlusses hatte ihren unmutigen Blick knapp verpasst. Seine Freude darüber, sie nach mehreren frustrierenden Versuchen endlich auf Film gebannt zu haben, hatte sie amüsiert, und sie hatte gelacht, hatte ihm zu einem wunderbaren Foto verholfen.

Dem einzigen Foto, das er von Dinah besaß.

»Komm zurück zu mir«, murmelte er. »Komm zurück, bevor …«

Er beendete den Satz nicht. Nicht mal im Stillen.

»Anzeichen einer Infektion gibt es nicht«, sagte Dr. Burnett, nachdem er Faith' Wunde frisch verbunden hatte, »daher ist die Spritze nur zur Vorbeugung. Allerdings sollten Sie in Zukunft …«

Faith lächelte, während sie den lockeren Ärmel ihres Pullovers herunterzog. »Ich weiß. Nicht mehr an irgendwelchen Fenstern stehen.«

Burnett wusch und trocknete sich die Hände an dem kleinen Waschbecken im Untersuchungszimmer und nickte dann der Krankenschwester zu, die leise hinausging. Als sie allein waren, sagte er: »Faith, was ist los? Eine Schussverletzung?«

Sie wusste nicht recht, wie viel sie ihm erzählen sollte. Und da ihre Beziehung zu Kane seit dem vorangegangenen

Abend angespannt war, hatte sie sich nicht in der Lage gefühlt, ihn um Rat zu bitten, als sie sich vor ein paar Minuten getrennt hatten – er, um das restliche Pflegepersonal zu befragen, sie, um mit Dr. Burnett zu sprechen und ihren Arm untersuchen zu lassen. Sie sagte sich, dass es wohl am besten war, so wenig wie möglich zu sagen, und erwiderte daher nur: »Die Polizei ermittelt.«

»Sie haben keine Ahnung, warum jemand auf Sie geschossen hat?«

»Das passierte mitten in einem Gewitter und bei Nacht«, antwortete sie leichthin. »Und nach allem, was ich weiß, hat der Schütze nicht mal richtig gezielt, schon gar nicht auf mich. Es war vermutlich ein Zufall. Nur ein Zufall.«

Burnett wirkte nicht überzeugt, nickte aber und wechselte das Thema. »Wie geht es Ihnen denn sonst? Ich habe am Wochenende in Ihrer Wohnung angerufen, konnte aber niemanden erreichen.«

»Ich … übernachte momentan woanders.« Bevor er weiter nachfragen konnte, fuhr sie rasch fort: »Und es geht mir gut. Ich werde sehr leicht müde, aber das ist alles.«

»Keine Kopfschmerzen? Schwindelgefühle?«

»Nein, nichts in der Art.« Manchmal höre ich Wasser rauschen, nur in meinem Kopf, verstehen Sie, aber darüber braucht man sich wohl keine Sorgen zu machen …

»Muskelschwäche oder Taubheitsgefühle?«

»Nein.«

Burnett nickte wieder und betrachtete sie mit ernstem Blick. »Sind Erinnerungen zurückgekehrt?«

»Nicht wirklich Erinnerungen.« Faith zuckte die Schultern und fuhr zusammen, als der Schmerz durch ihren Arm schoss. »Eher Kenntnisse. Ich habe zum Beispiel herausgefunden, dass ich Klavier spielen kann. Ich … habe einige Dinge aus meiner Vergangenheit herausgefunden, aus meinem Leben, bevor ich nach Atlanta kam, aber nicht durch Erinnerungen. Manchmal habe ich Träume, die Erinnerung sein könnten, doch es fühlt sich nicht so an.«

Er runzelte die Stirn. »Faith, ich möchte, dass Sie noch mal mit unserer Psychologin, Dr. Wilson, sprechen.«

»Aber sie hat mir beim letzten Mal mitgeteilt, ich müsse mit seltsamen Träumen und Erkenntnisblitzen rechnen«, erwiderte Faith. »Sie sagte, das könnte monatelang passieren, vielleicht sogar Jahre, bis mein Unterbewusstsein sich stabilisiert hätte und wieder in alltäglichen Erfahrungen … verankert wäre.«

»Ich finde trotzdem, dass Sie noch mal mit ihr sprechen sollten.«

»In Ordnung, ich werde einen Termin vereinbaren«, sagte Faith, ohne jedoch wirklich die Absicht zu haben, und nickte.

»Gut.« Burnetts Stirn lag noch immer in Falten. »Ich war ein wenig überrascht, Sie heute mit Kane MacGregor hier eintreffen zu sehen.«

»Tatsächlich? Wieso? Dinah ist schließlich meine Freundin.«

»Das weiß ich. Und ich weiß, dass Sie das Bedürfnis haben, an dieser Verbindung zur Vergangenheit festzuhalten, aber …«

»Dr. Burnett«, sagte Faith ruhig, »meine Freundin wird vermisst. Ich kann mich nicht an mein Leben vor dem Unfall erinnern, aber das Einzige, wovon ich eindeutige Beweise habe, ist Dinahs Freundschaft. Wenn ich ihrem … ihrem Verlobten in irgendeiner Weise helfen kann, sie zu finden, dann werde ich das tun.«

»Wie wollen Sie ihm ohne Ihr Gedächtnis helfen?«

Tja, Dr. Burnett, anscheinend kann ich Dinahs Geist irgendwie anzapfen, kann ihre Stimme hören – vielleicht – und manchmal zuschauen, wie sie gefoltert wird …

Faith seufzte. »Viel kann ich nicht tun, das stimmt. Aber wir … wir glauben, Dinah könnte verschwunden sein, weil sie einer gefährlichen Sache auf der Spur war, einer Sache, in die ich sie hineingezogen habe.«

»Eine gefährliche Sache? Faith, sehen Sie denn nicht, dass Sie einen Fehler machen, wenn Sie sich ohne Gedächtnis, das Ihnen nützliche Informationen oder Orientierungshilfen liefern könnte, auf eine möglicherweise gefährliche Situation voller Unwägbarkeiten einlassen?«

»Genau deswegen bin ich heute mit Kane hergekommen. Ich befinde mich in guten Händen, Dr. Burnett, das kann ich Ihnen versichern.«

Sein Blick flackerte zu ihrem verbundenen Arm. »Wirklich?«

»Wie ich schon sagte, das war reiner Zufall.«

»Und wenn nicht?«

»Wenn nicht … werde ich mich in Zukunft von Fenstern fernhalten.«

Burnett atmete durch und sprach in sorgsam gewähltem neutralem Ton. »Faith, es ist doch ganz offensichtlich, dass Kane MacGregor absolut alles tun würde, um Dinah Leighton zu finden. Nach so vielen Wochen ohne ein Anzeichen von ihr muss er allmählich verzweifelt sein. Verzweifelt genug, um weniger auf seine Vorgehensweisen zu achten als auf die Ergebnisse, die er erzielen könnte.«

»Was wollen Sie damit sagen?«

»Ich will damit sagen, dass Sie nicht seine Priorität sind, Faith. Sie sind nicht seine erste Sorge. Das ist Dinah Leighton.«

»Das ist mir bewusst«, sagte sie fest.

»Wirklich? Und ist Ihnen auch bewusst, dass er bereit sein könnte, Ihre Sicherheit zu opfern oder sogar Sie selbst, falls er so herausfinden kann, was mit Dinah passiert ist?«

»Ja«, erwiderte Faith. »Ja, das ist mir bewusst.«

8

Ich muss noch kurz in mein Büro«, sagte Kane, als sie das Krankenhaus verließen.

Faith dachte, er würde weiterreden und etwas über den Anruf sagen, den er bekommen hatte, weil es auf einer Baustelle ein Problem gab, doch sie konnte ihn nicht mehr hören. Das Geräusch rauschenden Wassers übertönte seine Worte. Sie starrte nach vorn durch die Windschutzscheibe, versuchte nicht vor dem zurückzuschrecken, was sie hörte, obwohl es beinahe unerträglich laut war.

Und es war nicht nur das Geräusch. Panik kroch durch ihren Kopf, und sie lähmte ein Gefühl, zu ersticken, nicht genug Platz zu haben, viel zu wenig Platz. Der modrige Geruch feuchter Erde war so stark, dass sie nur noch flach atmete. Verzweifelt bemühte sie sich, die schimmelige Luft nicht einzuatmen, und sie hatte die unheimliche Gewissheit, beim Herabblicken an sich zu bemerken, dass ihre Kleidung nass war und ihre Haut tropfte.

Ich bin vollkommen wach. Warum fühlt es sich dann wie ein Albtraum an?

Allmählich, so langsam, dass Faith es anfänglich kaum bemerkte, schloss sich Dunkelheit um sie. Sie konnte nichts sehen. Konnte nichts als ein Gefühl der Schwere um sie herum spüren, von Wänden, die unerträglich nahe waren. Sie war gefangen, hilflos. Der scheußliche Geruch wurde stärker, so stark, dass sie den Drang verspürte zu husten, um ihn aus der Kehle zu bekommen. Und jetzt kam zu dem rauschenden Wasser noch ein neues Geräusch hinzu. Ein Klicken. Nein – ein Klirren. Metall auf Metall? Nicht rhythmisch, sondern unregelmäßig, schwach, undefinierbar …

Wenn ich das hier lockern könnte … wenn ich meine Hände frei bekommen könnte, bevor sie zurückkommen … Oh, verdammt, warum funktionieren meine Finger nicht? Es ist so dunkel. Ich hasse die Dunkelheit. Ich hasse diesen Ort hier. Warum mussten sie mich hierher bringen? Da ist kein Platz, keine Luft zum Atmen. Zu nahe, die Wände sind zu nahe, die Decke … Ich muss hier raus, bevor ich … bevor sie … Warum ist das nur so schwierig? Warum kann ich nicht …

»Faith?«

Warum kann ich mich nicht bewegen? Wenn doch nur ein bisschen mehr Licht da wäre. Nur ein bisschen mehr Platz zum Bewegen. Wenn ich nur mehr Zeit hätte. Wenn es nur nicht so wehtäte …

Mit einem Ruck kam sie wieder zu sich. Licht flutete in ihr Blickfeld, und das plötzliche Verstummen des rauschenden Wassers machte die Stille im stehenden Auto beinahe ohrenbetäubend. Die vertraute Stimme in ihrem Kopf, die immer noch unglaublich stark war, trotz Entfernung, Verzweiflung und Qual, war verschwunden, als wäre sie nie da gewesen.

»Faith, um Gottes willen …«

Sie blinzelte Kane an, merkte, dass er sie an den Schultern gepackt hielt und schüttelte. Ihr Arm schmerzte dumpf unter seinem Griff, aber das war nichts im Vergleich zu der Höllenqual, die sie im Kopf gespürt hatte.

»Alles in Ordnung«, murmelte sie.

Seine Finger schlossen sich schmerzhaft, dann ließ er sie los. »Würden Sie mir sagen, was zum Teufel da eben passiert ist? Wir haben uns unterhalten, und dann waren Sie plötzlich so weit fort, dass ich Sie nicht erreichen konnte.«

Faith merkte, dass er das Auto angehalten hatte und sie sich in einer Tiefgarage befanden.

»Ich … ich bin mir nicht ganz sicher, was passiert ist.«

»Erzählen Sie es mir trotzdem.«

Sie war immer noch zu betäubt, um an Ausflüchte zu denken, daher erzählte sie ihm alles. »Ich … Das war Dinah. Ihre Stimme in meinem Kopf. Sie versuchte, sich zu befreien, zu fliehen.«

Kane streckte wieder den Arm aus und legte diesmal seine Hand auf ihre beiden Hände, die sie im Schoß verschränkt hielt. »Wo ist sie, Faith?«

»Ich weiß es nicht. Da ist es dunkel und feucht, und es riecht modrig, wie Erde … und ich konnte nur rauschendes Wasser hören.«

»Wasser?«

»Ja. Wie ein Wasserfall oder Wasser, das unter hohem Druck aus einem Rohr schießt. Nur Wasser. Nur Wasser und Dunkelheit und dieser ekelhafte Geruch …«

»Genau hier sind wir auf das Problem gestoßen.« Max Sanders, der Chef der Mayfair Construction Company, pochte mit seinem Wurstfinger auf die Blaupausen, die ausgebreitet auf Kanes Zeichentisch lagen. »Wenn wir da nicht rasch was ausbessern, bricht die Mauer zusammen, Kane. Im Fundament sind bereits Risse.«

Kane runzelte die Stirn. »Schauen wir uns noch mal die Materialliste an.«

»Jed schwört, dass Material und Verarbeitung einwandfrei sind und der Fehler stattdessen im Entwurf liegt.«

»Kann ich mir denken.« Das taten Poliere immer.

»Ich will nicht sagen, dass er recht hat.« Sanders holte die Materialliste heraus. »Aber ich hab mir das Zeug angesehen, und es ist genau das, worauf Sie bestanden haben, die beste Qualität und weit über der Norm.«

»Warum hat das Fundament dann Risse?«, sinnierte Kane.

»Das ist die Frage. Ich glaube ehrlich nicht, dass die Mannschaft Scheiße gebaut hat, Kane.« Sanders warf Faith rasch einen entschuldigenden Blick zu.

Kane hätte ihm sagen können, dass sie nicht zuhörte und sich daher nicht an seiner Sprache stören würde. Sie saß auf dem Sofa am anderen Ende des Raumes und hatte eine Zeitschrift aufgeschlagen im Schoß liegen, doch soweit er sehen konnte, hatte sie seit mehr als zwanzig Minuten nicht eine Seite umgeblättert. Sie hatte sich kurz nach ihrer Ankunft in sich selbst zurückgezogen.

Was er ihr kaum verdenken konnte. Denn auch ihn hatte das, was sie erlebt hatte, verstört, und er hatte es ja nur aus zweiter Hand erfahren. Oder aus dritter.

War es Dinah? War sie irgendwo eingesperrt, litt starke Schmerzen und versuchte verzweifelt, sich bemerkbar zu machen?

Aber wo? Wo? Es war zum Verrücktwerden. Zu wissen, dass sie da draußen irgendwo war und man trotzdem, nach all diesen Wochen, keine Ahnung hatte, wo man nach ihr suchen sollte …

»Also wenn es nicht am Material oder an der Verarbeitung liegt«, sagte Sanders, »woran dann? Ich stelle Ihren Entwurf nicht infrage, Kane, aber vielleicht gibt es etwas, das keiner von uns voraussehen konnte. Eine Verwerfung im Boden vielleicht oder etwas unter dem Fundament, das zu ungleichmäßiger Abstützung führt.«

Kane zwang sich, seine Aufmerksamkeit wieder auf die Arbeit zu lenken, obwohl es ihm schwerfiel. Er ging die Materialliste sorgfältig durch und betrachtete dann die Blaupausen erneut. »Es hat seit Wochen nicht mehr stark geregnet, bis auf den gestrigen Abend. Das geologische Gutachten besagt, dass wir auf einer soliden Lehmbasis bauen, ohne Gastaschen oder Grundwasser, die das Fundament unterhöhlen könnten.«

»Wir mussten für das Fundament tiefer graben als geplant«, erinnerte ihn Sanders.

»Stimmt.« Kane öffnete eine Akte und las den Bericht des Geologen durch. »Aber der Boden hätte bis tief unter diesem Niveau überprüft werden sollen. Ich verstehe immer noch nicht …«

»Was?«, wollte Sanders rasch wissen, als Kane offensichtlich etwas in dem Bericht entdeckte, das ihn beunruhigte. »Haben Sie was gefunden?«

Kane sah ihn einen Augenblick lang verständnislos an, sammelte sich dann wieder und sagte: »Diesem Bericht hier zufolge sollte es keine Probleme direkt unter dem Gebäude geben. Doch es gibt auch Berichte über einen hohen Grundwasserspiegel und artesische Quellen in dieser Gegend, und beides hat bei anderen Bauvorhaben zu Schwierigkeiten geführt.«

»Aber hätte das auch Auswirkungen auf den Boden unter unserem Bau, falls er an sich in Ordnung ist?«

»Nein, ich habe das Wasser bei dem Entwurf für das Gebäude schon früh berücksichtigt.« Kane schüttelte den Kopf. »Ich muss mir die Sache noch mal genauer ansehen, Max. Lieber würde ich die Ursache finden, als die Mauer durch eine Schnellreparatur abzustützen.«

Sanders nickte, war jedoch nicht sonderlich glücklich über die Entscheidung. »Es ist Ihr Entwurf. Aber meine Mannschaft kann nichts tun, bis wir das nicht gelöst haben, und ich kann es mir nicht leisten, sie tagelang untätig herumhocken zu lassen. Wenn es so aussieht, als würde das eine Weile dauern, muss ich sie auf einer anderen Baustelle einsetzen, Kane.«

»Ich sag Ihnen spätestens morgen Bescheid, Max. Machen Sie sich keine Sorgen. Mir liegt bei dem Bau genauso wenig an einer Verzögerung wie Ihnen.«

»Ich will es hoffen.«

Kane brachte Sanders zur Tür, und als sie ins Schloss fiel, sagte Faith ruhig: »Grundwasser und artesische Quellen. Das hat Ihre Aufmerksamkeit geweckt, nicht wahr?«

Also hatte sie doch zugehört.

Er setzte sich auf einen Sessel beim Sofa. »Nach dem, was Sie … gespürt haben, könnte Dinah unterirdisch festgehalten werden. Vielleicht in einem Tiefgeschoss oder einem Keller. Wenn das Wassergeräusch, das Sie hören, einen natürlichen Ursprung hat, könnte es eine Quelle sein, oder ein Brunnen.«

»Möglich.« Faith rieb sich abwesend die Schläfe. »Aber es war … so laut. Wasser unter enormem Druck. Wenn es natürlichen Ursprungs ist, kann ich mir nicht vorstellen, wie irgendwas in der Nähe gebaut werden könnte, ohne dass der Bau unterhöhlt worden wäre.« Sie blinzelte und sagte dann leise: »Das könnte doch nicht sein, oder? Sie könnte doch nicht dort sein, auf Ihrer Baustelle?«

»Ich kann es mir nicht vorstellen«, erwiderte Kane. »Die Baustelle wimmelt seit Monaten von Menschen, und das Fundament wurde gerade erst geschlossen. Das Gebäude befindet sich noch im Rohbau, da gibt es keine Möglichkeiten, irgendetwas zu verstecken.«

»Und in der Nähe?«

»Ob es da weitere Gebäude gibt? Natürlich. Andere Bürogebäude, ein Hotel, eine Klinik und weiß Gott was sonst noch.«

»Und selbst wenn wir wüssten, dass sie sich tatsächlich in dieser Gegend befindet, in einem der Gebäude, woher sollen wir erraten, in welchem, wenn wir immer noch nicht wissen, worum es bei der ganzen Sache geht? Warum kann ich mich nicht *erinnern?«*

Kane wollte die Hand ausstrecken, hielt sich dann aber zurück. Immer stärker wurde er sich seines Drangs bewusst, sie zu berühren, ihr nahe zu sein. Fast, als ob …

Nein. Das war es nicht. Dinah war diejenige, die er wollte. »Sie können es nicht erzwingen«, sagte er schließlich. »Und ob Sie sich erinnern oder nicht, wir werden früher oder später die Wahrheit herausfinden.«

Sie blickte ihn an. »Meinen Sie wirklich? Ich muss die ganze Zeit daran denken, wie sehr Sie mich hassen werden, wenn wir herausfinden, dass ich für Dinahs Verschwinden verantwortlich bin und dafür, uns beide in etwas Gefährliches verwickelt zu haben.«

Kane wollte sagen, dass er sie überhaupt nicht hassen würde, war sich aber nicht sicher, ob das stimmte. Er war sich nicht sicher, ob er sie nicht jetzt schon ein wenig hasste, weil sie seine Gefühle in Aufruhr brachte. Weil er ihretwegen nicht mehr wusste, was er wollte.

Das Schweigen hatte sich bereits etwas zu lang hingezogen, als sich die Bürotür öffnete und Sydney Wilkes hereinkam.

»Tut mit leid, Kane – Sharon hat mir nicht gesagt, dass du Besuch hast. Hallo, Faith.«

Diesmal war das Schweigen von einer anderen Art Spannung erfüllt. Kane blickte von Faith' erstauntem Gesicht zu dem zunehmend verwirrten Ausdruck seiner Schwester und fragte sich, ob er genauso verblüfft dreinschaute.

»Syd, du kennst Faith?«

»Natürlich kenne ich sie.« Sydney blickte mit gerunzelter Stirn zu Faith. »Ich hatte bei dem Andrews-Projekt eng mit der Baubehörde zu tun, und Faith war diejenige, mit der ich zusammengearbeitet habe. Aber ich nehme an, dass ich nicht so erinnerungswürdig bin.«

Rasch sagte Faith: »Ich hatte vor zwei Monaten einen Autounfall und habe mein Gedächtnis verloren. Ich kann mich an praktisch nichts erinnern, auch nicht an Menschen, die ich kannte.«

»Wirklich? Wie furchtbar für Sie.« Sydney setzte sich zu

ihr aufs Sofa. Ihr Ausdruck war jetzt von Mitleid erfüllt. »Das muss das einsamste Gefühl der Welt sein.«

Bevor Faith antworten konnte, sagte Kane: »Was meintest du damit, als du sagtest, du wärst wohl nicht so erinnerungswürdig, Syd?«

Sie lachte. »Verletzte Eitelkeit, nehme ich an.«

Er schüttelte den Kopf. »Nein, so wie du es sagtest, deutete es darauf hin, dass Faith für dich ungewöhnlich erinnerungswürdig war. Warum?«

Sydney schaute unbehaglich aus. »Du interpretierst zu viel in die Bemerkung hinein, Kane.«

»Das glaube ich nicht.«

»Kane ...«

»Sydney, ein Teil von Faith' verlorenem Gedächtnis könnte uns verraten, wer Dinah geschnappt hat und warum. Also, falls du irgendetwas weißt ...«

Seine Schwester blickte Faith mit erneuter Verwirrung an. »Ich wusste nicht, dass Sie und Dinah sich kannten.«

»Wir waren befreundet«, sagte Faith.

»Verstehe.« Sydney schüttelte den Kopf. »Na ja, eigentlich verstehe ich es nicht, aber das spielt kaum eine Rolle. Kane, ich weiß nichts über Faith, was dir dabei helfen könnte, Dinah zu finden. Wir kannten einander nur auf einer ganz oberflächlichen beruflichen Ebene, mehr nicht.«

»Aber sie hat Eindruck auf dich gemacht. Wieso?«

Sydney schnaubte ungeduldig. »Wenn du es schon wissen willst, es lag daran, dass sie die Berichte von zwei Bauinspektoren für das Projekt verlegt hatte und wir auf einen neuen Termin für die Inspektion warten mussten. Hat uns zwei Wochen zurückgeworfen.«

»Das tut mir leid«, sagte Faith. Sydney lächelte sie freundlich an. »Zu dem Zeitpunkt war ich ziemlich sauer, aber Sie haben alles getan, um die zweite Inspektionsrunde zu beschleunigen, haben sogar Überstunden dafür gemacht, daher habe ich Ihnen verziehen. Unterlagen werden immer mal wieder verlegt, vor allem in einer Behörde, deren einziger Zweck darin zu bestehen scheint, Papierberge zu produzieren.«

Kane war mit der Erklärung seiner Schwester nicht vollkommen zufrieden, hakte aber nicht nach. Vor allem, da er sich nicht vorstellen konnte, was die Sache mit Dinahs Verschwinden zu tun haben sollte. Nicht, wenn es letztes Frühjahr passiert war.

»Ich nehme an, dass es nichts Neues über Dinah gibt?«, fragte Sydney.

»Nein, nichts Hilfreiches.«

»Das tut mir leid, Kane. Ich wünschte, ich könnte etwas tun.«

»Du hältst die Firma zusammen«, sagte er leichthin, »und das ist mehr als genug.«

»Ich konnte Max Sanders' Problem nicht lösen«, sagte sie und verzog das Gesicht. »Ich meine, für mich sah es aus, als hätte die Baufirma schlampig gearbeitet, aber ich bin kein Bauingenieur. Ich hatte keine Ahnung, wo ich nach der Ursache oder einer Lösung suchen sollte.«

»Max übernehme ich, Syd. Halt du nur die sonstigen Projekte am Laufen und mach die anderen Kunden glücklich, dann kann mit MacGregor und Payne nichts schiefgehen.«

»Ich tue mein Bestes. Tatsächlich habe ich in zehn Minuten einen Termin mit Kunden für den Bau eines Wohnhauses. Ich gehe lieber wieder nach unten in mein Büro. Ich hatte nur gesehen, dass du hier bist, und wollte wissen, ob es etwas Neues gibt.«

Kane verspürte Gewissensbisse. »Ich weiß, dass ich in letzter Zeit nicht sehr zugänglich war, Syd. Entschuldige bitte.«

»Red doch keinen Blödsinn.« Sie lächelte ein wenig traurig. »Kein anderer kann wirklich verstehen, was du empfindest, aber ich habe zumindest eine Ahnung. Du hast deine Gedanken und deine Energie auf diese Sache gerichtet und musst das auch weiterhin tun, bis du Dinah gefunden hast. Entschuldige dich nicht dafür. Und mach dir keine Sorgen um mich.«

»Danke, Syd.«

»Keine Ursache. Und ruf mich sofort an, wenn … wenn sich irgendwas ergibt, ja?«

»Selbstverständlich.«

Sydney stand auf. »Faith, ich … wünsche Ihnen viel Glück. Ich hoffe, Sie finden Ihr Gedächtnis wieder.«

»Danke.«

Als sie allein waren, sagte Kane unruhig: »Soviel ich sehen kann, gibt es in technischer Hinsicht keine Fehler beim Entwurf, daher muss es entweder am Material oder an der Baufirma liegen. Ich muss auf die Baustelle.«

»Ich würde gern mitkommen«, sagte Faith. »Haben Sie mir nicht erzählt, dass Dinah am Tag vor ihrem Verschwinden auf der Baustelle war?«

»Ja, sie hat dort nach mir gesucht, und Max hat sie rasch herumgeführt. Die Polizei hat das Gelände überprüft, aber soviel sich feststellen ließ, kam Dinah am Tag ihres Verschwindens nicht wieder dorthin zurück.«

»Und die Beamten haben mit Max gesprochen?«

»Natürlich.« Kane runzelte die Stirn. »Wieso?«

Langsam erwiderte Faith: »Vielleicht ist ja nichts dran, aber das Einzige, was Dinah und mich außer dem Frauenhaus noch verband, scheint das Baugewerbe zu sein. Ich habe in Seattle bei einem Bauunternehmen gearbeitet und bekam dann hier einen Job bei der städtischen Baubehörde. Dinah ist mit einem Bauingenieur und Architekten verlobt, dessen Firma an einem sehr großen Projekt für die Stadt beteiligt ist, eine Baustelle, die sie am Tag vor ihrem Verschwinden aufsuchte. Ich werde in einen anscheinend absichtlich herbeigeführten Unfall verwickelt, sie verschwindet – und jetzt ist Ihr Projekt in Schwierigkeiten.« Sie hielt inne. »Ich kann Bishop direkt sagen hören, dass es eine so lange Reihe von Zufällen nicht gibt.«

Kane dachte darüber nach. »Die Bauarbeiten begannen kurz vor Ihrem Unfall, also passt es in etwa in den Zeitrahmen. Aber wie viele Arbeiten an anderen Gebäuden haben zu demselben Zeitpunkt begonnen?«

»Weiß Gott, wie viele.« Faith stand auf. »Doch ich würde sagen, wir beginnen mit diesem.«

Als sie sich der Baustelle näherten, rieb sich Faith wieder die Schläfe. »Verdammt«, sagte sie leise.

»Was ist?«, fragte Kane. »Das Wassergeräusch?«

»Ja. Es taucht immer wieder auf, aber jetzt ist es lauter. Zumindest empfinde ich es so.«

»Glauben Sie, dass Dinah irgendwo in der Nähe ist?«, fragte er rasch.

»Ich weiß es nicht. Ich habe kein Gefühl für eine bestimmte Richtung. Ich empfange nur die Geräusche, den Geruch.«

»Vielleicht versuchen Ihre Sinne, Sie zu führen.«

»Das ist wie ein Jucken im Kopf.« Faith rieb immer noch die Schläfe. »Ganz tief drinnen. Und gleichzeitig die Vorstellung, dass da etwas ganz nah, aber dennoch außerhalb meiner Reichweite ist, etwas, das all meine Fragen beantworten würde, wenn ich es nur berühren könnte.«

»Sie haben zwar gesagt, dass Sie nicht wieder versuchen wollten, Dinah direkt zu erreichen, Faith, aber …«

»Das war, als würde ich in einen tiefen Brunnen fallen. Es gab nichts, woran ich mich festhalten konnte.«

Kane parkte das Auto an dem mit einem Vorhängeschloss versehenen Tor der Baustelle. »Nach dem, was ich von Noah über die Jahre aufgeschnappt habe, gibt es einen Trick, um mit jeder Art von Hellsehen umzugehen. Der erste Schritt besteht darin, verankert zu bleiben, fest verbunden mit dem Hier und Jetzt.« Er wandte sich ihr zu und hielt ihr die Hand hin. »Noah nennt es Rettungsleine. Nehmen Sie meine Hand, Faith.«

Sie zögerte, griff dann langsam nach seiner Hand. Sie war warm und hart, und für einen kurzen Augenblick schien sich die ganze Welt um sie herum zu verschieben. Instinktiv schloss sie die Augen und streckte ihre gedanklichen Fühler aus zu den Geräuschen …

Die Kälte drang bis auf die Knochen. Da war eine Schwere, ein ungeheures Gewicht, das auf sie herabdrückte, sie erstickte … Keine Luft. Es gab keine Luft, sie konnte nicht atmen. Sie konnte sich nicht bewegen.

Sie konnte nicht … Die Geräusche und Gerüche verschwanden, und Faith öffnete langsam die Augen. »Es ist weg.«

»Weg?« Sie blickte auf ihre Hand in seiner und zwang sich loszulassen. »Weg. Keine Geräusche, keine Gerüche, kein Gefühl, eingesperrt zu sein. Nichts. Einen Moment lang dachte ich, dass ich direkt dort war, in der Dunkelheit, und dann … nichts.«

Er sah, wie sich seine Hand allmählich zur Faust ballte. »Nichts«, wiederholte er.

»Es tut mir leid, Kane.«

Nach kurzem Zögern schüttelte er den Kopf und sagte in einem brüsken Ton, der ihn selbst erschreckte: »Sagen Sie mir nur, dass sie noch lebt, Faith.«

»Ich …«

Ich lebe noch, das weißt du. Das weißt du.

Faith schnappte nach Luft und bemühte sich, auf die flüsternde Stimme zu lauschen, aber da kam nichts mehr.

»Faith?«

»Ich … weiß nur, was ich fühle. Was ich glaube. Und ich glaube, Dinah ist noch am Leben.«

Er wollte ihr glauben. Und tat es beinahe.

»Okay«, sagte er schließlich.

Faith sah aus, als wollte sie noch etwas sagen, schüttelte dann jedoch den Kopf und stieg aus dem Auto.

Kane hatte einen Schlüssel für das Vorhängeschloss, und da der Nachtwächter seinen Dienst noch nicht angetreten hatte, sah niemand sie die umzäunte Baustelle betreten. Kane blieb stehen und schaute zurück zu einer unauffälligen Limousine, die auf der anderen Straßenseite parkte.

»Ihr Privatdetektiv?«, riet Faith, der bewusst wurde, dass der Mann sich in der Nähe gehalten hatte, seit sie die Wohnung verlassen hatten.

»Ja. Einige seiner Leute suchen immer noch nach Hinweisen, daher hat er beschlossen, die Überwachung selbst zu übernehmen. Sein Auftrag ist, uns zu folgen und beim Auto zu bleiben. Aber diesmal …« Kane gab ein kleines Handzeichen, und der Mann verließ sofort seinen Wagen und überquerte die Straße.

Faith wurde Tim Daniels kurz vorgestellt. Er war ein gut gebauter Mann Anfang dreißig mit misstrauischen grauen Augen, die sie an die Frauen im Frauenhaus erinnerten. Sie ließen ihn älter wirken und sahen so aus, als würden sie niemals bezweifeln, dass das Böse auf der Welt existierte. Er trug eine Waffe im Schulterhalfter unter seinem Jackett, und aus seiner Hemdtasche ragte die Antenne eines Funktelefons hervor.

»Ich muss mir diese Baustelle ansehen«, teilte Kane Daniels mit. »Das sollte ungefährlich sein, aber ich möchte kein Risiko eingehen.«

Daniels nickte. »Ich komme mit Ihnen.«

Er ging hinter ihnen her, während Kane nach Faith' Arm griff und sie den ausgefahrenen Weg hinab in den Rohbau führte. Sie blickten hinauf zu dem Stahlgerüst, das sich an die zwölf Stockwerke hoch in die Luft erhob. Nur die Tiefgarage war bisher teilweise verschalt worden.

Faith machte sich von Kanes Griff los. »Ich möchte da nicht hinuntergehen.«

»Dann bleiben Sie mit Tim hier. Ich bin gleich wieder da.«

Sie stellte seinen Optimismus nicht infrage, sondern

nickte bloß. Aber als Kane an der Rückseite des Rohbaus verschwunden war, schaute sie zu Daniels und fragte: »Machen Sie sich keine Sorgen, dass er allein da runtergeht?«

»Er kann auf sich aufpassen.«

»Und ich kann es nicht.« Sie verzog das Gesicht und berührte den unter ihrem Ärmel verborgenen Verband. »Tja, mag schon sein.«

»Sie sind momentan verletzlich und angreifbar. Keine Erinnerung bedeutet, dass Sie Freund und Feind nicht unterscheiden können.«

»Demnach wissen Sie über mich Bescheid«, murmelte sie.

»Kane hat mir mitgeteilt, was ich seiner Meinung nach wissen sollte. Nicht mehr und nicht weniger.«

Faith beschloss, Daniels dazu nicht weiter zu befragen. Sie wandte ihre Aufmerksamkeit wieder dem Rohbau zu. »Ich würde gern ein bisschen herumlaufen. Allein, falls es Ihnen nichts ausmacht.«

»Aus einem bestimmten Grund?«, fragte Daniels.

Weil Dinah hier war. Weil ich es muss …

Was musste sie? Sie wusste es nicht.

»Kein besonderer Grund«, erwiderte sie.

Daniels blickte sich auf der Baustelle um, die von einem hohen Zaun aus Holz und Maschendraht umschlossen zu sein schien. »Sieht einigermaßen sicher aus. Aber entfernen Sie sich nicht zu weit.«

»Nein, werde ich nicht.«

Sie hatte keine Ahnung, wonach sie suchte. Vielleicht nach nichts. Vielleicht wussten die Stimmen in ihrem Kopf, vertraut oder fremd, nicht, wovon sie sprachen. Vielleicht wollte sie nur etwas Zeit für sich selbst und für ein paar Momente vergessen …

Nur kannst du nicht vergessen. Ich werde es nicht zulassen.

Diesmal bemühte sich Faith nicht, sich auf die Stimme zu konzentrieren. Sich danach auszustrecken, sie einzufangen. Stattdessen ließ sie ihre Gedanken einfach treiben und versuchte, an überhaupt nichts zu denken.

Auch das funktionierte nicht.

Sie ging langsam, schlenderte einfach so dahin. Sie kam an großen Baumaschinen vorbei, an Stapeln von Baumaterial und dem Wohnwagen, in dem das Baubüro untergebracht war.

Nichts, was sie sah, löste irgendeine Erinnerung aus.

Sie sah ein, dass die Vorstellung, dass Dinah hier vielleicht festgehalten würde, absurd war. Der Bau bestand nur aus einem Stahlskelett, selbst die unterirdischen Stockwerke waren kaum ummauert. Ja, der Rohbau war hier auf der Rückseite sogar noch offen bis auf die allertiefsten Betonböden.

Kane bewegte sich durch die Schatten dieser tiefsten Stockwerke, aber Faith wollte sich ihm nicht anschließen – hauptsächlich, weil ihr unterirdische, von Schatten erfüllte Räume nicht behagten. Hauptsächlich.

Sie wandte sich ab und ging an der Innenseite des Zauns weiter, bahnte sich einen Weg durch unebenes Gelände und um Schutthaufen herum. Zwei riesige Müllcontainer versperrten ihr an einer Stelle den Weg, und sie entschied sich, zwischen ihnen und dem Zaun entlangzugehen, statt außen herum.

Wenn sie das nicht getan hätte, wäre ihr das Loch im Zaun nie aufgefallen.

Die Holzplanken waren entfernt oder in diesem Bereich nie angebracht worden, daher war es möglich, durch den Maschendraht nach draußen zu sehen.

Dort lag eine ausgedehnte freie Fläche, und dahinter sah sie die Rückseite eines großen Gebäudes. Ein Lagerhaus, dachte sie, vielleicht eher eine Fabrikationsstätte als ein Warenlager. Sie sah mindestens eine Laderampe, aber an diesem Dienstagnachmittag schien alles verlassen zu sein.

Dann fing sie den Geruch von etwas auf, das sie meinte erkennen zu müssen, etwas, das ihr die Nackenhaare aufstellte.

Das war die einzige Warnung, bevor sich der vierzig Kilo schwere Rottweiler gegen den Zaun warf.

9

Kein Richter, der noch bei klarem Verstand ist, wird der Polizei einen Durchsuchungsbefehl ausstellen, nur weil die da einen Wachhund haben«, sagte Daniels sachlich. »Nicht aufgrund eines Traums.«

»Ich glaube, das war mehr als ein Traum«, sagte Kane.

»Das kann ich mir denken.« Daniels glaubte nur an etwas, das er sehen, hören oder mit eigenen Händen anfassen konnte – aber Kane bezahlte ihn nicht für abschätzige Bemerkungen, und er sah, wie Daniels Faith, die mit einer Tasse Kaffee an der Küchentür stand, einen leicht entschuldigenden Blick zuwarf.

Faith prostete Daniels mit ernster Miene zu, und Kane fand, dass sie sich recht gut hielt, nachdem ein Monsterhund versucht hatte, durch den Zaun zu brechen, um sich auf sie zu stürzen.

Kane seinerseits tigerte unruhig im Wohnzimmer auf und ab. Daniels beobachtete ihn. »Gut, sprechen wir über das Lagerhaus.« Und als Kane ihm einen raschen Blick zuwarf, fügte Daniels trocken hinzu: »Ich weiß doch, dass Sie vorhaben, selbst dort nachzusehen, sobald es dunkel ist.«

»Jemand muss es tun.«

»Das ist ein verdammt großer Hund, Kane.«

»Selbst mit einem großen Hund kann man fertig werden – wenn man genug Beruhigungsmittel und einen ordentlichen Brocken rohes Fleisch dabeihat.«

»Falls er nicht darauf trainiert ist, von Fremden kein Futter anzunehmen.«

»Tja, das lässt sich nur auf eine Weise in Erfahrung bringen.«

Daniels lächelte verhalten. »Stimmt. Aber bevor Sie anfangen, Steaks zu präparieren, lassen Sie mich ein paar Anrufe machen und Erkundigungen über das Lagerhaus einziehen.«

Kane setzte sich auf die Klavierbank und spielte abwesend ein paar Tonleitern, um die Anspannung in seinen Händen loszuwerden. »Auf dem Schild stand Cochrane's.«

»Das hab ich gesehen. Und ich habe mir Straße und Hausnummer notiert, daher sollte ich ohne große Schwierigkeiten herausfinden können, um was es sich da handelt und wem das Lagerhaus gehört.«

»Ich weiß, wem es gehört.« Kane begann leise Klavier zu spielen, wählte ohne nachzudenken ein Stück, mit dem er sehr vertraut war – und das immer Dinahs Lieblingsstück gewesen war, obwohl sie angeblich mit Musik nichts anfangen konnte: Beethovens ›Mondscheinsonate‹. »Jordan Cochrane und Familie. Hauptsächlich Jordan Cochrane.«

»Sie kennen ihn?«

»Wir sind uns hin und wieder begegnet. Nicht besonders überraschend, da sein Familienunternehmen in verschiedener Hinsicht mit dem Baugewerbe zu tun hat. Und seit er begonnen hat, sich für den Gouverneursposten zu bewerben.«

»Schon wieder Baugewerbe.« Faith äußerte sich zum ersten Mal seit ihrer Rückkehr.

Kane blickte sie an. »Das ist Ihnen aufgefallen, ja?«

»Und Politik. Sagte Dinah nicht …«

»Dass es in dieser Geschichte, an der sie dran war, um Wirtschaftskriminalität, kriminelle Machenschaften in der Wirtschaft ging – und möglicherweise um Politik. Ja.« Kane hielt inne. »Sie sagten, Sie seien sich sicher, dass sich Dinah jetzt nicht in dem Lagerhaus befindet.«

»Aus dieser kurzen Entfernung hätte ich bestimmt etwas gespürt«, erwiderte Faith vorsichtig. »Aber ich bin mir ganz sicher, dass sie in der Nacht ihres Verschwindens *dort* war.«

»Dann müssen wir nachschauen.«

Daniels holte Luft. »Das ist Einbruch, Kane.«

»Ich bin bereit, das Risiko auf mich zu nehmen.«

»Ja. Das dachte ich mir schon.«

»Sie brauchen nicht …«

Daniels ließ ihn den Satz nicht beenden. »Machen Sie Witze? Nach all den Wochen sind wir, wie es scheint, auf die erste echte Spur gestoßen. Natürlich komme ich mit.«

»Ich auch.« Faith ließ Kane nicht aus den Augen.

Er spielte weiter Klavier, hielt den Blick auf sie gerichtet statt auf die Tasten, brach dann abrupt ab und stand auf. »Faith …«

»Wenn Dinah dort gefangen gehalten wurde, wenn man ihr dort … wehgetan hat, werde ich den Ort erkennen können. Ganz bestimmt.«

Er nickte schließlich. »Na gut. Sie brauchen eine Jacke, etwas Dunkles. Ich glaube, ich habe eine von Dinah im Schrank, falls Sie die holen möchten.«

Entweder war der Hund nicht darauf abgerichtet worden, kein Futter von Fremden anzunehmen, oder er scherte sich nicht darum. Jedenfalls machte er sich gierig über das rohe Steak her. Sie mussten ein paar Minuten warten, bis das Betäubungsmittel wirkte, doch er schlief bereits friedlich, als Kane das Vorhängeschloss am Tor knackte und sie sich hineinschlichen.

»Ich glaube, ich frage Sie lieber nicht, wer Ihnen das beigebracht hat«, sagte Daniels trocken.

Ein ersticktes Lachen entschlüpfte Kane. »Das war Dinah. Einer ihrer zwielichtigen Kontaktleute hatte es ihr vor Jahren beigebracht, und sie zeigte es mir, nachdem ich mich im letzten Frühjahr aus meiner Wohnung ausgesperrt hatte. Wir haben das in der Zwischenzeit immer mal wieder geübt, sie sagte immer, man wisse nie, wann man es brauchen könne.« Er sprach mit leiser Stimme.

Faith ging schweigend zwischen den beiden Männern und fragte sich, ob das der Grund war, warum Dinahs Peiniger ihr die Hände brutal mit dem dünnen Draht gefesselt hatten. Hatten sie in den ersten Tagen von Dinahs Gefangenschaft etwas Simpleres wie Handschellen benutzt und dann herausgefunden, dass ihr Opfer geschickt die Schlösser knacken konnte?

»Ja, schon«, sagte Daniels, »aber was Sie da haben, ist erstklassiges Einbruchswerkzeug, mein Lieber. Sollte ich fragen, woher Sie das haben?«

Kane klopfte auf das Lederetui, das er wieder in die Jackentasche gesteckt hatte. »Erstaunlich, was man heutzutage alles bekommt, wenn man die richtigen Leute kennt. Dinah wusste, wen man fragen musste.«

»So, so. Tja, das Lagerhaus wird sicherlich eine Alarmanlage haben«, gab Daniels zu bedenken. »Wie gut sind Sie mit solchen Dingen?«

»Das werden wir ja sehen.«

Faith hörte Daniels leise fluchen, fand aber, dass er nicht sonderlich besorgt klang. Ihr war bereits aufgegangen, dass die beiden Männer diesen Ausflug genossen. Nach all den Wochen, in denen sie nur mit Leuten gesprochen, recherchiert und Fakten gesammelt hatten, gefiel es ihnen, endlich in Aktion zu treten, trotz des Risikos.

Was Faith betraf, sie fühlte sich … eigentümlich. Versunken in Dinahs Jacke, die ihr mehrere Nummern zu groß war, und überragt von diesen beiden großen Männern, hatte sie das seltsame Gefühl, körperlich nicht anwesend zu sein. Vielleicht hatte sie aber auch deswegen das Gefühl, sich an einem anderen Ort zu befinden, weil sie wieder das Geräusch des Wassers in den Ohren hatte, so fern allerdings, dass sie sich anstrengen musste, es zu hören.

Sie versuchte sich auf das Hier und Jetzt zu konzentrieren und blickte misstrauisch durch die Dunkelheit auf die gedrungenen Formen des Lagerhauses und der Außengebäude, doch das unwirkliche Gefühl blieb. Ihre Hände waren kalt, und sie steckte sie in die Jackentaschen. In der rechten Tasche fühlte sie etwas, das sie zunächst wenig neugierig betastete. Ein dünnes, biegsames Stück Metall. Sie hatte keine Ahnung, was es war, brachte aber nicht die Konzentration auf, es herauszuziehen und anzuschauen.

Das Lagerhaus ragte über ihnen auf. Erneut versuchte Faith, ihr Bewusstsein auf die Gegenwart zu lenken, und richtete ihren Blick auf das Gebäude. Aber das schwache

Geräusch des rauschenden Wassers wurde jetzt immer deutlicher.

»Hier.« Kane hatte eine Tür gefunden, die in das Lagerhaus führte, und überprüfte sie mit seiner bleistiftdünnen Taschenlampe Zentimeter für Zentimeter. »Soweit ich sehen kann, gibt's da keine Alarmanlage.«

»Sie glauben, der Hund reicht aus«, murmelte Faith mit Gewissheit.

»Könnte sein«, stimmte Daniels zu.

Kane zuckte die Schultern. »Wer A sagt«, brummelte er, kniete sich hin und machte sich am Türschloss zu schaffen.

Faith beobachtete, wie seine agilen Finger mit den feinen Werkzeugen umgingen. Sie fragte sich, ob er schon mal bei irgendetwas versagt hatte, aber sie bezweifelte es. Männer wie Kane versagten selten bei dem, was sie anpackten.

»Ich hab's.« Kane stand auf, verstaute die Werkzeuge, steckte das Etui wieder in die Tasche und schob vorsichtig die Tür auf. Falls ein Alarm ausgelöst wurde, war es ein stiller.

Sie traten in einen riesigen Raum, der nur hier und da von ein paar gelben Sicherheitslampen beleuchtet wurde. Das Gebäude war praktisch leer.

Kane blickte zu Daniels, der die Schultern zuckte und sagte: »Daher gibt es keine richtige Alarmanlage.«

Faith war mit den Gedanken woanders. »Da sind Fenster, und die Wände sehen nicht richtig aus. Gibt es noch etwas unter dieser Ebene? Einen Keller vielleicht?«

»Finden wir es heraus«, sagte Kane.

Da es leicht war, einander im Blick zu behalten, teilten sie sich für die Suche auf. Nach fast zehn Minuten rief

Kane die anderen beiden zu sich. An das eigentliche Lagerhaus angrenzend hatte er einen Raum gefunden, der eindeutig als Büro gedacht war, momentan aber nur einen alten Schreibtisch und einen Holzstuhl enthielt.

Und eine weitere Tür.

Hinter der Tür waren Stufen, und die Stufen führten nach unten. Es gab auch einen Lichtschalter, aber Kane zögerte, schaute zu Daniels. »Was meinen Sie?«

»Ich glaube, wir sind hier allein.«

»Ich weiß, dass wir allein sind«, sagte Faith, ohne sich ihrer Gewissheit bewusst zu sein, bis sie es ausgesprochen hatte.

Kane genügte das, daher drückte er auf den Schalter. Mehrere nackte Glühbirnen gaben genug Licht, um etwas zu erkennen.

Sobald die drei sich in Bewegung setzten und nach unten gingen, spürte Faith die feuchte Kälte, die ihr so vertraut war, und blieb stehen.

»Faith?« Daniels, der hinter ihr war, berührte sie nicht.

Kane drehte sich drei Stufen unter ihr um und schaute zurück. »Ist es hier?«, fragte er leise.

Sie schluckte. »Wir sind ganz nahe.«

Er nahm ihre Hand. »Kommen Sie.«

Faith wusste nicht, ob sie fähig gewesen wäre, ohne den festen Halt seiner Hand weiter hinabzugehen. Sein Griff war eher fordernd als beschützend, aber zumindest war es ein Kontakt mit etwas Warmem und Lebendigem.

Ich darf nicht loslassen, hatte er gesagt, muss mit dem Hier und Jetzt verbunden bleiben.

Das Wassergeräusch in ihrem Kopf wurde lauter. Sie klammerte sich an Kanes Hand wie an ein Rettungsseil.

Unten am Boden der langen Treppe fanden sie sich in einem quadratischen, mit Beton ausgegossenen Raum wieder, der kaum größer war als das Büro darüber. Es schien lediglich ein zusätzlicher Lagerraum zu sein. An zwei Wänden zogen sich offene Metallregale entlang, auf denen allerdings nur ein paar verstaubte Papierstapel und uraltes Büromaterial lagen.

Faith wandte sich augenblicklich der nackten, am weitesten von der Treppe entfernten Wand zu und merkte erst, als sie zwölf Schritte gemacht hatte, dass sie in Gedanken mitzählte. Nachdem sie die Wand erreicht hatte, berührte sie sie sanft mit der freien Hand.

»Die sollte nicht hier sein«, murmelte sie. »Sie … sie war dahinter, hinter dieser Stelle.«

Daniels zog ein Taschenmesser heraus und kratzte damit an dem Mörtel zwischen zwei Zementblöcken. Der Mörtel war immer noch feucht und bröckelte leicht. »Die Wand ist neu. Nur ein paar Tage alt, wenn überhaupt.«

Es dauerte eine Weile, bis sie oben im Lagerhaus brauchbare Werkzeuge fanden – eine stumpfe Axt und einen schweren Holzhammer. Kane und Daniels gelang es, mehrere Zementblöcke zu lockern und die Wand zu öffnen.

Faith, die ein paar Schritte entfernt stand, starrte in das offene Loch und redete sich ein, es gebe keinen Grund, sich vor dem zu fürchten, was dahinter lag. Nur die andere Hälfte dieses Raums, mehr nicht. Nackter Betonboden und gemauerte Wände und …

Kane und Daniels stiegen durch das Mauerloch.

Der Stuhl wird nicht mehr da sein, dachte sie. Den haben sie bestimmt zerstört, vielleicht sogar verbrannt. Aber die Blutflecke haben sie vom Betonboden nicht entfernen können, daher hatten sie die Mauer hochgezogen, um die Beweise zu verbergen. Jeder weiß, dass die Polizei jetzt über alle möglichen forensischen Tricks verfügt, wie Chemikalien, die auf die Oberflächen gesprüht werden, um Blutflecke sichtbar zu machen, selbst wenn sie abgeschrubbt und mit bloßen Augen nicht zu sehen, vielleicht sogar übermalt worden waren.

Diesen Teil des Raumes zu versiegeln wäre am sichersten, hatten sie sich wohl gedacht. Dinah irgendwo anders hinzubringen, wo es sogar noch dunkler und kälter war, wo das Geräusch des Wassers laut und ständig und nervtötend war, und dann diese Mauer hochzuziehen, um zu verbergen, was an diesem Ort geschehen war.

Faith holte tief Luft und trat durch das Loch zu Kane und Daniels.

Mithilfe der stärkeren Taschenlampe, die sie für die Suche im Inneren des Gebäudes mitgebracht hatten, konnten sie Form und Größe des kleinen Kellerraums erkennen, doch sonst war fast nichts zu sehen. Wände, Decke, Boden.

Fleckiger Boden.

»Sie haben versucht, sauber zu machen«, sagte Daniels unbeteiligt. »Aber Beton ist porös, und Flüssigkeiten dringen tief ein. Sie hätten ihn übermalen können, doch dann hätten sie den ganzen Boden streichen müssen, damit es nicht verdächtig aussieht, und wer würde sich schon die Mühe machen, den Kellerboden eines Lagerhauses zu streichen? Einfacher, eine Wand einzuziehen, um den Raum genauso groß wie das Büro darüber aussehen zu lassen und diesen Teil dahinter zu verbergen. Ohne die Originalbaupläne hätte kaum jemand, der hier unten nachgesehen hätte, das erraten. Die neue Wand hätte sich nicht mehr abgehoben, wenn der Mörtel erst einmal hart geworden wäre, und ihr … Geheimnis wäre sicher gewesen.«

Faith schaute hinab auf die rostfarbenen Flecken am Boden und wandte den Blick schaudernd ab, als sie sich an das Blut erinnerte, das von den zerfleischten Handgelenken herabtropfte.

Kane starrte reglos auf den Boden.

Sie verspürte ein so dringendes Bedürfnis, ihn zu berühren, dass sich ihre Hand instinktiv hob. Und dann zwischen ihnen hing, machtlos und ohne Bedeutung.

Er wollte nicht berührt werden. Und vor allem wollte er nicht von ihr berührt werden, dachte sie.

Mit der gleichen leidenschaftslosen Stimme fuhr Daniels fort: »Kane, wir müssen hier raus. Wir haben das, wofür wir hergekommen sind – den überzeugenden Beweis, dass hier etwas geschehen ist, dass Dinah hier möglicherweise festgehalten wurde.«

»Die Polizei«, sagte Kane mit seltsam tonloser Stimme.

»Es gibt immer noch keine juristischen Gründe für einen Durchsuchungsbefehl. Wir sind illegal hier. Falls die Polizei uns überhaupt zuhören und hierherkommen würde, könnte sie nichts von dem, was sie findet, vor Gericht verwenden. Schlimmer noch, hier offen hereinzustürmen, bevor wir mehr wissen, könnte diejenigen, die Dinah in ihrer Gewalt haben, zwingen … Wir müssen weitere Beweise finden, die die Polizei unweigerlich hierherführen. Das wird seine Zeit dauern, aber wir müssen so vorgehen. Wir werden Dinah nicht helfen, wenn wir uns sofort auf Cochrane stürzen, ohne mehr in Erfahrung gebracht zu haben. Aber wir wissen jetzt, wo wir ansetzen müssen. Wo wir nachforschen können.«

Faith zwang sich, ihre Hand zu senken und ruhig zu sprechen. »Werden sie nicht merken, dass wir hier waren?«

»Nicht, wenn wir vorsichtig sind. Und Glück haben. Kane, wir müssen gehen. Der Hund wird bald aufwachen.«

Faith hatte den Eindruck, die Chancen ständen fünfzig zu fünfzig, dass Kane auf den Privatdetektiv hören würde. Schließlich gab er nach. Vielleicht wollte er aber auch nur von diesen grausigen Flecken auf dem Boden wegkommen.

Kane und Daniels setzten die Blöcke wieder ein, die sie entfernt hatten, und verschmierten den bröckeligen Mörtel in den Zwischenräumen. Von Nahem betrachtet würde zwar niemand darauf hereinfallen, doch als Daniels an einer der Glühbirnen schraubte, bis sie erlosch, wurde das notdürftige Flickwerk weniger augenfällig.

Sorgfältig legten sie die Werkzeuge an ihren ursprünglichen Platz zurück und verschlossen die Türen wieder so, wie sie sie vorgefunden hatten. Dann beeilten sie sich, das Lagerhaus zu verlassen und zum Tor zurückzukommen. Der betäubte Hund begann sich gerade zu rühren, als sie an ihm vorbeischlüpften.

Daniels kam nicht mit hinauf, nachdem sie zu Kanes Wohnung zurückgekehrt waren. Er wollte noch Nachforschungen über Jordan Cochrane und das Lagerhaus anstellen und sagte, er würde gleich am nächsten Morgen zu ihnen kommen, um Bericht zu erstatten, oder sich noch in der Nacht melden, falls er irgendwas entdeckte, das ihnen helfen würde, Dinah zu finden.

Kane lief auf und ab.

Faith wusste nicht genau, ob er zum Reden bereit war, doch sie hatte das dringende Bedürfnis, sich mit ihm zu unterhalten. »Da ist etwas, das mir zu schaffen macht.«

Angesichts dessen, was sie gesehen hatten, klang das absurd, aber Kane setzte sich auf den Sessel ihr gegenüber und fragte ruhig: »Etwas Bestimmtes? Was denn?«

»In dem … dem Traum von Dinah, als sie von dem Hund angefallen wurde, schien sie sich nicht sicher zu sein, wo sie sich befand. Irgendwas an der Adresse war ungenau, und sie dachte, dass sie vielleicht gar nicht im richtigen Teil der Stadt sei.«

»Wieso wusste sie nicht, dass das Grundstück an die Baustelle grenzt?«

»Das ist die Frage. Und wenn sie nun dort war, um sich mit jemandem zu treffen? Wenn derjenige einfach nur dieses leer stehende Lagerhaus benutzt hat und die einzige Verbindung zu den Cochranes dieses Gebäude ist?«

»Tröstlicher Gedanke«, sagte Kane säuerlich.

»Aber möglich.«

»Oh ja, natürlich ist es möglich.«

»Und wenn es stimmt?«

»Dann sind wir wieder bei null angelangt. Außer das Gebäude steht in irgendeiner konkreten Beziehung zu demjenigen, der Dinah darin festgehalten hat … Aber wir wissen nicht, ob das stimmt, noch nicht.«

Er betrachtete sie nachdenklich, jedoch froh, dass sie da war. Denn heute Nacht allein zu sein wäre unerträglich gewesen. Wenigstens konnte er sich in seiner Fantasie nicht Dinahs Schmerzensschreie ausmalen, solange er auf Faith' Stimme lauschte. Wenigstens sah er nicht mehr den fleckigen Betonboden, solange er Faith anschaute.

»Sie haben mir nicht alles erzählt«, sagte er brüsk. »Zum einen waren Sie gestern verstört, als Sie aus Haven House zurückkamen. Zum anderen habe ich mehr als einmal das Gefühl gehabt, Sie hätten mir mehr Einzelheiten über Dinah berichten können.«

Sie zögerte, biss sich auf die Unterlippe und sagte dann: »Keine Einzelheiten, die Sie hören müssen. Keine Einzelheiten, die uns bei der Suche nach ihr helfen würden.«

Kane schloss kurz die Augen. »Lebt sie noch, Faith?«

Sie zögerte erneut. »Manchmal ... denke ich, dass ich ihre Stimme in meinem Kopf höre. Aber ich bin mir nicht sicher. Jemand in Haven House erzählte mir, dass zwischen Dinah und mir ein besonderer, übersinnlicher Draht bestand, von dem Moment an, als wir uns kennenlernten.«

»Dann ...«

Faith schüttelte den Kopf. »Wenn es ihre Stimme ist, die ich höre, kann oder will sie mir nicht sagen, wo sie ist – und ich kann nicht kontrollieren, was ich höre, kann ihr keine Fragen stellen oder Antworten verlangen. Auf diese Weise scheint es nicht zu funktionieren, ganz gleich, was ich versuche. Es ... kommt einfach, wenn es kommt. In eigentümlichen Augenblicken, wenn ich es am wenigsten erwarte. Eine Stimme in meinem Kopf, von der ich nicht mal sicher sein kann, ob es nicht meine eigene ist.«

Kane rang sich ein schwaches freudloses Lachen ab. »Das deckt sich mit dem, was Noah mir erzählt hat. Er sagt, Konzentration und jahrelange Übung helfen, aber nur wenige Paragnosten wären in der Lage, mehr zu tun, als eine Tür zu öffnen. Was durch diese Tür kommt und wie, ist fast immer ungewiss und selten hilfreich in der Wirklichkeit. Als könnte nicht mal das Unterbewusstsein mit diesen Zusatzsinnen umgehen und müsste das, was sie empfangen, in eine Bildersprache übersetzen. Er sagt, wenn je ein Paragnost geboren wird, der seine Fähigkeiten hundertprozentig beherrschen kann, wird sich die ganze Welt verändern.«

»Es tut mir leid, Kane. Vielleicht könnten wir etwas ausprobieren, das mir hilft, mich besser zu konzentrieren. Hypnose …«

»Noah behauptet, Paragnosten können nicht hypnotisiert werden.«

Nach einem Augenblick sagte Faith: »Er wird es wohl wissen.«

»Ja. Er weiß es.« Kane hielt einen Moment inne. »Sie haben noch etwas anderes in Haven House erfahren, nicht wahr, Faith?«

Sag es ihm.

Sie schluckte. »Nichts, was uns helfen würde …«

»Etwas über Dinah? Was genau?«

Sag es ihm.

Faith wusste nicht, wie dieses Wissen Kane helfen könnte. Sie befürchtete, dass es ihn noch mehr quälen würde, hörte sich aber widerstrebend sagen: »Ich weiß nicht, ob es stimmt, aber jemand im Frauenhaus, der viel Zeit mit Dinah verbrachte, ist davon überzeugt, dass Dinah … dass sie glaubte, sie habe keine Zukunft.«

»Was?«

»Eve könnte sich irren, Kane. Das war nur ihr persönlicher Eindruck, der sich auf einige für sich genommen vielleicht unbedeutende Wahrnehmungen gründete. Hin und wieder eine Bemerkung, ein flüchtiger Gesichtsausdruck. Sie glaubt, Dinah sei sich stets der Zeit bewusst gewesen, hätte das Gefühl gehabt, sie verstreiche zu rasch. Laufe ihr davon.«

Er stand abrupt auf und trat an den dunklen Kamin. Einen Augenblick blieb er mit zusammengezogenen Brauen dort stehen, bückte sich dann, drehte an dem Gasknopf und entzündete das Feuer, als verspürte er eine plötzliche Kälte. »Das … würde eine Menge erklären«, murmelte er.

»Was meinen Sie damit?«

»Ich glaubte immer – spürte immer –, dass es einen Grund gab, warum sie niemals Pläne über das nächste Wochenende hinaus machen wollte.«

»Aber Sie waren verlobt …«

Sein Lächeln war verzerrt. »Waren wir nicht. Ich habe das nur vor der Presse behauptet, weil … weil ich wollte, dass es so wäre, nehme ich an. Aber Dinah und ich hatten nie darüber gesprochen. Ich zögerte, ihr vorzuschlagen zusammenzuziehen. Nicht weil sie zu unabhängig war, sondern weil ich das Gefühl hatte, sie sei noch nicht bereit, diesen Schritt zu machen.«

»Bishop sagte, sie sei präkognitiv.«

Kane nickte langsam.

»Dann hat sie vielleicht ihre Zukunft vorausgesehen. Oder zumindest genug gesehen, um zu glauben, es sei nicht klug für sie, langfristige Pläne zu machen. Vielleicht hat sie deswegen nach meinen Unfall alles so schnell in die Wege geleitet und geregelt, obwohl sie wusste, dass ich lange Zeit im Koma liegen könnte.«

»Vielleicht.« Kane atmete durch. »Aber selbst wenn sie ihre Zukunft voraussah, selbst wenn sie glaubte, ihr liefe die Zeit davon, könnte sie sich geirrt haben, Faith. Paragnosten interpretieren dauernd etwas falsch, selbst die besten. Sie könnte immer noch am Leben sein.«

»Ja.«

»Ich …« Er schüttelte den Kopf. »Ich kann sie nach wie vor nicht spüren.«

»Das tut mir leid.«

»Ich beneide Sie fast um diese Stimme in Ihrem Kopf. Wenigstens können Sie sich einreden, dass eine Verbindung besteht, ob Sie es nun glauben oder nicht. Wenigstens können Sie sich einreden, ein Stück von ihr zu haben.«

»Das ist wirklich nicht beneidenswert, glauben Sie mir.«

»Ehrlich nicht?«

»Nein. Ich habe kein Stück von ihr, Kane. Ich habe nicht mal ein Stück von mir.«

Etwas Verlorenes war in ihrer Stimme, und nicht zum ersten Mal bekam er einen Eindruck davon, wie schwer es für sie war. »Es tut mir leid.«

Faith schüttelte den Kopf, blieb aber ansonsten still, und als sie an ihm vorbeischaute, ließ der Widerschein des Feuers ihre Augen ungemein lebendig wirken.

Grüne Augen, keine blauen.

Rotes Haar anstelle von blondem. Schlanke Zerbrechlichkeit statt athletischer Anmut. Intellektuell waren sie sich sehr ähnlich – der gelegentlich trockene Humor, aber körperlich …

Als Kane merkte, wohin seine Gedanken geschweift waren, erschrak er. Er starrte Faith an, spürte sein Herz schneller schlagen und war sich eines Gefühls bewusst, das zum Teil aus Verlangen und zum Teil aus Gewissensbissen bestand, und noch aus etwas anderem, das er nicht näher zu erforschen wagte.

»Kane?« Sie sah ihn wieder an, Verwirrung verwandelte sich in Gewissheit. Eine ihrer Hände hob sich, als wollte sie sie nach ihm ausstrecken, doch dann verschränkte sie beide Hände wieder fest im Schoß. Die gepflegten, rot lackierten Nägel schimmerten dunkel.

Rot lackierte Nägel.

Kane wandte sich vom Kamin und von ihr ab, durchquerte das Zimmer in Richtung Flügel und setzte sich auf die Bank. »Lassen Sie sich von mir nicht aufhalten.« Seine Stimme klang viel barscher, als er beabsichtigt hatte.

Er hatte erst ein paar Töne gespielt, als sich Faith mit einem gemurmelten »Gute Nacht« von der Couch erhob und sich ins Schlafzimmer zurückzog.

Kane spielte mechanisch weiter. Er wollte ihr nachgehen. Doch er konnte nicht.

Er konnte nicht.

Faith wachte im hellen Licht der Morgensonne auf, das schräg durch die Jalousien fiel, und zum Klang leisen Klavierspiels. Sie hatte ihre Schlafzimmertür einen Spaltbreit offen gelassen aus Gründen, die sie sich selbst nicht erklären mochte.

Jedes Mal, wenn sie in der Nacht aufgewacht war, hatte sie die leisen Töne gehört.

Sie fragte sich, ob ihm überhaupt bewusst war, dass er ständig dieselbe Melodie spielte.

Faith stand auf und machte sich auf den neuen Tag gefasst. Und auf ihn. Geduscht und angezogen ging sie ins Wohnzimmer und schaffte es, mit ruhiger Stimme »Guten Morgen« zu sagen.

Kane hörte auf zu spielen, erhob sich aber nicht von der Klavierbank. »Guten Morgen.« Seine Stimme war genauso ruhig wie ihre, feuchtes Haar und frische Kleidung waren der Beweis dafür, dass er vor Kurzem geduscht hatte, doch sie wusste nicht, ob er überhaupt geschlafen hatte.

»Ich nehme an, es gibt nichts Neues von Daniels?«

»Nein. Aber er sollte jeden Moment hier sein.«

Faith nickte, zog sich dann in die Küche zurück und schenkte sich ein Glas Orangensaft ein. Sie war nicht sonderlich durstig, brauchte jedoch einen Moment, um sich zu sammeln. Etwas hatte sich verändert.

Sie wusste nicht, wie es passiert war oder warum, doch irgendwann gestern Abend hatte Kane sie angeschaut, wirklich *angeschaut.* Zum ersten Mal, dachte sie, hatte er sie eindeutig als etwas anderes als nur Mittel zum Zweck betrachtet. Und nachdem er das getan hatte …

Nein. Sie wollte nicht darüber nachdenken.

Aber er denkt darüber nach. Er hat die ganze Nacht darüber nachgedacht.

Langsam ging sie ins Wohnzimmer zurück. »Ich wünschte …«

»Sie wünschten was?« Kanes Stimme war beinahe beherrscht genug, um den angespannten Ton zu verbergen.

Er muss sich nicht so quälen. Sag ihm …

Faith versuchte sich zu konzentrieren, aber die Stimme verschwand wie eine geplatzte Seifenblase. Langsam sagte sie: »Ich wünschte, ich hätte diese jahrelange Übung, von der Bishop gesprochen hat. Ich wünschte, ich könnte mich konzentrieren, meine Sinne scharf stellen oder was sonst dazu nötig ist, damit das alles einen Sinn ergibt.« Sie stellte ihr Glas auf einen Beistelltisch. »Es tut mir leid, Kane. Ich wollte helfen, aber …«

»Sie haben mir geholfen, glauben Sie mir.« Er stand auf, kam um den Flügel herum, sodass sie sich gegenüberstanden.

»Wirklich?« Sie musste die Frage stellen, obwohl ihre Instinkte sie davor warnten, zu vieles zu rasch zu riskieren. »Oder habe ich nur … die Situation komplizierter gemacht?«

Kane kam einen Schritt näher, wie gegen seinen Willen angezogen. Er hob die Hand, um ihre Wange zu berühren, hielt aber kurz vorher inne.

Faith merkte plötzlich, dass ihr das Herz bis zum Hals schlug und ihr Atem sich beschleunigte. Sie sah seine Hand zwischen ihnen schweben. Gestern Abend im Lagerhaus hatte sie ihn nicht berühren können, weil er vollkommen unerreichbar war. Diesmal, dachte sie, hielt er sich zurück, sie zu berühren, weil er befürchtete, sie würde ihm Schmerz zufügen. »Das werde ich nicht«, murmelte sie.

»Was wirst du nicht?« Er machte einen weiteren Schritt, und seine Hand schloss sich sanft um ihre Wange.

»Ich werde dir nicht wehtun.« Sie wollte die Augen schließen und sich an ihn drücken, sich an ihm reiben. Sie konnte kaum atmen.

»Seltsam, dass du das sagst.« Er klang verwirrt, doch sein Blick war auf ihren Mund gerichtet, die Augen verdunkelt, durchdringend, während er zusah, wie sein Daumen langsam über ihre Unterlippe strich.

»Es ist wichtig«, flüsterte sie, ohne zu wissen, warum. »Bitte glaub mir. Ich werde dir nicht …«

»Das ist mir egal«, sagte Kane und küsste sie.

Faith spürte, wie sie gegen ihn sank, sich ihr Mund und ihre Seele für ihn öffneten.

Zum ersten Mal seit dem Aufwachen aus dem Koma war sie sich vollkommen und freudig sicher, wer sie war und wohin sie gehörte.

Die Türklingel drang so laut in die morgendliche Stille, dass beide mit einem Ruck auseinanderfuhren.

Kane runzelte ein wenig die Stirn und sagte mit belegter Stimme: »Vermutlich Tim. Ich muss wohl …«

»Ja, natürlich«, brachte Faith heraus.

Er schien sie noch einmal berühren zu wollen, fluchte dann aber leise und wandte sich ab.

Zwischen Freude und Enttäuschung schwankend und mit dem seltsamen Gefühl, nur einen Herzschlag davon entfernt gewesen zu sein, etwas äußerst Wichtiges zu begreifen, sah Faith ihn in den Flur gehen und die Wohnungstür öffnen.

Als sie Bishop und Richardson dort erblickte, erlaubte sie sich einen Augenblick lang zu hoffen.

Nur einen Augenblick lang.

Dann sagte Bishop mit einer Stimme, die hart vor Beherrschung war: »Tut mir leid, Kane. Sie haben Dinah gefunden.«

10

Sie wollte eingeäschert werden.« Kane starrte durch die vor Kurzem angebrachten Jalousien aus dem Wohnzimmerfenster. »Sie war nicht klaustrophobisch im üblichen Sinne, aber sie hat mir mal erzählt, dass sie schon immer einen totalen Horror davor hatte, auf kleinstem Raum eingesperrt zu sein, vor allem … unter der Erde. Ich weiß nicht, warum. Irgendwas aus ihrer Kindheit, nehme ich an.«

Richardson beobachtete ihn, wie ein Experte eine tickende Bombe beobachten würde; furchtlos, aber in dem Wissen, dass die nächste Sekunde Zerstörung bringen könnte. »Das wird sich noch eine Weile hinziehen, Kane. In der Gerichtsmedizin ging es diese Woche sehr hektisch zu, und sie sind im Rückstand. Sie könnten in einer Woche fertig sein, doch im Labor steht so viel an, dass der toxikologische Bericht wahrscheinlich frühestens in drei oder vier Wochen vorliegt.«

Gerade rechtzeitig zu Weihnachten, dachte Faith.

Sie saß schweigend auf der Couch, von wo sie Kane sehen konnte. Sie dachte an die tiefgekühlten Schubfächer im Leichenschauhaus und schauderte. Was war schlimmer?, fragte sie sich gequält. Das Warten im Kühlfach oder der

Edelstahltisch und die scharfen Skalpelle, die irgendwann kommen würden?

Nicht, dass Dinah von dem einen oder anderen etwas mitbekommen würde. Sie litt jetzt keine Schmerzen mehr.

»Ist eine vorläufige Untersuchung durchgeführt worden?«, fragte Bishop mit der klanglosen, beinahe desinteressierten Stimme, die nur einen Fremden davon hätte überzeugen können, dass er bei der Sache nichts empfand.

»Die übliche, am Fundort«, erwiderte Richardson. »Aufgrund des Fundortes wird sich der Todeszeitpunkt noch schwerer feststellen lassen als gewöhnlich, sagt der Gerichtsmediziner, aber seiner ersten Schätzung nach liegt der zwischen sechsunddreißig und achtundvierzig Stunden zurück, vielleicht länger.«

Dinahs Leiche war von zwei städtischen Arbeitern entdeckt worden, die in einem leer stehenden Haus nach dem Ursprung eines Wasserlecks suchten. Sie hatten das Leck in einem dunklen, nasskalten Keller gefunden, der nach Schimmel und alter Erde und dem Abfall von Jahren roch. Dort im Untergrund des Gebäudes, wo ein Rohr durchgerostet und Wasser herausgeschossen war, hatte einer der Männer, neugieriger als sein Kollege, eine verrammelte Tür zu einem luftdichten Raum aufgestemmt, der ehemals als Luftschutzbunker gedacht war.

Der winzige mit Beton verkleidete Raum hatte Dinah im Leben nicht geschützt, doch die niedrige Temperatur und der luftdichte Abschluss hatten sie in gewissem Sinne bewahrt, indem sie die Verwesung des Körpers, der in seinen letzten Tagen so verstümmelt und misshandelt worden war, hinausgezögert hatten.

»Du brauchst eine positive Identifizierung.« Kane wandte sich plötzlich vom Fenster ab, mit einem letzten Hoffnungsflackern in den Augen.

Widerstrebend schüttelte der Detective den Kopf. »Ihre Fingerabdrücke waren registriert, und die zahnärztlichen Unterlagen stimmen überein. Ich habe beides selbst überprüft. Es ist Dinah, Kane. Ganz eindeutig.«

»Ich will sie sehen.«

»Nein«, erwiderte Richardson. »Willst du nicht.«

»Ich …«

Bishop unterbrach – absichtlich, dachte Faith. »Gibt es eine offensichtliche Todesursache?«

»Im vorläufigen Untersuchungsbericht habe ich keine gefunden. Keine Schussverletzungen oder Messerstiche, kein Schlag auf den Kopf, der fest genug gewesen wäre, um den Tod herbeizuführen. Der Gerichtsmediziner meint, sie sei wahrscheinlich verblutet, teilweise durch innere Verletzungen. Oder falls sie noch am Leben war, als man sie in den luftdichten Raum gesperrt hat, könnte sie … könnte sie erstickt sein.« Richardson räusperte sich und fuhr dann schwerfällig fort: »Ihr Körper war von Blutergüssen übersät, möglicherweise durch einen Fall, aber wahrscheinlich eher vorsätzlich zugefügt. Gebrochene Knochen, einschließlich mehrerer Rippen, von denen eine vermutlich einen Lungenflügel durchstoßen hat. Und beide Handgelenke waren tief von dem Draht eingeschnitten, mit dem man sie gefesselt hat.«

»Wurde sie vergewaltigt?« Ein schroffer Ton hatte sich in Kanes Stimme geschlichen.

»Das werden wir erst nach der Autopsie wissen.«

Kane wandte sich wieder dem Fenster zu. Faith sah, wie Bishop dem Detective einen raschen, fragenden Blick zuwarf, sah, wie Richardson fast unmerklich nickte, und eine Woge der Übelkeit schlug über ihr zusammen. Richardson war sich sicher, dass sie vergewaltigt worden war, auch wenn er es Kane nicht sagen wollte.

Tim Daniels, der bisher geschwiegen hatte, fragte: »Gibt es irgendwas vom Fundort, das uns dabei helfen könnte, den Schweinehund zu erwischen, der das getan hat?«

»Nur sehr wenig, wir haben nur ein paar Fasern an ihrer Kleidung gefunden. Das Labor sollte in der Lage sein, uns in ein oder zwei Tagen mehr zu berichten, falls es da was zu berichten gibt. Wir haben in der Nachbarschaft nachgefragt, ob jemandem in den letzten paar Tagen irgendwas Verdächtiges aufgefallen ist, aber ich rechne nicht mit hilfreichen Hinweisen. In der Gegend ist nicht viel los, und wer sich da aufhält, kümmert sich um seine eigenen Angelegenheiten.«

Faith meldete sich zum ersten Mal zu Wort. »Was ist mit den Hundebissen?«, fragte sie leise.

Richardson zog die Brauen zusammen. »Woher wissen Sie, dass sie von einem Hund gebissen wurde?«

»Sie hat es geträumt«, antwortete Kane.

Faith zuckte bei dem bitteren Ton in seiner Stimme zusammen, konnte ihm aber seine Feindseligkeit nicht verdenken.

Ihre »Träume« waren nicht gerade hilfreich gewesen. Gestern Abend und sogar noch heute Morgen hatte sie geglaubt, Dinah sei nach wie vor am Leben.

Sie wusste nur zu gut, dass ihre Zuversicht Kane ermutigt und ihn davon überzeugt hatte, sie könnten Dinah lebend, wenn nicht gar unverletzt finden.

»Was haben Sie sonst noch geträumt?«, fragte Richardson ohne die Skepsis, die sie erwartet hatte.

»Erzählen Sie es ihm«, wies Bishop sie an.

Also tat sie es, berichtete so detailliert über die Momentaufnahmen und Träume, wie es ihr möglich war, einschließlich des Hundeangriffs. Doch die Stimme in ihrem Kopf, die vermutlich sowieso nur ihr Unterbewusstsein gewesen war, erwähnte sie nicht …

Richardson blickte noch grimmiger als zuvor. »Dinah und Sie ermittelten also auf eigene Faust, und das, worum es da ging, hat zu ihrem Tod geführt.«

»Wir nehmen es an«, bestätigte Faith mit gleichmäßiger Stimme. »Leider kann ich mich nicht daran erinnern, worum es ging. Und ich konnte aus diesen … diesen Momentaufnahmen nur herauslesen, dass derjenige, der Dinah in der Gewalt hatte, etwas haben wollte, von dem er annahm, sie – oder wir – hätten es.«

Dann fügte sie hinzu: »Ich glaube, ich habe dieses Etwas an mich genommen, aber ich habe keine Ahnung, was ich damit gemacht habe … oder auch nur, wo ich es gefunden habe. Aber es muss wichtig sein, weil sie … weil sie Dinah gefoltert haben, um sie dazu zu bringen, ihnen zu verraten, wo es ist.«

Kane bewegte sich fast krampfartig, drehte sich aber nicht um. Bishop hielt den Blick auf seinen Freund gerichtet und sagte zu Richardson: »Das alles muss einen Zusammenhang haben. Konnten Sie irgendwas darüber in Erfahrung bringen, wer vor zwei Tagen auf Faith geschossen hat?«

Lag das erst zwei Tage zurück? Faith hatte das Gefühl, dass inzwischen Jahre vergangen waren.

»Die Wohnung direkt gegenüber steht leer. Die Tür wurde unverschlossen vorgefunden, und es gibt Hinweise, dass jemand die Wohnung mindestens ein paar Stunden lang benutzt hat. Von dem Balkon aus wäre es ein ziemlich einfacher Schuss, selbst bei einem Gewitter. Ob auf das erleuchtete Fenster gezielt wurde oder tatsächlich auf Faith, kann ich nicht mit Sicherheit sagen.«

»Sollte das Haus nicht bewacht sein?«

»Sollte. Doch das würde man nie vermuten. Die Feuerschutztür im Erdgeschoss war unverschlossen. Ja, der Gewittersturm hatte sie praktisch aus den Angeln gerissen. Soweit ich das beurteilen kann, könnte jeder hinein- und hinauf in die Wohnung gekommen sein.« Richardson seufzte schwer. »Ich schätze, uns bleibt noch eine Stunde, bis sich die Nachricht verbreitet, dass Dinahs Leiche gefunden wurde. Wir haben den Fundort gut abgeriegelt, aber es waren bereits Fernsehteams in der Gegend, als ich ging. Es wird in die Mittagsnachrichten kommen, würde ich sagen.«

»Und dann haben wir den ganzen Medienzirkus am Hals«, sagte Bishop.

»Zwangsläufig.« Der Detective blickte zu Kane. »Diese Belohnung von einer Million Dollar hat ihr Interesse geweckt, und nachdem es jetzt keine Möglichkeit mehr gibt, sie sich zu verdienen …«

Kane wandte sich vom Fenster ab und war nun lebhafter als zuvor. »Es gibt immer noch eine Chance, sie sich zu verdienen. Ich werde sie bis auf den letzten Dime an jeden auszahlen, der uns Hinweise auf die Männer liefert, die Dinah gefangen hielten.« Seine Stimme war scharf.

Richardson runzelte die Stirn. »Ich hoffe, du wirst das nicht auf diese Weise öffentlich formulieren. Du kannst niemanden dafür belohnen, nur Hinweise zu liefern. Sie müssen schon konkrete Beweise vorlegen, die wir vor Gericht verwenden können.«

»Beweise, die zur Verhaftung und Verurteilung führen«, murmelte Bishop.

»Das ist mein Geld«, sagte Kane. »Ich verfüge darüber, wie ich will, verdammt noch mal.«

In äußerst höflichem Ton erwiderte Richardson: »Das könnte als vorsätzliche Gefährdung ausgelegt werden. Diese Schweinehunde haben nur zu deutlich gezeigt, dass sie skrupellos jeden ausschalten, der ihnen in den Weg kommt. Willst du jemand anderen in die Schusslinie bringen?«

Kane antwortete nicht, und der harte Ausdruck auf seinem Gesicht blieb unverändert. »Ich will Dinah sehen«, sagte er nur.

»Das ist keine gute Idee.«

»Ich will sie sehen.«

»Kane …«

»Bringst du mich nun hin, oder muss ich den Polizeipräsidenten anrufen?«

Richardson blickte zu Bishop, doch der Agent machte keine Anstalten, gegen diese offensichtlich schlechte Idee zu protestieren. Der Detective seufzte erneut. »Na gut, okay, ich bring dich hin. Hol deine Jacke, und wir verschwinden, bevor die Medien ihr Lager vor deiner Tür aufschlagen.«

Kane verließ den Raum.

Richardson warf Bishop finstere Blicke zu. »Sie waren ja eine tolle Hilfe.«

»Er muss sie sehen.«

»Bishop, haben Sie überhaupt eine Vorstellung, wie sie aussieht?«

Der Agent nickte mit ausdruckslosem Gesicht. »Eine ziemlich gute Vorstellung, ja. Aber er muss sie sehen.«

»Mist. Hören Sie, rufen Sie im Leichenschauhaus an und sagen Sie Conners, dass wir unterwegs sind. Bitten Sie ihn, sein Möglichstes zu tun, um sie ... menschlich aussehen zu lassen.«

Faith war wie betäubt, doch selbst das schützte sie nicht vor der entsetzlichen Vorstellung von Dinahs entstelltem Körper. Sie stöhnte und schloss für einen Moment die Augen.

Richardson schien sich entschuldigen zu wollen, warf dann die Hände hoch und ging hinaus, um sich mit Kane an der Wohnungstür zu treffen.

Kane verabschiedete sich nicht.

Nachdem sich die Tür hinter den beiden geschlossen hatte, entstand ein mehrere Minuten langes Schweigen. Dann fragte Faith: »Warum haben Sie ihn nicht aufgehalten? Es wäre Ihnen gelungen, wenn Sie es versucht hätten. Warum haben Sie es nicht getan?«

Bishops Gesicht war starr, die Narbe an seiner Wange weiß und zornig. »Sie haben es gehört. Er muss sie sehen.«

»Warum? Warum muss sich ihm dieser entsetzliche Anblick ins Gedächtnis prägen?«

»Weil ihr Tod für ihn nicht wirklich ist, bis er sie leblos und entstellt auf der Bahre liegen sieht«, erwiderte Bishop mit sehr sanfter Stimme. »Das erste Stadium der Trauer ist Verleugnung. Bevor er das nicht überwindet, kann er nicht weitermachen.«

Ein Teil von Faith verstand das, aber ein anderer Teil wollte es Kane ersparen. Sie nickte und versuchte an etwas anderes zu denken. »Waren Sie in der Nähe, als Richardson Sie anrief? Ich dachte, Sie wollten noch nicht nach Atlanta zurückkehren.«

»Nein. Ich war in Tennessee.«

Als er keine weitere Erklärung abgab, sagte Faith: »Dann haben Sie wohl einen schnellen Flug erwischt.«

»Ziemlich.«

Faith gab auf. »Hören Sie, ich ... ich muss ins Haven House. Die Frauen dort kannten Dinah. Sie sollten es von jemandem erfahren, bevor sie es in den Nachrichten sehen. Aber ich habe Kane versprochen, nirgends unbegleitet hinzugehen, vor allem nach der Schießerei. Tim, würden Sie ...«

»Natürlich«, antwortete der Privatdetektiv.

Sie schaute zu Bishop. »Wenn Kane zurückkommt ... sollte er hier nicht allein sein, finde ich. Was meinen Sie?«

»Nicht mehr, als er es bereits ist«, erwiderte Bishop niedergeschlagen.

Im Gegensatz zu den meisten Frauen in Haven House weinte Katie nicht, als Faith ihr von Dinah erzählte. Stattdessen zog sich das ernste kleine Mädchen ins Musikzimmer zurück und begann stockend eines der Stücke zu spielen, das Faith ihr zum Üben mitgebracht hatte.

»Wird sie darüber hinwegkommen?«, fragte Faith Karen.

»Ich weiß es nicht«, erwiderte die Leiterin erschöpft. »Sie war schon vorher in keiner guten Verfassung, vor allem nicht, seit sie gesehen hat, wie ihr Mistkerl von Vater ihre Mutter mit einem Baseballschläger traktiert hat. Diesmal war er verrückt genug, Andrea in einem Einkaufszentrum anzugreifen, daher wurde er wenigstens eingesperrt. Aber Katie hat mehr gesehen als je zuvor, und seitdem ist sie furchtbar still.« Karen runzelte die Stirn. »Bei Ihrem Besuch am Sonntag hat sie mit Ihnen mehr geredet als mit irgendjemand sonst, seit das passiert ist.«

Faith hatte eigentlich nur vorgehabt, die Nachricht über Dinah zu überbringen. Sie machte sich Sorgen um Kane und wollte zurück in seine Wohnung. Aber jetzt sorgte sie sich auch um Katie und konnte nicht gehen, ohne sich zu vergewissern, dass es dem kleinen Mädchen gut ging.

»Hi, Schätzchen.« Sie setzte sich neben Katie auf die Klavierbank. »Gefallen dir die neuen Noten?«

Katie nickte und blickte ernst zu Faith auf. »Du hast es nicht vergessen. Vielen Dank.«

»Natürlich habe ich es nicht vergessen.« Faith zögerte. »Ich dachte, du möchtest vielleicht über Dinah reden.«

»Wozu? Sie ist tot, das hast du uns doch gesagt.«

Faith ließ sich von den harten Worten nicht täuschen; sie hatte gesehen, dass Katies Unterlippe zitterte. »Wenn Menschen sterben«, sagte sie behutsam, »halten wir sie in uns lebendig. Indem wir an sie denken. Über sie reden. Ich wollte nur, dass du das weißt. Du kannst mit Karen reden, und du kannst mit mir reden.«

Katie schaute auf die Tasten, während sie die ersten Töne von »Beautiful Dreamer« spielte. Nach einem Augenblick sagte sie: »Darf ich dich was fragen?«

»Natürlich darfst du das, Schätzchen.«

»Kannst du … kannst du jetzt mit Dinah reden? In deinem Kopf, wie du das immer konntest?«

Aus dem Munde der kleinen Kinder …

Oh Gott, kann ich das? Kann ich mit ihr reden?

»Nein«, sagte Faith, »nicht auf diese Art.« Das stimmte doch, oder? Wenn sonst nichts stimmte, dann stimmte es zumindest, dass nichts mehr so war wie zuvor.

»Hab ich mich bloß gefragt«, murmelte Katie.

»Gibt es etwas, das du Dinah sagen wolltest?«, mutmaßte Faith. »Etwas, das du sie fragen wolltest? Ist es das?«

»Nein. Außer …«

»Außer was?«

»Nichts. Ich möchte jetzt üben.«

Faith sah, wie sich das kleine Gesicht verschloss, und verspürte Frustration und Besorgnis. Aber ihr Gefühl riet ihr, die Kleine nicht zu drängen, daher sagte sie nur: »Bis später«, und ging leise hinaus.

»Ich behalte sie im Auge«, versicherte ihr Karen einige Minuten später im Flur. »Sie braucht wahrscheinlich Zeit. Und dass ihre Mama aus dem Krankenhaus kommt, natürlich.«

»Ja, mag gut sein.« Faith gab ihr die Telefonnummer von Kanes Wohnung und sagte: »Ruf mich an, falls … falls es irgendwas gibt, das ich tun kann.«

»Klar. Mach dir keine Sorgen, Faith.«

Das war leichter gesagt als getan, dachte Faith.

Viel leichter.

»Natürlich mussten sie ihn erwischen, als er aus dem Leichenschauhaus kam«, knurrte Bishop wütend, den Blick auf den Fernseher gerichtet. Wie schon einmal wurden Kane Mikrofone vors Gesicht gehalten und Fragen zugebrüllt, doch diesmal schien Kane sich der Journalisten, die sich um ihn drängten, kaum bewusst zu sein – bis ein Reporter wissen wollte, was Kane empfunden hatte, als er von dem brutalen Mord an seiner Verlobten erfuhr.

Kane starrte ihn mit einer solchen Ungläubigkeit an, dass die Meute plötzlich schwieg. Und in dieses Schweigen hinein sprach er mit schneidender Bestimmtheit.

»Die Belohnung von einer Million Dollar, die ich für Informationen ausgesetzt hatte, die zu Dinahs sicherer Rückkehr führen würden, werden jetzt an die Person oder die Personen ausgezahlt, die Informationen liefern können, die mich zu ihren Mördern führen.«

»Damit ist alles aus«, sagte Bishop leise.

»Kann Richardson ihn nicht bremsen?«, fragte Faith.

»Offensichtlich nicht.«

Der Detective flüsterte Kane hektisch etwas ins Ohr, aber Kane ignorierte ihn völlig. Stattdessen wiederholte er sein Angebot, ließ die Worte einzeln wie Eissplitter fallen, und erst als er vollkommen sicher war, dass jeder Reporter die Worte notiert oder aufgenommen hatte, ließ er sich von Richardson hastig zum Auto führen.

Als der Fernsehreporter anschließend atemlos die grausigen Fakten über die Entdeckung von Dinahs Leiche zu berichten begann, schaltete Bishop den Ton aus und blickte zu Faith. »Jetzt geht es los«, sagte er.

»Was wird Ihrer Meinung nach passieren?«

»Ein Beuterausch. Jeder Reporter in der Stadt wird versuchen, die Morde aufzuklären, ganz zu schweigen von den vielen Privatdetektiven und Amateurspürhunden.«

»Könnte das nicht was Gutes sein? Ich meine, wenn viele es versuchen …«

»Das wird die Sache nur verworrener machen. Und Richardson hat keinen Witz gemacht, als er Kane warnte, er könne wegen vorsätzlicher Gefährdung angezeigt werden, wenn jemand bei dem Versuch, die Belohnung zu kassieren, verletzt oder getötet wird.«

»Er kann nicht klar denken.«

»Nein. Und das wird ihm später vielleicht leidtun. Aber nun …«

»Ist der Schaden angerichtet?«

»Ich fürchte, ja. Am schlimmsten ist, dass sich Dinahs Mörder in die Enge gedrängt fühlen könnten und entsprechend reagieren.«

»Sie werden doch nicht hinter Kane her sein?«

»Vermutlich nicht. Er steht momentan zu sehr im Rampenlicht.« Bishop blickte sie durchdringend an. »Aber sie könnten durchaus hinter Ihnen her sein. Nachdem Dinah tot ist, sind Sie die Schlüsselfigur, Faith.«

»Eine Schlüsselfigur ohne Gedächtnis.«

»Wenn ich der Mörder wäre«, sagte er, »mit einer Stadt voller Menschen, die herauszufinden versuchen, wer ich bin, und einer millionenschweren Belohnung, die auf meinen Kopf ausgesetzt ist, würde ich nicht das Risiko eingehen, mich auf Ihren Gedächtnisverlust zu verlassen.«

»Nein«, stimmte Faith widerstrebend zu. »Ich auch nicht.«

Man nannte es die Geisterstunde. Faith erinnerte sich daran. Drei Uhr morgens, wenn alle Welt still zu sein schien und nichts ein einsameres Gefühl vermittelte, als dem eigenen Herzschlag zu lauschen.

Außer vielleicht der »Mondscheinsonate«.

Er spielte so leise, dass es sie nicht aus dem Schlaf geweckt hätte. Aber sie hatte nicht geschlafen. Sie hatte stundenlang wach in seinem Bett gelegen, hatte an die Decke gestarrt, und kurz nach Mitternacht hatte er zu spielen begonnen.

Der leise Klang drang irgendwie in ihren Kopf, pochte in ihr wie das Echo von Gefühlen, der wortlose Vortrag seiner Seelenqual. Es brach ihr fast das Herz.

Sie glaubte, dass er mit Musik trauerte, den Tönen gestattete, seinen Schmerz und seine Sehnsucht auszudrücken, weil er sie auf keine andere Art zeigen konnte.

Er war so beherrscht und verschlossen in die Wohnung zurückgekehrt, dass Faith keine Möglichkeit hatte, ihn zu erreichen, ihn zu berühren, selbst wenn sie es gewagt hätte.

Sie hatte es nicht gewagt.

Ihr gegenüber verhielt er sich gleichgültig und förmlich. Sie hätte eine vollkommen Fremde sein können, ein Gast, den er in seinem Heim und seinem Leben nur aus Höflichkeit ertrug. Mehr als einmal hatte sie den Eindruck, dass er sie gar nicht wahrnahm, selbst wenn er sie anschaute.

Und jetzt war Geisterstunde, und Faith lag in seinem Bett, nachdem er unterkühlt darauf bestanden hatte, dass sie weiterhin dort schlief. Sie lauschte seinem Klavierspiel mit so aufgewühlten Gefühlen, dass sie am liebsten geweint hätte.

Faith drehte sich um und zog das Kissen über den Kopf, wollte die schmerzlichen Klänge nicht an sich herankommen lassen, doch selbst die gedämpften Töne besaßen die Kraft, ihr wehzutun. Sie wollte sie nicht hören, wollte seinem Schmerz und seinem Kummer nicht lauschen.

Sie fragte sich, ob Dinah wusste, wie glücklich sie sich schätzen konnte.

Hatte sie Kanes Liebe genossen, oder war es für Dinah eine Last gewesen, weil sie wusste, dass sie keine gemeinsame Zukunft haben würden? Die Szenen, die Faith zwischen ihnen miterlebt hatte, diese Träume und Momentaufnahmen waren spielerisch, sexy und voller Intimität gewesen, aber auch voller Liebe? Sie wusste es nicht. Konnte es nicht wissen. Und konnte nicht fragen, nicht jetzt …

Der Strand war wunderbar friedvoll und besänftigend, wie er es immer war. Er nährte ihre Seele. Die Wellen waren wie Musik, oder wie sich nach Dinahs Vorstellung Musik für Menschen anhören musste, die sie genossen, rhythmisch wie ein Pulsieren und ganz und gar wohltuend.

Der Sand war warm unter ihren nackten Füßen, zuerst feucht, dann nass, als die Wellen um sie schwappten. Sie lief und lief. Weiter vorn war ein Mann, eine vertraute Gestalt, und sie lächelte, als sie ihn sah. Wenn sie ein wenig schneller ging, konnte sie ihn einholen.

Aber ganz gleich, wie schnell sie ging, er blieb im selben Abstand vor ihr. Sie begann zu rennen. Ihr Herz hämmerte, ihr Atem ging keuchend, und immer noch war er fern und außerhalb ihrer Reichweite.

Jenseits ihrer Fähigkeit, ihn zu berühren.

Schließlich blieb sie stehen, um wieder zu Atem zu kommen, und als sie da stand, stellte sie verwirrt fest, dass der Strand verschwunden war. Sie konnte die Wellen noch hören, das rhythmische Pulsieren, das so besänftigend war, aber jetzt war sie auf der Baustelle, wo Kanes Bürogebäude gebaut wurde.

Nur war es irgendwie nicht richtig.

Sie ging um das Stahlskelett nach hinten und runzelte die Stirn, weil es auf dieser Seite ein massives Gebäude war, dessen Fenster in der Sonne funkelten. Das ist sehr seltsam, dachte sie. Nur ein halbes Haus. Wieso würde Kane ein halbes Haus bauen?

»Er muss einen Grund dafür haben«, sagte sie laut.

Die Worte waren kaum aus ihrem Mund, als sie in ihrer Wohnung war, die sie neugierig durchstreifte, vertraute Dinge betrachtete, sie berührte. Aber alles war merkwürdig substanzlos, und sie war wieder verwirrt.

»Du bist tot«, teilte Faith ihr mit.

»Mach dich doch nicht lächerlich.«

»Doch, du bist tot.«

Dinah schüttelte den Kopf und ging weiter durch die Wohnung, jetzt suchend, mit entschlossenem Gesichtsausdruck. »Ich finde es, und dann wird alles wieder in Ordnung sein«, sagte sie.

»Aber du bist tot«, beharrte Faith trübselig. »Es ist zu spät, weil du tot bist.«

»Wenn ich es finde, werde ich nicht mehr tot sein«, erklärte Dinah bedächtig.

»Woher weißt du das?«

»Ich weiß es einfach. Warum bist du hier?«

»Ich habe versucht, dich zu erreichen«, erklärte Faith und folgte ihr. »Ich habe es immer wieder versucht. Aber es war so dunkel, und ich konnte nur das Wasser hören.«

»Du erreichst mich doch jetzt.«

»Ja, aber ich glaube, es liegt daran, dass du tot bist.«

»Wie du darauf herumreitest«, sagte Dinah und schüttelte den Kopf.

»Tja, tut mir leid, aber es ist die Wahrheit. Wonach suchst du überhaupt?«

»Nach dem MacGuffin, wie es jemand genannt hat, glaube ich.«

»Danach suchen wir auch.«

»Ja, ich weiß. Aber du suchst am falschen Ort.«

»Dann sag mir, wo ich suchen soll.«

Dinah gab einen verärgerten Laut von sich. »Wenn ich das tun würde, wäre es ja keine Schatzsuche mehr, stimmt's?«

»Wahrscheinlich nicht. Aber ...«

Sie waren im Schlafzimmer, und Dinah wandte sich ihr plötzlich zu. »Du musst aufwachen, Faith.«

»Aber ich will mit dir reden.«

»Hör auf mich. Du musst aufwachen.«

»Aber ...«

»Faith, jemand versucht, durch dein Fenster zu steigen.«

11

Faith öffnete die Augen und war sofort hellwach. Die Musik aus dem Wohnzimmer war verstummt, und die Wohnung war von der Stille vor dem Tagesanbruch erfüllt, die besonders schwer im Raum hing.

Beinahe still. Beinahe, nur nicht ganz still.

Irgendetwas kratzte an einem der Schlafzimmerfenster.

Irgendjemand.

Faith spürte, wie ihr Herz gegen die Rippen hämmerte, drehte langsam den Kopf auf dem Kissen und blickte durch den Raum. Sie konnte das dunkle Viereck des Fensters vor den bleichen Wänden erkennen, aber die Jalousien machten es unmöglich, etwas anderes zu sehen.

Wir sind im vierten Stock, und es gibt keinen Balkon.

Ein plötzliches Klicken am Fenster vertrieb augenblicklich ihre Überlegungen, wie jemand dort draußen sein konnte.

Offensichtlich war dort jemand. Und es war unwahrscheinlich, dass es sich um einen freundlichen Besuch handelte.

So leise wie möglich schlug Faith die Decke zurück und glitt aus dem Bett. Vorsichtig bahnte sie sich den Weg durch das Zimmer, den Blick immer auf das Fenster gerichtet und voller Angst davor zu sehen, dass sich die Jalousien bewegten und eine schwarz behandschuhte Hand hereingriff. Sie schob die Tür auf und ließ sie einen Spaltbreit offen, nachdem sie hindurchgeschlüpft war. Erst da achtete sie auf ihre Schritte und eilte ins Wohnzimmer.

Das Zimmer war dunkel bis auf das schwache Feuer im Gaskamin, aber Kane war noch wach. Er saß zusammengesunken im Sessel, die blicklosen Augen auf die Flammen gerichtet, und Faith musste seinen Namen zweimal sagen, bevor er sich bewegte und zu ihr aufsah.

»Was ist?«, fragte er furchtbar höflich. Er schien nicht im Mindesten überrascht, sie dort zitternd in einem durchsichtigen grünen Nachthemd stehen zu sehen.

»Kane ...«

»Du solltest wieder ins Bett gehen. Es ist spät.«

Über die Schulter blickte sie zum Schlafzimmer zurück und fragte sich erst jetzt, warum sie nicht an Bishops Tür geklopft und den Agenten geweckt hatte, der vermutlich eine Waffe besaß. Und der sich nicht in seiner Qual vergraben hatte, unerreichbar und unberührbar. Mit leiser Stimme sagte sie: »Jemand versucht, durch mein Fenster zu steigen.«

Seltsam, wie ruhig sie klang, wo doch all ihre Sinne vor Furcht bebten.

»Du hast geträumt«, sagte er.

Das habe ich tatsächlich. Aber Faith dachte nicht daran, ihm den Inhalt des Traums zu erzählen. »Kane, jemand versucht hereinzukommen. Ich schwöre dir, das habe ich nicht geträumt. Ich habe es mir auch nicht eingebildet. Jemand ist vor dem Fenster und versucht hereinzukommen. Ich konnte ihn hören.«

Kane erhob sich und ging seelenruhig zum Flur. Er hatte, entweder absichtlich oder unbewusst, die Richtung eingeschlagen, die ihn in größtmöglichem Abstand an ihr vorbeiführte, aber Faith redete sich ein, dass es keine Rolle spielte. Nicht jetzt. Nicht, bis sie darüber nachdenken konnte.

»Sei vorsichtig«, drängte sie.

Er blieb stehen und blickte sie mit leblosen Augen an. »Da draußen ist niemand, Faith. Zwei Wachleute sind vor und hinter dem Gebäude postiert. Und wir befinden uns im vierten Stock.«

»Jemand ist da draußen«, wiederholte sie beharrlich. »Bitte sei vorsichtig.« Diesmal bemühte sie sich nicht, ihre Stimme zu senken, sondern hob sie sogar. Sie hoffte, Bishop damit aufzuwecken, hoffte, der Eindringling hätte seinen Kopf schon durchs Fenster gesteckt und hörte sie. Ihr ging es nicht so sehr darum, dass der Einbrecher geschnappt wurde, sondern dass Kane nicht gedankenlos in die Schusslinie geriet.

Er schüttelte den Kopf und machte einen Schritt in den Flur.

Die Gewalt der Explosion schleuderte ihn zurück ins Wohnzimmer. Er landete fast vor ihren Füßen.

»Das einzig Gute an dem Sprengsatz war, dass er hauptsächlich im Schlafzimmer explodiert ist«, sagte Detective Nolan, der Leiter des Sprengstoffdezernats, und fuhr fort: »Das Feuer hielt sich in Grenzen, genau wie die baulichen Schäden. Und obwohl die Detonation die Flurtür fast bis ins Wohnzimmer schleuderte, hat sie nicht mal die Tür des

Schlafzimmerschranks durchschlagen. Ihr Bett können Sie allerdings vergessen, befürchte ich.«

Richardson, der mit Nolan zusammen eingetroffen war, wartete nicht auf Kanes Antwort. »Es war also eine sehr zielgenaue Explosion?« Er wirkte frisch, trotz der frühen Stunde, und nur der farbige Saum eines Pyjamaunterteils, der unter seiner Hose hervorlugte, deutete darauf hin, dass er durch Kanes Anruf aus dem Bett geholt worden war.

Aus irgendeinem Grund war Faith überrascht, dass der Detective einen Pyjama trug.

»Oh, absolut zielgenau«, erwiderte Nolan. »Ich würde sagen, der Täter wusste, dass er sein Opfer im Bett erwischen würde, und zielte genau darauf ab.«

»Warum?«, wollte Richardson wissen. »Wäre es nicht sicherer gewesen, den ganzen Raum in die Luft zu sprengen?«

»Mag sein. Aber Mr MacGregor und Miss Parker haben recht, dass nur wenig Zeit zwischen seinem Eindringen und der Explosion vergangen ist ...«

»Es können nicht mehr als eine Minute oder zwei gewesen sein«, beharrte Faith. »Ich glaube nicht, dass er das Fenster schon geöffnet hatte, als ich aus dem Raum schlüpfte.«

Nolan nickte. »Dann würde ich sagen, dass er bei der Planung zwei Probleme zu bedenken hatte. Erstens, die Bombe leise und vorsichtig genug ins Zimmer zu befördern, damit sein Zielobjekt nicht aufwacht, bevor die Explosion erfolgt, und zweitens, seinen Arsch rechtzeitig über das Seil wieder aufs Dach zu kriegen.«

»Er ist eindeutig vom Dach heruntergekommen?«, fragte Bishop.

»Einer meiner Leute hat Verformungen an der Regenrinne gefunden, die eindeutig von einem Seil stammen«, erwiderte Richardson, »und es sieht so aus, als wäre das Seil an einem Rohr dort oben befestigt worden. Wir fanden auch verschmiertes Blut an einem rostigen Bolzen, daher würde ich sagen, der Kerl hat sich geschnitten oder aufgeschürft, als er eilig das Seil wieder losgemacht hat. Die Zugangstür zum Dach war offen, daher sind wir uns ziemlich sicher, dass er über die Versorgungstreppe nach unten gelangt ist. Wahrscheinlich genauso, wie er aufs Dach gekommen ist.«

Bishop nickte.

Nolan nahm seinen Bericht wieder auf. »Nach dem zu urteilen, was wir gefunden haben, scheint der Sprengstoff von recht einfacher Machart zu sein, und er hat eine simple, kurze Zündschnur benutzt. Ich schätze, er wollte lieber eine kleine Bombe statt einer großen, damit er noch aufs Dach zurückkommen konnte, falls sie vorzeitig losging – bei selbst gebastelten Bomben passiert das häufig. Bei allem, was heftiger gewesen wäre, hätte er riskiert, selber mit hochzugehen.«

»Amateurhaft«, murmelte Bishop.

Nolan nickte wieder, diesmal lebhafter. »Meine ich auch. Kein Timer, nichts Ausgefallenes. Ein bisschen Dynamit in einem Metallbehälter, um die Explosion im Zaum zu halten, würde ich sagen. Allerdings passt die Vorgehensweise zu keinem uns bekannten Brandstifter oder Feierabendbombenbauer. Und da er die Sache einfach gehalten hat, werden wir ihn durch die Überreste der Bombe nicht aufspüren können, wette ich. Vielleicht haben wir Glück und finden einen Fingerabdruck …«

»Er hat Handschuhe getragen«, murmelte Faith.

Richardson wandte sich ihr zu. »Ich dachte, Sie hätten ihn nicht gesehen.«

»Hab ich auch nicht. Nicht genau, meine ich.« Sie wich Nolans interessiertem Blick aus und zuckte die Schultern. »Sie wissen schon.«

Richardson ging ein Licht auf. »Ah ja. Noch einer Ihrer Träume?«

»So was in der Art. Ich glaube, er trug Handschuhe. Schwarze Handschuhe. Und war völlig schwarz gekleidet.«

»Das sind sie meistens«, warf Nolan ein. »Nachts, meine ich. Damit sie nicht gesehen werden.«

»Wann werden Sie genau wissen, ob sich dieser Mistkerl in Ihrem Register befindet?«, fragte Richardson.

»Vermutlich heute Nachmittag. Momentan ist nicht viel los, daher kann ich die Sache vorrangig behandeln.«

»Danke.« Sobald Nolan gegangen war, blickte Richardson zu Kane. »Tolle Idee, deine Belohnung«, schnaubte er.

Kane erwiderte den Blick, schwieg jedoch. Seit die Polizei und die Feuerwehr eingetroffen waren, hatte er wenig gesagt, und davor kaum mehr. Er war vom Boden aufgestanden, hatte Faith gefragt, ob mit ihr alles in Ordnung sei, hatte bei Bishop nachgesehen, die Polizei angerufen – all das wie auf Autopilot und ohne sichtbare Gefühlsregung.

»Das kann doch wohl nicht der Grund gewesen sein, oder?«, sagte Faith. »Ich meine, so schnell? Außerdem, woher soll der Bombenleger gewusst haben, dass ich in diesem Schlafzimmer war?«

»Vielleicht wusste er das nicht«, meinte Richardson. »Vielleicht hatte er es darauf abgesehen, Kane auszuschalten – und die Bedrohung durch die Belohnung. Ich bezweifle, dass sie aus seinem Nachlass bezahlt worden wäre.«

Daran hatte Faith überhaupt nicht gedacht. Sie blickte zu Kane, der so still und schweigsam mit bleichem Gesicht dasaß, und sie schluckte schwer. Plötzlich war ihr sehr kalt. Die Decke, die er für sie geholt hatte, bevor die Polizei kam, lag um ihre Schultern, und sie zog sie fester um sich.

»Ich würde jedenfalls gern wissen, was mit den beiden hoch bezahlten Sicherheitsleuten passiert ist«, sagte Bishop.

»Bewusstlos zu Boden gegangen. Können sich beide an nichts erinnern, bevor ihnen die Lichter ausgepustet wurden. Und der reguläre Nachtwachmann des Gebäudes saß in der Halle und schaute sich mit hochgelegten Füßen eine Dokumentation an, also ist auch von da nichts zu erwarten.«

Kane sagte: »Der Kerl hat es also fertiggebracht, zwei erfahrene Sicherheitsleute auszuschalten, ohne Alarm auszulösen, sich vom Dach abzuseilen und wieder hinaufzuklettern und sich Zugang durch ein alarmgesichertes Fenster zu verschaffen, ohne die Alarmanlage auszulösen. Aber statt eine Waffe oder irgendwelche High-Tech-Sachen zu benutzen, wirft er einfach eine Rohrbombe durchs Fenster?«

Faith war überrascht. Sie war sich nicht sicher gewesen, ob Kane wahrgenommen hatte, was um ihn herum vorging, ganz zu schweigen davon, worüber gesprochen worden war.

»Das ergibt genauso wenig Sinn wie der Rest«, sagte Richardson. »Meiner Ansicht nach besteht das Problem darin, dass wir nicht wissen, worauf wir unsere Aufmerksamkeit richten müssen. War Dinah einer großen Sache auf der Spur, und all das steht damit in Zusammenhang? Haben

hinzu: »Ich zieh mich um und schau nach, was ich aus dem Schlafzimmer retten kann.«

Im Flur kam sie an Bishop vorbei, und Kane hörte, wie sie ihm nur einen kurzen Abschiedsgruß zurief. Der Agent trat mit seinem Gepäck ins Wohnzimmer.

»Ich vergesse immer, wie schnell du packen kannst«, bemerkte Kane.

»Jahrelange Erfahrung. Ich habe ein Taxi bestellt, ich muss gleich gehen. Ich werde mich bei Richardson melden, um mich wegen der Ermittlungen auf dem Laufenden zu halten. Aber falls ich doch länger als erwartet in Quantico oder sonst wo bleiben muss, werde ich auf jeden Fall zur Beerdigung oder zur Trauerfeier zurückkommen.«

Darüber wollte Kane nicht nachdenken. »Ich lass es dich wissen. Wann es so weit ist, meine ich.«

»Gut.« Mit einer für ihn ungewöhnlichen Unruhe fügte Bishop hinzu: »Ich würde nicht gehen, wenn es sich um irgendwas anderes handelte. Das weißt du.«

»Ich weiß. Du hast weiß Gott schon lange genug gesucht. Vielleicht diesmal …«

»Vielleicht. Und vielleicht ist es wieder eine Sackgasse.« Er stieß ein kurzes Lachen aus.

Sich all seines eigenen Kummers bewusst, sagte Kane brüsk: »Gibt nicht auf. Gib die Suche nicht auf, Noah.«

»Ich bin ein rücksichtsloser, kaltherziger Dreckskerl von einem Bundesagenten, erinnerst du dich? Ich benutze alles und jeden, um meine Ziele zu erreichen.«

Kane schwieg einen Moment und sagte dann: »Das wurmt dich immer noch, nach all diesen Jahren? Nach dem, was du mir erzählt hast, war sie so verstört, dass sie in dem

Moment alles gesagt hätte. Du gabst das leichteste Ziel ab, also hat sie dir die Schuld zugeschoben.«

»Ich hatte es verdient.«

»Du hast nur deine Arbeit getan.«

»Nein.« Bishops Blick war hart. »Ich bin weit darüber hinaus gegangen.«

»Du hast versucht, einen Mörder zu fassen.«

»Und stattdessen habe ich ihm erlaubt, wieder zuzuschlagen.«

»Ihm erlaubt? Noah …«

»Vergiss es. Das ist Vergangenheit, tot und begraben. Ich weiß nicht, warum zum Teufel ich es überhaupt erwähnt habe. Im Augenblick mache ich mir mehr Sorgen um die Gegenwart.« Bishop zögerte, wollte sich nur ungern einmischen, konnte aber nicht anders. »Du kannst sagen, es ginge mich nichts an, aber ich müsste blind und dumm sein, um nicht zu bemerken, wie die Dinge zwischen dir und Faith stehen. Und ich bin weder das eine noch das andere.«

»Ich weiß nicht, was du meinst.« Kane hörte sich dieselben Worte sagen, mit denen er ebengerade Faith zurückgewiesen hatte, und fragte sich, ob ihm sämtliche Gefühle in Leuchtschrift auf die Stirn gebrannt waren. »Und du hast recht. Es geht dich nichts an.«

Doch Bishop ließ sich genauso wenig zurückweisen wie Faith. »Sie hat es dir angetan – und du bist wütend auf sie, weil sie dich dazu gebracht hat, Dinah zu betrügen.«

»Du redest bloß Scheiße.«

Bishop lächelte. »Ach ja? Vielleicht über manche Dinge, aber in diesem Fall nicht. Ich will ja nur sagen, dass du dich oder Faith nicht für das bestrafen kannst, was du empfindest, vor allem jetzt nicht. So, wie ich Dinah kannte, würde sie es bestimmt nicht als Betrug betrachten, dass eine Freundin, der sie so unbedingt helfen wollte, einen Platz in deinem Leben gefunden hat.«

»Davon kann keine Rede sein.«

»Nicht?«

»Nein. Ich empfinde nichts für sie. Nichts in der Art. Sie ist nur … ein Werkzeug, das ich benutzen kann, um herauszufinden, wer Dinah umgebracht hat. Mehr nicht.«

»Es ist die Hölle, ein schlechtes Gewissen zu haben, nicht wahr?«, sagte Bishop bedächtig.

»Du weißt nicht, wovon du sprichst, Noah.«

»Das würdest du bestimmt gern glauben.«

»Hör auf damit, ja? Hör einfach auf.« Kane wollte nicht darüber reden. Er wollte nicht darüber nachdenken. Und vor allem wollte er nicht, dass Noahs tastende Spinnensinne auf ihn gerichtet waren.

»Das kann ich nicht, Kane. Es geht mir gegen den Strich, abzuhauen und zuzulassen, dass ein Freund sich in Stücke reißt, nur weil er menschliche Gefühle hat. Und mehr ist es nicht, verstehst du. Du bist auch nur ein Mensch. Dinah ist fort. Sie ist schon seit Wochen fort, und wenn du ehrlich mit dir bist, wirst du zugeben müssen, tief in deinem Inneren gewusst zu haben, dass sie nicht zurückkommt.«

»Halt doch endlich die Klappe.«

»Das ist die Wahrheit, und du weißt es. Du hast Dinah aufgegeben, Kane, obwohl du weitergemacht und dir eingeredet hast, dass es nicht stimmt. Aber es ist wahr. Sie ist fort, und noch während du nach ihr gesucht hast, hast du eine andere Frau getroffen, für die du etwas empfindest.«

Kanes Wut kochte über. Ehe er sichs versah, war er aufgesprungen, die Hände zu Fäusten geballt und so gierig danach zuzuschlagen, dass ihm schier übel wurde. »Was zum Teufel ist los mit dir? Himmel, Noah, Dinah ist fast noch warm, sie liegt auf einer Bahre im Leichenschauhaus, auf derart grausige Weise verstümmelt, dass ich sie kaum als die Frau erkennen konnte, die ich liebte. Ihre letzten Tage hat sie unter höllischen Schmerzen durchlebt, die ich mir nicht mal vorstellen kann, und als diese Drecksäcke mit ihr fertig waren, haben sie Dinah in ihrem schlimmsten Albtraum eingesperrt, haben sie dort allein und verängstigt liegen lassen, damit sie verblutet oder in diesem winzigen, unterirdischen Loch erstickt.«

»Wir wissen nicht mit Sicherheit, ob sie in dem Raum gestorben ist. Vielleicht ist ihr dieser Albtraum erspart geblieben«, sagte Bishop leise.

Kane hörte ihn kaum. Er schrie fast, als er qualvoll und verächtlich die Fragen stellte, die ihm seit Tagen durch den Kopf gingen. »Für was für einen Menschen hältst du mich eigentlich? Glaubst du, es ist so leicht für mich, sie zu vergessen, sie einfach beiseitezuschieben, nur weil ein Stück Frischfleisch durch die Tür hereingekommen ist? Glaubst du, irgendeine andere Frau könnte Dinahs Platz einnehmen? Dass ich für eine andere jemals auch nur ein Zehntel dessen empfinden könnte, was ich für sie empfunden habe?«

»Kane …«

»Ich habe sie geliebt. Verstehst du das? Ich habe sie geliebt.«

»Ich weiß.«

»Ich wache jede gottverdammte Nacht auf, weil es mir

körperliche Schmerzen bereitet, dass sie nicht hier ist. Dass sie schon so lange nicht mehr hier war. Ich hasse mich, weil ich bereits aufgegeben hatte, bevor ihre Leiche gefunden wurde, selbst bevor ich *wusste,* dass sie tot ist. Ich bin wütend auf sie, weil sie mir so viel von sich vorenthalten hat, wütend auf mich, weil ich nicht fähig war, sie zu erreichen. Und jetzt – jetzt werde ich dazu nie mehr fähig sein. Sie ist tot. Sie ist tot.«

»Und Faith?«

»Faith?«, sagte er mit einem harten Lachen. »Ich dachte, sie wäre eine Verbindung zu Dinah. Mehr nicht. Eine Weile lang dachte ich – glaubte ich sogar –, dass ein Teil von Dinah in ihr lebendig war, irgendwie auf sie abgefärbt hatte. Ich habe gesehen, wie sie Dinahs Nagellack fand, als wisse sie genau, wo Dinah ihn aufbewahrte, ich sehe sie dieselben Dinge wie Dinah essen, auf dieselbe Weise. Ich rieche Dinahs Parfüm an ihr, höre sie dieselben Ausdrücke verwenden, in demselben Ton, sehe sie ihren Kopf auf dieselbe Weise drehen … und habe mir vorgegaukelt, Dinah sei nicht ganz verschwunden.«

»Bist du dir sicher, dass es das war? Dass es nur das war?«

»Natürlich bin ich mir sicher. Glaubst du wirklich, ich könnte irgendwas anderes empfinden? Für *sie?«*

»Gefühle sind durchaus in Ordnung, Kane.«

»Nein, sind sie nicht! Herrgott noch mal, es wird nie wieder in Ordnung sein!«

Im Flur, außer Sichtweite der beiden Männer, schlich sich Faith weg, ins Badezimmer, wo sie hatte duschen wollen. Sie schloss die Tür und stellte das Wasser an, um auch noch den fernsten Nachhall von Kanes erhobener Stimme auszuschließen. Dann betrachtete sie ihr bleiches Gesicht im Spiegel.

Seltsam. Nie zuvor war ihr bewusst geworden, dass Schmerz etwas Sichtbares, Gequältes in den Augen eines Menschen sein konnte.

Sie sah weg, konzentrierte sich auf ihre Hände, die angespannt auf dem Badezimmerschrank lagen. Dinahs roter Nagellack bedeckte ihre sauberen, ovalen Nägel. Daneben stand ein Fläschchen mit Dinahs Parfüm, das sie so gedankenlos benutzt hatte.

Diese schreckliche Wut in seiner Stimme.

Sie blickte zu der Bluse und der Hose auf dem Wäschekorb, saubere Kleidungsstücke, die sie unbeschädigt im Schrank gefunden hatte und nach dem Duschen anziehen wollte, und merkte, dass sie keine Ahnung hatte, ob sie ihr oder Dinah gehörten.

»Das werde ich wissen, wenn sie nicht passen«, murmelte sie vor sich hin. »Ihre Sachen passen mir nicht. Das ist wenigstens etwas.«

Der entsetzliche Abscheu in seiner Stimme.

Sie griff nach dem Parfümfläschchen und stellte es in den Badezimmerschrank. Dann begann sie den Nagellack zu entfernen. Grob fuhr sie mit dem Wattebausch über die Nägel, rieb hektisch die rote Farbe ab.

Übelkeit sammelte sich in ihrem Magen, und sie fühlte sich schwindlig, benommen.

»Ich habe es nicht absichtlich getan«, murmelte sie und wich dem Spiegelbild der gramvollen Frau aus. »Ich habe es nicht mal gemerkt …«

* * *

Kane saß lange Zeit mit dem Kopf in den Händen auf der Couch, bevor er schließlich fähig war, zu seinem Freund aufzuschauen. »Großer Gott. Es tut mir leid«, sagte er.

»Das braucht es nicht. Du musstest es rauslassen.«

»Mag sein.« Kane war erschöpft. »Aber ich musste mich nicht so aufführen, als sei alles deine Schuld.«

»Niemand hat Schuld.«

»Mir ist aber danach, jemandem die Schuld zu geben, Noah.« Kane wusste, dass sein Lächeln verzerrt war.

»Weil du das unwahrscheinliche Glück hattest, auf zwei Frauen zu stoßen, für die du so viel empfinden kannst? Ich würde sagen, das Schicksal hat dir zugelächelt, Kumpel.«

Kane verschränkte die Finger und starrte sie an. Er wollte es nicht aussprechen, aber die Worte schienen aus einer Quelle der Gefühle zu sprudeln, die er endlich hatte anzapfen können. »Ich kann nicht in sie verliebt sein, Noah. Ich kann es nicht. Ich liebe Dinah nach wie vor.«

»Du wirst Dinah immer lieben«, sagte Bishop leise. »Es ist kein Betrug an der Erinnerung an sie, wenn du auch noch jemand anderen liebst.«

»Warum hasse ich mich dann so dafür?«

Nach kurzem Nachdenken sagte Bishop: »Weil es leichter ist, sich schuldig zu fühlen, als zu versuchen, mit einer Sache ins Reine zu kommen und sie anzunehmen.«

»Mistkerl«, sagte Kane.

»Es stimmt aber. Dinah ist tot. Du bist immer noch hier. Und das Leben geht weiter.« Er lächelte. »Klischees, aber trotzdem die Wahrheit. Du musst mit deinem Leben weitermachen. Plane ihre Trauerfeier, Kane. Versuche herauszubekommen, wer sie ermordet hat, und sorge dafür, dass die Täter betraft werden. Dann lass sie gehen. Verabschiede dich von ihr.«

»Ich weiß nicht, ob ich das kann.«

»Du hast sie schon vor Wochen gehen lassen.« Er sah, wie diese Wahrheit in Kane einsank, sah das leichte Nicken widerstrebender Zustimmung, und war zufrieden.

In dem Moment summte die Gegensprechanlage und verkündete, dass Bishops Taxi eingetroffen war, und Kane stand auf, um seinen Freund an die Tür zu bringen. »Lass von dir hören«, sagte er.

»Ja, das mache ich. Und du, tu mir einen Gefallen, ja?«

»Wenn ich kann.«

»Pass auf dich auf. Und pass auf Faith auf.«

»Ich werde mein Bestes tun.«

Als Bishop fort war, ging Kane durch den Flur zu den Schlafzimmern und lauschte. Er hörte die Dusche und fühlte sich erleichtert, dass Faith beschäftigt gewesen war und seine Tirade nicht mit angehört hatte.

Er war nicht bereit, ihr mit seinen verwirrten Gefühlen gegenüberzutreten.

Diese Gefühle hatten sie bereits mehr als einmal verletzt.

12

Ich bin gleich hergekommen, als ich von der Explosion hörte. Kane, was um alles in der Welt geht hier vor?« Sydney klang genauso erschüttert, wie sie aussah. Sie hatten am Tag zuvor telefoniert, als in den Nachrichten über die Entdeckung von Dinahs Leiche berichtet worden war, aber Kane hatte sie gewarnt, in seine Wohnung zu kommen, weil die Medien das Haus belagerten.

An diesem Morgen war sie trotzdem gekommen.

»Die Polizei ermittelt noch«, teilte er ihr mit. »Guy Richardson meint, Dinahs Mörder sei nicht glücklich darüber gewesen, dass ich eine Belohnung auf seinen Kopf ausgesetzt habe, und hat einen Sprengsatz in mein Schlafzimmer geworfen, um sich dieser Bedrohung zu entledigen.«

Sidney runzelte die Stirn. »Hast du nicht gesagt, dass Faith in deinem Zimmer schläft?«

»Ja. Sie ist aufgewacht und hat jemanden am Fenster gehört. Sonst wäre sie auch tot.«

Kane hatte gehorcht, ob Faith bereits wach war, aber sie war noch nicht aus dem Schlafzimmer aufgetaucht.

»Dann könnte die Bombe auch ihr gegolten haben?«

»Könnte sein. Aber bei ihrem löchrigen Gedächtnis und

ohne wirklichen Beweis dafür, dass der Anschlag ihr galt, könnte er genauso gut mir gegolten haben.«

Sidney trank nachdenklich von ihrem Kaffee. »Kane, diese Belohnung …«

»Was ist damit?«

»Na ja, vielleicht hat Guy recht. Vielleicht hat diese Summe eine riesige Zielscheibe auf deinen Rücken gemalt.«

»Dann erreiche ich damit wenigstens eines meiner Ziele – dass jemand sehr, sehr nervös wird. Und nervöse Menschen machen Fehler, Syd. Wenn er rumläuft und mich zu töten versucht, versteckt er sich nicht – und ich habe eine bessere Chance, ihn zu erwischen.«

Sie sah ihn fragend an. »Dein Tod wird Dinah nicht zurückbringen.«

»Das weiß ich. Ich habe nicht die Absicht zu sterben, falls du das denkst. Ich versuche nur, den Dreckskerl aus der Deckung zu locken.«

»Kane … es tut mir so leid um Dinah. Ich weiß, das habe ich gestern schon gesagt, aber ich glaube, wir haben beide nichts Vernünftiges herausgebracht, und …«

»Ich weiß, Syd.« Das Mitgefühl seiner Schwester war wie Salz in einer klaffenden Wunde, und Kane hatte ein schlechtes Gewissen, es von ihr anzunehmen. Er fragte sich, was sie von ihm halten würde, wenn sie wüsste, dass er Dinah im Herzen schon vor Wochen aufgegeben hatte.

»Wird es … hast du über ein Begräbnis nachgedacht? Oder schon Pläne gemacht?«

»Nein, noch nicht konkret. Die Gerichtsmedizin wird Dinahs Leiche erst nach der Autopsie freigeben, vielleicht in einer Woche oder später. Sie wollte eingeäschert werden, hatte das in ihrem Testament festgelegt, glaube ich. Also denke ich, eine Trauerfeier wäre besser.« Er hörte den distanzierten Ton in seiner Stimme und überlegte, ob seine Ruhe genauso unglaubwürdig klang, wie er es empfand.

»Ich kann das für dich in die Wege leiten, wenn du willst, Kane. Du hast im Moment schon genug am Hals, und … und ich würde gern etwas für Dinah tun.«

Sein erster Impuls war, das Angebot anzunehmen, doch es war nicht seine Art, anderen schwierige Aufgaben zu überlassen, die er seiner Meinung nach selbst übernehmen sollte. »Ich werde darüber nachdenken, Syd, vielen Dank. Lass uns noch ein paar Tage warten, bevor wir irgendwas entscheiden.«

»Wird vermutlich das Beste sein. Außerdem könnte sie konkrete Anweisungen für das hinterlassen haben, was sie wollte. Hast du schon von ihrem Anwalt gehört?«

»Nein, noch nicht.«

»Bist du ihr Testamentsvollstrecker?«

Kane runzelte die Stirn. »Das würde mich wundern, da wir erst seit sechs Monaten zusammen waren, als sie verschwand. Sie hat nie etwas von Änderungen in ihrem Testament gesagt.«

»Aber sie hatte keine lebenden Familienangehörigen mehr, oder?«

»Nein. Doch sie hatte Conrad Masterson, und ich schätze, er wird ihr Testamentsvollstrecker sein, da er ihr Geld verwaltet hat. Ich weiß, dass sie ihm vertraut hat.«

»Dann wird Conrad vielleicht wissen, was sie gewollt haben könnte.«

»Mag sein.« Mehr zu sich als zu ihr sagte er: »Ich frag

mich, ob Mörder tatsächlich zu der Beerdigung ihrer Opfer kommen.«

»Was für ein morbider Gedanke.«

Er schaute zu seiner Schwester und brachte ein entschuldigendes Lächeln zustande. »Ja, nicht? Entschuldige.«

Bevor Sydney darauf reagieren konnte, kam Faith in die Küche. Sie sah wie höchstens fünfzehn aus, das Haar mit einem breiten Plastikband zurückgehalten, in einer ausgeblichenen Jeans und einem zu weiten weißen Sweatshirt. Überhaupt kein Make-up, und Kane bemerkte sofort, dass sie den roten Nagellack entfernt hatte.

Sie sah nicht nur jung, sondern … entblößt aus. Vollkommen verletzlich, selbst der wenigen Abwehrmittel entledigt, die sie hatte finden können, seit sie mit ausgelöschter Vergangenheit aufgewacht war. »Hi«, sagte sie, den Blick auf seine Schwester gerichtet, mit einer Stimme, die noch gedämpfter war, als Kane sie je gehört hatte.

»Hallo, Faith.«

Kane näherte sich ihr nicht, schenkte ihr nur eine Tasse Kaffee ein und schob sie ihr über die Kochinsel zu.

Sie hielt den Blick auf die Tasse gerichtet, während sie Zucker und Sahne hineintat, trug sie dann zum Tisch und nahm gegenüber von Sydney Platz.

»Wie ich hörte, sind Sie gestern Nacht nur knapp davongekommen.«

Faith' bleiche Lippen verzogen sich, um ein Lächeln nachzuahmen. »Ziemlich knapp. Wenn er keine Geräusche gemacht hätte, als er das Fenster öffnete …«

»Aber Sie haben nicht gesehen, wer er war?«

»Nein.«

»Also könnte der Kerl es tatsächlich auf Kane abgesehen haben.«

»Das ist durchaus möglich. Detective Richardson scheint das zu glauben.«

»Kane, ich hoffe, du wirst die Sicherheitsmaßnahmen hier verstärken. Deine Wachleute da draußen haben mit den Medien alle Hände voll zu tun.«

»Ich rufe die Sicherheitsfirma sofort nach dem Frühstück an. Ein Dutzend Männer mehr und zwei Hunde für jede Schicht sollten ausreichen.«

Faith warf ihm einen raschen Blick zu. »Werden die anderen Mieter im Haus nichts dagegen haben?«

Sydney antwortete ihr. »Wahrscheinlich nicht. Kane ist ihr Vermieter.«

Faith war nicht klar gewesen, dass ihm das Haus gehörte. Oder vielleicht sogar der ganze Komplex.

»Ich glaube nicht, dass sie etwas gegen mehr Sicherheit haben werden«, sagte er.

Das dürfte wohl stimmen, dachte Faith.

Nach dem Frühstück erledigten Faith und Sydney den Abwasch, während Kane am Telefon mit seiner Sicherheitsfirma sprach. Stillschweigend ignorierten sie die Spülmaschine, da beide sich mit den einfachen Tätigkeiten des Abwaschens, Trocknens und Wegräumens ablenken wollten. Erst als die beiden Frauen allein waren, stellte Sydney eine leise Frage.

»Wie geht es ihm wirklich?«

Faith wusste nicht, wie sie das beantworten sollte. Sie entschied sich, ehrlich zu sein. »Er hat nicht viel mit mir gesprochen. Ich glaube … er hat mit Bishop geredet.«

»Sie sind schon seit langer Zeit befreundet. Wenn jemand helfen kann ...«

Faith fragte sich, ob das überhaupt jemandem gelingen würde, doch sie sagte nur: »Ich weiß nicht, was ich zu ihm sagen soll.« Sydney lehnte sich mit der Hüfte an die Arbeitsplatte und hielt den Blick auf den Teller gerichtet, den sie gerade abtrocknete. Das zarte Bettelarmband an ihrem Handgelenk klimperte leise. »Es gibt nicht viel, was Sie sagen können, schätze ich. Und ich auch nicht. Wir können nur Mitgefühl mit dem Schmerz eines anderen haben. Und da sein, falls er uns braucht.«

Faith atmete zitternd ein. »Ja, aber in meinem Fall könnte ich tatsächlich – direkt oder indirekt – für den Mord an der Frau verantwortlich sein, die er liebt.« Sie benutzte absichtlich das Präsens.

»Das wissen Sie nicht, Faith.«

»Genau das ist es ja. Ich weiß es nicht. Und er auch nicht.«

»Immer noch kein Glück gehabt, Ihr Gedächtnis wiederzufinden, nehme ich an.«

»Nein. Und obwohl wir einiges über meine Vergangenheit herausgefunden haben, kommt mir nichts auch nur vage bekannt vor.«

»Also ist es immer noch möglich, dass das, worin Dinah und Sie verwickelt waren, etwas ist, das Sie ... mitgebracht haben, als Sie nach Atlanta kamen?«

»Mehr als möglich. Irgendwas hat mich quer durchs Land getrieben und in eine fremde Stadt geführt. Ich wünschte nur, ich wüsste, was es war.«

»Sie haben nicht die geringste Ahnung?«

Die haben mir alles genommen, Dinah. Alles.

Faith zögerte und sagte dann: »Anscheinend wurde meine Familie getötet, ermordet, aber ich weiß nicht, warum oder von wem. Vielleicht bin ich deswegen hergekommen, doch wenn dem so ist, kann ich mich trotzdem nicht erinnern.«

»Sie haben es ganz schön schwer gehabt, nicht wahr?« Sydneys hübsches Gesicht spiegelte das Mitgefühl in ihrer Stimme. »Das tut mir wirklich leid, Faith. Ich wünschte, ich könnte Ihnen helfen.«

»Sie haben es selbst gesagt.« Faith lächelte. »Wir können nur Mitgefühl anbieten, wenn jemand leidet. Vielen Dank für Ihres.«

»Wenn ich Ihnen in irgendeiner Weise helfen kann, lassen Sie es mich wissen. Vergessen Sie das nicht, Faith.«

Ohne darüber nachzudenken, hörte Faith sich sagen: »Also, eine Sache gibt es. Sie können mir sagen, ob es so schwierig ist, sich vom Dach dieses Hauses abzuseilen, wie ich mir das vorstellen würde.«

Sydney, die gerade dabei war, einen Tellerstapel in den Schrank zu stellen, hielt inne und warf Faith einen erstaunten Blick zu. Dann lächelte sie. »Ach so. Ich nehme an, Kane hat Ihnen erzählt, dass ich früher geklettert bin.«

Das hatte er nicht, aber Faith zwang sich zu einem nichtssagenden Nicken, während sie sich noch wunderte, woher sie das wusste. Vielleicht eine nachklingende Erinnerung an etwas, das Dinah gesagt hatte? Oder hatte sie es selbstständig aus dem Äther aufgeschnappt? Dieses übersinnliche Zeug war sehr verwirrend.

»Für einen Amateur wäre es nicht so leicht«, beantwortete Sydney die Frage. »Eine glatte Wand und pechschwarze Dunkelheit, die Notwendigkeit, kein Geräusch zu machen. Aber ein erfahrener Bergsteiger kann das ohne Weiteres schaffen, würde ich sagen.«

»Verstehe.«

Sydney richtete ihre Aufmerksamkeit darauf, ihr Küchenhandtuch ordentlich über eine Stange zu hängen, und sagte wie beiläufig: »Ich nehme an, Kane hat Ihnen auch erzählt, dass mein Mann bei einem Bergunfall ums Leben gekommen ist.«

»Ich … Nein, hat er nicht. Es tut mir so leid, Sydney. Wenn ich das gewusst hätte, dann hätte ich nie …«

»Lassen Sie nur. David ist vor mehr als zwei Jahren umgekommen. Das ist keine … frische Wunde mehr. Ja …« Sie lachte plötzlich, ein Klang, der beinahe überzeugend war. »Egal. Lassen Sie uns hier fertig machen und mal schauen, ob es Kane gelungen ist, das Haus in eine Festung zu verwandeln.«

Als sie aus der Küche kamen, stellten sie fest, dass Kane die Verhandlungen mit der Sicherheitsfirma abgeschlossen hatte und mit seinem Auftragsdienst sprach, der seit dem vorherigen Tag alle Anrufe auf seiner Festnetznummer entgegengenommen hatte. Kane stand am Flügel mit dem schnurlosen Telefon in der Hand und machte sich Notizen auf einem Block.

»Die Medien, nehme ich an«, murmelte Sydney.

Faith vermutete dasselbe, aber als Kane das Gespräch beendet hatte, ging er nicht weiter darauf ein. Stattdessen sagte er mit einem Blick auf seine Schwester: »Die Sicherheitsfirma hat bereits weitere Leute hergeschickt, und die Polizei hat die Medien dazu gebracht, sich weiter vom Haus zu entfernen, daher solltest du ohne Schwierigkeiten hinauskommen.«

»Ich sollte zurück ins Büro fahren«, stimmte Sydney zu.

»Ich weiß es wirklich sehr zu schätzen, dass du für mich die Stellung hältst, Syd.«

»Kein Problem. Aber du müsstest eine Entscheidung wegen des Ludlow-Gebäudes treffen. Max sagt, sein Vorarbeiter sei bereits abgehauen, und er müsse die Mannschaft am Montag wieder zur Arbeit schicken, ganz gleich, was wegen der Baustelle entschieden wird. Entweder dort, oder er muss sie bei einem anderen Projekt einsetzen.«

Kane runzelte die Stirn. »Jed Norris wird vermisst?«

»Also, Max hat nichts von vermisst gesagt. Ich meine, er wirkte nicht besorgt, nur verärgert. Sagte, Jed sei einigermaßen verlässlich, wenn man ihn beschäftigt hielte, neige aber dazu zu verschwinden, wenn er zu viel freie Zeit hätte. Was willst du wegen des Baus unternehmen, Kane? Ich hatte bereits zwei Anrufe von der Investmentgruppe, und sie sind nicht glücklich darüber, dass die Arbeiten gestoppt wurden.«

Vor seinem inneren Auge sah Kane wieder die Risse im Fundament und merkte, dass er einer Lösung des Problems nicht näher gekommen war. »Lassen wir einen Bauinspektor kommen, um sich das anzuschauen«, schlug er vor. »Vielleicht fällt dem etwas auf, das ich übersehen habe.«

»In Ordnung, ich sorge dafür. Kann ich sonst noch etwas tun?«

»Nein, vielen Dank.«

»Was ist mit euch beiden?« Sydney schaute zu Faith, die still und schweigend am Kamin stand.

»Wir haben noch genug zu tun«, sagte Kane. Aber als seine Schwester gegangen war, fand er es schwierig, mit Faith zu sprechen. Sie wirkte abwesend, weit weg, und er hatte das beunruhigende Gefühl, dass ein falsches Wort oder eine ungeschickte Geste sie für immer aus seiner Reichweite katapultieren könnte.

Das erinnerte ihn an den letzten Morgen mit Dinah, als er jedes Wort abgewogen hatte, bevor er es aussprach, überzeugt davon, dass sie sich an einem gefährlichen Scheideweg befanden. Da hatte er sich nicht genug angestrengt, war nicht ehrlich mit dem gewesen, was er empfand.

Und ich habe sie lebend nicht wiedergesehen. Erst, als sie kalt und verstümmelt im Leichenschauhaus lag.

Kane verdrängte das schreckliche Bild aus seinem Kopf.

»Ich habe die Reparatur des Schlafzimmers in Auftrag gegeben«, sagte er schließlich von der Mitte des Raumes aus, wo er mit den Händen in den Hosentaschen stand und sie beobachtete. »Das wird mehrere Tage in Anspruch nehmen. Die Handwerker werden demnächst eintreffen. Dann wird es hier ziemlich laut werden, fürchte ich. Ich schlage daher vor, dass wir für den Rest des Tages woanders hingehen.«

Endlich blickte sie ihn an. »Was hast du im Sinn? Jordan Cochrane?«

Allein der Name ließ die Wut wie Galle in Kane hochsteigen, doch es gelang ihm, in gleichmäßigem Ton weiterzusprechen. »Heute nicht. Ich habe in seinem Büro und bei ihm zu Hause angerufen. Er ist auf Geschäftsreise. Wird in ein oder zwei Tagen zurückerwartet.«

Sorgt er für sein Alibi?, überlegte Faith. »Wie lange ist er schon fort?«

»Seit einer Woche. Hat man mir gesagt. Aber wir können das überprüfen.«

Faith wusste, Kane wollte auf keinen Fall, dass Jordan Cochrane unschuldig war. Kane wollte jemandem die Schuld an Dinahs Tod geben können.

»Und in der Zwischenzeit?«, fragte sie.

»In der Zwischenzeit sollten wir beide für ein paar Stunden hier herauskommen. Zum einen muss ich auf die Baustelle, um mich mit dem Bauinspektor zu treffen. Und hast du nicht einen Termin bei der Physiotherapeutin?«

»Ach ja.« Es war Donnerstag. Sie hatte es vergessen.

»Um wie viel Uhr hast du deine Behandlung?«

Faith schaute auf ihr nacktes Handgelenk, runzelte die Stirn und blickte dann auf die Uhr am Videorekorder. Fast zehn. Sie konnte kaum glauben, wie viel an diesem unendlich langen Morgen passiert war.

»Um halb zwölf, glaube ich.«

»Gut. Dann müssten wir um elf gehen. Das sollte den Sicherheitsleuten genug Zeit lassen, sich zu überlegen, wie sie uns hier ungesehen hinausbringen. Sobald die Handwerker eintreffen, können sie loslegen. Bis dahin sortieren wir aus, was durch die Explosion unbeschädigt geblieben ist.«

»In Ordnung«, sagte Faith.

Es war fast eins, als Faith ihre Behandlung abgeschlossen, geduscht und sich angezogen hatte. Wie gewöhnlich fühlte sie sich danach voll neuer Energie und hoffte, dass sie diese Nacht tief und traumlos schlafen konnte.

Doch sie rechnete nicht damit.

»Faith.«

Vor dem Behandlungszimmer sah Faith Dr. Burnett mit einem Lächeln den Gang hinunter auf sie zukommen. Hinter ihm erhob sich Kane von einem Stuhl. Er hatte auf sie gewartet. An der Wand neben dem Fahrstuhl lehnte der neue Bodyguard, der sie heute begleitet hatte, scheinbar entspannt, aber vollkommen wachsam. Er trug Jeans und Sweatshirt, und Faith überlegt kurz, wo er wohl seine Waffe hatte.

»Faith?«

Sie lächelte Dr. Burnett an. »Hallo. Was machen Sie denn in diesem Stockwerk?«

»Ich wollte nach meiner Starpatientin schauen.« Die Worte klangen leicht, aber sein Blick war durchdringend und besorgt.

»Mir geht's gut. Obwohl mich Tracy wie üblich gefoltert hat.«

»Sie hat angerufen, während Sie in der Dusche waren.«

Faith seufzte. »Ach so. Und was hat sie Ihnen gesagt? Dass ich die Gewichte nicht heben konnte, die ich letzte Woche geschafft habe? Dass ich es nur zehn Minuten auf dem Stepper ausgehalten habe?«

»Dass Sie über zwei Kilo abgenommen haben. Faith, wenn Sie nicht auf sich achten, sind Sie ganz schnell wieder hier. Wollen Sie das?«

»Nein, natürlich nicht.«

»Dann geben Sie besser auf sich acht. Ich kann nicht ruhig zusehen, wie Sie den Boden wieder verlieren, den Sie sich mühsam erobert hatten.«

»Drangsalieren Sie Ihre ehemalige Patientin, Doktor?« In Kanes Stimme klang spürbar eine Warnung mit.

Er war herübergekommen und stand jetzt dicht neben ihr. Faith fühlte sich eingesperrt, als wäre sie zwischen den beiden Männern eingekeilt. Sie spürte ihre gegenseitige Abneigung so deutlich, als stände sie ihnen auf der Stirn geschrieben.

Burnetts Gesicht verspannte sich, doch er erwiderte Kanes starren Blick, ohne einzulenken. »Mir liegt ihr Wohlergehen am Herzen, Mr MacGregor. Ihnen auch?«

»Natürlich.«

»Ach ja? Und trotzdem zerren Sie sie in gefährliche Situationen, wo auf sie geschossen wird und sie fast einem Bombenanschlag zum Opfer fällt …«

»Sie wird von jetzt an in Sicherheit sein. Dafür sorge ich.«

»Indem Sie bewaffnete Bodyguards in ihr Leben bringen? Sie abschotten, sodass diejenigen, denen sie am Herzen liegt, sie nicht mal mehr erreichen können? Ich habe gestern versucht anzurufen und …«

»Ein Auftragsdienst nimmt die Anrufe entgegen.« Kanes Augen funkelten feindselig, und seine Stimme war scharf. »Um die Anfragen der Medien auszusortieren, die sich häufen, seit Dinahs Leiche gefunden wurde. Das können Sie doch sicher verstehen, Dr. Burnett.«

»Ich habe eine Nachricht hinterlassen, Mr MacGregor. Die Faith eindeutig nicht bekommen hat.«

Faith blickte zu Kane auf. Er hatte nicht erwähnt, dass jemand für sie eine Nachricht hinterlassen hatte, und sie musste sich fragen, warum.

»Heute Morgen war viel los«, war Kanes einzige Antwort.

»Das kann ich mir vorstellen«, sagte Dr. Burnett. »Die Belohnung, die Sie ausgesetzt haben, kommt in allen Nachrichten. Sie haben die ganze Stadt in Unruhe versetzt. Das wollten Sie doch wohl erreichen, Mr MacGregor, nicht wahr? Sie denken nur daran, die Leute zu finden, die Ihre Verlobte ermordet haben, stimmt's? Nichts sonst spielt für Sie eine Rolle. Und Sie schleppen Faith mit sich herum, wo auch immer die Suche Sie hinführt, welche Gefahren dabei …«

Plötzlich war es zu viel, und Faith, die den Eindruck hatte, sie würde keine Luft mehr bekommen, schnitt ihm das Wort ab. »Das reicht. Niemand hat mich in diese Situation hineingezerrt, Dr. Burnett – außer den Leuten, die versuchen, mein Leben zu zerstören.«

»Faith …«

»Nein. Es reicht jetzt. Mir ist bewusst, dass ich Ihr Lieblingsprojekt bin. Mir ist ebenfalls bewusst, dass ich im Moment etwas zerbrechlich wirke. Aber Sie machen einen großen Fehler, wenn Sie sich einbilden, ich sei nicht mehr als eine Puppe ohne eigenen Verstand. Ich bin durchaus in der Lage, für mich selbst zu sorgen.« Sie richtete ihren Blick auf Kane und hob das Kinn. »Es wird Zeit, dass ich das auch tue.«

Sie fegte an ihnen vorbei und ging zu den Aufzügen, während die beiden Männer ihr verblüfft nachsahen.

13

Kane holte sie am Aufzug ein, doch da der Bodyguard mit ihnen einstieg, sagte Kane nichts zu ihr.

Faith merkte zu ihrer Überraschung, dass sie wütend war – und das fühlte sich gut an.

Sie war wütend auf Dr. Burnett, weil er sie nur als zerbrechliches Wesen betrachtete, das seines professionellen Rates und seiner Fürsorge bedurfte, wütend auf Kane, weil er zu ihrer Verteidigung in die Bresche gesprungen war, als glaubte auch er, dass sie seines Schutzes bedurfte, und vor allem wütend auf sich selbst, weil sie die Überheblichkeit der beiden Männer einfach so hingenommen hatte.

Vielleicht waren ihre Beine dieser Tage ein bisschen zittrig, vielleicht war ihr Gedächtnis leer wie das Gesicht eines Pantomimen, und vielleicht war sie tatsächlich ein emotionaler Trümmerhaufen. Aber gleichzeitig war sie eine erwachsene Frau, die den Mumm gehabt hatte, ihren gewalttätigen Ehemann zu verlassen, allein dreitausend Meilen durchs Land zu reisen und ein neues Leben zu beginnen.

Eine Erkenntnis, an der sie sich festhalten konnte.

Das Auto mit dem Fahrer wartete auf sie. Obwohl der Bodyguard vorn einstieg und Faith und Kane allein auf dem

Rücksitz saßen, konnten sie nicht in Ruhe sprechen, da der Wagen keine Trennscheibe hatte.

Faith senkte daher die Stimme und fragte in fast gleichgültigem Ton: »Wann triffst du dich mit dem Bauinspektor?«

»Um drei.«

Sie spürte, dass er sie anschaute, wandte sich ihm aber nicht zu.

Er atmete hörbar ein. »Faith, es tut mir leid, dass ich dir nichts von Burnetts Nachricht gesagt habe, als ich heute Morgen den Auftragsdienst anrief.«

»In Ordnung. Es tut dir leid.«

»Du glaubst mir nicht?«

»Natürlich glaube ich dir. Warum denn nicht?«

»Faith …«

»Würde es dir was ausmachen, wenn wir heute oder morgen bei meiner Wohnung vorbeifahren, falls Zeit dazu ist? Ich möchte meine Uhr holen.« Sie blickte auf ihr nacktes Handgelenk. »Mir war bis heute Morgen gar nicht bewusst, dass ich eine trage. Wahrscheinlich habe ich sie neulich vergessen, als ich meine Sachen gepackt habe.«

»Selbstverständlich haben wir die Zeit dazu.«

»Vielen Dank.« Ihr Ton war höflich.

Kane blickte zu den beiden Männern auf den Vordersitzen und unterdrückte ein Fluchen. Für diese Art von Sicherheit musste die Privatsphäre geopfert werden – und das gefiel ihm nicht. Es gefiel ihm ebenfalls nicht, sich so empfindlich und reizbar zu fühlen. Er wusste sehr gut, dass er bei Burnett überreagiert und damit Faith verärgert hatte.

Aber er war nun einmal reizbar, seine Nerven lagen blank, und es bestand jederzeit die Gefahr, dass er überreagierte.

Vor allem jedoch war er wütend. Wütend auf Burnett, weil er sich Faith gegenüber zu besitzergreifend verhielt. Wütend auf Faith, weil sie ihm nicht gleichgültig war. Wütend auf Dinah, weil sie sich hatte umbringen lassen.

»Willst du, dass ich mich für das entschuldige, was ich zu Dr. Burnett gesagt habe, ist es das?«, knurrte er.

Faith blinzelte angesichts der Wut in seiner Stimme, blieb aber ansonsten gelassen. »Wenn du das Gefühl hast, dass es falsch war, dann sag das. Aber tu es nicht einfach nur, um mich zu beschwichtigen.«

Einen benommenen Augenblick lang fragte er sich, ob sie eine Ahnung hatte, wie ähnlich sie Dinah klang. Dinah, die falsche Reue gehasst und sich immer geweigert hatte, ein leichtfertiges »Es tut mir leid» hinzunehmen, wenn damit nur Wogen geglättet werden sollten. Sie hatte stets den ehrlichen Kampf einem vorgetäuschten Frieden vorgezogen, ganz gleich, was es sie kostete.

»Ich habe nicht das Gefühl, dass es falsch war«, sagte er gedehnt, »höchstens den Eindruck, dass du meine Einmischung brauchtest. Dafür entschuldige ich mich.«

»Danke. Ich kann meine Schlachten allein schlagen, weißt du.«

»Du schienst nicht mit Burnett kämpfen zu wollen.«

»Dr. Burnett«, sagte sie mit starker Betonung, »hat mir geholfen, wieder auf die Beine zu kommen, nachdem ich aus dem Koma erwacht bin. Dafür werde ich ihm immer dankbar sein.«

»Es war seine Aufgabe, Faith.«

»Das ist mir bewusst.«

»Ihm auch?«

Nach kurzem Schweigen erwiderte Faith: »Ich bin seine Patientin, mehr nicht. Und dich geht das nichts an.«

Kane wusste, dass sie recht hatte. Es ging ihn nichts an. Überhaupt nichts.

Um das Thema zu wechseln, fragte er: »Hast du deine Wohnungsschlüssel dabei? Wenn ja, können wir auf dem Weg zur Baustelle bei dir vorbeifahren.«

»Ich glaube schon.« Sie öffnete ihre Tasche und wühlte darin herum. Er hörte das Klappern von Schlüsseln und sah dann Faith' gerunzelte Stirn.

»Was ist?«

Sie zog einen gefalteten Zettel heraus und öffnete ihn langsam. Fassungslos starrte sie auf das Stück Papier, und ihre Finger zitterten.

»Faith?«

Sie blickte ihn an, und einen Augenblick lang meinte er, sie würde das Papier zerknüllen oder es in Stücke reißen. Dann hielt sie es ihm hin. Eine halbe, achtlos aus einem Notizbuch gerissene Seite, auf die ein Satz hingekritzelt war, als sei der Verfasser in Eile gewesen.

Faith, schau in meiner Wohnung in dem Buch nach.

»Das ist nicht meine Schrift«, sagte Faith.

Die Worte verschwammen vor Kanes Augen. »Nein. Das ist Dinahs.«

Sie wollte nicht in Dinahs Wohnung. Kane saß starr und schweigend neben ihr und ließ sie seine Wut und sein Misstrauen deutlich spüren.

Er glaubte ihr nicht, dass sie den Zettel nie zuvor gesehen hatte oder dass er vor ein paar Tagen noch nicht in ihrer Handtasche gewesen war. Er glaubte ebenfalls nicht, dass Faith die Nachricht nicht selbst geschrieben und Dinahs Handschrift gut genug nachgeahmt hatte, um seine ungläubigen Augen zu täuschen.

Er glaubte ihr nicht, weil jede andere Erklärung seine geistige Gesundheit in Zweifel gezogen hätte. Und er war wütend auf sie, weil ... weil? Weil er glaubte, sie spiele mit seinen Gefühlen und mache sich über seinen Kummer lustig?

Faith wusste nicht, was sie glauben sollte. Sie wusste nur, dass der Zettel vor dem heutigen Tag *nicht* in ihrer Handtasche gewesen war und dass sie die Nachricht *nicht* selbst geschrieben hatte in einem unerklärlichen Versuch, Kane zu täuschen – oder sonst jemanden. Sie wusste, dass Dinah sie nicht geschrieben hatte, weil Dinah tot war.

Und sie wusste noch etwas, eine letzte Tatsache, der sie sich absolut sicher war: Wo auch immer der Zettel herkam, die Botschaft darauf stammte von Dinah.

Sie wusste es genau.

Kane sagte: »Falls es länger dauert ... falls es sich herausstellt, dass ich zu dem Treffen mit dem Bauinspektor zu spät kommen könnte, rufe ich an und bitte ihn zu warten.« Er klang ruhig, aber sie wusste, es war eine gefährliche Ruhe.

Er ist auf alle wütend, weil sie tot ist. Und jetzt musste das hier passieren. Ich biete ihm eine passende Zielscheibe für seine Wut.

Faith konnte ihm seine Gefühle nicht verdenken, aber sie hatte selbst Wut in sich und wusste nicht, wie lange sie die noch schweigend ertragen konnte.

Als sie Dinahs Wohnung erreichten, fuhr der Fahrer einmal um den Block, um sich zu vergewissern, dass dort keine Reporter herumlungerten. Aber da hier kein Verbrechen geschehen war, die Wohnung leer stand und Dinahs Nachbarn schon vor Langem aufgehört hatten, Fragen der Presse zu beantworten, hatten sich die Journalisten, die in den Tagen kurz nach Dinahs Verschwinden das Haus belagert hatten, schließlich verzogen.

Trotzdem bestand der Bodyguard darauf, mit ihnen in den zweiten Stock zu gehen. Er überprüfte die Wohnungstür sorgfältig mit einem kleinen elektronischen Gerät und ging, nachdem Kane die Alarmanlage ausgeschaltet hatte, als Erster hinein, um sicherzugehen, dass keine Gefahr bestand. Schließlich bezahlte ihn Kane genau dafür.

Faith war dankbar für die paar Minuten, die sie vor der Wohnung warten konnte, bevor sie hineinging.

»Weißt du, ob … ich vorher schon mal hier war?«, fragte sie Kane, nachdem der Bodyguard die Tür geschlossen und sie allein gelassen hatte.

»Sie hat es nie erwähnt.«

Wütend. Er ist so wütend.

Faith sagte nichts mehr. Sie spürte Kanes Blick auf sich.

Der Bodyguard kam wieder heraus und teilte ihnen mit, sie könnten eintreten.

Faith ging langsam ins Wohnzimmer und schaute sich um. Die Wohnung roch nach Zitrone. Kane hatte ihr erzählt, dass er sie einmal in der Woche reinigen ließ, genau wie Dinah es getan hatte, aber die Räume standen seit vielen Wochen leer und vermittelten dieses Gefühl auch.

Faith fröstelte und schlang die Arme um sich, während

sie sich bemühte, emotionslos den Raum zu betrachten. Viel natürliches Licht, geräumig. Die Möbel waren hochwertig und sehr gepflegt, mit Bezügen aus teurem Material, und dennoch wirkte alles leger und gemütlich.

Die Wohnung war so ordentlich aufgeräumt, dass sie noch leerer wirkte – die Wurfkissen waren präzise platziert, die Zeitschriften auf dem Couchtisch genau ausgerichtet, und nirgends lag etwas herum.

Während sie sich umschaute, war sie sich sicher, dass sie schon mal hier gewesen war, und zwar mehr als einmal. *Ich weiß, dass es zwei Schlafzimmer und ein Badezimmer gibt. Und obwohl ich sie von hier nicht sehen kann, hängt da eine Uhr in der Nähe des Küchentisches, und auf den Geschirrtüchern sind Äpfel aufgedruckt. Und sie liebt Pflanzen, aber ihre sind aus Seide, weil sie immer vergisst, die echten zu gießen und sie dann eingehen …*

Faith schüttelte das seltsame Gefühl ab und trat zu der Wand zwischen zwei großen Fenstern, wo ein überfülltes Bücherregal stand.

… in dem Buch.

Welchem Buch? Allein in diesem Regal standen wohl Hunderte, und sie brauchte nicht den Flur entlang zu den Schlafzimmern zu schauen, um zu wissen, dass auch er von Regalen gesäumt war, die ebenso überfüllt waren.

Sich bewusst, dass Kane hinter ihr stand, griff Faith in das Regal, ließ den Finger über die Buchrücken gleiten und hielt immer nur lange genug inne, um die Titel zu lesen.

»Wonach suchst du?«, fragte er.

»Ich weiß es nicht.«

»Ach, wirklich?«

Sie blickte über ihre Schulter zu ihm. »Nein, ich weiß es wirklich nicht. Ich habe keine Ahnung, welches Buch sie … welches Buch in der Nachricht gemeint war. Du vielleicht?«

»Die Nachricht war an dich gerichtet«, erwiderte er unerbittlich.«

»Na gut. Warum fährst du dann nicht zu deinem Treffen mit dem Bauinspektor? Lass den Bodyguard draußen stehen und nimm den Fahrer mit. Ich bleibe hier und schaue diese Bücher durch.«

Sein Mund wurde schmal. »Ich lasse dich nicht allein.«

»Ich bin nicht allein. Der Bodyguard kann bleiben.«

»Diese Bücher durchzuschauen wird Stunden dauern«, sagte Kane grob.

»Dann bleibe ich eben stundenlang hier.«

»Verdammt noch mal, Faith, du weißt, dass Dinah diese Nachricht nicht geschrieben hat.«

Sie zuckte nicht zusammen. »Ich weiß nicht, wer sie geschrieben hat. Aber ich bin absolut überzeugt davon, dass die *Botschaft* von Dinah stammt.«

»Dinah ist tot.«

»Ja.« Faith bemühte sich um den ruhigsten Ton, dessen sie fähig war. »Und ich habe die ganze Zeit Dinge über sie gewusst, Kane. Diese Momentaufnahmen der Szenen mit dir. Der Angriff des Hundes. Der Raum in Cochranes Lagerhaus, wo sie … wo sie gefoltert wurde. Und das Wassergeräusch in der Nähe ihres Fundortes. Ich wusste das alles, habe es gesehen oder gehört oder gefühlt. Und ich sage dir jetzt, dass die Botschaft auf dem Zettel von Dinah stammt.«

»Kannst du seit Neuestem Verbindung mit den Toten aufnehmen, Faith?«

»Ich sage dir nur, was ich weiß. Da ist etwas in einem dieser Bücher, etwas, von dem Dinah will, dass ich es finde. Ich muss danach suchen.«

Kane starrte sie lange an, fluchte dann und griff nach seinem Handy. »Also gut. Ich verschiebe den Termin mit dem Bauinspektor auf morgen.«

Er trat beiseite, um zu telefonieren, und Faith versuchte nicht, ihn davon abzuhalten. Sie wusste, dass er ihr wegen des Zettels nach wie vor nicht glaubte, doch wenigstens war er jetzt bereit, ihr einen Vertrauensbonus zu gewähren.

Faith wandte sich wieder dem Bücherregal zu und überflog erneut die Titel. Sie hatte wirklich keine Ahnung, wonach sie suchte. Da standen nur Romane, von Krimis über Liebesgeschichten zu Science-Fiction, sowohl Bestseller als auch anspruchsvolle literarische Werke. Jedenfalls hatte Dinah einen breit gefächerten Lesegeschmack.

Faith nahm ein paar Bücher vom Regal und fühlte sich hilflos und frustriert, als sie sie durchblätterte. Welches Buch? Wie sollte sie erraten, was wichtig sein könnte?

»Wir müssen eines nach dem anderen durchblättern«, sagte Kane hinter ihr. »Jedes Buch überprüfen. Das heißt – falls du wirklich nicht weißt, was wir finden sollen.«

»Ich weiß es wirklich nicht«, erwiderte sie.

Er stieß ein kurzes, ungeduldig wirkendes Schnauben aus. »Okay. Du fängst hier drinnen an, und ich übernehme den Flur.«

»Sie hatte eine Menge Bücher«, murmelte Faith.

»In ihrem Schlafzimmer ist noch eine Bücherwand«, sagte Kane, drehte sich um und ging in den Flur.

Eine schreckliche Menge Bücher.

Mehr als eine Stunde später hatte Faith fast die Hälfte der Bücher aus dem Regal genommen, durchgeblättert und wieder zurückgestellt, ohne etwas Ungewöhnliches zu finden. Ein paar Lesezeichen. Eine jahrealte Einkaufsliste. Abgerissene Theaterkarten.

Sie setzte sich auf den Boden, streckte die Beine vor sich aus, berührte ihre Zehen und dehnte behutsam ihre schmerzenden Muskeln. Sie war müde. Und frustriert.

Verdammt, Dinah, wo ist es? Wo muss ich suchen?

Sie wusste es nicht. Und falls es Dinah gewesen war, die ihr helfen wollte, einen notwendigen Hinweis zu finden, dann schwieg sie jetzt.

Faith stand auf und ging in den Flur, um Kane zu fragen, ob er etwas gefunden hatte. Sie nahm an, dass er es ihr gegebenenfalls gesagt hätte, aber das Schweigen zerrte an ihren Nerven, und sie wollte den Klang seiner Stimme hören.

Er war nicht im Flur, obwohl die ordentlich auf dem Boden gestapelten Bücher Zeugnis seiner Bemühungen ablegten. Faith ging lautlos den Flur entlang, ohne zu wissen, warum sie es für nötig hielt, leise zu sein. Am Ende des Flurs befanden sich die zwei Schlafzimmer und das Bad.

In dem Zimmer, das offensichtlich Dinahs gewesen war, saß Kane auf dem Bett, den nach vorn gebeugten Kopf in den Händen, die Schultern gekrümmt, vollkommen still.

Verschwommen nahm Faith einen hübschen, in Blautönen gehaltenen Raum wahr, Muster und Stoffe, die feminin wirkten, ohne verspielt zu sein, weitere Bücherregale, in Öl gemalte Seestücke und ein paar Figürchen, die wunderschön und geschmackvoll waren und den Raum nicht überluden.

Dann schlich sie leise davon, zurück ins Wohnzimmer. Mechanisch setzte sie die Suche fort, blätterte jedes Buch Einband für Einband durch und stellte es wieder ins Regal. Sie merkte nicht, dass sie weinte, bis alles verschwamm und sie feuchte Flecken auf der Seite sah, auf die sie starrte.

»Verdammt«, flüsterte sie. »Verdammt.«

»Was gefunden?«

Faith stellte das letzte Buch ins Regal zurück, stand auf und blickte zu Kane, der im Türrahmen stand. Sie hatte den Eindruck, dass er ruhiger war, nicht mehr so wütend. Oder vielleicht war er nur genauso müde wie sie. Sie waren bereits seit fast drei Stunden in Dinahs Wohnung.

»Nein. Und du?«

»Bisher nicht.« Er sah sie stirnrunzelnd an, schien etwas fragen zu wollen, sagte aber nichts.

Faith überlegte, ob ihre Augen wohl rot waren. »Vor ein paar Minuten ist mir etwas eingefallen. Meine Wohnung wurde mindestens zwei Mal durchsucht. Glaubst du, die hier ist auch durchsucht worden?«

»Könnte sein. Direkt nach Dinahs Verschwinden habe ich hier alles abgesucht, und die Polizei ebenfalls. Die Alarmanlage war eingeschaltet, und die Einzigen, die hier reinkommen sollten, sind die Reinigungskräfte. Aber es besteht trotzdem die Möglichkeit, dass jemand anderer eingedrungen ist. Wenn ja, war er jedoch sehr ordentlich. Der Reinigungsdienst war angehalten, alles Ungewöhnliche zu melden – und mir ist nichts aufgefallen, das nicht mehr an seinem Platz steht.«

Faith ging zu dem Sessel am Kamin. »Ich denke immer

wieder, ich sollte wissen, wo ich suchen muss. Diese Nachricht … sie *ging davon aus,* dass ich es weiß. ›In dem Buch‹, stand da. Als gebe es nur ein Buch. Ein wichtiges Buch.«

Kane setzte sich auf die Armlehne der Couch. »Und du hast keine Ahnung, welches Buch wichtig sein könnte.« Er sagte das weder verächtlich noch anklagend, sondern als reine Feststellung.

Sie drückte die Finger an ihre Schläfen und schloss die Augen. »Nein. Aber ich …« Ihr Kopf hob sich abrupt, und sie starrte Kane an. »Benutzte Dinah einen Wochenplaner? Einen Terminkalender?«

»Sie hatte zwei. Einen in ihrem Jeep für Geschäftliches und einen zweiten für private Termine.« Kane stand auf und trat an den antiken Schreibtisch beim Fenster. Er nahm ein schwarzes Lederbuch aus der obersten Schublade und reichte es Faith. »Ich habe ihn Dutzende Male durchgesehen«, sagte er und setzte sich auf die Couch. »Genau wie die Polizei. In den ersten paar Wochen haben wir ihre Schritte in jenen letzten Tage nachvollzogen, haben versucht, Hinweise darauf zu finden, was mit ihr geschehen war.« Er hielt inne. »Ich habe nichts Ungewöhnliches darin gefunden, nichts, was meine Aufmerksamkeit erregt hätte.«

Aber genau darum war es ja gegangen. Keine Aufmerksamkeit zu erregen.

Faith untersuchte das Buch sorgfältig. Es handelte sich um die übliche Art von Tagesplaner, mit Adressbuch, Kalender und Register für Termine, Wochenpläne und Notizen. Im vorderen Einband gab es Fächer für Visitenkarten.

Nichts Ungewöhnliches, soweit Faith erkennen konnte.

Sie schaute ein Register nach dem anderen durch, blätterte jede Seite einzeln um. Erst als sie das vorletzte Register erreichte, das für Notizen bestimmt war, blickte sie zu Kane auf. »Hier sind keine Seiten. Laut Register sollten hier welche sein, aber die Seiten fehlen alle.«

»Das ist mir gar nicht aufgefallen. Doch das muss nichts bedeuten. Dinah könnte sie eine nach der anderen rausgerissen haben, um sich etwas zu notieren. Das machen viele so.«

Faith schloss die Augen und dachte nach. »Wenn ich annehmen würde, jemand könnte versuchen, Informationen zu bekommen, die ich habe, könnte womöglich danach suchen, würde ich sie vielleicht doppelt notieren. Einmal an einer Stelle, von der ich mir ziemlich sicher sein würde, dass man sie findet – und dann noch mal irgendwo anders.«

»Wo?«, fragte Kane.

Faith blicke auf den Planer. »Wenn du etwas suchst und es findest, hörst du auf zu suchen. Stimmt's?«

»Ja.«

Sie schlug das letzte Register auf, mit dem Aufdruck VERSCHIEDENES, und entdeckte mehrere linierte Seiten mit Notizen in Dinahs Handschrift. Es war eine Art Merkzettel mit Dingen, die sie erledigen wollte. Faith fuhr mit dem Finger langsam darüber.

Jeepreifen runderneuern lassen. Sharons Geburtstag herausfinden. Ein Übungsgrün in Conrads Büro installieren lassen.

Faith blickte zu Kane auf und wiederholte das Letzte laut. »Conrad?«

Er lächelte schwach. »Conrad Masterson. Ein Finanzverwalter, der verrückt nach Golf ist. Dinah überlegte, was sie ihm zu Weihnachten schenken sollte.«

»Ach so.« Faith richtete den Blick wieder auf die Seiten. Mehr Notizen. Nachforschen, wo eine Katalogbestellung geblieben war, die nie geliefert wurde. Einen Termin für eine Vorsorgeuntersuchung bei ihrem Arzt vereinbaren. Einen Stephen-King-Roman zur Bücherei zurückbringen.

Bei dieser Notiz hielt Faith erneut inne. »Aber sie kauft ihre Bücher doch.«

»Wie bitte?« Kane beugte sich zu ihr.

Mit zusammengezogenen Brauen sah sie ihn an. »Hier steht, sie dürfe nicht vergessen, einen Stephen-King-Roman in die Bücherei zurückzubringen. Aber sie kauft seine Bücher im Hardcover – ich habe ein halbes Dutzend davon gefunden.«

»Und ich zwei«, sagte Kane langsam.

»Leiht sie sich – hat sie sich jemals Romane aus der Bücherei geliehen?«

Kane musste kurz nachdenken. »Ich glaube nicht. Sie benutzte die Bücherei für Recherchen, aber sie war immer bereit, ein Buch zu kaufen, selbst von einem neuen Autor. Sie liebte es, Bücher um sich herum zu haben.« Er deutete auf die Bücherregale in der Wohnung. »Wie man sieht.«

»Dann denke ich«, sagte Faith, »dass wir nach weiteren Stephen-King-Romanen suchen sollten.«

Sie fanden die handgeschriebene Namensliste im vierten King-Roman im Schlafzimmerregal.

Sechs Namen standen darauf, alle von Männern. Fünf

waren prominente Geschäftsleute aus Atlanta, zwei davon politisch aktiv. Der sechste Mann hatte eine Woche vor Dinahs Verschwinden Selbstmord begangen. Kane wusste davon.

Jordan Cochrane stand als Dritter auf der Liste.

Aber was Faith und Kane veranlasste, einander überrascht anzuschauen, war das eine Wort, das Dinah unten auf das Papier geschrieben und zweimal eingekreist hatte:

Erpressung.

»Erpressung«, sagte Tim Daniels, »ist eine hässliche Sache. Und wenn Männer mit Dreck am Stecken bereit sind, für so eine Sache zu zahlen, damit sie unter dem Teppich bleibt, ist diese Sache im Allgemeinen schlimm genug, um ein Mordmotiv zu liefern.«

»Oder ein Selbstmordmotiv«, sagte Kane. »Ein Mann auf der Liste hat sich seiner offensichtlichen Probleme entledigt, indem er sich das Hirn aus dem Kopf gepustet hat, und es stellte sich später heraus, dass er seit etwa sechs Monaten versucht hatte, Geld zurückzuzahlen, das er sich bei der Firma ›geliehen‹ hatte, für die er arbeitete. Viel Geld. Er hätte für lange Zeit ins Gefängnis kommen können, wenn seine Firma es herausgefunden hätte, und seine nette Frau, eine eifrige Kirchgängerin, wäre völlig blamiert gewesen.«

»Durchaus ein Kandidat für Erpressung«, stimmte Daniels zu. »Vorausgesetzt, jemand hat herausgefunden, was der Mann getan hatte.«

»Und wenn er Schweigegeld bezahlte, war es ihm wahrscheinlich so gut wie unmöglich, auch noch das Geld zurückzuzahlen, das er unterschlagen hatte. Was vermutlich den Selbstmord erklärt. Der arme Kerl steckte in einer aussichtslosen Lage.«

»Das kann man wohl sagen«, meinte Daniels.

»Da sein Name bei denen der fünf anderen stand, könnten wir also davon ausgehen, dass all diese Männer erpresst wurden. Was zu der Frage führt …«

»Wer der Erpresser ist«, fügte Faith hinzu.

»Genau.«

»Außerdem scheint es darauf hinzudeuten«, bemerkte Faith, »dass Jordan Cochrane auf der Seite der Opfer steht.«

»Was nicht heißt, dass er an dem Mord an Dinah nicht beteiligt war. Manche Geheimnisse *sind* es wert, dafür zu töten.«

»Wohl wahr. Aber da stehen noch vier andere Namen auf der Liste, Kane. Und du sagtest, es gebe noch eine weitere Verbindung zwischen ihnen, als nur vermutliche Erpressungsopfer zu sein.«

»Alle haben auf irgendeine Weise mit dem Baugewerbe zu tun. Der Mann, der Selbstmord beging, auch. Er war der Buchhalter von Mayfair Construction.«

»Ist das nicht die Firma …«

»Die am Ludlow-Gebäude arbeitet, ja. Das heißt, weiterarbeitet, wenn ich sie dazu bringe, die Arbeit wieder aufzunehmen.«

Langsam sagte Faith: »Eine weitere Verbindung.«

»Eine weitere Verbindung«, stimmte Kane zu.

14

Ich find's nicht toll, dass du ständig durch meine Träume geisterst«, sagte Faith zu Dinah.

»Ich kann mir auch was Lustigeres vorstellen«, gab Dinah zurück, ganz mit ihrer momentanen Tätigkeit beschäftigt. »Wenn du nur wieder bei klarem Verstand wärst, könnte ich mit meinem Leben weitermachen.«

Faith öffnete den Mund, um Dinah einmal mehr daran zu erinnern, dass sie kein Leben zum Weitermachen mehr hatte, zuckte aber nur die Schultern, trat näher heran und beobachtete ihre Freundin neugierig. »Was machst du da?«

»Das hier reparieren, natürlich.« Dinah klebte sorgfältig zarte Stücke eines zersplitterten Porzellanfigürchens zusammen. Eines Frauenfigürchens, wie Faith mit einem Schaudern erkannte.

»Willst du damit sagen, du versuchst, mich wieder zusammenzusetzen?«

Dinah seufzte ein wenig ungeduldig. »Achte nicht auf das hier. So weit sind wir noch nicht. Du musst als Erstes begreifen, worum es bei der Liste geht.«

»Die Namen? Das bedeutet Erpressung, nicht wahr?«

Dinah sah sie mitfühlend an. »Am Anfang wird es sehr

schwer werden. Aber du musst da durch. Du wirst die Wahrheit nicht erkennen können, bevor du da durch bist.«

»Durch was?«

»Es gibt natürlich noch eine weitere Leiche. Wenn man einmal zu töten angefangen hat, fällt es leicht, weiterzumachen. Es scheint sogar vernünftig, dieses Mittel zu benutzen, um ein Problem zu lösen – vor allem, wenn man vorher erfolgreich war. Und das war er. Zuerst in Seattle, und jetzt hier.«

»Wer? Wer ist der Mann, Dinah?«

»Vergiss nicht, dass es sich bei der Leiche nicht um denjenigen handelt, der er zu sein scheint. Lass sie diesen Fehler nicht begehen, Faith. Du musst dir sicher sein, wer die Leiche ist, sonst bekommst du nicht die richtige Antwort.«

»Aber ...«

»Und wenn du die Glocke findest, bring ihn dazu, die Wahrheit zu sagen. Er wird das nicht wollen, aber du musst ihn dazu bringen. Er kennt Teile der Wahrheit, und die brauchst du.«

»Verdammt, warum musst du immer in Rätseln sprechen?«

»Weil das die einzige Möglichkeit ist, wie du mich hören kannst.«

Das ergab für Faith keinen Sinn, und sie seufzte. »Kannst du mir nicht wenigstens sagen, wo ich suchen soll? Es muss einen Schlüssel zu all dem geben, und den brauchen wir. Ich weiß nicht mal, welche Fragen ich stellen muss!«

Dinah wandte ihre Aufmerksamkeit dem Figürchen zu. »Frag dich Folgendes, Faith. Frag dich, für wie viele Men-

schen du sterben würdest, um sie zu beschützen. Und sei vorsichtig. Sei sehr vorsichtig. Er beobachtet dich.«

Zum zweiten Mal in zwei Tagen wachte Faith mit einem Ruck in der Dunkelheit kurz vor Morgengrauen auf, aber diesmal lauerte kein Eindringling vor dem Fenster.

»Nur einer in meinem Kopf«, hörte sie sich murmeln.

Sie blieb so lange im Bett liegen, wie sie konnte, doch es war noch vor halb sieben, als sie schließlich aufstand. Sie schlüpfte ins Bad, um zu duschen.

Frag dich, für wie viele Leute du sterben würdest, um sie zu beschützen.

Was Faith bei dieser Frage am meisten beängstigte, war ihre Gewissheit, dass Dinah genau das getan hatte, gestorben war, um jemanden zu schützen, der ihr am Herzen lag. Und Faith konnte sich bisher nur eine einzige Person vorstellen, die der anderen Frau so sehr am Herzen gelegen hatte: Kane.

War er schon in Gefahr gewesen, bevor sie verschwand? Weil er auch in die Sache verwickelt war? Objektiv betrachtet war das wohl möglich – obwohl nichts, was sie gesehen oder gefühlt hatte, das wahrscheinlich machte.

Aber da war dieses unbekannte Ding, das Dinahs Entführer haben wollten, und Faith' Wohnung war mindestens zweimal durchsucht worden. Sie bezweifelte, dass die simple Namensliste der Grund für all das war. Was auch immer es sonst sein mochte, die Bedrohung für die Verbrecher musste unglaublich hoch sein, wenn sie Folter und Mord und einen Sprengstoffanschlag rechtfertigte.

Nein, die Liste war es nicht. Sie glaubte, dass es etwas

war, das sie kurz vor dem Unfall gefunden hatte, irgendein Beweis, der nicht nur jene identifizierte, die hinter der Erpressung und dem Mord an ihrer Familie und Dinah steckten, sondern auch die Täter dingfest gemacht hätte.

Die Liste war wenigstens ein Anfang, der Anfang, von dem Dinah ausgegangen war.

Faith lief in die Küche. Sie kam der Couch nicht nahe, hoffte, dass Kane schlief. Er brauchte den Schlaf.

Sie knipste das schwache Licht über dem Herd an und schaltete die Kaffeemaschine ein. Dann lehnte sie sich an die Arbeitsplatte und wartete, bemüht, nicht zu denken, weil sie der Gedanken, die durch ihren Kopf jagten, so müde war.

»Du bist früh auf.« Kane stand im Türrahmen mit zerzaustem Haar und Stoppeln auf dem Kinn.

»Tut mir leid, wenn ich dich geweckt habe«, sagte sie.

»Hast du nicht.« Er kam herein und machte sich daran, Tassen für sie beide zu holen. Faith trat ein wenig nervös zur Seite, um die Milch aus dem Kühlschrank zu nehmen. Kane schien sie nicht zu beachten, trotzdem war sie sicher, dass er es wahrgenommen hatte.

»Du hast im Schlaf aufgeschrien«, sagte er plötzlich.

Das überraschte sie, und sie blickte ihn unsicher an. »Tatsächlich?«

»Gegen halb drei. Ich habe die Tür geöffnet und ins Zimmer geschaut. Du wirktest unruhig und hattest deine Decke fast aus dem Bett geworfen.«

Faith spürte bei dem Gedanken an das dünne Nachthemd, in dem sie geschlafen hatte, dass ihr Hitze ins Gesicht schoss. Doch Kane schenkte Kaffee in die Tassen und bemerkte es nicht.

»Ich bin hineingegangen, um dich wieder zuzudecken, und dachte für einen Moment, du seist wach, weil du meinen Namen gerufen hattest. Aber du hast tief geschlafen.«

»Muss wohl so gewesen sein. Ich kann mich nicht erinnern.«

»Schlechte Träume?« Endlich sah er sie an, während er ihr die Tasse reichte.

»Nur das Übliche. Dies und das.« Faith tat Zucker und Milch in den Kaffee und nahm einen Schluck. Kane probierte seinen und verzog das Gesicht.

»Entschuldige«, sagte sie mit schiefem Lächeln. So, wie sie den Kaffee machte, schien er ihm eindeutig nicht zu schmecken. Sie nahm einen weiteren Schluck. Für sie schmeckte er, wie Kaffee immer schmeckte – ein wenig bitter.

»Falls es dir nichts ausmacht …«, sagte Kane und goss die gesamte Kanne im Spülbecken aus.

Sie war nicht beleidigt. »Ich schätze, da gibt es einen besonderen Kniff. Den beherrsche ich anscheinend nicht.«

Er setzte eine zweite Kanne auf. »Ist schon okay. Ich gehe mich rasieren und duschen, während der hier durchläuft. Du wolltest deine Uhr aus deiner Wohnung holen, und ich habe einen Termin mit dem Bauinspektor. Am besten, wir verschwinden von hier, bevor die Handwerker kommen.«

»In Ordnung.« Sie fand ihn ein wenig brüsk, protestierte aber nicht und fragte auch nicht nach dem Grund für seine Schroffheit. Die Tatsache, dass er in ihrem Schlafzimmer gewesen war, während sie schlief, und dass sie seinen Namen gerufen hatte, hatte sie aus dem Gleichgewicht gebracht. Es beunruhigte sie, dass sie aufgrund eines Traums oder Albtraums aufgeschrien und seinen Namen gerufen hatte.

Es gibt natürlich noch eine Leiche.

»Mein Unterbewusstsein weiß nicht, wovon es spricht«, murmelte sie vor sich hin. Doch sie ging trotzdem ins Wohnzimmer und schaltete den Fernseher ein. Sie wollte sich die Nachrichten anschauen, obwohl sie nicht glaubte, dass es noch ein Leiche gab. Nicht so richtig.

Im ersten Teil der Sendung wurde ein Aufguss von Dinahs Verschwinden und der Entdeckung ihrer Leiche gezeigt, einschließlich der grausigen Einzelheiten, die sich die Medien aus verschiedensten Quellen hatten besorgen können. Viele Einstellungen von Kane, wie er in den Anfangstagen gewesen war, abgehärmt vor Sorge, aber entschlossen, Dinah zu finden, ohne viel mehr als das zu sagen.

Und jemand hatte einen kurzen Videoclip von Dinah ausgegraben, der vor etwa sechs Monaten entstanden war, als sie unabsichtlich vor die Kamera eines Fernsehteams geraten war, während sie an Interviews für ihren Artikel über Haven House arbeitete. Das Fernsehteam war dort gewesen, weil eine Ehefrau aus Atlantas besseren Kreisen, die angeblich im Frauenhaus Zuflucht gesucht hatte, einem befreundeten Reporter tränenreich von den wiederholten Misshandlungen durch ihren Mann berichtete.

Natürlich war es purer Zufall, dass ihr Scheidungsverfahren ein paar Wochen zuvor ziemlich hässlich geworden war.

Positiv an dem Beitrag war nur, dass das Fernsehteam so verantwortungsbewusst gewesen war, keine Details von Haven House zu zeigen – wie die Hausnummer oder eine Totale, anhand derer das Haus identifizierbar gewesen wäre. Obwohl Faith dort gewesen war, brauchte sie ein paar Minuten, um überhaupt zu erkennen, dass es sich um Haven House handelte.

Sie hörte den Vorwürfen der Frau nur mit halbem Ohr zu, weil sie ihre Aufmerksamkeit auf den Hintergrund gerichtet hatte, wo Dinah stand, ein Notizbuch in der Hand und einen schlafenden Säugling auf dem Arm.

Dinah war eine schöne Frau gewesen, dachte Faith. Ihr reizvolles Gesicht trug Mitgefühl und Einfühlungsvermögen so offen und natürlich zur Schau. Ein Gesicht, dem selbst Fremde ihre Geheimnisse und wahrscheinlich sogar Beschämendes anvertraut hätten, und Faith fragte sich, wie viel vertrauliches Wissen Dinah wohl mit in den Tod genommen hatte. Bevor Faith weiter über diese Frage nachdenken konnte, wurde ihre Aufmerksamkeit auf eine andere Person im Hintergrund gelenkt, eine Frau, auf deren Gesicht sich Beklommenheit legte, als sie sah, dass hier gefilmt wurde. Und dass sie mit im Bild war. Eine Frau, die zur Tür eilte und rasch im Haus verschwand.

Sie selbst.

Faith blickte grübelnd auf den Fernseher, während die Nachrichten weiterliefen. Was beunruhigte sie an dieser Szene? Sie wusste doch schon, dass Dinah und sie sich in Haven House kennengelernt hatten, als Dinah für ihren Artikel recherchierte.

Was beunruhigte sie dann?

Kane kam ins Wohnzimmer, als die muntere Wetterfee gerade verkündete, dass es heute regnen könnte, und Faith wusste, dass sie ihm von dem »Traum« erzählen musste. Ob er ihr glaubte oder nicht.

Sie holte Luft und starrte auf den Fernseher. »Ich hab dir nicht richtig geantwortet, als du mich fragtest, ob ich letzte Nacht Albträume gehabt hätte. Ich erinnere mich nicht an alles, was ich geträumt habe, aber ich erinnere mich an einen dieser … dieser seltsamen Träume. Er enthielt eine Warnung. Eine Warnung, dass noch eine Leiche gefunden werden würde.«

Kane setzte sich auf die Armlehne eines Sessels in ihrer Nähe. Er blickte sie an, nicht ungläubig, sondern erwartungsvoll. »Wessen Leiche, Faith?«

»Das weiß ich nicht.«

»Woher kam die Warnung?«

»Das weiß ich auch nicht. Aus meinem Unterbewusstsein, das mehr zu wissen scheint als ich. Oder von dieser übernatürlichen Fähigkeit, die ich vielleicht besitze, aber nicht beherrschen kann. Oder sogar von dieser … dieser Verbindung mit Dinah.«

»Dinah ist tot.«

Das sage ich ihr auch immer wieder. Faith spürte ein hysterisches Lachen in ihrer Kehle aufsteigen, konnte es aber gerade noch hinunterschlucken. »Nun ja. Als sie mich das letzte Mal warnte, hatte sie recht.«

»Das letzte Mal?«

Faith war nicht überrascht, dass sein Gesicht zu einer Maske erstarrte. »Dinah sagte mir in einem Traum, dass jemand versuchte, durch das Fenster zu steigen. Als ich aufwachte, war da jemand.«

»Du weißt sehr gut, dass das aus deinem Unterbewusstsein gekommen sein muss, Faith. Das Geräusch, das du hörtest, während du schliefst, hat den Weg in deine Träume gefunden, mehr nicht.«

»Schon möglich«, stimmte sie zu. »Daher muss ich mich eins fragen, Kane. Ich muss mich fragen, was ich gesehen oder gehört habe, das mein Unterbewusstsein davon überzeugt hat, dass irgendwo eine weitere Leiche liegt.« Sie richtete den Blick wieder auf den Fernseher. »Falls ich weiß, dass da eine ist.«

»Woher solltest du das wissen?«

»Genau. Woher eigentlich?«

Ebenso wie Dinahs Apartment wirkte auch Faith' Wohnung zu leer. Sie suchte überall nach ihrer Uhr, aber sie war nirgends zu finden.

»Weißt du, wenn ich jetzt darüber nachdenke«, sagte sie zu Kane, »glaube ich nicht, dass eine Uhr bei meinen Sachen war, als ich sie im Krankenhaus zurückbekam.«

»Sie könnte beim Unfall zerstört worden sein.«

»Ja ... aber wie viele Menschen kennst du, die nur eine einzige Uhr besitzen? Vor allem Frauen. Uhren sind billige Accessoires.«

Kane half ihr, ein zweites Mal zu suchen, doch in der Wohnung war keine Uhr. Sie fanden einen kleinen Schmuckkasten, in dem ein Paar Ohrringe lag – lange, klimpernde, mit bunten Steinen und Kristallen. Abwesend griff Faith an ihr Ohrläppchen und fand den einfachen Perlenstecker dort viel zurückhaltender im Stil.

»Dinahs«, sagte Kane. »Sie bewahrte einige in meiner Wohnung auf, in einem Kästchen im Wäscheschrank.«

Faith blickte ihn entsetzt an. »Du meinst, ich hab sie mir … einfach genommen? Großer Gott, Kane, das tut mir leid. Ich hatte nicht mal gemerkt …«

»Mach dir da keine Sorgen. Ich bezweifle, dass es Dinah stören würde, und mich stört es auch nicht.«

Aber sie wusste, es störte ihn, und dass sie Dinah unbewusst erneut nachgeäfft hatte, quälte sie sehr. Den ganzen Weg bis zur Baustelle grübelte sie darüber nach und war noch entnervter, als sie bemerkte, dass sie irgendwann während der letzten vierundzwanzig Stunden, ohne es überhaupt wahrzunehmen, ihre Fingernägel wieder lackiert hatte.

Mit Dinahs rotem Nagellack.

Der Bauinspektor war überrascht, dass Faith ihn nicht erkannt hatte, schließlich hatten sie monatelang in derselben Behörde gearbeitet. Er war ebenfalls überrascht, von ihrem Unfall zu hören, was Faith verriet, dass er nicht genug Interesse an ihr gehabt hatte, um ihre Abwesenheit zu bemerken.

Da sich der morgendliche Wetterbericht als korrekt zu erweisen schien und ferner Donner mehr als nur Regen ankündigte, verschwendeten Kane und der Bauinspektor keine Zeit und verschwanden gleich in den halb fertigen Untergeschossen des Ludlow-Gebäudes, um sich das Fundament anzuschauen.

Faith blieb draußen. Sie stand zwischen dem Gebäude und dem Tor, hinter dem der Fahrer wartete und der Bodyguard unruhig auf und ab ging.

Wie heißt er überhaupt?, fragte sie sich zum ersten Mal.

Kane hatte ihn irgendwie angesprochen, aber sie konnte sich beim besten Willen nicht an den Namen erinnern. Sie nahm an, dass sich Bodyguards daran gewöhnten, ignoriert zu werden. Wenn sie ihre Arbeit gut machten, sollten sie für die Menschen, die sie bewachten, so gut wie unsichtbar sein – vermutete sie.

Ein plötzlicher Windstoß wirbelte ihr Haar auf und ließ sie trotz des Pullovers und der Jacke frösteln, und sie steckte die Hände in die Jackentaschen. In der rechten Tasche fühlte sie ein dünnes, biegsames Stück Metall, und ihre Finger tasteten es neugierig ab. Irgendwie kam es ihr bekannt vor …

»Himmel, ich trage schon wieder ihre Jacke«, murmelte sie vor sich hin. »Und es ist mir nicht mal aufgefallen.«

Es beängstigte sie, weil sie das Gefühl hatte, die Kontrolle zu verlieren.

Sie wandte sich wieder dem Gebäude zu und zog die Schultern gegen die zunehmende Kälte hoch. Richardson trat gerade durchs Tor, nachdem er kurz bei dem Bodyguard stehen geblieben war, wahrscheinlich um sich ihm vorzustellen. Er kam über den ausgefahrenen Pfad direkt auf sie zu. Sein grimmiger Ausdruck machte ihr Angst.

»Wo ist Kane?«, fragt er, als er sie erreichte.

»Da hinten, mit dem Bauinspektor. Sie überprüfen das Fundament. Was ist passiert?«

Er betrachtete sie eindringlich, schien seine Worte abzuwägen und sagte dann unverblümt: »Wir haben eine weitere Leiche gefunden.«

Faith glaubte, die Welt würde kippen. Doch das Schwindelgefühl ließ gleich wieder nach. »Wissen Sie, wer es ist?«

»Deswegen bin ich hier.« Mit einem Nicken deutete Richardson auf das Gebäude. »Der Polier der Mannschaft, die an diesem Bau arbeitet. Jed Norris. Er wurde erschossen. Mit zwei Kugeln in den Hinterkopf. Aber diesmal ist der Fall leicht zu lösen. Wir haben die Waffe. Sie ist auf Jordan Cochrane zugelassen.«

Richardson hielt Faith für verrückt, als sie darauf bestand, weitere Schritte zur Identifizierung der Leiche zu unternehmen. Er wies sie darauf hin, dass bei der Leiche ein Führerschein gefunden worden sei und dass zwei seiner Arbeitskollegen sowie sein Boss, Max Sanders, die Leiche identifiziert hätten. Norris hatte keine Angehörigen in der Stadt, die diese grausige Pflicht erfüllen konnten.

»Fingerabdrücke«, sagte Faith. Sie waren wieder in Kanes Wohnung, und sie lief auf und ab, erregter, als Kane sie je gesehen hatte. »Sie könnten seine Fingerabdrücke überprüfen.«

Richardson verzog das Gesicht. »Die Leiche hat mindestens zwei Tage im Wald gelegen, und Tiere haben sich über sie hergemacht. Fingerabdrücke abzunehmen könnte unmöglich sein.«

»Sie müssen es versuchen. Bitte. Er ist nicht der, den Sie identifiziert zu haben glauben.«

»Ich habe ein Opfer«, zählte Richardson an den Fingern ab. »Ich habe eine Mordwaffe. Ich habe einen Verdächtigen. Meine Aufgabe ist es, alles zusammenzubringen und dem Staatsanwalt die Beweise vorzulegen.«

»Und ich sage Ihnen, dass weder Sie noch der Staatsanwalt je verstehen werden, warum der Mann getötet wurde, wenn Sie nicht wissen, wer er wirklich ist.«

Richardson blickte zu Kane, der sagte: »Max hat angegeben, Norris hätte seit über einem Jahr für ihn gearbeitet. Die Referenzen stammten von hier, und er kannte sich mit seiner Arbeit aus, daher hat Max ihn nie genauer überprüft. Aber vielleicht sollten wir das tun.«

»Was erwartet ihr zu finden?«, fragte Richardson.

»Jemand anderen«, sagte Faith.

Kane zuckte die Schultern. »Ich weiß nur, dass der Polier meiner Baumannschaft in dem Moment tot aufgefunden wird, wo mir ein Bauinspektor mitteilt, jemand habe absichtlich das Projekt sabotiert. Kommt mir reichlich suspekt vor.«

»Wie weit wirft dich das im Zeitplan zurück?«

»Zurück?« Kane lachte humorlos. »Guy, die Sabotage ist im Fundament vorgenommen worden, und der Bauinspektor hat mir mitgeteilt, dass sich das keinesfalls ausbessern lässt. Die Sache ist sehr raffiniert und verdammt gründlich gemacht worden. Die ganze Konstruktion ist unterhöhlt. Wir müssen sie abreißen und neu beginnen. Das heißt, *falls* das Projekt überhaupt fortgeführt werden kann. Ich weiß nicht, ob das möglich sein wird.«

Faith, die beim Flügel stand, murmelte: »Wollt ihr raten, wem man die Schuld geben wird?«

Kane nickte und berichtete Richardson: »Max hat mich auf dem Handy angerufen, während wir hierher zurückfuhren, und sichert sich bereits ab, behauptet, jemand habe Norris offensichtlich angeheuert, den Bau zu sabotieren, und ihn dann umgebracht, um seine Spuren zu verwischen. Er weiß noch nichts von deinem Verdächtigen, aber seine Theorie könnte trotzdem Bestand haben. Und wenn es auf diese Weise passiert ist, könnte an Norris mehr dran sein, als es scheint.«

»Wer würde ein Bürogebäude sabotieren wollen? Warum sollte Jordan Cochrane das tun, um Himmels willen?«

»Ich weiß es nicht, aber es muss mit dem ganzen Rest zusammenhängen, Guy. Dinah war am Tag vor ihrem Verschwinden auf der Baustelle. Cochranes Name ist bereits mehr als einmal aufgetaucht, da ihm das Lagerhaus gehört, in dem Dinah höchstwahrscheinlich gefangen gehalten wurde. Und bisher hängt fast alles, was wir gefunden haben, auf irgendeine Weise mit dem Baugewerbe zusammen. Einschließlich der Namen auf dieser Liste.« Er hatte Richardson sofort davon erzählt, als sie in Kanes Wohnung gekommen waren.

Der Detective seufzte. »Mist. Na gut, ich setze die Spurensicherung darauf an, uns verwertbare Fingerabdrücke zu besorgen. Aber hör zu, ich habe es ernst gemeint, dass du dich von den Männern auf der Liste fernhalten sollst, Kane. Wenn sie erpresst werden, dann wegen etwas, das sie geheim halten wollen – daher werden sie stocksauer werden, wenn du plötzlich auftauchst und es heraustrompetest. Haben wir uns verstanden?«

»Haben wir.«

»Was Cochrane betrifft, seine Angestellten behaupten, er sei verreist, und das schon seit Tagen, aber sie scheinen nicht zu wissen, wo er ist. Klingt für mich, als hätte er sich aus dem Staub gemacht, doch wir werden das überprüfen. Vielleicht hat er ein Alibi, und vielleicht hat das Alibi Bestand. Aber es ist meine Aufgabe, das herauszufinden. Lass mich meine Arbeit machen, ja?«

»Nur beeil dich dabei, Guy.« Kanes Blick war auf Faith gerichtet. »Ich weiß nicht, wie viel mehr wir noch verkraften können.«

»Ich melde mich«, sagte Richardson im Gehen.

Nachdem Kane den Detective zur Tür gebracht hatte und zurückgekommen war, saß Faith auf der Klavierbank. Ihre Finger lagen bewegungslos auf den Tasten. Er fand, sie sah verwirrt aus, irgendwie verloren.

»Wer würde denn wirklich ein Bürogebäude sabotieren wollen?«, fragte sie langsam. »Wer hätte dabei etwas zu gewinnen?«

»Ich weiß es nicht. Es sollte größtenteils an die Stadt vermietet werden, aber in privater Hand bleiben. Die Investorengruppe ist ziemlich groß, und sie werden einen ganz schönen Batzen verlieren, wenn das Projekt sich zu sehr verzögert oder völlig aufgegeben wird.«

Sie nahm die Finger abrupt von den Tasten und drehte sich zu ihm um. »Die Männer auf der Liste – haben sie in das Projekt investiert?«

»Ich habe keinen der Namen erkannt – aber es gibt eine Menge Investoren. Warte.« Er rief in seinem Büro an, und innerhalb der nächsten Stunde erfuhren sie, dass Jordan Cochrane durch eine Investmentfirma, die ihm teilweise gehörte, mit einer beträchtlichen Summe an dem Ludlow-Projekt beteiligt war.

»Sieht so aus, als wäre so viel von seinem Privatkapital in dem Projekt gebunden, dass er ebenfalls erledigt wäre, falls es bankrottgehen sollte«, sagte Kane.

Faith überlegte und schüttelte dann den Kopf. »Das ergibt für mich keinen Sinn. Vielleicht hat Cochrane Dinah in seinem Lagerhaus gefangen gehalten. Aber nur, wenn er der Erpresser ist, statt selbst erpresst zu werden. Vielleicht hat er Jed Norris erschossen, nachdem er ihn angewiesen hatte, das Gebäude zu sabotieren. Aber warum? Du hast gerade gesagt, er würde eine beträchtliche Summe verlieren, wenn das Gebäude nicht rechtzeitig fertiggestellt wird.«

»Das ergibt überhaupt keinen Sinn«, stimmte Kane widerstrebend zu.

»Wir müssen mit ihm reden.«

»Das werden wir nicht schaffen, es sei denn, wir finden ihn vor der Polizei.«

»Glaubst du wirklich, dass er die Stadt verlassen hat?«

»Er scheint sich abgesetzt zu haben.«

»Der Bericht über Cochrane«, begann Faith nachdenklich, »den Tim hiergelassen hat, nachdem er mich von Haven House zurückgebracht hatte – ich habe gestern Abend einen Blick darauf geworfen.«

»Und?«

Faith setzte sich auf die Couch und blätterte die Seiten durch. »Ich meine da etwas über Cochrane gelesen zu haben, das mich stutzig machte …«

Kane nahm neben ihr Platz. »Was denn?«

»Er hat eine Eigentumswohnung hier in Atlanta, die über so viele Holdinggesellschaften läuft, dass Tim das nur durch schieres Glück herausfinden konnte. Und warum, glaubst du wohl, meint Mr Cochrane, ein kuscheliges kleines Nest mit verstecktem Eingang kaum fünf Meilen von seiner großen Villa entfernt besitzen zu müssen?«

»Für eine Geliebte?«, riet Kane.

Faith warf ihm ein rasches Lächeln zu. »Das fiel mir auch dazu ein. Laut dieser Information ist er seit zwanzig Jahren mit einer vornehmen, rechtschaffenen Katholikin verheiratet, die öffentlich in deutlichen Worten geäußert haben soll, dass Scheidung eine üble Praxis des Staates sei und dass jene, die Gott zusammengefügt hat …«

»Für immer vereint bleiben.«

»Genau. Und als sie ihn heiratete, brachte sie ein hübsches kleines Sümmchen in die Kriegskasse der Familie ein. Etwas in der Gegend von fünf Millionen Dollar. Und bei einer aufblühenden politischen Karriere …«

»Vielleicht wird er wegen der Geliebten erpresst und muss zahlen, um seine vornehme, rechtschaffene Frau daran zu hindern, es herauszufinden, weil sich seine politischen Bestrebungen sonst in Rauch auflösen?«

»Scheint möglich, oder?«

»Würde ich sagen.«

»Und ich würde darauf wetten, dass die Polizei diese Information nicht so bald bekommen wird. Wird Richardson wütend auf uns sein, wenn wir vor ihm mit Cochrane reden?«

»Wird er«, erwiderte Kane, aber in einem Ton, der besagte, dass ihm das völlig egal war. Er lächelte.

Ohne nachzudenken, streckte Faith die Hand aus und streichelte ihm sanft mit den Fingerrücken über die Wange.

Kane erstarrte, warf ruckartig den Kopf zurück und stieß einen leisen Fluch aus. In seinen Augen lag ein scharfer, wütender und verwirrter Ausdruck.

Faith verspürte einen schmerzenden Stich. Doch dann

schossen ihr Szenen durch den Kopf, zahllose Momente, in denen ihn Dinah genauso berührt hatte.

»Kane, ich …«

Er sprang auf und verließ den Raum.

Faith war sich bewusst, dass ihr Herz schneller schlug. Sie starrte auf ihre Hände, auf die ovalen, rot lackierten Nägel. Sie hatte nicht gemerkt, dass sie die Luft anhielt, und stieß sie jetzt mit einem zittrigen Seufzer aus.

Sie hatte es vergessen. In der Aufregung, die Puzzleteile zusammenzusetzen, hatte sie vergessen, worum es hier wirklich ging. Sie hatte ihre leere Vergangenheit vergessen. Sie hatte Erpressung und Folter und Tod vergessen.

Sie hatte Dinah vergessen.

Sie hatte sie bewusst vergessen.

Flüsternd, obwohl sie allein im Zimmer war, sagte Faith: »Verdammt, Dinah, es wird immer schwerer zu wissen, wo du aufhörst und ich anfange.«

15

Dem Bodyguard gefiel es gar nicht, dass Kane ihn anwies, im Auto bei dem Fahrer zu bleiben, als sie Jordan Cochranes geheime Eigentumswohnung erreicht hatten.

»Mr MacGregor, Sie haben mich eingestellt, um Sie beide zu beschützen, und ich kann Sie nicht …«

»Ich weiß, Sam, aber wir können kaum erwarten, dass der Mann mit uns spricht, wenn Sie dabei sind. Keine Sorge, uns wird schon nichts passieren.«

Sam. Das war also sein Name.

»Nehmen Sie wenigstens meine Waffe mit«, sagte Sam.

»Ich bin bewaffnet. Sie bleiben hier.«

»Ja, Sir«, antwortete Sam widerstrebend.

Die ersten Regentropfen fielen, als Faith und Kane den abgeschiedenen Weg zu der Eigentumswohnung entlanggingen. Obwohl es noch nicht vier war, wurde es bereits dunkel.

»Ich wusste gar nicht, dass du eine Waffe hast«, sagte Faith.

»Ich weiß, wie man sie benutzt, also mach dir keine Sorgen.«

Sie waren sehr höflich zueinander. Beide taten sie so, als sei zwischen ihnen nichts vorgefallen, als bestünde keine

Spannung. Aber sie war da. Und einen Moment lang, als Kane auf die Klingel drückte, war Faith versucht vorzuschlagen, wieder zu gehen und die Polizei herausfinden zu lassen, ob Jordan Cochrane ein Schurke oder ein Opfer war. Doch dann öffnete sich die Tür, und es war zu spät.

»Cochrane. Ich würde gern mit Ihnen reden«, sagte Kane.

Der Mann an der Tür war Mitte vierzig, gut aussehend auf eine dunkle, eher finstere Art, und in keiner Weise überrascht, dass sie vor seiner Tür standen.

»Verstehe.« Sein Ton war sachlich und ließ keinerlei Besorgnis oder Feindseligkeit erkennen.

Aber da ist etwas, dachte Faith, etwas, das sie mehr spürte, als dass sie es sah oder hörte. Dann richtete sich sein Blick auf sie, und sie hörte, wie Kane sie vorstellte. Cochrane nickte höflich.

»Kommen Sie herein«, sagte er.

Kane war sichtlich auf der Hut, als sie den eleganten Flur betraten, und er beobachtete Cochrane dabei, wie er die Tür hinter ihnen schloss. Er führte sie in ein gemütliches Wohnzimmer, wo ein Feuer munter im Kamin brannte. An einem Dimmer drehte er mehrere Lampen heller, lud sie ein, Platz zu nehmen, und bot ihnen Drinks oder Kaffee an. Ein Weinglas auf dem Couchtisch deutete darauf hin, dass er getrunken hatte.

Faith wunderte sich nicht, als die beiden Männer stehen blieben. Sie lehnte etwas höflicher als Kane die Drinks ab und setzte sich auf die lange Couch, von der aus sie beide Männer im Blick hatte.

Beobachte sie. Hör zu.

»Aber … wir bekamen Probleme in der neuen Werksanlage. Maschinenausfälle, verspätete Lieferungen, Fehler bei Bestellungen. Es sah nach Sabotage aus, doch es gab nie genug Beweise, die auf einen bestimmten Täter hindeuteten. Und dann traten Probleme in unseren anderen Unternehmen auf, nach derselben Verzögerungs- und Zerstörungstaktik.«

»Sie wurden bestraft.«

»So sah es aus. Ich erkannte, dass sie unsichtbar und ungreifbar im Hintergrund daran arbeiteten, mich zu vernichten, und ich konnte sie nicht aufhalten.«

»Sie hätten zahlen können«, bemerkte Faith.

»Nein«, sagte Cochrane. »Das hätte ich nicht tun können.«

»Sie hätten die Affäre öffentlich machen können, hätten denen die Waffe aus der Hand nehmen und ihre politische Karriere aufs Spiel setzen können. Affären sind nicht mehr der Todesstoß für einen Politiker, wie sie es vielleicht früher waren.«

»Stimmt. Das hätte ich tun können. Die betreffende Dame war bereit dazu, und ich war bereit, die Konsequenzen zu tragen. Aber sie hatten ihre Karten aufgedeckt. Sie wollten mich vernichten, Stück für Stück. Wenn ich ihnen eine Waffe aus der Hand genommen hätte, dann hätten sie andere gefunden. Ein weiteres Geheimnis, irgendeinen dummen Fehler, den ich irgendwann begangen habe.« Cochrane lächelte schief. »Ich habe kein besonders untadeliges Leben geführt, Miss Parker. Und ich habe nicht den Wunsch, dass all meine Fehltritte einer nach dem anderen aufgedeckt werden.«

»Was können Sie dann tun?«

»Ich werde sie bekämpfen. Werde gegen ihre Taktiken ankämpfen und mich bedeckt halten, bis ich herausfinde, wer sie sind. Ich werde vielleicht verlieren, aber bestimmt nicht kampflos untergehen.«

»Verstehe.«

Cochrane blickte zu Kane. »Als ich das Ausmaß meiner Probleme schließlich erkannte, wurde Miss Leighton bereits seit mehreren Wochen vermisst. Ich hoffe, Sie glauben mir, wenn ich sage, dass ich mich gemeldet hätte, falls ich geglaubt hätte, der Polizei bei der Suche nach ihr helfen zu können.«

Bevor Kane antworten konnte, wurde die Schiebetür zum anschließenden Arbeitszimmer aufgeschoben, und eine neue Stimme sagte ruhig: »Und ich auch.«

Kane war sprachlos. Faith betrachtete ihn mitfühlend und streckte dann die geöffnete Hand aus, auf der der Anhänger lag.

»Ich glaube, der ist von Ihrem Armband abgefallen, Sydney.«

Kanes Unbehagen war sichtbar, und obwohl weder Cochrane noch Sydney ihm einen Vorwurf zu machen schienen, waren die nächsten paar Minuten sehr angespannt. Es war Faith, die das Gespräch wieder aufnahm.

»Und Sie haben wirklich absolut keine Ahnung, wer versucht, Sie zu vernichten?«, fragte sie Cochrane.

»Ich habe mir den Kopf darüber zerbrochen.« Er saß neben Sydney am anderen Ende der langen Couch. »Das Problem ist, dass ich viele Feinde habe. Doch ich wüsste keinen, der mich genug hasst, dass es ihn zu Erpressung und

Sabotage treiben würde. Es sei denn, es geht tatsächlich nur um Geld, und ich wurde ausgewählt, weil ich verwundbar war und die Mittel besitze, die das Risiko einer Erpressung wettmachten.«

»Sie haben größere Probleme«, teilte Faith ihm nach einem Blickwechsel mit Kane mit. »Kennen Sie einen Mann namens Jed Norris?«

»Nein, ich glaube nicht. Wieso?«

»Besitzen Sie eine Handfeuerwaffe, eine .45 Automatik?«, fragte Kane.

»Ich besitze mehrere. Dazu gehören auch zwei .45er. Weshalb?«

»Weil man heute Morgen die Leiche eines Mannes gefunden hat, der als Jed Norris identifiziert wurde«, erwiderte Faith. »Ermordet, quasi hingerichtet mit Schüssen in den Hinterkopf. Eine auf Sie zugelassene Waffe wurde in der Nähe gefunden. Und es ist die Mordwaffe.«

»Oh, mein Gott«, murmelte Sydney.

Cochrane griff nach ihrer Hand und drückte sie. Er war ein bisschen bleich, aber gefasst. »Abgesehen davon, dass ich schwerlich dumm genug wäre, eine auf mich zugelassene Waffe bei einem Verbrechen zu benutzen und sie am Tatort liegen zu lassen, kann ich nur beschwören, dass meine sämtlichen Waffen im Waffenschrank waren, als ich vor einigen Monaten nachgeschaut habe. Jemand muss eine davon gestohlen haben.«

»Ist der Waffenschrank nicht abgeschlossen?«, fragte Kane.

»Natürlich ist er das, aber nur mit einem Schloss, das höchstens kindersicher ist, bloß eine einfache Vorsichtsmaßnahme. Er ist auch an die Alarmanlage angeschlossen, doch die ist nur nachts eingeschaltet.«

»Wer hat tagsüber Zugang?«

»Zu dem Raum? Ziemlich viele. Die Hausangestellten. Die Sekretärin meiner Frau, mein eigener Assistent. Meine Frau hat in den letzten drei Monaten zwei Wohltätigkeitsveranstaltungen im Haus und auf dem Grundstück organisiert. Da waren ständig fremde Leute da.« Er hielt inne. »Wer ist dieser Mann, der angeblich mit meiner Waffe ermordet wurde?«

»Er war irgendwohin verschwunden, sagte Max, war einfach abgehauen, weil sie nicht arbeiteten …«, sagte Sydney fast unhörbar.

Kane blickte zu Cochrane. »Norris war der Polier beim Ludlow-Projekt. Die Mannschaft hat diese Woche nicht gearbeitet, weil es ein Problem gab. Heute habe ich herausgefunden, dass die Baustelle sabotiert worden ist.«

»Wie schlimm?«

»Sehr schlimm. Jemand, der sich damit auskennt, hat das Fundament unterhöhlt. Der Bauinspektor sagt, es könne nicht ausgebessert werden. Was bedeutet, wir müssen vollständig abreißen und noch mal von vorn anfangen – oder das ganze Projekt abblasen.«

»Das«, sagte Cochrane emotionslos, »wäre der letzte Nagel zu meinem Sarg.«

»Vielleicht war das der Plan«, meinte Kane. »Sie finanziell mit dem Rücken an die Wand zu drängen und in den Ruin zu treiben, wenn Sie nicht zahlen.«

»Wenn ja«, sagte Cochrane, »ist das ein cleverer Plan. In zu vielen meiner geschäftlichen Beteiligungen steckt das

Geld meiner Frau drin, und sie würde keinen Augenblick zögern, ihre Anteile zu verkaufen, um sich an mir zu rächen – ganz gleich, wie viele Menschen dadurch arbeitslos werden.«

»Inzwischen versucht die Polizei vermutlich ein Motiv zu finden, warum Sie Norris umgebracht haben«, sagte Faith. »Sie wird wissen wollen, wo Sie gewesen sind. In Ihrem Büro und bei Ihnen zu Hause hieß es …«

»Ich sei verreist. Ja, diese Anweisung habe ich gegeben.« Cochrane blickte zu Sydney. »Wir konnten in den letzten Wochen kaum Zeit miteinander verbringen, daher habe ich eine Geschäftsreise erfunden. Ich war seit Sonntagabend hier in dieser Wohnung.«

»Ich auch«, sagte Sydney sofort.

»Nicht die ganze Zeit.« Sein Ton war erstaunlich sanft, und sein Lächeln etwas zu zärtlich und intim für Zuschauer. »Tagsüber warst du im Büro, Syd.«

Ihr Mund verzog sich trotzig. »Ich hab mich oft genug fortgestohlen, um hier bei dir zu sein. Bin erst spät im Büro erschienen, habe lange Mittagspausen gemacht und bin jeden Tag früh gegangen. Das weißt du.«

Cochrane lächelte sie wieder an und sagte dann zu Kane: »Wann wurde der Mann ermordet? Weiß man das?«

»Die Polizei sagt, seine Leiche … habe im Wald gelegen … mindestens zwei Tage lang. Ich schätze, es wird der Gerichtsmedizin schwerfallen, den genauen Todeszeitpunkt festzustellen.«

»Dann habe ich kein hieb- und stichfestes Alibi«, sagte Cochrane ruhig.

»Jordan …«

»Niemand kann meine Schritte minutiös bezeugen, Syd. Es wird mir nicht helfen, wenn du angibst, während eines Teils der Zeit mit mir zusammen gewesen zu sein, und es könnte dir ohne guten Grund nur schaden. Mach dir keine Sorgen. Ich hatte keine Veranlassung, diesen Mann umzubringen.«

»Es gibt die Vermutung, dass Norris angeworben wurde, den Bau zu sabotieren, und dann getötet wurde, um das zu vertuschen«, warf Faith ein. »Ich verstehe nicht, wie Sie von der Einstellung der Bauarbeiten hätten profitieren sollen.«

»Hätte ich auch nicht. In dem Projekt steckt viel von meinem privaten Geld, und die Investition zahlt sich nur aus, wenn der Bau fertiggestellt wird und Einnahmen bringt.« Cochrane runzelte plötzlich die Stirn und blickte zu Kane. »Warum haben Sie mich nach dem Lagerhaus gefragt? Was hat das mit all dem hier zu tun?«

Kanes Blick senkte sich auf seine verschränkten Hände. »Wir haben … Grund zu der Annahme, dass Dinah nach ihrem Verschwinden zumindest eine Zeit lang in dem Lagerhaus festgehalten wurde.«

»Kane, nein.« Sydney starrte ihn an. »Jordan hatte nichts damit zu tun. Nicht mit Dinahs Verschwinden oder … oder mit dem Mord an ihr.«

»Ich schätze, seine Feinde hielten es für eine weitere Möglichkeit, das zu attackieren, woran ihm am meisten gelegen war«, sagte Faith. »Mr Cochrane, Sie sagten, die Erpresser hätten gedroht, Fotos an Ihre Frau zu schicken?«

»Ja.«

»Dann wussten sie von Ihrer Beziehung mit Sydney.«

»Ja.«

»Wie lässt sich besser ein Keil in das Herz dieser Beziehung treiben, als Sie unter Verdacht zu stellen, die Verlobte ihres Bruders gefoltert und ermordet zu haben?«

»Das hätte ich nie geglaubt«, sagte Sydney hitzig.

Faith wunderte sich nicht über diese Loyalität, nachdem sie die beiden zusammen beobachtet hatte. Aber sie sagte: »Es wäre dennoch nicht angenehm gewesen. Durchaus möglich, dass die wirklichen Mörder Beweise haben, die sie ihm unterschieben wollten. Zumindest haben sie es geschafft, ihn mit hineinzuziehen, indem sie Dinah im Lagerhaus festgehalten haben.«

»Vorausgesetzt, die Polizei entdeckt das«, warf Kane ein.

»Oh, ich kann mir gut vorstellen, dass sie einen Hinweis bekommen wird. Es sei denn, wir finden die Wahrheit vorher heraus.« Faith sprach bewusst abwesend. Sie griff in die Jackentasche und zog die Liste heraus, die sie und Kane gefunden hatten. »Werfen Sie einen Blick auf diese Namen, Mr Cochrane. Das sind die Männer, von denen Dinah annahm, dass sie erpresst werden. Sagen die Namen Ihnen irgendwas?«

Er schaute auf die Liste. »Mason ist tot, Selbstmord. Carson … Hayes … Swain … Gordon …«

»Wir wissen, dass sie alle in irgendeiner Form mit dem Baugewerbe zu tun haben«, sagte Kane. »Wissen Sie sonst noch etwas, das diese fünf Männer mit Ihnen gemeinsam haben – oder hatten?«

Cochrane blickte auf. Eine plötzliche Erkenntnis zeigte sich auf seinem grimmigen Gesicht. »Nur eines. Normalerweise hätte ich nichts davon erfahren, weil er so verdammt diskret ist, aber ich sah eines Tages zufällig ein paar Akten in seinem Büro. Conrad Masterson. Wir alle haben ihn mit der Verwaltung unseres Privatvermögens beauftragt.«

In der Dunkelheit des Limousinenfonds sagte Faith: »Wenn Dinah Cochrane die Liste gezeigt hätte ... wäre sie vielleicht nicht tot. Sie wäre Masterson gegenüber sehr vorsichtig gewesen.«

»Conrad. Großer Gott.« Kane hatte immer noch damit zu tun, den Schock zu verarbeiten.

»Nur jemand, der mit Jordan Cochranes finanzieller Situation vollkommen vertraut war, konnte wissen, wo und wie er zuschlagen musste. Das ergibt einen Sinn, nicht wahr?«

»Ja, aber ...« Mit kaum unterdrücktem Ärger sagte Kane: »Ich kann mir nicht vorstellen, dass Conrad Dinah etwas antun würde. Ich habe ihn immer für den friedfertigsten Menschen gehalten, der mir je begegnet ist.«

»Vielleicht hat er das auch nicht. Wir wussten immer, dass mehr als eine Person an der Sache beteiligt war. Vielleicht arbeitet Conrad für diejenigen, die Dinah ermordet haben. Oder es ist alles ein riesiger Zufall.« Sie betrachtete sein Profil, das hin und wieder durch die Straßenlaternen erhellt wurde. »Hör zu, wir haben alles getan, was wir heute Abend tun können. Richardson hatte recht – wir müssen ihn mit den anderen Männern reden und herausfinden lassen, ob sie ihn ebenfalls zu Conrad führen.«

Sie zwang sich zu einem humorvollen Ton. »Wir können uns sogar glücklich schätzen, dass er uns nicht beide ins Gefängnis gesteckt hat, nachdem wir ihm mitgeteilt hatten, dass wir Cochrane gefunden haben – ganz zu schweigen von den anderen Kleinigkeiten, die wir für uns behalten haben.«

Das etwa einstündige Gespräch in Richardsons Büro war nicht leicht gewesen, aber Faith war nach wie vor froh, dass sie Kane davon überzeugen konnte, diesen Weg einzuschlagen und nicht seinem Instinkt zu folgen – Conrad Masterson zu finden. Natürlich war es hilfreich gewesen, dass Masterson telefonisch weder in seinem Büro noch zu Hause erreichbar und daher vorläufig außerhalb von Kanes Reichweite war.

»Er wird das schon verwinden«, sagte Kane und meinte Richardson. »Und früher oder später werden ihm unsere Informationen dabei helfen, ein paar Verbrechen aufzuklären.«

»Wollen Sie beide immer noch in Ihr Büro, Mr MacGregor?«, fragte der Bodyguard vom Vordersitz.

»Ich weiß, dass es schon spät ist, Sam, aber …«

»Machen Sie sich wegen mir und Steve hier keine Sorgen«, erwiderte der Bodyguard mit einer kleinen Geste zum Fahrer. »Wir bekommen die Überstunden bezahlt.«

»Dann zum Büro.« Kane senkte die Stimme und fragte Faith: »Bist du sicher, dass es dir nichts ausmacht? Ich brauche die Originalpläne vom Ludlow-Gebäude, um zu sehen, ob ich eine Möglichkeit finde, die Situation zu retten.«

»Kein Problem.« Sie wusste genau, dass er verrückt werden würde, wenn er sich nicht mit etwas beschäftigen könnte, während die Polizei mühsam nach Beweisen suchte. »Cochrane wird dir sicherlich danken, wenn dir das gelingt – und die Polizei ihn nicht für den Mord an Norris verhaftet.«

»Guy schien im Moment nicht sonderlich erpicht darauf zu sein«, erinnerte Kane sie. »Abgesehen davon, dass kein glaubwürdiges Motiv vorliegt, war er wie wir der Meinung, Cochrane sei zu klug, seine eigene Waffe zu benutzen und sie am Tatort liegen zu lassen, nachdem er alle Fingerabdrücke abgewischt hatte.«

»Ich wünschte, sie bekämen endlich den Bericht über Norris' Fingerabdrücke«, sagte Faith unruhig. »Es ist wichtig, Kane, das weiß ich.«

»Vermutlich morgen, sagte Guy. Er gleicht die Abdrücke mit der Datenbank ab *und* schickt sie zur Sicherheit noch an Noah. Vorausgesetzt, Noah ist in Quantico. Einer der beiden wird uns anrufen, sobald sich was ergeben hat.«

Faith nickte, fühlte sich aber immer noch beklommen. Wenn Norris tatsächlich beteiligt gewesen war, warum war er dann jetzt tot? Hatte Conrad Masterson ihn umgebracht? Hatte sich Masterson überhaupt in irgendeiner Weise schuldig gemacht? Und was *war* das Ding, für das Dinah gefoltert worden war? Verdammt, sie wussten es immer noch nicht.

Das Gewitter hatte sich vor Stunden verzogen, aber es war nach wie vor eine kalte und unangenehme Nacht. Aus Vorsicht drehte der Fahrer eine Runde um das Bürogebäude von MacGregor und Payne, und sowohl er als auch Sam waren besonders wachsam, als sie in die Tiefgarage fuhren.

Die Garage war fast leer. Da sie durch elektronische Alarmanlagen und Überwachungskameras bestmöglich gesichert war, machte sich Faith auch keine Gedanken, als sie mit Kane und Sam im Fahrstuhl in den vierten Stock zu Kanes Büro hinauffuhr.

Am Empfang saß, wie auf jedem Stockwerk, ein Wachmann. Er berichtete Kane, dass alle Mitarbeiter gegangen wären und bisher alles ruhig gewesen sei.

»Ich bin gleich zurück«, sagte Kane und holte seine Schlüssel heraus, während er zu seinem Büro ging.

»Ich werde hier warten.« Faith ging den Flur entlang und betrachtete die Fotos und Zeichnungen früherer Bauprojekte von MacGregor und Payne.

Sam lehnte sich an den Schreibtisch, um mit dem Wachmann zu plaudern. »Nette Anlage«, sagte er.

»Ja, hat ein Vermögen gekostet. Das Gebäude ist so sicher, wie Technologie es machen kann.« Mit einem Nicken zu Faith, die sich weiter entfernte, deutete der Wachmann auf eine Reihe von Monitoren, auf denen Ansichten mehrerer Flure zu sehen waren. »Ich kann jeden im ganzen Gebäude verfolgen. Keine Ahnung, warum die so heiß darauf sind, ein paar Büros zu bewachen, aber ich werde fürs Aufpassen bezahlt und nicht fürs Fragenstellen.«

»Das merk ich schon.« Sam schaute den Flur entlang, um Faith zu entdecken, die sich einem anderen Korridor näherte. Dann sah er wieder auf die Monitore. »Wo geht sie hin?«

Der Wachmann deutete auf den Bildschirm. »Da. Keine Bange. Sie sehen ja, dass alles in Ordnung ist.«

Kane wollte gerade das Büro verlassen, als es auf seinem Privatanschluss klingelte. Er nahm ab. »MacGregor.«

»Wo zum Teufel ist dein Handy?«, blaffte Bishop anstelle einer höflicheren Begrüßung.

Erstaunt über diesen Ton erwiderte Kane: »In meiner Tasche, aber der Akku ist wahrscheinlich leer. War ein langer Tag. Was ist los?«

»Wo ist Faith?«

»Bei mir. Noah, was ist los?«

»Richardson sagte, du wolltest noch im Büro vorbeifahren, deshalb rufe ich auf dieser Nummer an. Diese Fingerabdrücke, die er mir geschickt hat …«

»Ja?«

»Gehören einem gewissen Jedidiah Sanderson.«

»Dann hatte Faith recht. Es war nicht Jed Norris.«

»Sagen wir lieber, Jed Norris war nicht der, der er zu sein vorgab. Sandersons Fingerabdrücke sind registriert, weil er vorbestraft ist. Ein paar Verhaftungen, hauptsächlich Schlägereien, und das liegt Jahre zurück. Aber nicht in Atlanta.«

Kane atmete ein. »Seattle.«

»Genau.«

»Dann ist er die Verbindung, nach der wir gesucht haben?«

»Sanderson war Faith' Chef, Kane. Er leitete das Bauunternehmen, in dem sie gearbeitet hat. Er hatte es übernommen, nachdem der jüngere Bruder, der es aufgebaut hatte, angeblich bei einem Brand ums Leben gekommen war. Doch die Firma lief nicht gut. Er hat Konkurs angemeldet, kurz nachdem Faith' Familie ermordet wurde, und hat überstürzt die Stadt verlassen, bevor ihn jemand aufhalten konnte.«

»Und kam nach Atlanta. Okay, aber ich verstehe immer noch nicht …«

»Als ich mich näher mit dem Brand beschäftigte, in dem

der jüngere Bruder umgekommen sein soll, stieß ich auf einen Ermittler, der überzeugt war, dass das Feuer absichtlich gelegt worden war. Er kann es aber nicht beweisen. Die Versicherung wurde ausgezahlt, und es war eine Menge Geld. Aber dennoch schien Sanderson danach nie Geld zu haben, nur eine Firma, die er nicht in den schwarzen Zahlen halten konnte. Ich hab mich gefragt, wo das Geld geblieben ist. Dann fand ich ein Foto des jüngeren Bruders und habe es an Richardson geschickt. Er hat es sofort erkannt. Kane – es ist Max Sanders.«

»Max.« Kane war sprachlos. Er begann langsam zu verstehen und fühlte die Angst in sich aufsteigen.

»Ja. Ich hab so das Gefühl, dass der jüngere Bruder die Leiche war, nach der Dinah gesucht hatte. Sie hat sich mit der Seattle-Sache vielleicht sehr viel eingehender beschäftigt als wir, und der Brand und das Geld von der Versicherung kamen ihr verdächtig vor. Ich weiß nicht, was sie alles herausgefunden hat, ob sie Sanders verdächtigte oder nur nach einer Verbindung mit Seattle suchte und ihn irgendwie alarmiert hat. Wahrscheinlich werden wir das nie erfahren.«

»Himmel.«

»Und korrigier mich, wenn ich mich irre, aber hat Max Sanders nicht einen Schlüssel für das Baustellengelände? Und eine Zugangsberechtigung für dein Bürogebäude? Das heißt, er kann überall herumschnüffeln.«

Kane wirbelte herum und starrte zur offenen Tür seines Büros. Die Furcht hatte ihn jetzt fest in ihren Klauen. »Himmel.«

»Kane …«

Aber Kane ließ den Hörer und die aufgerollten Blaupausen fallen und stürzte zur Tür. Er erreichte den Flur, als Sam gerade mit besorgtem Blick an ihm vorbeirannte. Als sich Kane ihm anschloss, hörte er kaum die hastige Erklärung des Bodyguards, dass Faith »inzwischen auf dem Flurmonitor hätte aufgetaucht sein sollen«.

Sie kamen gemeinsam um die Ecke und sahen einen sich lange vor ihnen erstreckenden Flur. Und Faith' Schultertasche, die neben dem Notausgang zum Treppenhaus lag.

»Ein Spiegel«, knurrte Sam verbittert und blickte zu einer der Überwachungskameras hinauf. »Er hat einen verdammten Spiegel benutzt!«

Kane hob Faith' Tasche auf und hatte das Gefühl, dass etwas an ihm zog, ihn bremste, wo er sich doch schnell bewegen musste, so schnell, weil sie Faith hatten und der Gedanke, was sie ihr antun würden, ihn wahnsinnig machte.

»Nein«, sagte er laut. »Nicht noch mal.«

16

Was auch immer er benutzt hatte, um sie bewusstlos zu machen – Chloroform, nahm sie an –, Faith hoffte, dass der Zustand nicht lange gedauert hatte. Sie konnte es nicht genau sagen, weil es in dem Raum, in dem sie aufgewacht war, keine Uhr gab.

Es war eine Toilette. Waschbecken, Klo, nicht viel mehr.

Mit schmerzendem Kopf und aufsteigender Übelkeit wollte Faith die Hände unter sich schieben, um sich von dem kalten Fliesenboden hochzustemmen, und merkte erst da, dass ihre Handgelenke gefesselt waren. Es gelang ihr, sich aufzusetzen, aber es dauerte eine ganze Weile, bis das Schwindelgefühl so weit abebbte, dass sie auf die Füße kommen konnte.

Sie versuchte es an der Tür, die jedoch verriegelt war, und beschloss dann, sich kaltes Wasser ins Gesicht zu spritzen, um wieder klar im Kopf zu werden.

Danach wünschte sie fast, sie hätte es nicht getan, denn mit der Klarheit im Kopf kam die Angst.

Sie hatte nicht gesehen, wer sie gepackt hatte; es war alles viel zu schnell gegangen. Aber sie zweifelte nicht daran, dass sie in tödlicher Gefahr war. Die Tatsache, dass er sie bewusstlos gemacht hatte, statt sie zu töten, sagte ihr, dass er etwas von ihr wollte. Er wollte das, was sie ihm entwendet hatte, dieses unbekannte Ding, das immer noch irgendwo in der Dunkelheit ihres Gedächtnisses verborgen war.

Sie würde gefoltert werden. Wie Dinah.

Faith wollte gegen die Tür hämmern, wollte nur noch schreien, und sie musste ihre ganze Kraft aufwenden, um sich davon abzuhalten.

Sei kein Idiot. Und erwarte auch nicht, dass die Kavallerie zu deiner Rettung herbeistürmt. Das passiert nur in Filmen. Wenn du das hier überleben willst, musst du dir selbst helfen.

Faith drückte ihr Ohr an die Tür, hörte aber nichts.

Beweg dich, los. Such nach etwas, das dir hilft, dich zu befreien, hier rauszukommen.

Es gab kein Medizinschränkchen und keinen Wäscheschrank, nicht mal ein Bild an der Wand, von dem sie ein Stückchen nützlichen Draht hätte herbekommen können.

Plötzlich fiel ihr etwas ein, und sie schob ihre gefesselten Hände seitlich, bis es ihr gelang, in die rechte Tasche ihrer Jacke zu greifen. Da war es, ein dünnes, biegsames Metallstück.

Ein Dietrich.

Er fühlte sich vertraut an, und ihre Finger bewegten sich rasch und mit einer Geschicklichkeit, die kein Nachdenken erforderte. Innerhalb von Sekunden war sie frei.

Einen flüchtigen Augenblick lang überlegte Faith, wieso um alles in der Welt sie mit einem Dietrich umgehen konnte, doch es würde später noch Zeit genug sein, darüber nachzudenken.

Hoffte sie.

Die verschlossene Tür war widerspenstiger als die Handschellen, aber sie gab nicht auf.

Wenn dieses verdammte Ding mir nicht ständig aus den Fingern rutschen würde, könnte ich … Da!

Sie steckte den Dietrich zurück in die Tasche und schob vorsichtig die Tür auf.

Vor sich sah sie einen ziemlich langen Flur mit einer auf der gegenüberliegenden Seite durchgehenden Wand. Auf ihrer Seite befand sich nur ein weiterer Raum, aus dessen offen stehender Tür Licht drang. Am Ende des Flurs meinte sie, eine nach oben führende Treppe erkennen zu können.

Faith befand sich in einem Keller.

Sie hörte Stimmen. Zwei wütende, männliche Stimmen, die etwas gedämpft klangen. Sie kamen aus dem anderen Raum.

Ihr erster Impuls war, so schnell wegzurennen, wie sie konnte, ihre Instinkte drängten sie, vor der Gefahr zu fliehen, solange es noch möglich war. Aber der Verstand gewann die Oberhand. Sie hatte eine bessere Chance zu entkommen, wenn sie vorsichtig und leise an der offenen Tür vorbeischlüpfte, ohne dass die Männer sie bemerkten.

Beinahe ohne zu atmen, eng an die Wand gedrückt und äußerst vorsichtig schlich sich Faith den Flur entlang auf das beleuchtete Zimmer zu. Als sie näher kam, wurden die Stimmen deutlicher.

»… du musst vollkommen verrückt gewesen sein, den ganzen Tag bei MacGregor und Payne herumzulungern!«

Irgendetwas an der Stimme kam ihr bekannt vor, aber bevor sie ihr Gedächtnis danach durchsuchen konnte, sprach der zweite Mann.

»Wenigstens habe ich etwas Sinnvolles getan und mich nicht in meinem netten kleinen Haus am See versteckt und gebetet, dass mich niemand findet!«

Eine Kälte, wie Faith sie noch nie zuvor gespürt hatte, überkam sie, und das Schwindelgefühl kehrte zurück, viel stärker als zuvor. Sie musste sich an die Wand lehnen, die Augen schließen und die Übelkeit erregende Angst hinunterschlucken, die aus einem dunklen Albtraumort in ihrem Inneren aufstieg.

Sie hatte die Stimmen in ihrer quälenden, gewalttätigen Vision gehört: *Vorsichtig! Sie kann mir nicht sagen, was ich wissen will, wenn sie tot ist.*

Faith hörte sich nach Luft schnappen, und das winzige Geräusch reichte aus, um sie von der Lähmung durch die nackte Angst zu befreien. Er war es. Der Mann, der in der Dunkelheit gelauert hatte, als Dinah gefoltert worden war, der dem anderen befahl, ihr die Finger zu brechen oder etwas anderes, irgendwas, Hauptsache, es brachte sie zum Reden … Und sie hatte mit diesem anderen Mann in Kanes Büro gesessen, ohne seine Stimme zu erkennen, ohne zu merken, dass sich Dinahs Peiniger lebhaft mit Kane über Bausubstanz und Material unterhielt. Max Sanders.

Das Bedürfnis wegzurennen war überwältigend, aber Faith zwang sich dazu, sich langsam zu bewegen, einen Schritt nach dem anderen, den Flur entlang. Als sie näher kam, wurden die Stimmen lauter und vernehmlicher.

»Ich hab dir gesagt … du gehst zu schnell vor, lässt dich von Kane und der Polizei in Panik versetzen. Wenn du doch nur bereit gewesen wärst, abzuwarten und den Mund zu halten …«

»Ich bin nicht derjenige, der Jed getötet hat, verdammt noch mal! Was war das denn, wenn nicht reinste Panik?«

»Das war unsere einzige Möglichkeit! Es musste so aussehen, als wäre *er* derjenige, der Cochrane erpresst hat, und dass Cochrane es herausgefunden und ihn umgebracht hat. Das war die einzige Möglichkeit, die Polizei *und* Kane abzulenken. Sobald ich die Beweise so deponiert habe, dass die Polizei sie findet, wird es sonnenklar sein, dass Jed der Erpresser war. Dinah hat es irgendwie herausgefunden, und er hat sie entführt und getötet – in einem von Cochranes Lagerhäusern –, mit der Absicht, Cochrane die Schuld in die Schuhe zu schieben.«

»Er war mein Bruder!«

»Er hat nur Scheiße gebaut, und das wissen wir beide!«

Bruder? Jed und Max waren Brüder?

In dem Raum herrschte ein Augenblick angespannter Stille, und Faith schlich sich näher. Hatten sie der Tür den Rücken zugewandt? Konnte sie daran vorbeischlüpfen, ohne gesehen zu werden?

»Ich musste uns aus der Schusslinie bringen, Max. Du hast dir verdammt viel Mühe gegeben, alle aufzustacheln, bis wir kaum noch atmen konnten, bis es nur noch eine Frage der Zeit war, dass Kane oder einer seiner Bluthunde uns auf die Spur kommen.«

»Mit der Rohrbombe bin ich ein Risiko eingegangen, na und? Was sollte ich denn machen, nachdem sie sich an Kane gehängt hat. Es ignorieren? Rumsitzen, wie du es wolltest, Connie, und darauf warten, dass sie ihr Gedächtnis wiederfindet und Kane alles erzählt?«

Connie. Oh Gott … es ist tatsächlich Conrad. Die Erkenntnis versetzte Faith einen scharfen Stich. Sie wusste, wie Kane das quälen würde.

»Du hättest warten können! Himmel noch mal, Max, selbst ein Idiot hätte erkannt, dass du jedes Mal, wenn du einen Anschlag auf die Frau verübt und es vermurkst hast, ihnen mehr Grund gegeben hast, nach Antworten zu suchen – und mehr Zeit.«

»Hör zu …«

»Nein, *du* hörst zu. Ich musste mich abmühen, Beweise zu finden, die Geschichte wasserdicht zu machen und von uns abzulenken. Jed musste geopfert werden. Es hätte funktioniert, Max. Aber dann musstest du wieder alles vermasseln und Kane das Mädchen unter der Nase wegschnappen. Und wenn du glaubst, er würde Atlanta nicht in genau dieser Minute auf den Kopf stellen, um nach ihr zu suchen …«

»Na und? Er hat Dinah ja auch nicht gefunden, oder?«

»Du bist ein solcher Trottel«, schnaubte Conrad.

Faith riskierte einen raschen Blick in den Raum und spürte, wie ihr das Herz sank. Sie saßen sich nur ein paar Schritte von der Tür entfernt gegenüber, und es war wahrscheinlich, dass beide Männer sie sehen würden, wenn sie vorbeiflitzte.

»Ich will die verdammte Schachtel zurückhaben, Connie, mehr nicht.«

»Wenn sie sich erinnern würde, wohin sie die getan hat, oder wüsste, wo Dinah sie nach dem Unfall versteckt hat, glaubst du nicht, dass die Polizei sie nicht längst hätte?«

»Sie wird sich schnell erinnern, wenn ich sie erst mal bearbeite. Dann wird sie reden.«

»Ach ja? So wie Dinah geredet hat?«

»Du glaubst doch nicht, dass die genauso hart im Nehmen ist? Sie ist doch nur eine Handvoll, und man kann leicht erkennen, dass sie vollkommen verschreckt ist, sobald nur jemand buh ruft.«

»Sie hat den Autounfall überlebt, nicht wahr? Sie ist aus dem Koma erwacht und wieder fit, obwohl sie ein Wrack hätte sein sollen. Ich würde sie nicht unterschätzen, wenn ich du wäre.«

»Sie wird reden«, wiederholte Max starrköpfig. »Wir kriegen die Schachtel, und dann sind wir in Sicherheit. Wenn du es für notwendig hältst, können wir es nachträglich noch so aussehen lassen, als hätte Jed sie gehabt – mitsamt den ganzen Beweisen für die Erpressung. Dann ist er dafür verantwortlich, Cochrane bekommt die Schuld, ihn umgebracht zu haben, und wir tauchen ein paar Monate unter.«

»Und was ist mit Faith Parker? Sie wissen *genau,* wann sie verschwunden ist, Max, und du hast mir selbst erzählt, dass Cochrane immer noch auf dem Polizeirevier verhört wird. Er hat ein Alibi für den Zeitpunkt ihres Verschwindens.«

»Dann biegst du es halt so hin, dass es aussieht, als hätte er jemanden dazu angeheuert«, sagte Max ungeduldig. »Du hast schon immer alles hinbiegen können, Connie, seit unserer Kindheit in Seattle. Sollte leicht für dich sein.«

Conrad fluchte bösartig. »Leicht? Ist dir eigentlich klar, wie viele Kaninchen ich für dich bereits aus dem Hut gezaubert habe? Himmel, wenn du sie doch nur schon in Seattle umgebracht hättest oder, besser noch, nicht so unvorsichtig gewesen wärst, diesen Umschlag im Büro liegen zu lassen, wo sie ihn einfach sehen musste …«

»Woher hätte ich wissen sollen, dass Jed eine Sekretärin eingestellt hatte, die viel zu neugierig war? Nachdem sie meinen Brief an ihn gesehen hatte, war es nur noch eine Frage der Zeit, bis sie den Versicherungsbetrug durchschaut hätte. Ich musste sie aus dem Weg räumen.«

»Aber du hast sie nicht aus dem Weg geräumt, stimmt's? Du hast dich nicht mal schlaugemacht, wie sie aussieht, hast stattdessen ihre Schwester getötet, und die Mutter gleich mit.«

»Hör zu, das ist doch alles alter Käse. Jetzt hab ich sie, und ich werde nicht aufhören, bis sie mir sagt, wo die gottverdammte Schachtel ist.«

Du hast sie an dem einzigen Platz versteckt, den du für wirklich sicher hieltest. Darum konnte ich es ihm nicht sagen. Er wäre nicht in der Lage gewesen, ins Haven House zu kommen, daher hätte er es niedergebrannt, um die Beweise zu vernichten. Sie wären alle umgekommen. Karen und Eve, Andrea und die kleine Katie. Das konnte ich nicht zulassen …

Faith schloss kurz die Augen, öffnete sie dann und versuchte, ihre Möglichkeiten auszuloten. Sie musste an der offenen Tür und den Männern in dem Raum vorbei … und sie musste aus diesem Haus hinaus. Ohne zu wissen, wo sich die Fenster und Türen befanden, würde sie unweigerlich Fehler machen, vor allem, wenn sie rannte.

Aber hatte sie eine Wahl? Sie riskierte einen weiteren Blick in den Raum. Conrad hatte sich einem Schreibtisch an der hinteren Wand zugewandt, und Faith hätte beinahe laut gelacht, als Max sich in dieselbe Richtung drehte. Beide hatten der Tür nun den Rücken zugekehrt.

Jetzt oder nie. Mit angehaltenem Atem schlüpfte Faith rasch und leise an der Tür vorbei.

»Wenn du unbedingt dämlich sein willst, dann sei wenigstens nicht verrückt«, sagte Conrad wütend. »Sie hierherzubringen! Ich erlaube dir auf keinen Fall …«

»Ich wusste nicht, ob du Cochrane eine weitere Leiche anhängen wolltest, deshalb …«

Faith erreichte den Fuß der Treppe und eilte hinauf. Nach allem, was sie die beiden Männer hatte reden hören, nahm sie an, dass sie sich in Conrads Ferienhaus am See befanden, irgendwo außerhalb der Stadt. Was bedeutete, dass sie keine Ahnung hatte, wo sie war.

Weg. Nur weg.

Du kannst dir später darüber Gedanken machen, wo du bist.

Oben an der Treppe gelangte sie in einen kleinen Flur, der zu einem Esszimmer und einer Küche führte. Dort schien es eine Tür nach draußen zu geben. Am Ende des Flurs befand sich ein Wohnzimmer, von dem aus eine weitere Treppe nach oben führte.

Geh nicht da rauf. Die Blödmänner in den Filmen steigen immer die Treppen hinauf, und wie sie wieder vom Dach runterkommen, wenn jemand sie jagt …

»Ich weiß«, flüsterte Faith. Sie bewegte sich weiterhin vorsichtig und achtete darauf, dass kein quietschendes Dielenbrett sie an die Männer im Untergeschoss verriet. Die Vordertür befand sich vermutlich in der Nähe des Wohnzimmers, aber die Tür in der Küche war näher.

Als Faith sie geöffnet hatte, schlug ihr der unverkennbare Geruch einer Garage entgegen. Einer geschlossenen Garage. Und Garagentore machten viel Krach, wenn man sie öffnete.

Sie fluchte innerlich und zog sich in die Küche zurück. In diesem Moment hörte sie rasche, schwere Schritte auf der Kellertreppe und Max' grimmiges Fluchen.

Nun hatte sie keinen anderen Ausweg. Faith schlüpfte in die Garage und schloss die Tür leise hinter sich.

Er ist sehr gut darin, Katz und Maus zu spielen. Versteck dich nicht. Hau ab.

Die Garage war dunkel, und Faith musste sich den Weg ertasten. Beinahe wäre sie über die Motorhaube eines Sportwagens gefallen. Steckte der Zündschlüssel? Sie versuchte, die Tür zu öffnen, doch sie war verschlossen.

Allmählich gewöhnten sich ihre Augen an die Dunkelheit, und sie erkannte das Garagentor und zwei Fenster, die ziemlich hoch und geschlossen waren. Nichts, worauf man sich stellen konnte.

Gab es einen automatischen Türöffner? Sie blickte hinauf zu den Schienen an der Decke und sah den Kasten. Also lag wahrscheinlich eine Fernbedienung im Auto, und es gab wohl noch einen Schalter neben der Küchentür.

Mit wachsender Furcht tastete sie sich zu der Tür zurück. Sie wusste, sie hatte keine Zeit mehr. Von drinnen hörte sie Stimmen, die sich wütend stritten, hörte sie lauter werden, als Max und Conrad in ihre Richtung kamen, und dann einen ohrenbetäubenden Schuss.

Entsetzt drückte Faith auf den Schalter des Garagentoröffners. Sofort ging das Licht in der Garage an, und das große Tor hob sich schwerfällig und laut.

Beinahe blind, stürzte Faith zum Garagentor und duckte sich in dem Moment darunter weg, als sich die Tür zur Küche öffnete und sie einen Fluch hinter sich hörte.

Sie rannte.

Es war dunkel, kalt und feucht. Der Regen musste erst vor Kurzem aufgehört haben, von überall tropfte noch Wasser herab. Die Einfahrt war schmal, kaum mehr als zwei ausgefahrene Spuren, und rutschig durch den Schlamm. Wald rückte von beiden Seiten auf sie zu, und sie hatte keine Ahnung, in welcher Richtung der See lag.

Sie rannte.

Faith konnte nur ihren donnernden Herzschlag hören und den keuchenden Atem in ihrer Kehle, aber sie war sich sicher, dass jemand hinter ihr war und aufholte. Vielleicht saß er im Auto, vielleicht war er zu Fuß, doch er war hinter ihr, das wusste sie. Mehr als einmal rutschte sie aus, verlor aber trotzdem wie durch ein Wunder nicht den Halt und rannte weiter, fort vom Haus.

Irgendetwas ragte aus der Dunkelheit vor ihr auf, und in einem Augenblick nackten Entsetzens dachte Faith, sie hätten einen Bogen geschlagen und wären vor ihr.

»Faith. Himmel, Faith …«

Sie wurde von Kanes Armen aufgefangen und so fest an seine Brust gedrückt, dass sie nicht wusste, ob es ihr Herz war, das da so wild schlug, oder seines. Atemlos stieß sie hervor: »Hinter mir. Er ist hinter mir …«

Und dann passierte alles sehr, sehr schnell. Kane schwang sie herum, sodass sein großer Körper sie abschirmte. Sie hörte einen Motor aufheulen, und helle Lichter stachen plötzlich durch die Dunkelheit, fingen Kane und sie in dem Blendlicht ein. Sie hörte das Geräusch durchdrehender Reifen auf rutschigem Boden, sah die Scheinwerfer schwankend auf sie zukommen und dann ein noch lauteres Aufheulen des Motors.

Und sie sah Kanes ausgestreckten Arm, sah etwas in seiner Hand schimmern.

Sein erster Schuss ließ Glas splittern, und dann gingen weitere Waffen los, weitere Schüsse, und er bewegte sich, trug sie aus der Gefahrenzone, als das Auto schlingernd vom Weg abkam und sich mit einem unerträglichen metallischen Knirschen in die Bäume pflügte.

Der Motor heulte erneut auf, stotterte und verstummte.

»Es muss schon nach Mitternacht sein«, sagte Faith. »Es muss einfach. Das war der längste Tag meines Lebens.«

»Ich wünschte, du würdest mich einen Arzt rufen lassen«, sagte Kane.

»Du hast gehört, was die Sanitäter gesagt haben. Mir geht es gut. Keine Verletzungen, kein Schock, nicht mal Nachwirkungen des Chloroforms.« Faith kuschelte sich auf dem großen Sessel am Feuer zusammen, das Kane entzündet hatte, während sie unter der Dusche war, und beobachtete ihn, wie er in die Flammen schaute.

»Trotzdem«, beharrte er. »Wie du schon gesagt hast, es war ein sehr langer Tag.«

»Und ich sollte erschöpft sein. Aber ich bin es nicht.« Sie hielt inne und spürte die Spannung zwischen ihr und Kane. »Hat Bishop nicht gesagt, dass er morgen früh hier eintreffen würde?«

»Ja. Er wäre heute Abend gekommen, aber wir konnten dich sehr schnell finden. Guy wusste bereits von Conrads

Haus am See, und ich konnte mir nicht vorstellen, wohin Conrad sich sonst verzogen haben könnte, daher …«

»Die Polizisten haben auch geschossen, Kane. Vielleicht war es nicht deine Kugel, die Max Sanders getötet hat.«

Er wandte ihr den Kopf zu und sah sie an. »Ich hoffe, dass es meine war.«

»Rache?«

»Gerechtigkeit. Jetzt wird er in der Erde verfaulen.«

Sie holte Luft. »Was ist mit Conrad? Es hieß, er könnte durchkommen.«

»Ich hoffe es«, sagte Kane ruhig. »Ich will ihn im Gefängnis sehen. Ich will, dass er den Rest seines Lebens in einer kleinen, nackten Zelle verbringt.«

»Das wird er vermutlich. Wenn Richardson die Schachtel durchschaut, wird er zwangsläufig Conrads Fingerabdrücke auf den Erpresserfotos und den Papieren finden. Max und er hätten nicht so verzweifelt versucht, die Schachtel zurückzubekommen, wenn deren Inhalt sie nicht vor Gericht bringen würde.«

Kane schüttelte den Kopf. »Und die ganze Zeit war die Schachtel in Haven House versteckt.«

»Der einzige Ort, den ich für sicher hielt«, murmelte Faith. »Es tut mir leid, Kane. Es tut mir leid, dass ich Dinah da mit hineingezogen habe, dass ich ihr nicht erzählt habe, dass ich die Schachtel in Conrads Büro gefunden hatte, als ich mich reinschlich, nachdem ich Max hatte hineingehen sehen. Es tut mir leid, dass ich so lange gebraucht habe, mich zu erinnern.«

»Erinnerst du dich jetzt an alles?«

Diesmal war sie diejenige, die den Kopf schüttelte. »Nein,

nur an das eine oder andere Detail. Aber es ist ein Anfang. Dr. Burnett hatte wohl recht – alles wird allmählich zurückkommen.«

Kane richtete den Blick wieder auf das Feuer und schwieg.

»Nachdem die Geschichte jetzt eine Art Ende gefunden hat«, sagte Faith, »brauchen wir uns vermutlich keine Sorgen mehr zu machen, von Reportern verfolgt zu werden.«

»Es ist noch nicht vorbei. Ich muss noch die Gedenkfeier ausrichten.«

»Ich … hörte Richardson sagen, dass die Autopsieergebnisse morgen vorliegen sollen. Dann wird ihre Leiche freigegeben?«

»Ja.«

Faith verspürte einen dumpfen Schmerz. Tja, was hatte sie denn anderes erwartet? Er hatte selbst gesagt, dass niemand jemals Dinahs Platz einnehmen könnte. Und nun, da es vorbei war, nun, da er sein Puzzle so gut wie zusammengesetzt hatte und ihr die Befriedigung vergönnt war, zu wissen, dass der Mörder ihrer Mutter und ihrer Schwester tot war, würden sie ihr Leben fortsetzen.

Jeder sein eigenes Leben.

Faith blickte zu Boden. Warum hatte sie sich nach der Dusche überhaupt angezogen und war hier hereingekommen? Warum war sie nicht einfach ins Bett gegangen und hatte ihn allein gelassen? Er wollte offensichtlich allein sein. »Ich nehme an, dass ich … jetzt, wo die Gefahr vorbei ist … nach Hause gehen kann. Zurück in meine Wohnung.«

»Ich möchte nicht, dass du gehst«, sagte er.

Sie spürte, dass ihr Herz kurz aussetzte, hielt den Blick aber beharrlich zu Boden gesenkt. »Ich weiß, dass ich nur für eine Woche in dein Leben eingezogen bin, und ich möchte dir sagen, wie dankbar ich dir bin. Auf mich selbst gestellt, wäre ich so verängstigt gewesen und vermutlich inzwischen tot …«

»Ich möchte nicht, dass du gehst«, wiederholte er langsam.

Da musste sie aufschauen und begegnete seinem Blick mit einem Gefühl, nicht nur ihrer Kleider entblößt zu werden.

Noch langsamer, mit einer Stimme, in der Erkenntnis, Widerstreben, aber auch Erleichterung darüber lagen, dass er seine Gefühle endlich annahm, sagte er: »Ich … möchte nicht … dass du gehst.«

Stell keine Frage. Noch nicht. Nicht jetzt.

Faith war unversehens aufgesprungen. Er wandte sich ihr zu und legte seine Hände auf ihre Schultern.

»Ich habe das nicht geplant«, sagte sie.

»Ich weiß. Ich auch nicht.«

»Ich … ich bin nicht … ich könnte nicht bleiben, wenn es nur wegen …«

»Ist es nicht.«

Faith sog den Atem tief in ihre nach Luft hungernde Lunge. »Bist du dir sicher? Es ist nur ihr roter Nagellack, sind nur ihre Ohrringe, aber ich bin nicht …«

Kane senkte den Kopf und bedeckte ihren Mund mit seinen Lippen.

Sie hörte ein Geräusch wie ein Brechen und erkannte, dass es aus ihr kam, tief aus ihrem Inneren, wo etwas losgelassen hatte. Sie spürte seinen harten Körper an ihrem, spürte seine Finger in ihr Haar gleiten, und ihr Mund wurde unter dem seinen lebendig. Da war etwas so Vertrautes und Intimes und wild Erregendes in seiner Berührung, seinem Kuss, der Kraft seiner Arme, dass sie sich mit aller Macht, allem Willen an ihn klammern wollte.

»Du bleibst«, sagte er an ihren Lippen.

»Ja.«

Er hob seinen Kopf und blickte auf sie hinunter, die grauen Augen waren verschwommen. Er rahmte ihr Gesicht mit seinen Händen ein, und sie spürte, wie sie zitterten.

»Ich werde diesmal nicht so vorsichtig sein, verstehst du?«, sagte er heftig. »Ich werde das, was ich sagen will, nicht runterschlucken, weil ich Angst habe, es könnte nicht das sein, was du hören willst. Ich werde mich nicht zurückhalten, dich zu berühren, weil ich unsicher bin, ob du berührt werden willst. Und ich werde vor allem nicht zulassen, dass du mich aus Teilen deines Lebens ausschließt, die für dich *wichtig* sind.«

Faith streckte die Hand hoch und berührte sein Gesicht. »Ich liebe dich.«

Er schnappte nach Luft, küsste sie dann erneut, seine Lippen jetzt hart und drängend. Er hob sie hoch und trug sie aus dem Wohnzimmer ins Schlafzimmer.

Sie war sich kaum bewusst, dass er sie neben dem Bett auf die Füße stellte und sie ihm half, ihren Pullover auszuziehen und die Hose hinunterzustreifen. Sie knöpfte sein Hemd auf, zog es aus der Hose und japste kurz, als er ihren BH zur Seite schob und ihre Brüste umfasste.

Ihre Hände bewegten sich hektisch, doch es gelang ihr, das Hemd von seinen Schultern zu streifen und seine Hose zu öffnen. Sie berührte ihn und hörte, wie er die Luft einsog, spürte, wie sich die Spannung in ihnen beiden noch höher schraubte. Ihn zu berühren war lebensnotwendig. Es stillte ein schon lange in ihr hungerndes Bedürfnis.

»Oh Gott«, murmelte er heiser und verzweifelt.

Irgendwann lagen sie im Bett, die Decken beiseitegeworfen, die Kissen verstreut. Die Lampe spendete ihnen Licht, aber ihre Hände sahen mehr, bewegten sich überall hin, formten und streichelten und liebkosten. Die Lippen nie weiter als ein Flüstern entfernt. Körper, die sich bäumten, um einander näher zu kommen, sich zu vereinigen, zu verschmelzen.

Er fühlte sich für Faith so richtig an. Alles fühlte sich richtig an. Seine Berührungen, ihn in sich zu haben, eine Leere zu füllen, von der sie nichts geahnt hatte, sein Anspruch auf diesen Teil von ihr.

»Ich liebe dich«, flüsterte sie und wusste, dass sie ihn immer geliebt hatte.

17

Dann ist ja jetzt wohl alles vorbei«, sagte Dinah.

»Sieht so aus.«

»Puzzle vervollständigt, Schatz gefunden. Böse Buben bezwungen.«

»Du hättest mir mehr helfen können«, warf Faith ihr vor.

Dinah lächelte. »Es musste geschehen, wie es geschehen ist. Das ist einfach so, weißt du. Also hab kein schlechtes Gewissen.«

»Wegen Kane?«

»Du liebst ihn. Ich wollte es, aber … ich konnte es nicht, nicht so, wie er es verdiente.«

Faith war überrascht. »Weshalb nicht?«

»Weil ich wusste, was mit mir passieren würde. Ich wusste es schon lange.«

»Hättest du es nicht ändern können?«

»Nein. Wie gesagt, die Dinge müssen geschehen, wie sie geschehen. Und dann warst du da. Ich wusste vom ersten Augenblick an, dass du bei all dem eine Rolle spielen würdest. Ich wusste nur nicht, welche.«

»Ich bin schuld, dass all das passiert ist. Es tut mir leid.«

»Mir nicht.«

Faith war überrascht. »Nicht? Aber …«

»Wenn man sein Ende vor Augen hat, begreift man, was wirklich wichtig ist.« Dinah blickte sie durchdringend an. »Du verstehst das.«

»Aber all der Schmerz. Die Angst. Es tut mir leid, dass du all das durchmachen musstest.«

»Wie ich schon sagte, die Dinge müssen geschehen, wie sie geschehen.«

»Aber es tut mir so leid, dass du gestorben bist.«

Dinah schien zu zögern und sagte dann: »Irgendwas muss immer sterben, damit etwas anderes leben kann. Du verstehst das, nicht wahr?«

Faith begann sich unwohl zu fühlen. »Ja, aber … ich erinnere mich jetzt, dass du sagtest, sobald du den MacGuffin gefunden hättest, wärst du nicht mehr tot.«

»Ja, das habe ich gesagt.«

»Aber …«

»Ich bin nicht tot, Faith. Ich war nie tot, nicht vollkommen. Du bist diejenige, die tot ist.«

Faith starrte sie an, dieses seltsame kleine Lächeln, die mitfühlenden blauen Augen.

Instinktiv streckte sie die Hand aus und erstarrte, als Dinah ebenfalls die Hand ausstreckte. Nach einem Augenblick zwang sich Faith weiterzumachen, ihre Hand langsam zu Dinah auszustrecken.

Als sich ihre Finger berührten, spürte sie die kühle, glatte Oberfläche eines Spiegels.

Faith öffnete die Augen und blickte zur Decke. Sie war hellwach, so wach, dass sie meinte, nie wieder schlafen zu können. Langsam drehte sie ihren Kopf auf dem Kissen und schaute zu Kane. Er schlief mit der absoluten Reglosigkeit äußerster Erschöpfung, seine Muskeln waren vollkommen entspannt.

Kein Wunder. Vermutlich war es der erste erholsame Schlaf, der ihm seit Wochen vergönnt war.

Und sie hatten sich natürlich bis fast zum Morgengrauen geliebt, immer wieder, ohne genug voneinander zu bekommen. Sie glaubte, dass er die Struktur ihrer Haut auswendig gelernt hatte, und sie war sich sicher, dass sie ihn bis in alle Ewigkeit erkennen würde, selbst in totaler Finsternis.

Vorsichtig machte sie sich von seinem Arm frei und setzte sich an den Bettrand. Die Uhr auf dem Nachttisch zeigte an, dass es kurz nach halb neun war.

Sie zog die Decke sanft über ihn und vergewisserte sich, dass er nach wie vor tief schlief, sammelte dann ihre Kleidungsstücke zusammen und schlüpfte aus dem Schlafzimmer. Sie duschte, ließ das heiße Wasser auf die von letzter Nacht und den ungewöhnlichen Anstrengungen des vorangegangenen Tages schmerzenden Muskeln prasseln. Dann zog sie sich an und ging in die Küche.

Seine spezielle Kaffeemischung. Sie betrachtete die Tüte, löffelte dann eine geschätzte Menge in den Filter, goss Wasser in den Behälter und wartete, bis der Kaffee in die Kanne tropfte.

Als er fertig war, machte sie sich eine Tasse mit ihrer gewohnten Menge Sahne und Zucker fertig und trug sie ins Wohnzimmer. Sie blickte auf ihr nacktes Handgelenk und verzog das Gesicht. Keine Uhr, nie, weil sie bei ihr nicht laufen wollten. Jemand hatte ihr mal erzählt, dass es an dem magnetischen oder elektrischen Feld ihres Körpers liege. Faith' Körper.

Die Uhr am Videorekorder zeigte Viertel nach neun. Faith griff zum Telefon und rief im Krankenhaus an, bat darum, mit Dr. Burnett verbunden zu werden.

Er war natürlich da. Selbst am frühen Samstagmorgen war er da.

»Faith, ist irgendwas passiert?« Seine Stimme war etwas scharf, und sie brauchte einen Moment, um sich an ihr letztes Zusammentreffen zu erinnern.

»Ich muss Sie etwas fragen«, erwiderte sie, ohne auf seine Verärgerung einzugehen.

»Was denn?«

»Hatten Sie daran geglaubt, dass ich zu mir kommen würde, bevor ich aus dem Koma erwachte?«

»Faith, ich habe Ihnen doch schon gesagt, wie ungewöhnlich …«

»Sie wissen, wonach ich Sie frage.«

Er schwieg eine Weile, aber ihr geduldiges Warten schien ihn zu veranlassen, ihr schließlich zu antworten. »Es gibt verschiedene Kriterien, nach denen wir die Lebensfähigkeit eines Patienten beurteilen. Gewisse Grenzwerte für die Gehirnaktivität, zum Beispiel …«

»Befand ich mich unter diesem Grenzwert?«

»Faith, in der Medizin gibt es keine Absolutheit.«

»Befand ich mich unter dem Grenzwert?«, wiederholte sie beharrlich. »Galt ich als lebensfähiger Patient mit einer Zukunft?«

»Nein«, sagte er und fügte eilig hinzu: »Aber es gab einen Schimmer von Gehirntätigkeit, und ich sagte Miss

Leighton bei ihrem letzten Besuch, dass es immer eine Chance gebe. Ich habe ein paar erstaunliche Dinge erlebt … und Sie konnten selbstständig atmen, daher ergab sich natürlich nicht die Frage, ob … ob …«

»Man die Geräte abschalten würde?«, beendete Faith den Satz mit jetzt zitternder Stimme.

»Nein, natürlich nicht. Und Miss Leighton weigerte sich, die Hoffnung aufzugeben. Sie war sehr verstört, als sie an dem Tag ging, aber immer noch entschlossen. Ich habe nie jemanden erlebt, der so entschlossen war, einen anderen Menschen zu retten. Wenn es allein durch Willenskraft möglich gewesen wäre, dann wären Sie an dem Tag aufgewacht. Und wie sich dann erwies, geschah das nur zwei Wochen später.« Er hielt inne. »Wie schade, dass sie es nie erfahren hat.«

»Ja. Wie schade. Vielen Dank, Dr. Burnett.«

»Faith … wegen dem, was neulich zwischen uns passiert ist …«

»Machen Sie sich keine Sorgen«, erwiderte sie. »Wir waren an dem Tag alle ein wenig empfindlich.« Sanft legte sie den Hörer auf.

Kurz danach erhob sie sich und trug ihren Kaffee zum Flügel. Sie setzte sich auf die Bank, streckte ihre Finger und betrachtete sie mit einem kleinen Stirnrunzeln. Dann berührte sie zögernd die Tasten, eine hier, eine dort, ohne erkennbare Melodie.

Der Summer holte sie an die Sprechanlage, rasch, damit das Geräusch Kane nicht weckte, und ein paar Minuten später öffnete sie Bishop die Tür.

»Ich dachte nicht, dass Sie so früh hier sein würden«, sagte sie. »Kane schläft noch, und ich möchte ihn nur ungern wecken.«

Bishop betrachtete sie nachdenklich und lächelte. »Verstehe.«

Faith stieß ein leises Lachen aus. »Diesmal bezweifle ich das. Aber egal. Es gibt Kaffee – ich habe ihn gemacht –, also holen Sie sich einen oder brühen Sie eine frische Kanne auf, ganz wie Sie wollen.«

Bishop sah ihr nach, als sie sich an den Flügel zurückzog. Sein Lächeln verschwand, und seine Brauen zogen sich zusammen. »Ich war kurz auf dem Revier«, sagte er und kam weiter ins Zimmer hinein. »Richardson hat mich auf den neuesten Stand gebracht. Er hat mir auch … die Ergebnisse von Dinahs Autopsie gezeigt. Nichts wirklich Unerwartetes. Bis auf …«

»Bis auf den Todeszeitpunkt«, sagte Faith und drückte sanft auf eine Taste.

Bishop trat an den Flügel und blickte zu ihr hinunter. »Ja.«

»Sie war nicht erst seit ein paar Tagen tot. Sondern seit ein paar Wochen. Etwa … vier Wochen.«

Langsam sagte Bishop: »Die Kälte in dem Luftschutzbunker, der Mangel an Luft und Feuchtigkeit – all das verlangsamte den Verwesungsprozess, ließ es aussehen, als sei sie vor Kurzem gestorben. Aber bei der Autopsie stellte sich etwas anderes heraus. Der Gerichtsmediziner war nicht bereit, die Schätzung auf mehr als drei bis sechs Wochen einzugrenzen.«

»Vier«, sagte sie leise. »Nur etwa vier.«

»Faith …«

»Wissen Sie, das ist seltsam.« Sie legte alle zehn Finger auf die Elfenbeintasten und blickte dann zu Bishop auf. »Vor ein paar Tagen konnte ich es noch, aber jetzt ... habe ich vergessen, wie man Klavier spielt.«

Bishop betrachtete sie schweigend.

»Ist das nicht merkwürdig? Und ist es nicht merkwürdig, wie ich letzte Nacht dieses Schloss knacken konnte, wo ich vor ein paar Tagen nicht mal wusste, dass das, was ich da in der Jackentasche hatte, ein Dietrich war? Ist es nicht merkwürdig, dass ich immer wieder auf mein Handgelenk schaue, als sollte ich eine Uhr tragen, wo ich doch weiß, dass ich das nie konnte? Warum benutze ich ständig meine rechte Hand statt meiner linken?«

Schließlich nahm sie die Finger von den Tasten und hielt ihm eine Hand hin. »Wie steht es mit Ihrem Blödsinnsdetektor?«

Bishop zögerte nur kurz, bevor er ihre Hand ergriff. Sie starrten einander an, ihre grünen Augen ruhig, seine silbrigen durchdringend, forschend.

Plötzlich sog er die Luft ein, und sein Gesicht wurde bleich. »Mein Gott.«

Faith entzog ihm sanft ihre Hand. »Ist das nicht merkwürdig?«, flüsterte sie.

Bishop schien zuerst nicht zu wissen, was er sagen sollte, fragte jedoch schließlich: »Weiß Kane davon?«

»Ich glaube ... er wundert sich. Ich glaube, er hat etwas gespürt. Aber wer würde so etwas *merken?* Wer könnte sich vorstellen, dass es möglich ist?«

»Es ist eine zweite Chance«, sagte Bishop. »Wie vielen von uns wird so etwas vergönnt?«

Sie schüttelte den Kopf. »So einfach ist es nicht, und das wissen Sie.«

»Es sollte so einfach sein.«

»Wirklich? Und wie würden Sie sich fühlen? Versetzen Sie sich in seine Lage. Er macht sich bereit dazu, sie zu beerdigen, Bishop. Er hat Wochen damit verbracht zu trauern, sie gehen zu lassen, weil er dachte, er müsste es tun. Was soll ich ihm jetzt sagen? Mach dir nichts draus?«

Bishop blickte sie neugierig an. »Sie gehen zu lassen?«

Faith' Lächeln verzerrte sich. »Versetzen Sie sich in meine Lage. Glauben Sie wirklich, dass irgendetwas – irgendjemand – wieder dasselbe oder derselbe sein könnte? Jemals so sein könnte wie vorher?«

»Nein, das ist wohl unmöglich.«

In der Stille der Wohnung hörten sie beide das ferne Geräusch einer Dusche, und Bishop sagte: »Ich glaube, es wird das Beste sein, wenn ich mich noch für eine Weile verziehe. Ich fahre noch mal aufs Revier, sehe zu, ob ich Richardson in irgendeiner Weise helfen kann.«

»Feigling«, sagte Faith mit einem Anflug von spitzbübischem Humor.

Bishop lächelte, aber seine Augen blieben ernst. »Es könnte … besser sein … noch eine Weile zu warten, wissen Sie. Geben Sie der Sache ein wenig mehr Zeit, damit Sie sich beide daran gewöhnen können.«

»Nein«, sagte Faith. »Nicht nach letzter Nacht. Diesmal müssen wir ehrlich miteinander sein.«

Bishop stellte keine Fragen mehr. Er berührte ihre Hand und sagte: »Ich bin für Sie da.«

»Ich weiß. Danke.«

Er war bis zur Tür gekommen, als sie leise seinen Namen rief. Er blieb stehen und sah zu ihr zurück.

Faith drückte sanft auf eine Elfenbeintaste und hielt den Blick auf Bishop gerichtet. »Sie werden nach Tennessee zurückkehren.«

»Wirklich?«

»Ja. Schon bald, glaube ich. Nach dem ersten Januar.«

»Was werde ich dort finden?«, fragte er gedehnt.

»Böses. Und noch etwas, jemanden, nach dem Sie seit langer Zeit suchen.«

Bishop machte einen raschen Schritt auf sie zu, bremste sich dann aber. Mit sehr beherrschter Stimme fragte er: »Ich nehme nicht an, dass Sie mir sagen können, wie es ausgehen wird?«

»Nein«, log sie. »Nur – seien Sie vorsichtig, Bishop.«

Einen Augenblick lang blieb er reglos stehen, nickte dann abrupt und ging ohne ein weiteres Wort.

Faith starrte noch lange auf die Tür, nachdem Bishop gegangen war, und erhob sich dann, um sich Kaffee nachzuschenken. Was nützte es, zu wissen, was geschehen würde, bevor es geschah? Das Schicksal schien die Ereignisse in seiner Gewalt zu haben. Ganz gleich, was sie in der Vergangenheit getan hatte, um Tragödien oder auch nur Enttäuschungen zu vermeiden, es schien alles immer so zu geschehen, wie sie es vorausgesehen hatte.

»Sei sehr, sehr vorsichtig, Bishop«, flüsterte sie.

Als Kane ein paar Minuten später ins Wohnzimmer kam, saß sie auf der Couch und sah sich eine Nachrichtensendung an, in der über die aufregenden Ereignisse der letzten Nacht berichtet wurde.

»Ich hab eine Kanne miesen Kaffee gemacht«, sagte sie mit einem schwachen Lächeln.

Er beugte sich über die Lehne der Couch, glitt mit den Fingern in ihr Haar und zog sie für einen Kuss an sich. In dem Kuss spürte sie Hunger und noch etwas anderes, und als sie endlich sprechen konnte, sagte sie unwillkürlich: »Es hat doch bestimmt Zeit bis morgen, oder?«

Kane streichelte ihre Wange, kam um die Couch herum und setzte sich auf den Sessel ihr gegenüber. »Was hat Zeit bis morgen?«

»Zu sagen, was immer du meinst, sagen zu müssen.«

Er schüttelte den Kopf, ohne sie aus den Augen zu lassen. »Es steht zwischen uns, Faith. Ich will nicht, dass irgendwas zwischen uns steht.«

Faith wappnete sich innerlich. »Was steht zwischen uns?«

»Dieses Schuldgefühl.«

»Schuldgefühl?«, fragte sie, obwohl sie wusste, was er meinte.

»Ja. Weil Dinahs Verschwinden noch nicht mal zwei Monate zurückliegt. Und ich in dich verliebt bin.«

Jetzt, wo der Augenblick gekommen war, fragte sie sich, wie um alles in der Welt sie es ihm sagen sollte. Wie sie ihn davon überzeugen sollte, auch wenn ein Teil von ihr es immer noch nicht glaubte.

Aber sie musste es versuchen.

In ihrem Kopf klang es so einfach und doch so unglaublich, als sie es laut aussprach. »Dinah ist nicht tot. Sie ist hier. Sie ist ich.«

Kane bewegte sich nicht, schien nicht überrascht zu sein. »Wie ist das möglich?«, fragte er.

Sie holte tief Luft und ließ sie langsam wieder heraus. »Der menschliche Wille ist … ein bemerkenswertes Ding. Dinah wollte überleben, wollte es mit aller Kraft. Aber ihr Körper war … Er würde nicht überleben. Sie wusste das. Sie hatte seit langer Zeit gewusst, was passieren würde. Und sie wusste noch etwas anderes, etwas, das ihr Dr. Burnett, nur Stunden bevor sie entführt wurde, gesagt hatte. Dass … Faith … den Unfall letztlich nicht überlebt hatte. Dass nur eine ganz schwache Gehirnaktivität aufgezeichnet werden konnte, gerade genug, um den Körper atmen und das Herz schlagen zu lassen. Eine lebende Hülle ohne Geist oder Seele.«

»Aber zwei Frauen …«, sagte Kane stockend. »Du kannst nicht von mir erwarten, zu glauben …«

»Du glaubst es bereits. Du *fühlst,* dass es wahr ist, selbst wenn alles, was man dir über Leben und Tod und Seele beigebracht hat, dir sagt, dass es unmöglich ist.«

»Wie? Wie ist das möglich?«

Sie schüttelte den Kopf. »Ich weiß nicht, wie. Ich weiß, dass es vor dem Unfall eine … Verbindung zwischen Dinah und Faith gab, eine Nähe, die unmittelbar und stark war. Ich weiß, dass sie beide in gewissem Maße und auf unterschiedliche Art übernatürliche Fähigkeiten besaßen.« Wieder schüttelte sie den Kopf. »Vielleicht hatte das etwas damit zu tun. Ich weiß nicht, wie. Ich weiß nur, dass es geschehen ist.«

»Du sprichst von Dinah und Faith, als wärst … als wärst du keine von beiden.«

Sie dachte an das, was sie Bishop gesagt hatte, und brachte ein Lächeln zustande. »In gewisser Weise bin ich … der dritte Punkt eines Dreiecks, der entstand, als die beiden anderen sich berührten. Ich bin ohne Erinnerung aufgewacht, und eine Weile war ich zwischen den beiden Personen gefangen, die ich gewesen war, weder die eine noch die andere, aber mit schattenhaften Erinnerungen und halb bewussten Angewohnheiten und Fähigkeiten. Ich konnte sogar Klavier spielen. Für eine Weile.«

Kane blickte zum Flügel, und ihm fiel ein, wie sie verloren und verwirrt auf der Bank gesessen hatte. »Das ist so … unglaublich«, sagte er. »Woher kannst du wissen, dass es nicht das ist, was du die ganze Zeit geglaubt hast – eine paragnostische Verbindung? Dass es nicht einfach nur die Erinnerung an Dinge ist, die Dinah dir erzählt hat, während du im Koma lagst?«

»Dinah saß an dem Bett und hat mit einer leeren Hülle geredet, Kane«, sagte sie leise. »Da war niemand, der sie hören, der sich erinnern konnte, was sie gesagt hatte.«

Unfähig, noch länger still zu sitzen, erhob sich Kane und ging im Zimmer auf und ab. Er wusste, dass sie ihn mit ernsten Augen beobachtete.

Wie konnte sie behaupten … Wie konnte sie *glauben* …

»Faith …« Er hielt inne, blickte sie an.

»Ich habe mich an den Namen gewöhnt. Wir haben uns alle an den Namen gewöhnt«, sagte sie verständnisvoll.

»Ich habe ihre Leiche *gesehen«,* sagte er mit rauer Stimme. »Jedes Mal, wenn ich meine Augen schließe, sehe ich ihren gefolterten und verstümmelten Körper vor mir. Ich muss eine Gedenkfeier planen, damit sich alle, die sie gekannt haben, von ihr verabschieden können.«

»Ich weiß. Es tut mir leid.«

Kane trat ans Fenster und starrte hinaus. »Ich habe dich gewarnt, dass ich sagen würde, was ich sagen muss, selbst wenn es nicht das ist, was du hören willst.«

Sie schloss die Augen. »Ja.«

»Ich kann nicht … ich weiß nicht, wie ich damit fertig werden soll, Faith. Ich weiß nicht, ob ich es kann.«

Sie wollte ihm sagen, dass das in Ordnung sei, dass sie warten würde, bis er mit all dem zurande kam.

Wollte ihm erneut sagen, dass sie ihn liebte, ihn immer geliebt hatte.

Aber es tat zu weh, und ihre Kehle war zu eng, um auch nur ein einziges Wort herauszubringen.

Ihre Tasche lag auf einem Stuhl bei der Tür. Mehr brauchte sie eigentlich nicht.

Die meisten Kleidungsstücke, die sich hier befanden, passten ihr nicht – auf die eine oder andere Weise. Und sie stand sowieso vor einem Neuanfang.

Sie nahm ihre Tasche und ging.

Kane hörte, wie sich die Tür leise schloss. Ohne sich umzudrehen, sagte er zu der leeren Wohnung: »Aber ich möchte nicht, dass du gehst.«

Niemandem war weihnachtlich zumute bei einer Temperatur von über zwanzig Grad und dem strahlenden Sonnenschein, aber die Weihnachtslieder im Radio verbreiteten die Stimmung, wenn Santa Claus kommt und die Glöckchen klingeln …

Faith stellte das Radio ab und dachte, wie verständlich es doch war, dass sich um die Feiertage die Selbstmordrate erhöhte.

Allein wäre sie nicht fähig gewesen, das zu ertragen. Zum Glück gab es Haven House, wo sie Stunden damit verbracht hatte, alles zu schmücken und zu backen und die Geschenke für die Kinder einzupacken. Zum Glück gab es Katie, die zwar verwirrt war über Faith' plötzliche Unfähigkeit, Klavier zu spielen, aber es ihr verzieh.

Viele blinde Flecken gab es nicht mehr. Dafür aber endlich das Gefühl, alles annehmen zu können. Und Dankbarkeit.

Faith versuchte, sich wieder auf das Kursprogramm des Colleges zu konzentrieren und sich zu entscheiden, ob sie ihre sprachlichen Fähigkeiten in der PR oder im Journalismus einsetzen sollte. Oder vielleicht in der Werbung. Sie hatte auf jeden Fall vor, sich für das nächste Semester einzuschreiben, auch wenn sie nur ein paar allgemeine Kurse belegen würde, bis sie sich entschieden hatte. Sie musste mit ihrem Leben weitermachen.

Sie hatte sich telefonisch eine Pizza bestellt, daher ging sie mit einem Zwanziger in der Hand zur Tür, als es klingelte.

»Ich nehme niemals Geld von Rothaarigen«, sagte Kane.

»Ich … habe eine Pizza erwartet.« Faith hoffte, dass sie ihn nicht so hungrig anstarrte, wie sie ihrer Meinung nach wirken musste. Aber vielleicht hielt er es für Hunger auf Salami und Käse.

»Darf ich reinkommen?«

»Oh … natürlich.«

»Sehr hübsch«, sagte er und betrachtete die bequemen Polstermöbel und die elegante, aber gemütliche Einrichtung. »Das sieht mehr nach dir aus.«

Faith fürchtete sich davor, dieser Bemerkung auf den Grund zu gehen. »Ich musste … hier etwas verändern. Einen Neuanfang wagen.«

Er blickte sie mit undurchdringlicher Miene an und sagte dann brüsk: »Ich hab dich bei der Trauerfeier gesehen.«

»Ja. Sie war sehr schön.« Sie hatte ihn auch gesehen, sich aber im Hintergrund gehalten. Sie hatte kurz mit Bishop gesprochen, hatte sich gezwungen, ihm keine Fragen nach Kane zu stellen, und er war auch freiwillig mit nichts herausgerückt.

»Es war … ein Abschluss«, sagte Kane.

»Tatsächlich?«

Er trat einen Schritt auf sie zu. »Ich hatte dich gewarnt, dass ich diesmal sagen würde, was ich zu sagen habe.«

Faith schluckte schwer. »Ja.«

Er streckte die Hand aus, ließ sie durch ihr Haar gleiten und warm auf ihrem Nacken ruhen. »Und dass ich mich diesmal nicht zurückhalten würde, dich zu berühren, nur weil ich nicht sicher bin, ob du berührt werden willst.«

Sie schloss die Augen und drückte sich mit stummer Wonne fester gegen seine Hand.

»Und nicht zulassen werde, dass du mich aus Bereichen deines Lebens ausschließt, die dir wichtig sind«, schloss Kane stockend und küsste sie. »Nie wieder. Nie wieder.«

Als sie in der Lage war zu sprechen, sagte Faith: »Ich werde nie wieder versuchen, dich aus irgendeinem Teil meines Lebens auszuschließen, das verspreche ich.«

Er küsste sie erneut, ohne seinen gierigen Hunger zu verbergen, und zog sie an sich, hielt sie fest, als wolle er sie nie wieder loslassen. »Was ich zu sagen habe, ist, dass ich dich liebe, Faith. Wer immer du warst, wer immer du bist oder jemals sein wirst – ich liebe dich. Und nur darauf kommt es an.«

Faith sah ihm in die Augen, tief genug, um die Liebe zu sehen und seine Fähigkeit, ihr zu glauben und sie anzunehmen. Sie berührte sein Gesicht, streichelte es sanft mit den Fingerrücken.

»Nur darauf kommt es an. Ich liebe dich, Kane.«

Der Pizzabote glaubte, die falsche Adresse zu haben, denn obwohl er immer wieder klingelte, öffnete ihm niemand.